КОРАБЛЕКРУШЕНИЕ «ДЖОНАТАНА»

Жюль Верн

КОРАБЛЕКРУШЕНИЕ «ДЖОНАТАНА»

Жюль Верн

Перевод: В. И. Гинзбург

Таинственный белый человек поселился на самом краю света — у индейцев Огненной Земли. Убежденный анархист, он искал там свободы от всех властелинов мира. Но однажды привычный ход вещей был нарушен: в шторм на рифах архипелага разбился большой корабль, и более тысячи его пассажиров высадились в этом пустынном краю...

Сайт издательства: www.miller-books.com

ISBN: 978-1-7638476-7-5

КОРАБЛЕКРУШЕНИЕ «ДЖОНАТАНА»

ЧАСТЬ ПЕРВАЯ

1. Гуанако

Это грациозное животное с длинной шеей и изящным туловищем, с высоким крупом, подтянутым животом и тонкими нервными ногами, с золотистой, в белых пятнах, шерстью и коротким, пышным, как султан, хвостом называется в Америке «гуанако». Издали стадо мчащихся гуанако похоже на кавалькаду, и путешественники часто ошибаются, принимая их за отряд скачущих всадников.

Однажды, на одном из островов Магеллановой Земли, в пустынной местности, на пригорке, возвышавшемся среди необозримой равнины, появился одинокий гуанако. Кругом шелестели травы, протягивавшие свои острые стрелы между пучками колючих растений. Гуанако, повернув мордочку, принюхивался к запахам, доносимым легким восточным ветерком. Пугливо озираясь, насторожившись, он напряженно прислушивался к голосам прерии, готовый умчаться при малейшем подозрительном шорохе.

Кое-где на равнине высились небольшие холмики — результат страшных грозовых ливней, размывавших почву. Скрываясь за одним из таких бугорков, полз по земле индеец. Почти обнаженный, прикрытый лишь куском звериной шкуры, он, бесшумно скользя в траве и боясь спугнуть желанную добычу, медленно приближался к животному. Но все же гуанако почуял опасность и забеспокоился.

И тогда внезапно в воздухе просвистело гибкое лассо, но, не достигнув цели, лишь задело круп гуанако и упало на землю.

Удобный момент был упущен. Когда индеец поднялся на холм, гуанако уже скрылся за деревьями.

Животному удалось спастись, но зато теперь угроза нависла над человеком.

Подтянув лассо, привязанное к поясу, охотник стал спускаться с холма, как вдруг поблизости раздался дикий рев, и почти тотчас же на индейца кинулся огромный зверь.

Это был ягуар. Его сероватая шерсть пестрела белыми пятнами с черным ободком, похожими на глазки.

Зная свирепость и силу этого зверя, способного в мгновение ока расправиться с человеком, туземец молниеносно отскочил назад, но споткнулся о камень и, потеряв равновесие, упал. Выхватив из-за пояса нож из острой тюленьей кости, он попытался защищаться и даже на какую-то секунду решил, что ему удастся встать на ноги, однако ягуар, задетый ножом, бросился на индейца, повалил навзничь и вонзил ему в грудь когти. Казалось, смерть неминуема.

И вдруг раздался выстрел из карабина. Ягуар, пораженный пулей в самое сердце, упал.

В сотне шагов от места схватки медленно таял легкий белый дымок. Там, на каменистом уступе прибрежной скалы, стоял человек, все еще державший карабин у плеча.

Он был, бесспорно, характерным представителем белой расы. В коротко остриженных волосах и густой бороде незнакомца пробивалась седина. Возраст его трудно было определить — по всей вероятности, между сорока и пятьюдесятью годами. Высокий, крепкий, покрытый густым загаром, он казался наделенным недюжинной силой и несокрушимым здоровьем. Мужественные и благородные черты одухотворенного лица, высокий, изборожденный морщинками лоб мыслителя, осанка и движения этого человека выражали чувство собственного достоинства.

Убедившись, что второго выстрела не потребуется, незнакомец разрядил карабин и повесил его через плечо. Затем крикнул: «Кароли!» — и прибавил несколько слов на резком гортанном наречии.

Минуту спустя в расщелине скалы появился юноша лет семнадцати, за которым следовал мужчина. Судя по внешности, оба принадлежали к индейскому племени. Мужчине, видимо, уже перевалило за сорок. Он был пяти футов роста, широкоплечий, мускулистый, с мощным торсом и большой квадратной головой на массивной шее. У него была очень темная кожа, иссиня-черные волосы и глубоко сидящие под едва намеченными бровями глаза. На подбородке росло лишь несколько волосков.

Юноша — его сын — с гибким, как у змеи, и совершенно обнаженным телом, видимо, намного превосходил отца по умственному развитию. Более высокий лоб и живой взгляд свидетельствовали об уме, душевной прямоте и искренности.

Обменявшись несколькими словами на туземном наречии, мужчины направились к индейцу, распростертому на земле подле убитого ягуара.

Несчастный уже лишился сознания. Из груди, разорванной когтями свирепого зверя, ручьем лилась кровь. Однако, почувствовав, что кто-то осторожно приподымает его одежду, раненый открыл глаза.

Когда же он узнал своего спасителя, в его глазах затеплился радостный огонек, и, с трудом шевеля побелевшими губами, он прошептал:

— Кау-джер!

«Кау-джер» на местном наречии означает «друг», «покровитель», «спаситель». Очевидно, это прекрасное имя принадлежало белому человеку, потому что тот утвердительно кивнул головой.

Пока Кау-джер осматривал раненого, Кароли снова исчез в расщелине скалы и вскоре вернулся с охотничьей сумкой, где находился перевязочный материал и несколько склянок с соком местных лекарственных растений.

Кау-джер, промыв следы когтей хищника и остановив кровотечение, сблизил края раны и покрыл их марлевыми повязками, пропитанными целебным снадобьем. Затем, сняв с себя шерстяной пояс, он забинтовал грудь туземца.

Выживет ли бедняга? Кау-джер сомневался в этом. Ни одно лекарство не могло помочь заживлению страшных ран.

Кароли, улучив момент, когда охотник снова открыл глаза, спросил:

— Где твое племя?

— Там... там... — прошептал индеец, указывая рукой на запад.

— Сейчас только четыре часа. Скоро начнется прилив, — сказал Кау-джер. — Мы сможем отплыть лишь на рассвете.

— Да, не раньше, — согласился Кароли.

Кау-джер приказал:

— Перенесите этого человека в лодку. Больше мы ничем не можем ему помочь.

Подняв индейца на руки, Кароли с сыном начали осторожно спускаться к песчаному берегу. Потом один из них вернулся за ягуаром, шкуру которого можно было продать заезжим купцам за большие деньги.

Тем временем Кау-джер поднялся на один из утесов, окаймлявших обрывистый берег. Отсюда он мог окинуть взглядом весь горизонт.

Внизу причудливой линией извивалось северное побережье пролива шириной в несколько лье. Противоположный берег, изрезанный на всем видимом протяжении заливами и бухтами, притаился за неясными очертаниями островов и островков, казавшимися издали легкими облачками. Ни на западе, ни на востоке не видно было начала или конца пролива, вдоль которого громоздилась высокая каменная гряда.

На севере тянулись бесконечные прерии и равнины, испещренные множеством рек, бурными потоками или шумными водопадами изливавшимися прямо в море. Кое-где на этих необъятных просторах четко выделялись зеленые пятна густых лесов. Лучи заходящего солнца обагряли верхушки деревьев. А дальше, замыкая горизонт, вырисовывалась массивная цепь гор, увенчанных ослепительно белыми коронами ледников. Нигде не было никаких следов человеческого жилья.

На востоке пейзаж был еще суровее. Скалистая гряда, нависая над морским берегом, поднималась почти отвесными уступами, а затем внезапно переходила в острые каменные пики, вонзающиеся высоко в небо. И здесь тоже — ни на суше, ни на воде — ни малейшего признака жизни. Ни единой лодки — будь то пирога под парусом, будь то каноэ из древесной коры. Всюду, куда только хватал глаз — на южных островах, на побережье, среди каменной гряды, — нигде не было видно даже дымка, напоминающего о присутствии человека.

Близились те часы, предшествующие сумеркам, которые всегда вызывают ощущение легкой грусти. Стаи больших, пронзительно кричавших птиц, заполонив все небо, парили в воздухе в поисках ночного пристанища.

Скрестив руки на груди, застыв как статуя, стоял Кау-джер на вершине скалы. При виде этого благодатного земного и морского пространства, этого затерянного, забытого клочка земли, никому не подвластной, никем не порабощенной, лицо его озарилось восторгом, ресницы дрогнули, во взгляде зажглось какое-то священное вдохновение.

Долго стоял он так, освещенный лучами солнца, овеваемый морским ветром; потом, глубоко вздохнув, простер руки, будто хотел объять и вдохнуть в себя весь бесконечный простор, расстилавшийся перед ним. И когда Кау-джер с вызовом взглянул на небеса, а затем обвел гордым взором лежавшую под его ногами землю, из груди у него вырвался ликующий крик, в котором звучало безудержное стремление к неограниченной, абсолютной свободе.

Это был призыв анархистов всего мира, знаменитая формула, содержащая в четырех словах сущность этого учения.

— Ни бога, ни властелина! — с торжеством крикнул Кау-джер, наклонившись над бушующими волнами, у самого края утеса. И порывистым взмахом руки как бы смел все стоящие на его пути преграды.

2. Таинственный незнакомец

Географы называют Магеллановой Землей или Магальянес группу крупных и мелких островов, расположенных между Атлантическим и Тихим океанами, у южной оконечности Американского континента. Самая южная часть материка, Патагония (продолжением которой являются два больших полуострова — Короля Вильгельма и Брансвик), переходит в мыс Фроуард. Все земли, не примыкающие к полуостровам непосредственно, а лежащие по ту сторону Магелланова пролива, входят в состав архипелага, справедливо названного в честь знаменитого португальского мореплавателя XVI века Магеллановой Землей.

До 1881 года эта территория Нового Света не была связана ни с одним цивилизованным государством, даже с самыми ближайшими соседями — Чили и Аргентиной, которые в то время оспаривали друг у друга пампасы Патагонии. Поскольку Магелланова Земля не принадлежала никому, то, если бы там возникли какие-нибудь поселения, они могли бы сохранить полную независимость.

Эта громадная страна занимает площадь пятьдесят тысяч квадратных километров. Помимо множества небольших островков, к ней относится Огненная Земля, острова Десоласьон, Кларенс, Осте и Наварино, а также архипелаг мыса Горн, состоящий из островов Греви, Уоллестон, Фрейсинэ, Эрмите и Хершел, и, кроме того, крошечные островки и рифы, которыми завершается огромный массив Американского материка.

Огненная Земля — самый крупный из островов архипелага Магальянес — на севере и на западе ограничен извилистым побережьем, идущим от скалистого мыса Эспириту Санто до пролива Магдалена. Образуя на западе причудливой формы полуостров, над которым возвышается гора Сармьенто, Огненная Земля заканчивается на юго-востоке мысом Сан-Диего, по очертаниям напоминающего сидящего на задних лапах сфинкса, хвост которого опущен в воды пролива Ле-Мер.

На этом большом острове и происходили в апреле 1880 года события, описанные в первой главе. Пролив, простиравшийся перед глазами Кау-джера, назывался проливом Бигл. Он омывал южное побережье Огненной Земли, а его противоположный берег составляли острова Гордон, Осте, Наварино и Пиктон. Еще южнее были разбросаны причудливой формы мелкие островки архипелага мыса Горн.

За десять лет до начала нашего повествования тот, кого индейцы позднее назвали Кау-джером, впервые появился на Огненной Земле. Как он туда попал? Вероятно, на одном из парусных или паровых судов, плававших по лабиринту проливов Магеллановой Земли, мимо рассеянных в Тихом океане ее многочисленных островов, где моряки скупали у индейцев шкуры гуанако и тюленей, шерсть американской ламы-викуньи и страусовые перья.

Таким образом, присутствие чужеземца на этом острове объяснить было не трудно. Значительно труднее было бы ответить на вопрос о его имени, национальности и о том, кто он: уроженец Старого или Нового Света?

О нем ничего не знали. Впрочем, нужно отметить, что он никого и не интересовал. Да и кто бы стал задавать подобные вопросы в стране, где не существовало никакой власти? Ведь Кау-джер находился не в одном из тех организованных государств, где полиция интересуется прошлым человека и где невозможно прожить долгое время незамеченным. Здесь же не существовало людей, облеченных какой-либо властью, и можно было пользоваться полнейшей свободой, не считаясь ни с законами, ни с обычаями той или иной страны.

Первые два года после прибытия на Огненную Землю Кау-джер не хотел обосновываться в каком-нибудь определенном месте. Во время непрерывных скитаний он часто заводил знакомства с индейцами, но никогда не приближался к факториям, созданным здесь белыми колонистами. Если же ему и приходилось для пополнения запасов пороха и медикаментов вступать в сношения с моряками, приплывавших на один из островов архипелага, то он делал это всегда через кого-нибудь из огнеземельцев. Подобные сделки Кау-джер совершал либо путем обмена, либо расплачивался за покупки испанскими или английскими деньгами, в которых, видимо, не испытывал недостатка.

В остальное время он странствовал по острову, посещая различные племена, переходя из одного поселения в другое. Он находился то среди жителей побережья, то среди индейцев, кочевавших по центральной части острова; спал вместе с ними в хижинах или палатках, занимался, как и они, охотой и рыбной ловлей. Кау-джер лечил больных, помогал вдовам и сиротам. Бедные люди полюбили его всем сердцем и дали почетное имя «Кау-джер», ставшее известным на всех островах архипелага.

Несомненно, Кау-джер был образованным человеком. Особенно хорошо он знал медицину. Кроме того, он так свободно владел многими языками, что французы, англичане, немцы, испанцы и норвежцы с одинаковой легкостью могли принять его за соотечественника. Вскоре к своему багажу полиглота таинственный незнакомец присоединил и язык индейского племени яганов. Он бегло изъяснялся на этом самом распространенном на Магеллановой Земле наречии.

Огненная Земля, где поселился Кау-джер, отнюдь не является необитаемым островом, как обычно полагают ученые. В действительности страна эта гораздо интереснее и богаче, чем ее описывали первые исследователи. Конечно, было бы преувеличением считать ее земным раем или утверждать, что ее крайняя оконечность, мыс Горн, не подвержена частым и сильным бурям. Однако существуют же и в Европе плотно населенные страны, где климатические условия еще суровее, нежели в этих краях. Если климат Магеллановой Земли характеризуется крайне высокой влажностью, то зато благодаря морю тут всегда держится довольно ровная температура и не бывает таких жгучих морозов, как в северной России, Швеции и Норвегии. Средняя годовая температура здесь не опускается зимой ниже 5°, а летом не поднимается выше 15° по Цельсию.

Но даже при отсутствии метеорологических данных один вид этих островов мог бы удержать исследователей от излишнего пессимизма хотя бы в оценке климатических особенностей Магеллановой Земли. Такая пышная растительность не могла бы развиться в условиях полярной зоны. На архипелаге Магальянес немало густых лесов и обширнейших пастбищ, способных прокормить бесчисленные стада.

И все-таки страна эта почти безлюдна. Население ее состоит лишь из небольшого числа индейцев, называемых «огнеземельцами», — настоящих дикарей, которые почти не знают одежды и влачат нищенское существование, кочуя по необозримым и пустынным прериям.

Задолго до начала описываемых событий правительство Чили как будто заинтересовалось неизведанными территориями и основало у Магелланова пролива колонию Пунта-Аренас. Но последующих шагов в этом направлении не делалось, и, хотя молодая колония развивалась и процветала, Чилийская республика не предпринимала дальнейших попыток укрепиться на Магеллановой Земле в собственном смысле этого слова.

Что же привело Кау-джера сюда, в почти никому неведомый край? Это оставалось загадкой, которую, впрочем, можно было частично разгадать, услышав страстный возглас, брошенный им с вершины скалы, — своеобразный вызов небу и восторженную хвалу природе.

«Ни бога, ни властелина!» — классическая формула анархистов. Судя по ней, можно было предположить, что и Кау-джер принадлежал к этой секте, вернее — к разношерстной толпе, в которой встречается немало уголовных преступников и одержимых фанатиков. Первые, обуреваемые завистью и злобой, всегда готовы пойти на любое насилие и даже на убийство. Вторые же мечтают об утопическом обществе, где навсегда будет уничтожено зло потому лишь, что отменят законы, созданные якобы для искоренения того же зла.

Кем же был Кау-джер? Неужели одним из сторонников крайних мер и решительных действий, человеком, изгнанным изо всех стран и нашедшим пристанище только здесь, у последней границы цивилизованного мира?

Подобное предположение никак не вязалось с его добрым и заботливым отношением к туземцам. Тот, кто так настойчиво стремится к спасению людей, не может желать их уничтожения. Да, он был анархистом (ибо сам подтверждал это), но примыкал к группе мечтателей, а не к приверженцам кинжала и бомбы. И, в таком случае, изгнание Кау-джера могло быть только добровольным — своеобразной логической развязкой внутреннего конфликта, а не наказанием, обусловленным чужой волей. Опьяненный своей мечтой, он, видимо, не смог примириться с железными законами цивилизованного общества, помыкающими человеком на всем его жизненном пути, от колыбели до могилы. Кау-джер чувствовал, что задыхается в дремучих дебрях бесчисленных законов, взамен которых граждане любого государства, принося в жертву свою независимость, получают минимум жизненных благ и относительную безопасность существования. А поскольку Кау-джер вовсе не собирался насильно навязывать людям свои принципы и вкусы, ему осталось только одно: отправиться на поиски страны, в которой не знают рабства. Может быть, поэтому-то он и обосновался в конце концов на Магеллановой Земле — единственном месте на земном шаре, где еще сохранилась полная свобода.

Кау-джер пользовался у индейцев большим доверием, и влияние его непрерывно росло. К нему стали приезжать за советом туземцы с других островов, так называемые «индейцы на каноэ» или «индейцы на пирогах» — племена, несколько отличающиеся от яганов, населяющих Огненную Землю.

Кау-джер никому не отказывал ни в советах, ни в помощи. В тяжелые времена, когда вспыхивала какая-нибудь эпидемия, он нередко рисковал жизнью в борьбе со страшным бедствием. Вскоре слава о нем распространилась повсюду и даже вышла за пределы Магелланова пролива. Там стало известно, что некий чужеземец, поселившийся на Огненной Земле, снискал у благодарных туземцев почетное имя «Кау-джер», и его не раз приглашали в Пунта-Аренас. Но на все настойчивые просьбы приехать он неизменно отвечал отказом.

К концу второго года пребывания Кау-джера на Огненной Земле произошел случай, повлиявший на всю его дальнейшую жизнь.

Нужно сказать, что патагонцы нередко совершали набеги на территорию Магеллановой Земли.

За несколько часов они могли переправиться вместе с лошадьми на южный берег Магелланова пролива. Отсюда они начинали долгие походы или, как их называют в Америке, рейды по всей Огненной Земле. Патагонцы безжалостно грабили местных жителей и похищали их детей, которых превращали в рабов.

Между патагонцами и огнеземельцами существует значительное этнологическое различие. Первые неизмеримо более воинственны и опасны. Они промышляют охотой и живут отдельными племенами, управляемыми старейшинами. Вторые — мирные существа; они селятся семьями и занимаются рыбной ловлей. Внешне огнеземельцы также резко отличаются от соседей — жителей континента. Они меньше ростом, и их легко можно узнать по большой квадратной голове, выступающим скулам, придавленному черепу и почти полному отсутствию бровей. В общем, они считаются существами довольно примитивными, но, как бы то ни было, племя это отнюдь не вырождается, ибо детей у них не меньше, чем собак, которыми кишат все их поселения.

Патагонцы же отличаются высоким ростом и крепким, пропорциональным сложением. Они выщипывают бороду, а волосы перехватывают повязкой. Их смуглые лица в скулах шире, чем у висков, носы приплюснуты, узкие раскосые глаза сверкают в глубоких глазницах. Этим бесстрашным и неутомимым наездникам необходимы пастбища для скота и бескрайние просторы, чтобы охотиться там, мчась на своих выносливых конях.

Кау-джеру пока еще никогда не доводилось по-настоящему встречаться с этими жестокими грабителями, которых не могли обуздать ни аргентинцы, ни чилийцы.

Только в ноябре 1872 года Кау-джеру, находившемуся в то время в западной части Огненной Земли, близ Магелланова пролива, пришлось столкнуться с патагонцами и стать на защиту огнеземельцев из бухты Инутиль.

Эта бухта, граничащая на севере с болотами, образует глубокую выемку почти напротив того места, где когда-то Сармьенто[1] основал печальной памяти колонию Пуэрто-Хамбре.

Итак, отряд патагонцев, высадившийся на южном берегу бухты Инутиль, напал на поселение яганов, насчитывавшее не более двух десятков семейств. Численное превосходство было на стороне нападавших, к тому же более сильных физически и лучше вооруженных.

И все же огнеземельцы пытались обороняться под командованием одного индейца из племени каноэ, только что прибывшего в их селение на своей лодке.

Звали его Кароли. Он работал лоцманом и водил каботажные суда по проливу Бигл и между островами архипелага мыса Горн. Закончив в этот день проводку очередного корабля в Пунта-Аренас, он на обратном пути остановился в бухте Инутиль.

С помощью яганов Кароли попытался оттеснить захватчиков. Однако силы оказались слишком неравными. Огнеземельцы не смогли противостоять врагу. Поселение было взято приступом, палатки разорены, семьи разлучены. Кровь лилась потоками.

Во время сражения сын Кароли, девятилетний Хальг, терпеливо поджидал отца, не выходя из лодки. Мальчик не отплывал от берега. Правда, в открытом море ему бы ничего не грозило, но зато отец не смог бы добраться до каноэ. Вдруг к ребенку кинулись два патагонца. Один из них вскочил в лодку и схватил Хальга.

---

[1] Сармьенто де Гамбоа — испанский мореплаватель XVI века; основал на берегу Магелланова пролива колонию, почти все население которой впоследствии погибло от голода (Пуэрто-Хамбре по-испански значит: Голодная Гавань).

Как раз в этот момент Кароли удалось вырваться из лап нежданных пришельцев и бежать из поселка. Он бросился на помощь к сыну, которого уже уносили враги. Стрела, пущенная одним из патагонцев, просвистела возле самого уха Кароли, не задев его. Не успела пролететь другая, как раздался ружейный выстрел. Смертельно раненный патагонец упал на землю, а его товарищ обратился в бегство. Стрелял белый человек, случайно попавший на поле битвы. Это был Кау-джер.

Теперь следовало дорожить каждым мгновением. Быстро подтянув лодку к берегу, Кау-джер, Кароли и Хальг прыгнули в нее и, не мешкая, вышли на морской простор. Они уже находились на расстоянии доброго кабельтова от берега, когда остальные патагонцы заметили их и послали вдогонку тучу стрел. Одна из них угодила Хальгу в плечо.

Рана была довольно опасна, поэтому Кау-джер не захотел покинуть спутников, которым могла понадобиться помощь. Лодка, обогнув Огненную Землю, прошла по проливу Бигл и наконец достигла маленькой, хорошо защищенной от ветра бухты на острове Исла-Нуэва, где жил Кароли.

Мальчику уже не угрожала опасность, ибо рана больше не кровоточила. Кароли не находил слов, чтобы выразить свою благодарность чужеземцу.

Когда они подошли к берегу, индеец выскочил на берег и пригласил Кау-джера следовать за ним.

— Вот мой дом, — сказал он. — Здесь я живу с сыном. Если захочешь провести у нас несколько дней, будешь желанным гостем. Потом в моем каноэ переправишься на другой берег. Если же ты пожелаешь остаться здесь навсегда, мой дом станет твоим домом, а я — твоим верным другом.

С этого дня Кау-джер не покидал острова Исла-Нуэва. Он остался с Кароли и Хальгом, помог индейцу благоустроить жилище и даже облегчил его работу лоцмана: ветхое каноэ заменила прочная шлюпка «Уэл-Киедж», купленная после крушения одного норвежского судна. В нее-то и перенесли теперь раненого охотника.

Так прошло несколько лет, и казалось, что Кау-джер навсегда останется свободным на свободной земле, как вдруг одно непредвиденное событие резко изменило всю его жизнь.

3. Конец свободной страны

Остров Исла-Нуэва, расположенный у восточного входа в пролив Бигл, имеет форму неправильного пятиугольника площадью восемь на четыре километра. Обширные луга и множество деревьев самых разнообразных пород оживляют пейзаж острова. В некоторых, защищенных от ветра участках можно найти великолепную землю, вполне пригодную для выращивания овощей.

На этом острове, на склоне прибрежной скалы, обращенном к морю, и поселился около десяти лет назад индеец Кароли. Трудно было найти более удобное место для жилья. Отсюда он мог видеть все суда, выходившие из пролива Ле-Мер. Капитаны, державшие курс на Тихий океан мимо мыса Горн, не нуждались в посторонней помощи, но те, кто хотел пройти через многочисленные проливы архипелага Магальянес, не могли обойтись без лоцмана.

Однако в Магелланов пролив корабли заходят относительно редко, так что ремесло лоцмана не могло прокормить Кароли и его сына. Приходилось промышлять охотой и рыбной ловлей, а потом выменивать добычу на предметы первой необходимости.

Долгое время Кароли жил в естественном гроте, выдолбленном природой в гранитной скале, который был во всех отношениях удобнее, чем хижины яганов. Но после приезда Кау-джера индеец обзавелся настоящим домом. На его постройку пошли деревья из соседнего леса, камни, добытые около ближайших скал, и известь, полученная из размельченных раковин, усеивавших берег.

Дом состоял из трех комнат. В центре — общее помещение с большой печью, справа — комната Кароли и Хальга, слева — Кау-джера. Там, на полках, лежали его бумаги и книги — большей частью труды по медицине, политической экономии и социологии. В шкафу стояли склянки с лекарствами и хирургические инструменты.

Сюда-то и вернулся Кау-джер со своими спутниками после посещения Огненной Земли, с которого началось наше повествование.

Но еще до возвращения домой они на «Уэл-Киедж» доставили раненого туземца в его селение, расположенное у восточного входа в пролив Бигл.

Едва завидев шлюпку, несколько десятков мужчин и женщин выбежали на берег. Вслед за ними увязалась целая орава голых ребятишек. Как только Кау-джер вышел из лодки, индейцы окружили его. Все хотели пожать ему руку, высказать искреннюю благодарность за помощь, которую получали от него; он терпеливо выслушал все новости. Потом матери повели Кау-джера к больным детям и с волнением внимали его советам. Казалось, одно присутствие этого человека уже утешало их.

Тем временем индейца, растерзанного ягуаром и умершего по дороге, несмотря на полученную помощь, положили на берегу, и все жители поселка столпились вокруг него. Кау-джер подробно рассказал об обстоятельствах гибели охотника, а затем отправился в обратный путь, великодушно подарив вдове погибшего шкуру ягуара, представлявшую целое состояние для бедных туземцев.

Приближалась зима. Жизнь в домике на Исла-Нуэва шла своим чередом. Несколько раз приходили каботажные суда, спешившие закупить пушнину до наступления зимних бурь, когда навигация в этих районах прекращалась. Охотники выгодно продавали или обменивали меха на предметы, необходимые на время холодов, которые продолжаются здесь с июня по октябрь.

В конце мая один из капитанов обратился за помощью к Кароли. Кау-джер и Хальг остались на острове одни.

Юноше исполнилось уже семнадцать лет. Он по-сыновнему привязался к Кау-джеру. И тот отвечал ему отцовской нежностью и всячески заботился о его умственном развитии. Кау-джеру удалось вывести мальчика из первобытного состояния, и теперь он резко отличался от соплеменников.

Нужно ли говорить о том, что Кау-джер постоянно внушал юному Хальгу идеи независимости, в которые свято верил сам? Кау-джер никогда не выказывал своего превосходства и вел себя с Кароли и его сыном как с равными. Недаром он всегда говорил, что человек, в полном смысле этого слова, никому не подчиняется. Все люди свободны и равны.

Эти семена падали на благодатную почву. Ведь огнеземельцы — страстные приверженцы свободы. Ради нее они жертвуют всем, отказываясь от жизненных благ. Как правило, большинство из них кочуют с места на место, хотя оседлая жизнь обеспечивала бы им относительно большее благополучие и безопасность. Они всегда спешат снова двинуться в путь — пусть голодные, пусть нищие, но зато свободные.

В начале июня на Магеллановой Земле наступила зима. Правда, больших морозов не было, но дули ураганные ветры, бушевали свирепые метели, и Исла-Нуэва совершенно потонул под снегом.

Так прошли июнь, июль и август. К середине сентября температура значительно повысилась, и каботажные суда с Фолклендских островов снова появились на фарватере.

19 сентября Кароли, оставив Хальга и Кау-джера на острове, повел по проливу Бигл американский пароход с лоцманским флагом на фок-мачте. Индеец отсутствовал почти неделю.

Когда он вернулся домой, Кау-джер, по обыкновению, стал его расспрашивать, как прошло путешествие.

— Все в порядке, — ответил Кароли, — море было спокойно, а ветер попутный.

— Где ты сошел с корабля?

— В проливе Дарвин, у косы острова Стюарт. Там мы встретились с рассыльным судном.

— Куда оно направлялось?

— К Огненной Земле. На обратном пути я видел его уже в бухте. С него высадился целый отряд солдат.

— Солдат?! — воскликнул Кау-джер. — Какой страны?

— Чилийцы и аргентинцы.

— Зачем они пожаловали?

— Сказали, будто сопровождают двух чиновников, которые ведут разведку на Огненной Земле и соседних островах.

— А откуда прибыли чиновники?

— Из Пунта-Аренаса. Губернатор дал в их распоряжение рассыльное судно.

Поток вопросов иссяк. Кау-джер задумался. Зачем приехали сюда чиновники? Что им понадобилось в этой части Магеллановой Земли? Может быть, дело касалось какого-нибудь географического или гидрографического исследования и они должны были лишь уточнить глубины морского дна в интересах навигации?

Кау-джер никак не мог избавиться от какого-то смутного беспокойства. Неужели разведка будет производиться на всем архипелаге Магеллановой Земли и рассыльное судно появится даже в водах Исла-Нуэва?

Особое значение этой новости заключалось в том, что экспедиция была послана правительствами Чили и Аргентины. Возможно ли, что обе республики, до сих пор не установившие между собой нормальных отношений, наконец договорились по поводу территории, на которую, кстати сказать, ни та, ни другая не имели законных прав?

После разговора с Кароли Кау-джер поднялся на холм, возвышавшийся над их домом. Отсюда открывалась бесконечная морская гладь. Взгляд Кау-джера невольно устремился на юг, к последним рубежам американского континента, составляющим архипелаг мыса Горн. Неужто придется перебираться туда, чтобы найти свободную землю? А может, еще дальше? Мысли Кау-джера уже бродили где-то у Полярного круга, он вступал в необъятные просторы Антарктики, окутанной непостижимой тайной и недоступной даже самым бесстрашным исследователям...

Как бы огорчился Кау-джер, если бы узнал, насколько верны его опасения! На борту чилийского корабля находились чилийский и аргентинский комиссары, уполномоченные своими правительствами подготовить раздел архипелага Магальянес между двумя государствами, заявившими на него права.

Уже много лет вокруг этого вопроса шли бесконечные споры, но пока обе стороны все никак не могли прийти к обоюдному согласию. Подобная ситуация могла бы со временем обостриться и привести к серьезному конфликту. Вот почему нужно было договориться как можно скорее — и не только с точки зрения коммерческой, но и с политической. Ведь ненасытная захватчица Англия находилась неподалеку и со своих Фолклендских островов вполне могла протянуть руку к Магеллановой Земле. Ее каботажные суда частенько наведывались в проливы, а ее миссионеры оказывали все большее влияние на обитателей Огненной Земли. Так что в один прекрасный день на каком-нибудь из островов мог взвиться английский государственный флаг, а всем известно, что нет ничего труднее, чем снять британский флаг с того места, где он был водружен.

Комиссары, закончив обследование архипелага, возвратились восвояси: один в Сант-Яго, другой в Буэнос-Айрес. Месяц спустя, 17 января 1881 года, в столице Аргентины было подписано соглашение между двумя республиками, разрешившее опасную проблему архипелага Магальянес.

По этому договору Патагония изымалась из-под власти Аргентины и переходила к Чили, за исключением территории, лежащей между 52° широты и 70° долготы к западу от гринвичского меридиана. Взамен этого Чилийское государство отказывалось от части Огненной Земли, расположенной на 68° долготы к востоку. Отныне все остальные острова архипелага принадлежали Чили.

Итак, Магелланова Земля теряла свою независимость. Что же будет делать Кау-джер, поневоле очутившийся на территории, принадлежавшей теперь Чили?

На Исла-Нуэва о договоре стало известно только 25 февраля. Новость привез Кароли, вернувшийся из очередного лоцманского рейса.

Узнав об этом, Кау-джер не мог подавить приступ гнева. Правда, он не проронил ни слова, но в глазах у него загорелись огоньки ненависти, и резким, негодующим жестом он невольно протянул руку к северу.

Не в силах справиться с волнением, он принялся нервно расхаживать взад и вперед по берегу. Ему казалось, что почва ускользает из-под ног.

Наконец Кау-джеру удалось взять себя в руки. Его лицо вновь приняло обычное невозмутимое выражение и, подойдя к Кароли, он спросил спокойным тоном:

— Эти сведения достоверны?

— Ну конечно, — ответил индеец. — Я узнал все в Пунта-Аренасе. Говорят, что у входа в пролив на Огненной Земле уже укрепили два флага: чилийский на мысе Орендж и аргентинский на мысе Эспириту-Санту.

— Значит, все острова на юге пролива Бигл принадлежат Чили?

— Да, все.

— Даже Исла-Нуэва?

— И он тоже.

— Этого следовало ожидать, — прошептал Кау-джер, судорожно сглотнув комок, подкатившийся к горлу.

Потом он вернулся в дом и заперся в своей комнате.

Кто же был этот человек? Какие причины заставили его метаться с одного континента на другой, дабы наконец заживо похоронить себя на Магеллановой Земле? Почему все связи с человечеством ограничились для него лишь несколькими туземными племенами, которым он не раздумывая посвятил всю свою жизнь?

На первый вопрос дадут ответ те ближайшие события, о которых читатель узнает из дальнейшего повествования. На два же остальных вопроса ответом послужит краткий рассказ о прежней жизни Кау-джера.

Замечательный человек, одинаково глубоко постигший как социальные, так и естественные науки, обладавший мужественным и решительным характером, Кау-джер был искренним последователем теоретических положений анархизма.

Известно, что анархисты отрицают всякую организацию общества, необходимую для нормальной деятельности человеческого коллектива. Проповедуя абсолютный индивидуализм, они стремятся к уничтожению любой власти и к разрушению всех социальных связей.

К ним-то и принадлежал Кау-джер. Его бунтарская, неукротимая, неспособная к повиновению душа восставала против всех законов (кстати говоря, весьма несовершенных!), при помощи которых человечество пытается вслепую регламентировать общественные отношения. Конечно, он никогда не принимал участия в насильственных деяниях, проповедуемых анархистами, и никогда не подвергался изгнанию. Просто ему самому опротивела так называемая цивилизация и, стремясь сбросить с себя бремя какой бы то ни было власти, он искал некий уголок на земле, где человек мог быть совершенно свободным.

Ему казалось, что такое место он нашел именно здесь, на самом краю света, на одном из островов Магеллановой Земли.

И вот по договору, заключенному между Чили и Аргентиной, эта территория тоже теряла свою независимость. Теперь все острова архипелага, лежащие в южной части пролива Бигл, переходили во владение Чили. Отныне все они, даже маленький островок Исла-Нуэва, где нашел пристанище Кау-джер, будут подчинены власти губернатора Пунта-Аренаса.

Забраться так далеко, затратить столько сил, вести такую тяжкую жизнь — и ради чего?! Чтобы все пошло прахом?..

Нескоро оправился Кау-джер от удара. Его мысли устремились в будущее, которое казалось ему мрачным и безрадостным. В Чили знали, что на Исла-Нуэва поселился белый человек. Присутствие чужеземца на Магеллановой Земле, его дружба с местными жителями и влияние на них уже не раз вызывали беспокойство чилийского правительства. Губернатор, вероятно, пожелает выяснить — кто он такой? На остров, несомненно, пришлют чиновников, и те учинят Кау-джеру подробный допрос о его прошлом и заставят раскрыть свое инкогнито, которым он так дорожил.

Прошло несколько дней. Кау-джер больше не заговаривал о предстоящих событиях, вызванных недавним соглашением, но стал еще мрачнее, чем прежде. Тревожные думы не давали ему покоя. Как поступить? Быть может, ему следует покинуть Исла-Нуэва и укрыться в каком-нибудь недоступном для людей месте, где можно было бы вновь обрести свободу и независимость, без которых, как ему казалось, жизнь невозможна? Допустим... Ну, а если он даже приютится на каком-нибудь жалком скалистом островке у мыса Горн — не настигнет ли его и там бдительное око правительства Чили?

Было начало марта. Теплая погода могла продержаться еще около месяца. В это время — пока можно было пользоваться морским путем — Кау-джер обычно навещал индейские поселения. Однако на сей раз он не собирался отправляться в путь. Неоснащенная «Уэл-Киедж» стояла в глубине бухты.

Только 7 марта, после пополудни, Кау-джер сказал Кароли:

— Приготовь шлюпку на завтра. С рассветом выйдем в море.

— На несколько дней?

— Да.

— Хальг поедет с нами?

— Да.

— А собака?

— Тоже.

На заре «Уэл-Киедж» подняла парус. Дул восточный ветер. Бурный прибой бился о подножие утеса. На севере, в открытом море, перекатывались вздувшиеся длинные валы.

Шлюпка обогнула Исла-Нуэва и направилась к острову Наварино, чья двуглавая вершина смутно вырисовывалась в утреннем тумане.

Они бросили якорь еще до захода солнца у южной косы этого острова. Там, в глубине маленькой бухты с крутыми берегами, можно было спокойно провести ночь.

На следующий день шлюпка пересекла по диагонали бухту Нассау и взяла курс на остров Уоллестон, куда пришла в тот же вечер.

Погода заметно испортилась. Ветер, дувший с северо-востока, крепчал. На горизонте собирались густые тучи. Надвигалась буря. Чтобы плыть на юг, Кароли приходилось выбирать самые узкие проходы, где море было спокойнее. Поэтому, обогнув остров Уоллестон с запада, они направились в пролив, отделяющий остров Эрмите от острова Хершел.

15 марта, во второй половине дня, они подошли к этой крайней оконечности архипелага, испытав немало опасностей среди разбушевавшейся водной стихии. Кау-джер тотчас же сошел на берег. Ничего не объясняя Кароли и Хальгу, он прогнал увязавшуюся было за ним собаку и направился к скалистому мысу.

Остров Горн представлял собой хаотическое нагромождение колоссальных каменных глыб, у подножия которых застряла масса сплавного леса и гигантских водорослей, принесенных течением. А дальше среди белоснежной пены прибоя, виднелись острия мелких рифов.

На невысокий мыс острова Горн нетрудно забраться по северному, пологому склону, на котором кое-где попадаются участки плодородной земли.

По этому-то склону и стал подниматься Кау-джер, добираясь до вершины мыса.

Буря разыгралась не на шутку. Дул такой неистовый ветер, что приходилось сгибаться в три погибели, чтобы не сорваться в море. Высоко взлетавшие брызги волн хлестали по лицу. Оставшиеся внизу Кароли и Хальг молча смотрели, как постепенно уменьшается силуэт Кау-джера. Видно было, что ему трудно бороться с ветром.

Тяжкий подъем продолжался почти целый час. Достигнув вершины мыса, Кау-джер приблизился к самому краю отвесного берега и застыл как изваяние, устремив взгляд на юг.

С востока уже надвигалась ночь, а с противоположной стороны горизонта все еще сверкали последние отблески солнца. Клочья огромных, разорванных ветром туч, похожих на клубы дыма, проносились со скоростью урагана. Вокруг бушевал океан.

Зачем же пришел сюда этот человек с мятущейся душой? Быть может, у него была какая-нибудь цель или надежда? Или же, забравшись на край света и остановившись перед непреодолимым, он мечтал лишь о том, чтобы обрести там вечный покой?

Время шло. Кромешная тьма поглотила все…

Ночь.

И вдруг где-то далеко-далеко блеснула слабая вспышка света и донесся глухой отзвук выстрела.

Это был пушечный залп с корабля, терпевшего бедствие.

4. Шторм

Было около восьми часов вечера. Юго-восточный ветер с неистовой силой хлестал по берегу. Ни один корабль не смог бы обогнуть крайнюю оконечность Южной Америки, не рискуя при этом разбиться о рифы.

Именно такая опасность угрожала судну, известившему о ней пушечным выстрелом. По-видимому, капитан не смог поднять все паруса, чтобы держаться нужного направления среди бушующих волн, и корабль неудержимо несло на рифы.

Не прошло и получаса, как Кароли и Хальг, цепляясь за выступы скал и за мелкий кустарник, пробивавшийся в расщелинах, поднялись на вершину мыса. Теперь они втроем напряженно прислушивались к вою бури.

Раздался второй залп. На какую помощь надеялся злополучный корабль, оказавшийся среди необитаемых островов, во власти разъяренной стихии?

— Он на западе, — сказал Кароли, определив направление выстрела.

— Идет правым галсом, — добавил Кау-джер, — потому что теперь он ближе к мысу, чем когда стрелял первый раз.

— Ему не обогнуть мыс, — заметил Кароли.

— Ни в коем случае, — подтвердил Кау-джер. — Слишком сильная волна… Но почему капитан не выходит в открытое море?

— Наверно, не может.

— А может быть, он не видит берега? Нужно дать ему ориентир. Скорее разожжем костер! — воскликнул Кау-джер.

С лихорадочной поспешностью они стали собирать по склонам мыса ветки кустарника, сбитые шквалом, сухую траву и лишайники, скопившиеся в углублениях почвы, и складывать все это на вершине скалы.

Кау-джер высек огонь. Сначала загорелся трут, за ним отдельные сучья, а потом раздуваемое ветром пламя заметалось у ног Кау-джера. И вот не прошло и минуты, как к небу взвился ослепительный огненный столб, окутанный густыми клубами дыма, которые уносились прочь на север. Хворост трещал так громко, будто рвались патроны, и временами звуки эти заглушали даже рев бури.

Казалось бы, что мыс Горн, находящийся на стыке двух океанов, специально создан для возведения маяка, который предотвращал бы частые здесь кораблекрушения.

Но маяка не было, и его роль выполнил костер. Во всяком случае, огонь показывал кораблю, что берег близко. По этому ориентиру капитан мог бы выйти в фарватер с подветренной стороны острова Горн.

Правда, осуществить такой маневр в полной темноте представлялось весьма опасным. К тому же, если на борту не было человека, знакомого с условиями плавания в этих районах, кораблю вряд ли удалось бы благополучно пробраться между рифами.

Тем временем костер все еще полыхал, вонзаясь яркими языками пламени в непроглядную тьму. Кароли и Хальг все время подбрасывали в огонь новые и новые сучья.

Кау-джер, стоя перед костром, тщетно пытался определить положение судна. Вдруг на какой-то миг, в просвете между тучами, выглянула луна и осветила большой четырехмачтовый корабль, корпус которого четко выделялся среди белой морской пены. Судно действительно держало курс на восток, с трудом преодолевая натиск ветра и волн.

И в ту же минуту в тишине, наступившей между двумя порывами шквала, раздался зловещий грохот. Две кормовые мачты сломались у самого основания.

— Конец! — вскричал Кароли.

— В шлюпку! — скомандовал Кау-джер.

Все трое мгновенно, рискуя жизнью, сбежали с вершины мыса, через несколько минут очутились на берегу, вскочили в лодку и вышли из бухты. Хальг сидел на руле, Кау-джер и Кароли гребли изо всех сил — о том, чтобы поднять парус, не приходилось и думать.

С величайшим трудом им удалось вывести «Уэл-Киедж» за линию рифов. Шлюпку так бросало с волны на волну, то подкидывая кверху, то швыряя вниз, в пучину (как говорят моряки, «мотало»), что она трещала по всем швам. Тяжелые валы перекатывались до самой кормы. Залитая водой, «Уэл-Киедж» могла в любой момент пойти ко дну. Хальгу пришлось бросить руль и орудовать черпаком.

Тем не менее они приближались к кораблю. Уже можно было различить его сигнальные огни и весь темный корпус, покачивавшийся наподобие гигантского черного бакена на более светлом фоне неба. Две сломанные мачты, удерживаемые вантами, болтались за кормой. Фок-мачта и грот-мачта описывали в темноте полукруги.

— Где же капитан? — воскликнул Кау-джер. — Почему он не освободится от рангоута? Ведь корабль не сможет войти в пролив с таким хвостом!

В самом деле, следовало как можно скорее перерубить снасти, на которых держались упавшие за борт мачты. По-видимому, на судне царила паника. А может быть, на нем уже не было капитана? Такое предположение казалось вполне вероятным, судя по тому, что даже в такой критический момент ничего не предпринималось для спасения корабля. Однако и команда должна была понимать, что парусник относит к берегу и что он непременно разобьется о скалы. А пламя костра, горевшего на вершине мыса Горн, все еще извивалось, подобно огромным огненным змеям, взметавшимся от каждого порыва шквала.

— Значит, на борту никого не осталось, — ответил Кароли на замечание Кау-джера.

Конечно, вполне могло случиться, что экипаж покинул судно и теперь пытается добраться до берега на шлюпках, если… если только весь корабль не превратился в огромный гроб с мертвецами и умирающими. Даже в краткие мгновения относительного затишья с судна не доносилось ни единого крика о помощи.

Наконец «Уэл-Киедж» вышла на траверс корабля как раз в тот момент, когда его так сильно накренило на левый борт, что он чуть не опрокинулся. Но кто-то ловким поворотом руля выровнял судно. Кароли быстро схватил один из обрывков снастей, висевших вдоль борта парусника, и закрепил нос шлюпки.

Затем все трое, взяв собаку, перелезли через релинги и вступили на палубу.

О нет, корабль отнюдь не был покинут. Наоборот, его переполняла толпа обезумевших женщин, мужчин и детей. Сотни несчастных пассажиров, охваченных паническим ужасом, лежали плашмя в рубках, коридорах, на нижней палубе. Страшная бортовая качка валила с ног, не позволяя подняться.

В темноте никто из них даже и не заметил, как на борту очутились новые люди.

Кау-джер бросился на корму, к рулевому... Но там никого не было. Судно, лишенное парусов, плыло в буквальном смысле слова без руля и без ветрил.

Где же капитан и офицеры? Неужели, забыв о долге, они подло бросили корабль на произвол судьбы?

Кау-джер схватил за плечо проходившего мимо матроса.

— Где капитан? — спросил он по-английски.

Матрос, даже не обратив внимания, что с ним заговорил посторонний, только пожал плечами.

— В море... Убит рухнувшим рангоутом... И другие там же... — ответил матрос странно безразличным голосом.

Итак, на судне не было капитана, не хватало команды.

— А помощник капитана? — продолжал Кау-джер.

Матрос снова так же равнодушно пожал плечами.

— Помощник? — переспросил он. — Переломаны обе ноги, и пробита голова. Валяется на нижней палубе.

— А рулевой? Боцман? Где они?

Матрос жестом показал, что ничего не знает.

— Кто же, в конце концов, командует судном? — воскликнул Кау-джер.

— Вы! — заявил Кароли.

— Тогда берись за руль и выходи в открытое море!

Кау-джер и Кароли бросились на корму и изо всех сил налегли на руль. Корабль с трудом, как бы нехотя, медленно перешел на левый галс.

Став под ветер, парусник понемногу начал набирать ход. Неужели удастся пройти на запад от острова Горн?

Куда держал путь корабль? Это выяснится позднее. А пока Кау-джер при свете фонаря смог прочесть на рулевом колесе название судна и порт его прописки: «Джонатан. Сан-Франциско».

Сильная качка мешала управлять судном. Все же Кау-джер и Кароли пытались удержать его в пределах фарватера, ориентируясь на последние отблески пламени, которое еще несколько минут полыхало на вершине мыса Горн.

Но этого оказалось достаточно, чтобы войти в пролив, видневшийся с правого борта, между островами Эрмите и Горн. Если бы «Джонатану» удалось проскочить рифы в средней части пролива, он смог бы тогда стать на якорь в бухте, защищенной от ветра и волн, и спокойно дождаться восхода солнца.

Прежде всего Кароли с помощью нескольких матросов, которые в растерянности даже не заметили, что ими командует индеец, быстро перерезал ванты и бакштаги с левого борта, удерживавшие обе обломившиеся мачты. Ведь они волочились вслед за кораблем и так колотились о корму, что могли в конце концов пробить корпус судна. Как только матросы перерубили снасти, мачты сразу унесло течением. Что же касается «Уэл-Киедж», то с помощью фалиня ее отвели за корму.

Шторм крепчал. Огромные валы, перекатывавшиеся через фальшборт, усиливали панику среди пассажиров. Лучше бы все эти люди спустились в кубрики или каюты, но несчастные были не в состоянии услышать и понять то, что от них требуют.

Наконец, резко кренясь то на один, то на другой борт, захлестываемый волнами, корабль обогнул мыс Горн. Скользнув по выступавших из воды рифам, «Джонатан», на носу которого укрепили вместо кливера простой кусок парусины, обошел под ветром остров Горн, укрывший его от неистовства бури.

Во время этого относительного затишья на полуют поднялся какой-то человек и, подойдя к Кау-джеру и Кароли, стоявшим у руля, обратился к Кау-джеру:

— Кто вы такой?

— Лоцман, — ответил Кау-джер. — А вы?

— Был боцманом.

— Где ваши офицеры?

— Погибли.

— Все?

— Все.

— Почему вы, оставили свой пост?

— Меня сбило упавшей мачтой. Я только что пришел в себя.

— Ладно. Мы и вдвоем справимся здесь. Отдохните, а когда сможете, соберите ваших людей. Надо навести порядок.

Опасность еще не миновала — до этого было далеко. Как только корабль достигнет северной косы острова, в проливе между островами Хершел и Горн, на него снова обрушатся свирепые шквалы волн и ветра. Но иного пути не было. Кроме того, здесь, близ мыса Горн, не было никакого убежища, где «Джонатан» смог бы стать на якорь. Да и ветер, дувший теперь с юга, бесспорно помешает добраться до этой части архипелага.

У Кау-джера оставалась лишь одна-единственная надежда: податься на запад и достичь острова Эрмите. На его южном побережье имеются довольно глубокие бухты и, возможно, «Джонатану» удастся укрыться от шторма, обогнув один из выступов острова. А когда море утихнет, Кароли, дождавшись попутного ветра, попытается провести пострадавшее судно через Магелланов пролив в Пунта-Аренас.

Но сколько опасностей поджидает их на пути к острову Эрмите! Как избежать столкновения с многочисленными рифами, усеивающими море в этом районе? Как провести корабль по нужному курсу в полной темноте, с единственным парусом, сделанным из обрывка кливера?

Прошел мучительный час. Последние скалы острова Горн остались позади. Море снова обрушилось на «Джонатана».

Боцману с помощью десятка матросов удалось установить фор-стень-стаксель, на что ушло не менее получаса. Наконец ценой сверхчеловеческих усилий парус подняли на блоке, посадили на галс и натянули шкот талями.

Казалось бы, для судна подобного тоннажа действие этого жалкого куска парусины будет едва ощутимым. Однако он сделал свое дело, а ветер был настолько силен, что судно прошло семь-восемь миль, отделявших остров Горн от острова Эрмите, меньше чем за час.

Кау-джер и Кароли уже полагали, что их попытка спасти корабль увенчалась успехом, как вдруг раздался оглушительный грохот, перекрывший на миг даже раскаты бури.

На высоте десяти футов от палубы сломалась фок-мачта. При падении она увлекла за собою часть грот-мачты и, разрушив фальшборт, свалилась в океан.

Эта роковая случайность погубила множество людей. Послышались душераздирающие крики. В ту же минуту «Джонатан» накрыла огромная волна, и он дал такой крен, что чуть не пошел ко дну.

Однако судно выровнялось, но по всей палубе опять прокатился стремительный поток, сметая все на своем пути. К счастью, такелаж был уже разрушен и остатки снесенных ураганом мачт не угрожали кораблю.

«Джонатан» превратился в беспомощный обломок, плывущий по воле волн.

— Погибаем! — раздался чей-то крик.

— Даже лодок не осталось! — простонал кто-то другой.

— А шлюпка лоцмана? — прервал третий.

Толпа бросилась на корму, где на буксире шла «Уэл-Киедж».

Но боцман тотчас же установил цепь матросов, преградившую дорогу обезумевшим пассажирам. Теперь им приходилось только дожидаться развязки.

Через час Кароли заметил на севере мощный горный массив. Неизвестно каким чудом «Джонатан» проскользнул невредимым через узкий пролив, отделяющий остров Хершел от острова Эрмите. Так или иначе, перед кораблем уже высились скалы острова Уоллестон. Сильное течение мгновенно пронесло судно мимо острова.

Кто же победит — ветер или течение? Пройдет ли «Джонатан», подгоняемый ветром, с востока от острова Осте или же, уносимый течением, обогнет остров с юга? Оказалось, ни то, ни другое. Среди ночи сильнейший удар потряс весь корпус корабля, и он неподвижно застыл на месте, резко накренясь на левый борт.

Американский парусник напоролся на рифы у восточного берега оконечности острова Осте, носящей название «мыс Горн Ложный».

5. Кораблекрушение

За две недели до памятной ночи, с 15 на 16 марта, американский клипер «Джонатан» покинул калифорнийский порт Сан-Франциско, направляясь в Южную Африку. Любое быстроходное судно при благоприятной погоде могло проделать такой путь за пять недель.

Этот парусник водоизмещением в три с половиной тысячи тонн был оснащен четырьмя мачтами. Командир судна, капитан Леккар, весьма опытный моряк, имел в своем подчинении помощника капитана Месгрева, лейтенанта Мэдисона, боцмана Хартлпула и команду из двадцати семи матросов.

«Джонатан» был зафрахтован для перевозки завербованных Обществом колонизации эмигрантов в африканскую бухту Лагоа, где португальское правительство предоставляло им земельную концессию.

В трюме клипера, помимо необходимой на время путешествия провизии, имелось все, что могло потребоваться молодой колонии в период ее организации. Запасов муки, консервов и спиртных напитков хватило бы колонистам на первые несколько месяцев. Кроме того, «Джонатан» вез палатки, сборные дома и различные предметы домашнего обихода — словом, все, что нужно для устройства на новом месте. Чтобы скорее приступить к разработке земельных участков, Общество колонизации позаботилось о снабжении колонистов сельскохозяйственными орудиями, различными саженцами, семенами злаков и овощей, некоторым количеством рогатого скота, свиней, овец, а также всевозможной домашней птицей.

Таким образом, новая колония была бы надолго обеспечена и продовольствием и орудиями труда. Впрочем, будущие колонисты знали, что их впредь не оставят на произвол судьбы.

Но с самого начала путешествия все силы природы словно объединились против «Джонатана». После долгого и тяжелого плавания корабль наконец достиг мыса Горн будто только для того, чтобы стать жертвой самой жестокой бури, когда-либо разыгравшейся в этих краях.

Капитан Леккар, не имея возможности определить свое точное местонахождение по солнцу, полагал, что судно находится далеко от земли. Поэтому он решил идти правым галсом, надеясь, не меняя курса, кратчайшим путем добраться до Атлантики, где рассчитывал на более благоприятную погоду. Но едва выполнили приказ, как огромная волна, обрушившаяся на «Джонатана» с правого борта, унесла в море нескольких пассажиров и матросов. Спасти несчастных не удалось — они мгновенно исчезли в пучине.

Вот тогда-то на корабле и начали палить из пушки, оповещая о том, что «Джонатан» терпит бедствие. Первый же выстрел был услышан Кау-джером и его спутниками.

Видимо, капитан Леккар не заметил зажженного на вершине мыса огня, иначе смог бы вовремя обнаружить свою ошибку. В довершение всего его помощник Месгрев попытался положить судно на другой галс, чтобы выйти в открытое море, хотя из-за сильного шторма и ограниченной парусности это казалось почти неосуществимым. Однако когда после многих бесплодных попыток этот маневр почти удался, вдруг рухнул кормовой рангоут, сбросив Месгрева и лейтенанта Мэдисона за борт. В ту же секунду раскачавшийся блок ударил по голове боцмана, и он упал без сознания на палубу.

Остальное читателю уже известно.

Плавание закончилось. «Джонатан», намертво зажатый острыми рифами, оказался прикованным у побережья острова Осте. Далеко ли земля? Это могло выясниться только утром. Теперь же непосредственная опасность миновала, ибо судно по инерции проскочило далеко за линию подводных скал, а рифы защищали «Джонатана» от бурных волн.

Можно было надеяться, что за ночь с кораблем больше ничего не случится, поскольку рифы крепко, как на стапеле, удерживали его.

Кау-джеру с помощью боцмана Хартлпула удалось кое-как втолковать обезумевшим от страха людям, что сейчас им уже ничто не угрожает. Несколько пассажиров — одни по своей воле, другие унесенные неистовым шквалом — оказались за бортом как раз в ту минуту, когда судно село на мель. Они упали прямо на рифы, откуда их тотчас же смыло волной, и теперь искалеченные тела погибших безжизненно покачивались на воде. Но неподвижность «Джонатана» подействовала успокаивающе на остальных эмигрантов. Мало-помалу все они укрылись в рубке или на нижней палубе от потоков дождя, водопадом низвергавшихся из грозовых туч. Кау-джер, Кароли, Хальг и боцман остались на вахте, охраняя покои и безопасность пассажиров «Джонатана».

Очутившись в судовых помещениях, где было относительно спокойно, большинство эмигрантов сразу же забылись тревожным сном. Едва бедняги почувствовали над собой власть разумного и энергичного человека, они бросились в другую крайность и моментально успокоились. Как-то само собой получилось, что они доверились и подчинились Кау-джеру, переложив на его плечи все заботы о своей дальнейшей судьбе. Эти люди не были подготовлены к подобным испытаниям. Привыкнув безропотно переносить повседневные лишения, они оказались совершенно беспомощными перед лицом развернувшихся грозных событий. Они бессознательно мечтали о том, чтобы нашелся какой-нибудь человек, готовый обязать каждого из них выполнить порученное ему задание. Среди эмигрантов находилось немало французов, итальянцев, русских, ирландцев, англичан и даже японцев, но больше всего — выходцев из северо-американских штатов. Столь же разнообразны оказались и их профессии. В большинстве своем это были люди холостые, и лишь около сотни эмигрантов везли с собой целую кучу детей.

Их объединяло то, что все они принадлежали к обездоленным слоям общества. Впрочем, нищих среди них не было, потому что Общество колонизации требовало от своих членов предъявления капитала в пятьсот франков. Ну, а кое-кто располагал суммой и в двадцать — тридцать раз большей. Словом, это сборище было во всех отношениях не хуже и не лучше любого другого. В нем проявлялись те же пороки и добродетели, те же противоречивые чувства и желания, что и везде.

Что же станется с этими людьми, заброшенными судьбой на необитаемый остров? Как им удастся выжить в этих невероятно трудных условиях?

ЧАСТЬ ВТОРАЯ

1. На суше

Даже в этих гористых местах остров Осте поражает своим причудливым рельефом. Если северное его побережье, частично прилегающее к проливу Бигл, образует прямую линию, то остальные берега усеяны скалистыми выступами или изрыты узкими, глубокими заливами, тянущимися чуть ли не через весь остров.

Осте — один из самых больших островов архипелага Магальянеса. Ширина его исчисляется в пятьдесят километров, длиной же он более ста километров, не считая территории полуострова Харди, изогнутого как турецкая сабля. Его коса, выдающаяся на восемь — десять лье к юго-западу, носит название «мыс Горн Ложный».

«Джонатан» был выброшен на огромную гранитную скалу, отделяющую бухту Орендж-бей от бухты Скочуэлл в восточной части полуострова Харди.

В смутном свете зарождавшегося дня, среди тумана, вскоре развеянного последним дыханием пронесшейся бури, проступили очертания диких отвесных берегов.

«Джонатан» лежал на обрывистом мысе, выдававшемся в море острой косой и соединявшемся с основной территорией полуострова массивной горной цепью. У подножия этого скалистого пика тянулась каменная гряда, потемневшая от морских водорослей. Между рифами виднелись участки еще мокрого песка, усыпанного раковинами и моллюсками, которыми изобилуют берега Магеллановой Земли. На первый взгляд остров Осте казался не слишком-то гостеприимным.

Как только рассвело, большинство пассажиров «Джонатана» спустилось на рифы, к тому времени выступившие из воды, и поспешило на сушу. Бесполезно было бы удерживать их. После всех ночных волнений людям не терпелось ощутить под ногами твердую землю. Около сотни человек поднялось на холм, обойдя его с противоположной стороны, чтобы лучше рассмотреть местность, расстилавшуюся перед ними. Некоторые отправились вдоль южного берега косы, другие же — вдоль северного. Многие остались на песчаном берегу, осматривая разбитый корабль.

Лишь несколько человек, наиболее разумных или хладнокровных, не покинули «Джонатан». Взоры их были устремлены на Кау-джера, словно в ожидании распоряжений этого незнакомца, принявшего столь деятельное участие в их судьбе.

Но, поскольку тот, видимо, не собирался прерывать разговора с боцманом, один из эмигрантов, отделившись от маленькой группы пассажиров, направился к беседующим. По выражению лица, по походке, по тысяче едва уловимых признаков нетрудно было угадать, что этот пятидесятилетний человек принадлежал к более высоким слоям общества, чем все остальные.

— Сударь, — сказал он по-английски Кау-джеру, — прежде всего я хочу поблагодарить вас за спасение от неминуемой смерти. Без вас и ваших спутников мы наверняка погибли бы.

И черты лица, и голос, и жесты этого человека — все говорило о его прямой и честной натуре. Кау-джер дружески пожал протянутую ему руку.

— Мой друг Кароли и я, — ответил он на том же языке, — счастливы, что нам удалось благодаря знанию фарватера предупредить страшную катастрофу.

— Разрешите мне представиться. Я — эмигрант. Меня зовут Гарри Родс. Со мной едут жена, дочь и сын, — добавил он, указывая на людей, стоявших поблизости.

— Мой товарищ — лоцман Кароли. А это его сын Хальг, — представил своих спутников Кау-джер. — Они уроженцы Огненной Земли.

— А вы? — спросил Гарри Родс.

— Я — друг индейцев. Они зовут меня Кау-джер, и другого имени у меня нет.

Гарри Родс удивленно посмотрел на собеседника, спокойно выдержавшего его взгляд. Поняв, что настаивать не следует, эмигрант спросил:

— Как вы полагаете, что нам теперь делать?

— Как раз об этом мы и говорили с господином Хартлпулом, — ответил Кау-джер. — Все зависит от состояния «Джонатана». По правде говоря, я не обольщаюсь надеждами, но все же, прежде чем что-то решить, надо осмотреть судно.

— А в какой части Огненной Земли мы находимся?

— На юго-восточном берегу острова Осте.

— Близ Магелланова пролива?

— Наоборот, очень далеко от него.

— Черт побери! — воскликнул Гарри Родс.

— Потому-то, повторяю, все зависит от состояния «Джонатана». Сначала нужно осмотреть корабль, а уж потом предпринимать что-либо.

В сопровождении Хартлпула, Гарри Родса, Хальга и Кароли Кау-джер спустился на рифы и приступил к тщательному осмотру клипера.

Вскоре все пришли к единодушному выводу: корабль ни на что не годен. Корпус его, пробитый почти по всему правому борту, треснул в двадцати местах. А поскольку корпус «Джонатана» был сделан из металла, исправить положение невозможно. Итак, всякая надежда спустить «Джонатан» на воду отпала.

— По-моему, — продолжал Кау-джер, — следует разгрузить судно и поместить груз в надежное место. А тем временем можно будет починить нашу шлюпку, сильно пострадавшую во время шторма. Потом Кароли отвезет в Пунта-Аренас кого-нибудь из эмигрантов, чтобы известить губернатора о случившемся. Несомненно, тот примет все необходимые меры, дабы ускорить ваше возвращение на родину.

— Что ж, все это весьма разумно, — согласился Гарри Родс.

— Я думаю, — снова заговорил Кау-джер, — что следует сообщить о нашем плане действий остальным пассажирам «Джонатана», а для этого, если не возражаете, созовем всех на берег.

Пришлось довольно долго ждать возвращения отдельных групп эмигрантов, которые разбрелись в разные стороны. Однако к девяти часам голод заставил их вернуться к «Джонатану», застрявшему на рифах. Гарри Родс, взобравшись на скалу, рассказал о предложении Кау-джера.

Оно не встретило единодушного одобрения. Некоторые пассажиры были недовольны. Послышался ропот.

— Разгружать судно в три тысячи тонн! Этого еще не хватало! — проворчал один.

— За кого нас принимают? — возмутился другой.

— Мало мы намаялись, — буркнул под нос третий.

Наконец в толпе кто-то громко произнес на ломаном английском языке:

— Прошу слова.

— Говорите, — разрешил Гарри Родс, даже не узнав имени оратора, и тотчас же спустился со скалы.

Его сменил мужчина средних лет, с довольно красивым лицом, окаймленным густой каштановой бородой, и с голубыми мечтательными глазами. По-видимому, он чрезвычайно гордился своей великолепной шелковистой бородой, ибо то и дело любовно поглаживал ее белой, выхоленной рукой.

— Друзья, — начал он, расхаживая по скале, словно на ораторской трибуне, как некогда делал это Цицерон, — кое-кто из вас только что выразил вполне естественное удивление. В самом деле: что нам предлагают? Жить в течение неопределенного времени на необитаемом берегу и выполнять бессмысленную работу по спасению чужого груза. Но зачем дожидаться возвращения шлюпки, если ее можно использовать для перевозки по очереди всех пассажиров в Пунта-Аренас?

В толпе раздались одобрительные возгласы: «Совершенно верно!.. Он абсолютно прав!..»

Однако Кау-джер, стоявший в толпе, возразил:

— Само собой разумеется, «Уэл-Киедж» в вашем распоряжении. Но чтобы перевезти всех в Пунта-Аренас, потребуется не менее десяти лет.

— Допустим, — согласился оратор. — В таком случае подождем возвращения лодки. Но это вовсе не значит, что мы обязаны заниматься разгрузкой корабля вручную. Никто не возражает против того, чтобы забрать из трюма свои личные вещи. Но остальное!.. Разве мы чем-то обязаны Обществу колонизации, которому принадлежит груз? Наоборот, оно должно нести ответственность за все наши беды. Если бы оно не поскупилось и дало бы нам лучшее судно и более опытную команду, мы бы не очутились здесь. Но как бы то ни было, не забывайте, что мы принадлежим к неисчислимой рати эксплуатируемых и не собираемся добровольно превращаться в рабочий скот для эксплуататоров.

Его доводы показались убедительными. Кто-то выкрикнул: «Браво!» Кое-где раздался громкий смех.

Ободренный оратор продолжал с еще большим пылом:

— Кто усомнится в том, что нас бессовестно эксплуатируют, нас, истинных трудящихся! (При этих словах он исступленно ударил себя в грудь.) Даже ценой тягчайшего труда мы не смогли на родине заработать кусок хлеба, орошенного потом. Мы были бы глупцами, если бы стали гнуть спины под тяжестью всего этого барахла, созданного руками таких же, как мы, рабочих, но являющегося собственностью угнетателей-капиталистов. Ведь это их необузданный эгоизм и алчность вынудили нас покинуть семьи и отчизну.

Некоторые эмигранты с растерянным видом слушали эту выспреннюю речь, произнесенную на скверном английском языке с резким иностранным акцентом. У других, казалось, возникли сомнения. Несколько же человек, стоявших у подножия «трибуны», выражали явное одобрение.

Кау-джер снова уточнил положение дел.

— Мне неизвестно, кому принадлежит груз «Джонатана», — спокойно заявил он, — но, зная здешний климат, уверяю вас, что все эти вещи еще пригодятся. Мало ли что может случиться в будущем, и, по-моему, разумнее сохранить их для себя же.

Поскольку предыдущий оратор не выказывал желания вступить в спор, Гарри Родс опять взобрался на скалу и поставил предложение Кау-джера на голосование. Все руки взметнулись вверх: оно было принято.

— Кау-джер спрашивает, — продолжал Гарри Родс, — нет ли среди вас плотников, которые помогли бы починить его шлюпку?

— Есть! — крикнул какой-то солидный человек, подняв руку над толпой.

— Есть! — заявили почти одновременно еще двое.

— Первый — это Смит, — сказал Хартлпул Кау-джеру, — рабочий, завербованный Обществом колонизации. Надежный парень. Других я не знаю. Мне известно только, что одного из них зовут Обар.

— А оратора знаете?

— Это эмигрант — видимо, француз. Мне говорили, что его зовут Боваль. Но я в этом не уверен.

В общем-то, боцман не ошибся. Это действительно был француз, по имени Боваль. Вот краткое описание его бурной, богатой событиями жизни.

Фердинанд Боваль начал с адвокатуры и мог бы преуспеть на этом поприще, так как обладал и умом и талантом. К несчастью, в самом начале своей карьеры он увлекся политикой. Стремясь к осуществлению своих пылких, но весьма туманных и честолюбивых замыслов, он без раздумий покинул Дворец правосудия и окунулся с головой в политическую борьбу, однако скомпрометировал себя в одном сомнительном деле, и с этого момента началось его падение. Постепенно докатившись сначала до бедности, а потом до нищеты, он был вынужден отправиться на поиски счастья в Америку.

Но и там судьба не улыбнулась Бовалю. Скитаясь из города в город, перепробовав все профессии, он попал наконец в Сан-Франциско. Понимая, что и здесь не добьется успеха, что его положение безвыходно, адвокат решился эмигрировать еще раз.

Ознакомившись с проспектом, сулившим златые горы первым колонистам бухты Лагоа, он раздобыл требуемую сумму и записался в эту партию переселенцев. Кораблекрушение «Джонатана», выброшенного на скалы полуострова Харди, чуть не привело к полному краху всех его надежд.

И, однако, постоянные неудачи, преследовавшие бывшего адвоката, ничуть не поколебали его самонадеянности и веры в свою счастливую звезду. Все свои беды Боваль объяснял человеческой злобой, неблагодарностью и завистью. Он слишком высоко ценил собственную персону, полагая, что таланты его восторжествуют при первой же возможности.

Поэтому он ни на минуту не забывал о той роли вождя, которую — без излишней скромности! — взял на себя. Едва очутившись на борту «Джонатана», он с первых же дней попытался распространять среди окружающих полезные, с его точки зрения, идеи, делая это иногда столь невоздержанно, что капитану Леккару не раз приходилось пресекать его бурные выступления.

Несмотря на все препоны, Фердинанду Бовалю еще в самом начале плавания, так трагически окончившегося, все же удалось добиться кое-какого успеха. Некоторые товарищи по несчастью не без удовольствия внимали демагогическим разглагольствованиям бывшего адвоката, составлявшим суть его красноречия. Именно эти эмигранты образовали вокруг него сплоченную, хотя и довольно малочисленную группу.

Конечно, у Боваля нашлось бы куда больше сторонников, если бы он, продолжая обыгрывать произошедшую с «Джонатаном» катастрофу, не столкнулся с опасным соперником — с американцем из Северных Штатов, по имени Льюис Дорик. Этот человек с бритым лицом, холодным взглядом и резким голосом проповедовал те же теории, что и Боваль, но держался еще более крайних убеждений. Впрочем, их разделяли не столько принципиальные разногласия, сколько разница в характерах. Боваль — увлекавшийся представитель латинской расы, обладавший пылким воображением, сам опьянялся собственными словами, но при этом имел довольно кроткий нрав. У Дорика же, исступленного и непримиримого бунтаря, было каменное, не знавшее жалости, сердце.

Один из них, хотя и мог силой убеждения довести слушателей до безумия и насильственных действий, оставался совершенно безобидной личностью. Другой же несомненно был опасным человеком.

Дорик проповедовал равенство, но делал это так, что не находил последователей. Все его помыслы были направлены не на облегчение жизни неимущих, а на попытки проникнуть в высшие сферы общества. Жалкая участь подавляющего большинства человечества не вызывала у него ни малейшего сочувствия. Но сознание того, что ничтожная кучка богачей занимает более высокое социальное положение, чем он сам, заставляла Льюиса Дорика содрогаться от зависти.

Попытки образумить его не приводили к добру. Дорик сразу становился заклятым врагом всякого, кто пытался ему противоречить, и даже по отношению к самому кроткому противнику в споре способен был прибегнуть к насилию и убийству.

От этого уязвленного самолюбия и проистекали все его несчастья. В бытность свою преподавателем литературы и истории Дорик на занятиях не мог удержаться от изложения теорий, не имевших ничего общего с литературой. Он настойчиво проповедовал свои анархистские принципы, но высказывал их не в форме чисто теоретической дискуссии, а в виде категорических утверждений, которые все слушатели должны были принимать беспрекословно.

Такое поведение не замедлило принести свои плоды. Дорика уволили, и ему пришлось искать другое место. Но и в дальнейшем те же причины приводили к аналогичным последствиям. И на новом месте ему тоже вскоре отказали от должности, и на следующих повторилась обычная история, пока он окончательно не потерял доступ в учебные заведения. Вот таким образом бывший преподаватель, выброшенный на улицу и превратившийся в эмигранта, очутился на борту «Джонатана».

В пути Боваль и Дорик вербовали приверженцев. Один использовал собственное красноречие, не охлажденное критическим отношением к излагаемым идеям, другой — силу авторитета, свойственную человеку, убежденному в своей абсолютной правоте. Внешне оба сохраняли дружелюбные отношения, но в их сердцах глухо клокотала взаимная ненависть.

Едва ступив на берег острова Осте, Боваль решил, не теряя ни минуты, добиться превосходства над соперником. Улучив благоприятный момент, он взобрался на «трибуну» и произнес уже известную читателю речь. Тот факт, что доводы его не восторжествовали, не имел для него особого значения. Главное, что он оказался центральной фигурой.

Пока Кау-джер разговаривал с Хартлпулом, Гарри Родс продолжал:

— Поскольку предложение принято, надо поручить кому-нибудь из нас руководство работами. Разгрузить корабль в три с половиной тысячи тонн — нелегкая задача. Для этого нужна сноровка. Что вы скажете, если мы попросим руководить этим делом боцмана, господина Хартлпула? Пусть он распределит между нами работы и покажет, как лучше их выполнить. Кто согласен, поднимите руку.

Почти все подняли руку.

— Значит, договорились, — сказал Гарри Родс и обратился к боцману: — Каковы будут ваши распоряжения?

— Всем — завтракать, — коротко ответил Хартлпул. — Перед работой надо подкрепиться.

Эмигранты беспорядочной толпой устремились на корабль, где матросы роздали им консервы. Тем временем Хартлпул, отозвав в сторону Кау-джера, сказал ему с озабоченным видом:

— С вашего разрешения, сударь, осмелюсь утверждать, что я — опытный моряк. Но надо мною всегда стоял капитан.

— Что вы хотите этим сказать? — осведомился Кау-джер.

— А то, — ответил боцман, с лица которого не сходило выражение тревоги, — что я могу похвастаться точным выполнением любого приказа, но инициатива — не моя стихия. Крепко держать руль — сколько угодно. Но прокладывать курс — не берусь.

Кау-джер пристально взглянул на собеседника.

— Иначе говоря, вы охотно возглавите работы, но вам хотелось бы предварительно получить некоторые общие указания?

— Точно! — подтвердил Хартлпул.

— Ну что ж, нет ничего проще, — продолжал Кау-джер. — Каким количеством рабочих вы можете располагать?

— При отплытии из Сан-Франциско экипаж «Джонатана» состоял из тридцати четырех человек, включая личный состав, повара и двух юнг. На борту числилось тысяча сто девяносто пять пассажиров. Всего — тысяча двести двадцать девять человек. Но многие погибли.

— Число погибших мы уточним позднее. Теперь же будем исходить из того, что у нас приблизительно тысяча двести человек. Если не учитывать женщин и детей, остается примерно восемьсот мужчин. Разбейте их на два отряда. Двести человек останутся на судне и начнут поднимать груз из трюма на палубу. Остальные пойдут со мною в ближайший лес. Там мы срубим деревья, очистим стволы от сучьев, сложим их в два ряда, вдоль и поперек, и прочно перевяжем. Получится несколько плотов. Вы соедините их по краям так, чтобы образовалось некое подобие широкой дороги от корабля к берегу. Во время прилива плоты образуют своеобразный плавучий мост, а при отливе лягут на вершины рифов. Вам придется лишь укрепить их, чтобы они не сдвинулись с места. Таким способом и при таком количестве работников для разгрузки потребуется не более трех дней.

Хартлпул подчинился этим разумным распоряжениям и, как предсказал Кау-джер, весь груз с «Джонатана» уже к вечеру 19 марта доставили на берег и надежно укрыли от волн. Кстати, при проверке оказалось, что паровая лебедка не пострадала, и это значительно облегчило работу.

В то же самое время три плотника — Смит, Обар и Чарли — закончили ремонтировать шлюпку, и 19 марта она тоже была готова к спуску на воду.

Оставалось только выбрать делегата. Фердинанду Бовалю снова представился случай взойти на трибуну и добиваться доверия избирателей. Но ему решительно не везло! Хотя за него подали около полусотни голосов, а за Льюиса Дорика (который, впрочем, и не выставлял свою кандидатуру) вообще никто не голосовал, большинство выбрало делегатом некоего Жермена Ривьера, фермера франко-канадского происхождения, отца пятерых детей. В данном случае избиратели, по крайней мере, были уверены, что он не сбежит и вернется за семьей.

«Уэл-Киедж», управляемая Кароли, подняла парус утром 20 марта. Кау-джер и Хальг остались на острове Осте. Эмигранты же принялись за устройство временного лагеря. До возвращения шлюпки (то есть, примерно, на три недели) не имело смысла обосновываться по-настоящему. Поэтому решили не ставить сборных домов, а обойтись палатками, найденными в трюме корабля. К ним добавили еще запасные паруса, и это помогло укрыть не только пассажиров, но и наиболее ценную часть груза. Из кусков фальшборта устроили нечто вроде птичника, а из брусьев и канатов — загон для скота, доставленного с «Джонатана».

В общем, нельзя было сказать, что эмигранты попали в положение людей, выброшенных на необитаемую землю и лишенных средств к существованию и надежд. Катастрофа с «Джонатаном» произошла в архипелаге Огненной Земли, в месте, точно указанном на картах, на расстоянии не более ста лье от Пунта-Аренаса. Продуктов хватало. Так что — ни малейших причин для беспокойства. Не будь здесь такой тяжелый климат, переселенцы могли бы прекрасно прожить на острове до момента возвращения на родину, — точно такая же обстановка, ничуть не хуже, ожидала бы их и в начале пребывания на африканской земле.

Само собой разумеется, что при разгрузке «Джонатана» Кау-джер и Хальг принимали самое деятельное участие во всех работах. Особенно ценной оказалась помощь Кау-джера. Несмотря на всю его скромность и стремление оставаться незамеченным, его превосходство было для всех совершенно очевидным. Поэтому у Кау-джера то и дело спрашивали совета. Заходила ли речь о переброске тяжелых грузов, об их размещении или о разбивке палаток — к нему обращался не только Хартлпул, но и все эмигранты, в большинстве своем непривычные к подобным работам.

Не успели переселенцы обосноваться на новом месте, как в конце марта им пришлось еще раз убедиться в суровости климата Магеллановой Земли. В течение трех суток шел проливной дождь, сопровождаемый ураганным ветром. Когда же буря улеглась, «Джонатана» уже не оказалось на прежнем месте: куски листового железа да обломки металлических брусьев — вот все, что осталось от великолепного клипера, чей форштевень еще несколько дней назад гордо рассекал морскую гладь.

Хотя с судна сняли все, что представляло малейшую ценность, у потерпевших кораблекрушение сжалось сердце при виде жалких останков «Джонатана». Теперь они и впрямь оказались отрезанными от всего человечества, и если шлюпка не достигнет благополучно Пунта-Аренаса, никто не узнает о постигшей их участи.

Решили подсчитать оставшихся в живых. Поименная перекличка, произведенная Хартлпулом по судовым книгам, показала, что при катастрофе погиб тридцать один человек, из них пятнадцать членов экипажа и шестнадцать пассажиров. Уцелело тысяча сто семьдесят девять эмигрантов и девятнадцать моряков. Вместе с двумя огнеземельцами и их спутником население острова Осте отныне состояло из тысячи двухсот одного человека.

Кау-джер предложил воспользоваться хорошей погодой и осмотреть прилегающую к лагерю местность. Договорились, что его будут сопровождать Хартлпул, Гарри Родс, Хальг и еще три эмигранта: итальянец Джимелли, американец Гордон и русский Иванов. Но в последний момент нежданно-негаданно явилось еще два необычных кандидата.

Кау-джер, направляясь к условленному месту встречи, заметил двух приближавшихся к нему мальчиков лет десяти. Первый, со смышленой и несколько дерзкой физиономией, старался идти непринужденно, вразвалочку, что придавало ему довольно комичный вид. Второй робко следовал за ним.

Смельчак подошел к Кау-джеру.

— Ваше превосходительство… — начал он.

Это неожиданное обращение очень позабавило Кау-джера. Он внимательно посмотрел на мальчугана. Тот стойко выдержал его взгляд, не опуская глаз.

— «Превосходительство»? — рассмеялся Кау-джер. — Почему ты так называешь меня, малыш?

Парнишка, казалось, удивился.

— Разве не так полагается обращаться к королям, епископам и министрам? — спросил он, опасаясь, как бы не оказаться невежливым.

— Что-что? — воскликнул пораженный Кау-джер. — А откуда же ты знаешь, что королей, министров и епископов называют «превосходительствами»?

— Из газет, — уверенно ответил мальчик.

— Ты что же, читаешь газеты?

— А почему бы и нет? Когда дают...

— Так... так... — задумчиво протянул Кау-джер. — Как тебя зовут?

— Дик.

— Дик. А дальше?

Тот как будто не понял.

— Как твоя фамилия? Как зовут твоего отца?

— У меня нет отца.

— А мать?

— И матери нет, ваше превосходительство.

— Ах, вот оно что!.. — бросил заинтересованный Кау-джер. — Ну, насколько мне известно, я — не король, не министр и не епископ...

— Вы губернатор! — с жаром перебил его мальчик.

— Губернатор? — Кау-джер прямо опешил. — С чего ты взял?

— Так уж... — смущенно пролепетал Дик.

— Но все же? — настаивал Кау-джер.

Дик заколебался.

— Не знаю... — выдавил он наконец из себя. — Вы всеми командуете... И поэтому все вас так называют...

— Да что ты! — возмутился Кау-джер и серьезно добавил: — Ошибаешься, дружок. Я здесь по положению не выше и не ниже остальных. Здесь никто не командует, потому что нет начальников.

Дик недоверчиво, широко раскрыв глаза, посмотрел на Кау-джера. Разве бывает жизнь без начальников?

— Нет начальников, — повторил Кау-джер и спросил: — Где ты родился?

— Не знаю.

— Сколько тебе лет?

— Говорят, скоро одиннадцать.

— А ты сам в этом не уверен?

— Черт возьми, нет!

— А кто твой товарищ, что стоит там как вкопанный?

— Сэнд.

— Брат?

— Вроде как брат. Друг.

— Вы, наверно, вместе воспитывались?

— Воспитывались? — запротестовал Дик. — Мы вообще не воспитывались, сударь.

У Кау-джера сжалось сердце. Как печальны были эти слова, произнесенные задорным мальчишеским тоном. Дик походил на хорохорящегося боевого петушка.

— Где вы познакомились?

— На набережной во Фриско.

— Давно?

— Очень давно. Тогда мы были еще маленькими, — ответил Дик, пытаясь восстановить в памяти события. — Наверно, уже с полгода назад.

— В самом деле очень давно, — подтвердил Кау-джер не моргнув глазом и, обернувшись к молчаливому спутнику своего удивительного собеседника, сказал: — Подойди ближе и, пожалуйста, не называй меня превосходительством. Ну что же ты молчишь? Может, проглотил язык?

— Нет, сударь, — еле слышно пролепетал мальчик, вертя в руках матросский берет.

— Тогда почему же ты молчишь?

— Потому что он очень робкий, — объяснил Дик.

Каким неодобрительным тоном было высказано это суждение!

— Да? — засмеялся Кау-джер. — Он робкий? Зато про тебя этого не скажешь!

— Конечно, нет, сударь! — простодушно ответил Дик.

— Ты вполне прав, черт возьми! Но как вы сюда попали?

— Мы — юнги.

Кау-джер вспомнил, что Хартлпул, перечисляя команду «Джонатана», действительно упоминал о двух юнгах. Но до сих пор они ничем не отличались от других детей эмигрантов. Сегодня же мальчики сами обратились к Кау-джеру.

— Что же вы от меня хотите?

— Нам хотелось бы пойти с вами, с господином Хартлпулом и с господином Родсом.

— Зачем?

У Дика заблестели глаза:

— Чтобы увидеть разные вещи.

Разные вещи! Весь мир отразился в этих детских словах. Все мечты о чудесном, еще невиданном... Все смутные ребяческие желания... Страстная мольба загорелась в глазах Дика, и его маленькая фигурка словно устремилась к тому, от кого зависело решение.

— А ты? — обратился Кау-джер к Сэнду. — Тебе тоже хочется увидеть «разные вещи»?

— Нет, сударь.

— Чего же ты тогда хочешь?

— Быть вместе с Диком, — тихо ответил Сэнд.

— Ты его очень любишь?

— Очень! — проникновенно, словно взрослый, воскликнул Сэнд.

Кау-джер, крайне заинтересованный, пристально рассматривал ребят. Какая странная и трогательная пара! Наконец он сказал:

— Хорошо, пойдете с нами.

— Да здравствует губернатор! — крикнули мальчики, подбрасывая береты, и принялись скакать, как козлята.

От Хартлпула Кау-джер узнал историю своих новых знакомых — по крайней мере, все, что знал сам боцман, и, видимо, даже больше того, что знали о себе они сами.

Родители бросили их. И просто уму непостижимо, как им удалось выжить. Все же они не погибли, зарабатывая на хлеб с самого раннего детства всевозможными нехитрыми уловками, изобретаемыми детским разумом: чистили обувь, открывали двери, продавали полевые цветы. Но чаще всего находили пропитание на мостовых Сан-Франциско — как воробьи.

Еще полгода назад они даже и не догадывались о существовании друг друга. Судьба свела их неожиданно. Однажды, сдвинув берет набок, засунув руки в карманы и насвистывая сквозь зубы модную песенку Дик брел по набережной. Вдруг он увидел мальчика, на которого с громким лаем, оскалив грозные клыки, бросалась большая собака. Перепуганный мальчонка, плача, пятился от пса, неловко защищая лицо согнутым локтем. Дик, не колеблясь ни секунды, одним прыжком оказался между робким малышом и его страшным противником и, глядя прямо в глаза собаке, храбро ждал ее нападения.

Быть может, пес испугался этого неожиданного заступника. Кто знает? Во всяком случае, он отступил и, поджав хвост, удрал. Дик повернулся к Сэнду.

«Как тебя зовут?» — спросил он высокомерным тоном.

«Сэнд, — ответил тот, всхлипывая. — А тебя?»

«Дик. Хочешь дружить?»

Вместо ответа Сэнд бросился герою на шею. Так они заключили нерушимый дружеский союз.

Хартлпул издали наблюдал за этой сценой. Подойдя к детям, он заговорил с ними и узнал их грустную историю. Боцману захотелось помочь Дику, храбрость которого успел оценить. Он предложил мальчику поступить юнгой на трехмачтовое судно «Джошуа Бреннер», где служил сам. Но Дик сразу же поставил непременным условием, чтобы Сэнда взяли тоже. Пришлось согласиться, и с тех пор Хартлпул не покидал ребятишек, перешедших с ним вместе с «Джошуа Бреннера» на «Джонатана». Он обучил их читать и писать, то есть примерно всему, что знал сам. Его заботы были вознаграждены. Боцман не мог нарадоваться на своих питомцев. Характеры у мальчиков были совершенно разные. Один — вспыльчивый, подозрительный, задиристый, всегда готовый помериться силами с кем бы то ни было. Другой — молчаливый, мягкий, скромный, боязливый. Но обоих отличало трудолюбие, чувство долга и искренняя привязанность к общему старшему другу — боцману Хартлпулу.

Вот такими добровольцами пополнилась теперь экспедиция Кау-джера, отправившаяся в путь спозаранку 28 марта. Она должна была обследовать не весь остров Осте, а только те районы, что примыкали к лагерю. Сначала исследователи перевалили через центральный горный хребет полуострова Харди и вышли на западное побережье. Затем прошли к северу, чтобы вернуться в лагерь по противоположному берегу, и пересекли таким образом южную часть территории острова.

С самого начала похода стало ясно, что суровый пейзаж, раскрывавшийся на месте кораблекрушения, еще не давал никакого повода судить обо всем крае в целом. Если полуостров Харди представлял собой не что иное, как гряду голых, неприступных скал, переходящих в косу мыса Горна Ложного, то холмистая местность, видневшаяся на северо-западе, была вся покрыта богатой растительностью.

Обширные прибрежные луга, простиравшиеся у подножия невысоких лесистых гор, чередовались со скалами, увитыми морскими водорослями, и с оврагами, заросшими вереском. Поражало обилие карликовых растений. Землю покрывали буйные травы, которых хватило бы на прокорм тысячеголового стада.

Маленький отряд разделился на группы, соответственно личным симпатиям. Дик и Сэнд сломя голову носились взад и вперед, что значительно удлиняло пройденный ими путь. Три фермера, удивленно оглядываясь по сторонам, перебрасывались на ходу скупыми словами. Гарри Родс шел с Хальгом и Кау-джером.

Мужчины дружески беседовали. Гарри Родс воспользовался случаем, чтобы побольше разузнать об архипелаге Огненной Земли, и, в свою очередь, рассказал Кау-джеру много любопытного о наиболее примечательных эмигрантах.

Прежде всего, о том, что сам он владел довольно крупным состоянием, разорился по чужой вине и после этого неожиданного удара вынужден был эмигрировать, дабы, по возможности, обеспечить будущность жены и детей. Затем Гарри Родс сообщил Кау-джеру все, что ему было известно из судовых документов о пассажирах «Джонатана». Среди них было семьсот пятьдесят земледельцев, многие с женами и детьми. Три представителя свободных профессий, пять бывших рантье и сорок один рабочий. К последним следовало прибавить четырех рабочих не эмигрантов, а законтрактованных Обществом колонизации на службу в колонию — каменщика, плотника, слесаря и столяра. Всего — тысяча сто семьдесят девять пассажиров, отмеченных при перекличке.

Гарри Родс заметил, что братья Мур (один из них обратил на себя внимание своей грубостью во время разгрузки корабля), видимо, обладали буйным нравом, и что семьи Ривьеров, Джимелли, Гордонов и Ивановых — это добродушные и честные труженики.

Остальные же представляли обычную толпу, в которой можно было найти и добродетели и пороки: лень, пьянство и тому подобное. Но пока еще трудно высказать окончательное суждение об отдельных личностях.

Кроме того, Гарри Родс сказал, что четверо рабочих, нанятых Обществом колонизации после тщательного отбора, были настоящими специалистами, знатоками своего дела. Что же касается других рабочих, то они имели весьма подозрительный вид. Судя по их отталкивающим физиономиям, можно предположить, что большинство этих людей привычно скорее к кабакам, нежели к мастерским. Двое-трое выглядели настоящими преступниками и только числились рабочими.

Из пяти рантье четверо принадлежали к семье Родс. Пятый же, по имени Джон Рам, представлял собой довольно плачевную фигуру. Этот господин двадцати пяти — двадцати шести лет от роду, изнуренный разгульной жизнью, промотавший целое состояние, казался совершенно никчемным существом, и то, что он присоединился к партии эмигрантов, было, по-видимому, просто его последней безумной выходкой.

Родс упомянул еще троих неудачников — представителей свободных профессий, выходцев из Германии, Америки и Франции. Немец Фриц Гросс, обрюзгший, с огромным животом, был неисправимый пьяница, доведенный алкоголем до скотоподобного состояния. Обычно он бесцельно бродил взад и вперед по палубе. Громкое сопение, багровая физиономия, лысый череп, отвисшие щеки, гнилые зубы и толстые, как сосиски, дрожащие пальцы производили отвратительное впечатление. Даже среди самых невзыскательных людей он славился невероятной неряшливостью. И этот выродок был музыкантом! Иногда в его игре чувствовался настоящий талант. Только скрипка пробуждала почти угасшее сознание Фрица Гросса. Когда немец был трезв, он с нежностью подолгу смотрел на свою скрипку, любовно поглаживая ее, как живое существо, но из-за конвульсивной дрожи в пальцах не мог извлечь из инструмента ни звука. Однако под воздействием алкоголя движения Гросса становились увереннее, его душу охватывало вдохновение, и скрипка начинала изливать изумительные мелодии. Гарри Родс дважды присутствовал при этом чуде.

Француз и американец — Фердинанд Боваль и Льюис Дорик — уже были представлены читателю. Гарри Родс не преминул изложить Кау-джеру их пагубные социальные теории.

— Как вы думаете, — спросил он в заключение, — не следует ли принять некоторые меры предосторожности против этих бунтарей? В пути они уже успели вызвать волнения среди пассажиров.

— Какие же меры вы предлагаете? — спросил Кау-джер.

— Для начала сделать строгое предупреждение, а затем постоянно следить за ними. Если это не поможет, поставить их в такие условия, где они не смогли бы оказывать вредное влияние. В крайнем случае — изолировать.

— Черт побери! — воскликнул Кау-джер. — Вы, я вижу, не боитесь крутых мер! Да кто же посмеет посягнуть на свободу себе подобных?

— Те, для кого подобные личности представляют опасность.

— А в чем, собственно, вы видите даже не скажу «опасность», а хотя бы вероятность опасности?

— В чем? В подстрекательстве к бунту несчастных невежественных людей, которых так же легко одурачить, как малых ребят. Ведь чуточку польстив им, можно запросто опьянить их лишь красивыми словами.

— Но для чего же их нужно подстрекать?

— К присвоению того, что принадлежит другим.

— Разве «другие» обладают хоть чем-нибудь? — иронически спросил Кау-джер. — Этого я и не знал. Во всяком случае, здесь, на необитаемой земле, «другим» терять совершенно нечего.

— А груз с «Джонатана»?

— Груз — коллективная собственность, которая при необходимости будет использована для общих нужд. Это понимают все, и никто не посягнет на нее.

— Боюсь, что события докажут вам обратное, — горячо возразил Гарри Родс, взволнованный неожиданным разногласием. Но у таких людей, как Дорик и Боваль, нет материальной заинтересованности. Им просто нравится приносить вред людям. И, кроме того, их воодушевляет мысль о власти.

— Будь проклят тот, кого влечет к власти! — с внезапной силой воскликнул Кау-джер. — Всякий, кто стремится к господству над другими, должен быть стерт с лица земли!

Гарри Родс удивленно посмотрел на собеседника. Какая неуемная страсть таилась в этом человеке, чья речь всегда отличалась такой размеренностью и невозмутимостью!

— В таком случае, надо уничтожить Боваля, — сказал Гарри Родс не без иронии, — потому что под маской неограниченного равенства все теории этого болтуна сводятся только к одной цели — добиться власти.

— Система Боваля — просто ребячество, — резко возразил Кау-джер. — Это одна из теоретических форм социальной структуры, только и всего. Но та или иная форма, в сущности, всегда таит в себе несправедливость и глупость.

— Неужели вы придерживаетесь идей Льюиса Дорика? — живо спросил Гарри Родс. — Неужели вы тоже хотели бы вернуть нас к первобытному существованию? Свести все общественные формы к случайным соединениям индивидуумов, лишенных каких-либо взаимных обязанностей? Разве вы не понимаете, что все эти теории основаны на зависти? Ведь в них так и сквозит человеконенавистничество!

— Если Дорик ненавидит людей, — решительно заключил Кау-джер — значит, он просто безумец. Как! Человек является, независимо от своей воли, на эту землю… и находит здесь бесконечное множество себе подобных, таких же несчастных, страдающих, гибнущих существ… И вместо жалости испытывает к ним ненависть?! Такой человек — не в своем уме, а с потерявшими разум не вступают в споры. Но если теоретик безумен, это еще не значит, что сама по себе теория плоха.

— Однако, — настаивал Гарри Родс, — как только люди перестают жить в одиночку и объединяются в единый коллектив с общими интересами, тут-то и возникает необходимость в законах. Посмотрите, что происходит даже здесь. Этих людей никто специально не отбирал для создания какого-либо определенного коллектива, и, по-видимому, они представляют собой самую обычную толпу. И что же мы видим? Разве я не заметил среди них нескольких типов, кои, в силу той или иной причины, не в состоянии управлять собственными страстями? А ведь я еще не всех знаю. Сколько зла могут причинить эти личности, если бы законы не сдерживали их дурные наклонности.

— Но именно законы способствовали развитию у них этих наклонностей, — возразил Кау-джер с глубокой убежденностью. — Не будь законов, человечество никогда бы не знало пороков и развивалось бы свободно и гармонично.

— Хм… — с сомнением произнес Гарри Родс.

— Здесь нет никаких законов, — продолжал Кау-джер. — А все идет как по маслу.

— Зачем же брать именно такой пример? — запротестовал Гарри Родс. — Все знают, что настоящее положение вещей временное и что пребывание на острове Осте скоро закончится.

— Все обстояло бы точно так же, если бы пришлось остаться здесь навсегда.

— Сомневаюсь, — скептически протянул Гарри Родс, — и, признаюсь, предпочел бы не проверять это на опыте.

Кау-джер ничего не ответил, и они продолжали путь молча.

Возвращаясь обратно по восточному берегу, путники вышли к бухте Скочуэлл, которая совершенно очаровала их.

Сеть мелких бухточек, сливаясь, как бы образовала дельту быстрой и прозрачной реки, берущей начало в горах, что высились в центре острова. Богатейшие заливные луга, соперничавшие с великолепными лесами, свидетельствовали о плодородии земли. Корни мощных, стройных деревьев уходили в мягкую, но упругую почву. Среди разбросанного мелколесья разросся густой мох. Под зелеными сводами ветвей носились тысячи различных пернатых величиной от перепелки до фазана. Берега были усеяны множеством морских птиц. На полянах резвились нанду, вигони и гуанако. Конечно, столь необычное зрелище не могло не вызвать удивления и восхищения путешественников.

Бухта Скочуэлл находилась на расстоянии около двух миль от места кораблекрушения «Джонатана». В нее впадала река с многочисленными притоками, извивавшимися среди густых зарослей. Если бы пришлось остаться на острове навсегда, лучшего места для поселения, чем берега этой реки, было бы не найти. Бухта, защищенная от буйных ветров, могла бы служить прекрасным портом.

Когда экспедиция вернулась в лагерь, почти совсем стемнело. Кау-джер, Гарри Родс, Хальг и Хартлпул уже распростились со своими спутниками, как вдруг в ночной тиши до их слуха донеслись звуки скрипки.

— Скрипка? — удивился Кау-джер. — Наверно, это Фриц Гросс, о котором вы рассказывали?

— Значит, он пьян, — не задумываясь, ответил Гарри Родс.

Он не ошибся. Фриц Гросс действительно был пьян. Через несколько минут путешественники подошли к музыканту и убедились в этом, увидев его багровую физиономию, блуждающие глаза и слюнявый рот. Он уже не мог стоять и, чтобы не упасть, прислонился к скале. Но спирт зажег в нем искру вдохновения — из-под смычка лилась божественная мелодия. Вокруг него столпилось около сотни эмигрантов. В эти минуты несчастные люди забыли обо всем на свете. Несправедливость судьбы, невеселое настоящее и будущее, которое вряд ли окажется лучше прошлого, — все исчезло из их сознания, и на крыльях музыки они уносились в мир грез.

— Искусство так же необходимо людям, как хлеб, — заметил Гарри Родс Кау-джеру, указывая на Фрица Гросса и его увлеченных слушателей. — Какое место должен занять этот человек в социальной системе Боваля?

— Оставим в покое Боваля, — недовольно ответил Кау-джер.

— Но ведь многие поверили этому пустобреху, — возразил Гарри Родс.

Кау-джер промолчал.

— Меня занимает один вопрос, — снова заговорил Гарри Родс. — Каким образом Фриц Гросс сумел раздобыть спиртное?

Оказалось, что пьян был не только скрипач. Через несколько шагов члены экспедиции чуть не споткнулись о распростертое тело.

— Это Кеннеди, — сказал Хартлпул, наклонясь над лежавшим человеком. — Единственный прохвост среди судовой команды. Он не стоит даже веревки, чтобы повесить его.

Но, кроме Кеннеди, прямо на земле валялось еще несколько эмигрантов, напившихся до бесчувствия.

— Даю голову на отсечение, — воскликнул Гарри Родс, — что они воспользовались отсутствием начальника и ограбили склад!

— Какого начальника? — удивился Кау-джер.

— Вас, черт возьми!

— Я такой же начальник, как и все остальные, — раздраженно возразил Кау-джер.

— Возможно, — согласился Гарри Родс, — но тем не менее все вас считают таковым.

Не успел Кау-джер ответить, как вдруг из ближайшей палатки раздался громкий хриплый крик женщины. Похоже было, что ее душили.

2. Первый приказ

Семья Черони, состоявшая из трех человек — отца, матери и дочери, — происходила из Пьемонта. Семнадцать лет назад Лазар Черони, которому тогда исполнилось двадцать пять лет, и девятнадцатилетняя Туллия соединили свои судьбы. У них не было ничего, кроме самих себя; зато они любили друг друга, а настоящая любовь — это сила, помогающая не только сносить, но иногда и побеждать все тяготы жизни.

К несчастью, в семье Черони получилось иначе. Глава семьи, подпавший под дурное влияние, начал пить и вскоре превратился в заправского пьяницу. Одурманенный алкоголем, он постепенно переходил от мрачного озлобления к безудержной жестокости. И вот в семье начались ежедневные жуткие сцены, о которых стало известно соседям. Туллия покорно переносила брань, оскорбления, побои и мучения. Сколько таких несчастных женщин так же смиренно несли и несут свой тяжкий крест!

Конечно, она могла бы (а может быть, и должна была) расстаться с человеком, превратившимся в дикого зверя. Но Туллия не сделала этого. Она принадлежала к тем женщинам, которые никогда не отступают от однажды принятых решений, как бы тяжко им ни приходилось. С житейской точки зрения, подобные характеры несомненно можно назвать нелепыми, но все же в них есть нечто вызывающее восхищение. Именно такие люди дают возможность оценить красоту самопожертвования и показывают, какой моральной высоты способно достичь человеческое существо.

Поведение Лазара Черони вскоре принесло свои плоды — в доме поселилась нужда. Иначе и не могло быть. За вино приходится платить, а кроме того, когда человек пьянствует, он не зарабатывает. Получается двойной расход. Мало-помалу нужда перешла в нищету. Тогда-то Черони и вступили на путь всех отверженных — пустились в странствия в надежде обрести лучшую жизнь под чужим небом. Так, не находя себе места ни в одной стране, они пересекли всю Францию, затем Атлантический океан, Америку и, наконец, добрались по Сан-Франциско. Скитания продолжались пятнадцать лет! В этом аду и выросла Грациэлла. С самого раннего детства она видела вечно пьяного отца и избитую мать. Ежедневно девочка присутствовала при диких выходках своего родителя, слышала потоки ругани, которые извергались из его уст, словно нечистоты из сточного желоба. В том возрасте, когда другие дети не помышляют ни о чем, кроме игр, она уже столкнулась с грубой действительностью и — увы! — была вынуждена постоянно бороться с нуждой.

В шестнадцать лет Грациэлла превратилась в серьезную, рассудительную девушку. Благодаря раннему жизненному опыту и сильной воле она стойко переносила все невзгоды. Впрочем, каким бы безрадостным ни представлялось ей будущее, оно никогда бы не могло сравниться с ужасом прошлого. Высокого роста, худощавая, черноволосая Грациэлла не была красавицей, но ее большие глаза и ум, сквозивший в чертах ее лица, придавали ей удивительное обаяние.

В Сан-Франциско Лазар вдруг опомнился, и в нем заговорила совесть. Уступив мольбам жены — впервые за много лет! — муж дал обещание исправиться.

Он сдержал слово. Начал усердно работать и забросил кабаки.

Прошло всего полгода, и в семье не только появился достаток, но Черони даже смогли накопить нужную сумму, требуемую Обществом колонизации. Туллия снова поверила в возможность счастья, но... кораблекрушение «Джонатана» и неизбежное следствие катастрофы — вынужденное безделье — опять поставили будущее под угрозу.

Чтобы убить время, Лазар сошелся с другими эмигрантами и, понятное дело, его симпатии обратились на подобных ему субъектов. Те, также угнетаемые скукой, лишенные привычной выпивки, конечно же, не преминули воспользоваться отсутствием человека, к которому все, даже не отдавая себе отчета, относились как к начальнику. Едва Кау-джер, в сопровождении своих спутников, ушел из лагеря, подозрительная компания завладела бочонком рома с «Джонатана» и устроила настоящую попойку. Лазар, подражавший новоявленным приятелям, не сумел проявить достаточной стойкости и вернулся домой только тогда, когда сознание затуманилось, а ноги стали заплетаться.

Едва переступив порог, Черони рассердился на то, что якобы не готов ужин. Тотчас же ему подали еду. Тогда его разозлили расстроенные лица обеих женщин, и, постепенно возбуждаясь, Лазар стал осыпать их отвратительной бранью.

Грациэлла, застыв на месте, с ужасом глядела на скотоподобное существо, в которое превратился ее отец. Стыд и горе затопили душу бедной девушки. Но Туллия не выдержала. Как? Опять рушились все их надежды? Снова начинается ад? Слезы фонтаном брызнули из глаз и потекли по ее увядшему лицу. И словно не хватало только этого, чтобы грянула буря.

— Я тебе покажу, ты у меня поревешь! — в бешенстве заорал Черони и схватил жену за горло.

Грациэлла бросилась на помощь к матери, стараясь вырвать ее из рук отца.

Драма развертывалась почти в полной тишине. Изредка слышалась лишь глухая брань Лазара. Ни Туллия, ни Грациэлла не звали на помощь, полагая, что, если отец избивает дочь или муж жену, эти позорные поступки следует скрывать от посторонних даже ценой жизни. Однако, когда изверг слегка ослабил хватку, Туллия издала хриплый крик, который и услышал Кау-джер.

Вдруг железная рука сдавила плечо пьяницы. Лазар, выпустив свою жертву, отлетел в другой конец палатки.

— Что такое?.. В чем дело?.. — пробормотал он.

— Молчать! — приказал властный голос.

Дважды повторять не пришлось. Возбуждение пьяницы мгновенно угасло, и он тут же уснул мертвецким сном.

Туллия потеряла сознание. Кау-джер стал приводить ее в чувство. Хальг, Родс и Хартлпул, также вошедшие в палатку, с волнением наблюдали за его действиями.

Наконец женщина открыла глаза. Увидев чужие лица, она поняла, что произошло. Ее первой мыслью было выгородить мужа, проявившего такую гнусную жестокость.

— Благодарю вас, сударь, — произнесла она, приподымаясь. — Это пустяки... Все уже прошло. Я, глупая, так испугалась.

— Как же тут не испугаться! — воскликнул Кау-джер.

— Ничего страшного не было! — живо возразила Туллия. — Лазар совсем не злой... Он просто пошутил.

— И часто он так шутит? — осведомился Кау-джер.

— Такого, правда, еще не случалось, — решительно заявила женщина. — Лазар — прекрасный муж. И вообще добрейший человек...

— Неправда! — резко прервал ее чей-то голос.

Все обернулись и только теперь заметили Грациэллу. Девушка притаилась в темном углу палатки, скупо освещаемой желтоватым огоньком коптилки.

— Кто вы, дитя мое? — спросил Кау-джер.

— Его дочь, — ответила Грациэлла, показывая на пьяного, продолжавшего громко храпеть. — Мне очень стыдно, но я должна в этом признаться, чтобы вы мне поверили и помогли бедной маме.

— Грациэлла! — взмолилась Туллия, всплеснув руками.

— Я все скажу! — твердо заявила Грациэлла. — Впервые у нас появились защитники. Они сжалятся над нами.

— Говорите, девочка, — мягко произнес Кау-джер. — Можете рассчитывать на нашу помощь и защиту.

Ободренная Грациэлла прерывающимся от волнения голосом поведала об их семейной жизни. Ничего не утаив, она рассказала о преданной любви Туллии к мужу, описала постепенное падение отца и те мучения, которым он подвергал жену. Девушка вспомнила время черной нужды, когда они проводили целые дни без пищи, без огня, а иногда и без крова. Она воздала должное своей измученной матери, нежной и мужественной женщине, стойко переносившей такие жестокие испытания.

Туллия слушала и тихонько плакала. Все пережитые страдания снова выступили из мрака прошлого, напоминая о настоящем. Сердце ее больно сжалось. Она больше не протестовала — не хватало сил защищать своего палача.

— Вы хорошо сделали, девочка, что рассказали всю правду, — взволнованно сказал Кау-джер, когда Грациэлла кончила. — Будьте уверены, мы не оставим вас и поможем вашей матушке. Сегодня она нуждается только в покое. Пусть ляжет и постарается уснуть... в надежде на лучшее будущее.

Выйдя из палатки, Кау-джер, Гарри Родс и Хартлпул молча переглянулись и глубоко вдохнули свежий воздух, как бы избавляясь от ощущения удушья. Они уже собрались в путь, но вдруг Кау-джер заметил, что Хальг исчез.

Полагая, что юноша задержался у Черони, Кау-джер вернулся. Хальг действительно находился там. Он не заметил, как ушли товарищи, не заметил, как один из них вернулся. Стоя у входа, он смотрел на Грациэллу, и на его лице написаны были и жалость, и искреннее восхищение. Девушка сидела в двух шагах от него и, опустив глаза, не без удовольствия позволяла себя рассматривать. Оба молчали. После пережитых потрясений их сердца охватило сладостное, волнующее чувство.

Кау-джер, улыбнувшись, тихо позвал:

— Хальг!

Юноша вздрогнул и тотчас же вышел из палатки. Вскоре они присоединились к остальным.

Четверо мужчин тронулись в путь, погруженные в свои мысли. Кау-джер, нахмурив брови, думал о только что происшедших событиях. Самая большая услуга, которую можно было бы оказать этим женщинам, состояла в одном — лишить их мучителя спиртного.

Возможно ли это? Несомненно, и даже легко осуществимо. На острове Осте вина не было, кроме того запаса, который привезли на «Джонатане» и потом переправили на сушу вместе с остальным грузом. Значит, достаточно одного-двух человек для охраны...

Прекрасно. Но кто же назначит охрану? Кто осмелится здесь приказывать и запрещать? Кто присвоит себе право ограничивать в чем бы то ни было свободу себе подобных и навязывать им свою волю? Ведь это значило бы поступать как тиран, а на острове Осте все были равны.

Равны? Ничего подобного! Власть уже обрела здесь своего представителя — человека, который повелевал другими. Разве не он, Кау-джер, спас всех от неминуемой гибели? Разве не он один знал эту необитаемую землю? Разве не он превосходил всех умом, опытом и волей?

Подло было бы обманывать самого себя. Кау-джер не мог не знать, что именно к нему обращены умоляющие взгляды несчастных, что именно ему поручили выполнить волю коллектива, именно от него ожидали помощи, советов, решений. Хотел этого Кау-джер или нет, но он уже не мог уклониться от ответственности, которую налагало на него их доверие. Независимо от его желания, он стал их вождем, избранным самою силой обстоятельств и по молчаливому уговору подавляющего большинства потерпевших кораблекрушение.

Как? Ему, свободолюбцу, человеку, не способному перенести какое бы то ни было принуждение, придется подчинять себе волю других людей? Законы и приказы будут исходить от того, кто отрицал все и всякие законы? Какая ирония судьбы! Проповедника анархизма, приверженца знаменитой формулы «Ни бога, ни властелина!» превратили в вождя и наградили неограниченной властью, тогда как он всем сердцем ненавидел самые ее основы!

Неужели согласиться! А не лучше ли бежать подальше от этих людей с рабскими душами?

Но что же тогда станется с ними, предоставленными самим себе? Сколько чужих страданий ляжет на совесть беглеца! Каждый вправе лелеять сокровенные мечты, но тот, кто из-за принципа закрывает глаза на действительность, отрицает очевидность и не желает поступиться гордостью ради облегчения человеческих страданий, недостоин звания человека. Какие бы теории ни проповедовал Кау-джер, настало время отказаться от них. Этого требовало благо людей.

Разве мало было этих веских доказательств? Ведь только что он видел множество пьяных. А сколько еще осталось незамеченными! Можно ли терпеть такое злоупотребление алкоголем, которое неизбежно приведет к распрям, дракам и даже убийствам? Впрочем, действие этого яда уже дало себя знать в семье Черони.

Путники подходили к палатке Родсов, где должны были расстаться, а Кау-джер все еще колебался.

Но не такой это был человек, чтобы избегать ответственности. В самый последний момент, преодолев душевные муки, он принял окончательное решение. Обратившись к Хартлпулу, Кау-джер спросил:

— Как вы думаете, можно рассчитывать на преданность экипажа «Джонатана»?

— Ручаюсь за всех, кроме Кеннеди и Сердея-повара, — ответил боцман.

— Сколько у вас человек?

— Вместе со мною пятнадцать.

— Остальные четырнадцать подчинятся вам?

— Несомненно.

— А вы сами?

— Что — я?

— Есть ли здесь кто-нибудь, чью власть вы признаете?

— Конечно, есть, сударь. Вы, — ответил Хартлпул таким тоном, словно речь шла о чем-то само собой разумеющемся.

— Но почему я?

— Да как же, сударь... — растерялся Хартлпул. — Здесь, как и везде, кто-то должен управлять людьми. Это ведь каждому ясно, черт возьми!

— Но почему именно я?

— Потому что больше некому, — убежденно заявил Хартлпул, подкрепив свои слова красноречивым жестом.

Такой убедительный довод нечем было опровергнуть.

После некоторого раздумья Кау-джер произнес повелительным тоном:

— С сегодняшнего вечера придется охранять имущество, выгруженное с «Джонатана». Ваши люди будут дежурить по двое. Задача: не разрешать никому приближаться к грузу. Особое внимание обратить на охрану спиртных напитков.

— Слушаюсь, сударь, — коротко ответил Хартлпул. — Будет исполнено. Через пять минут.

— Покойной ночи, — сказал Кау-джер и быстро удалился, недовольный собой и всем на свете.

3. В бухте Скочуэлл

«Уэл-Киедж» вернулась из Пунта-Аренаса 15 апреля. Едва завидев лодку, эмигранты высыпали на берег, сгорая от нетерпения скорее узнать о своей дальнейшей судьбе.

Люди разместились на берегу, следуя непреложным законам, управляющим любой толпой в любой части нашей далеко не совершенной планеты. Иначе говоря, самые напористые и грубые мужчины завладели лучшими местами — впереди, у самой воды. Женщин оттеснили назад, туда, где они вообще ничего не видели, и им ничего не оставалось делать, как оживленно и громко болтать, заранее обсуждая предстоящее известие. Дети, для которых все служит забавой, тоже примчались на берег. Самые маленькие, чирикая, как воробышки, резвились около толпы. Другие затесались в гущу эмигрантов и теперь не могли сдвинуться с места. Некоторым все же удалось пролезть в передние ряды и просунуть любопытные рожицы между ногами взрослых. Наиболее шустрые оказались впереди всех.

Можно было не сомневаться, что юный Дик находился среди ловкачей; причем не только преодолел все препятствия сам, но и притащил следом за собою своего неразлучного Сэнда и еще одного мальчика, с которым за последнюю неделю они свели дружбу, теперь казавшуюся им уже давней. Марсель Норели, их однолетка, вполне заслуживал дружбы хотя бы уже тем, что нуждался в покровительстве: у этого хилого ребенка с болезненным личиком правая парализованная нога была на несколько сантиметров короче левой. Но это ничуть не влияло на веселый нрав маленького калеки и не мешало ему принимать горячее участие во всех играх. Удивительно ловко пользуясь костылем, он не отставал от других детей.

Пока переполошившиеся эмигранты сбегались на берег, Дик, а за ним Сэнд и Марсель пробрались в передние ряды и устроились впереди мужчин, которым достигали только до пояса. Но, протискиваясь в толпе, они задели или толкнули кое-кого из переселенцев. В частности, потревожили Фреда Мура, старшего из двух братьев, которых Гарри Родс охарактеризовал Кау-джеру как людей необузданных.

Фред Мур, рослый, крепко сколоченный парень, почувствовав, что его толкают, громко выругался. Это сразу же раззадорило Дика. Обернувшись к Сэнду и Марселю, он крикнул:

— Эй, вы! Осторожнее! Не толкайте этого джентльмена, тысяча чертей! Этим вы ничего не выиграете! Мы ведь можем встать сзади и смотреть поверх его головы.

Заявление, исходившее от крошечного человечка, показалось окружающим таким забавно-дерзким, что все разразились смехом. Фред Мур побагровел от злости.

— Сопляк! — презрительно бросил он.

— Благодарю за комплимент, ваша милость, хотя, признаться, у вас весьма невнятное произношение! — продолжал издеваться Дик.

Фред Мур двинулся к нему, но соседи удержали парня, уговаривая не связываться с ребятами. Дик с товарищами, воспользовавшись этим, перекочевал на другое место, поближе к более покладистым людям.

— Ну подожди, — пригрозил ему вслед Фред Мур, — я еще оборву тебе уши!

Дик, находясь на безопасной дистанции, смерил противника насмешливым взглядом.

— Для этого тебе, наверно, понадобится лестница, старина! — заявил он с такой иронией, что все опять расхохотались.

Мур только пожал плечами. Дик, довольный, что за ним осталось последнее слово, перенес свое внимание на шлюпку, уже врезавшуюся форштевнем в прибрежный песок.

Причалив, Кароли спрыгнул в воду и укрепил якорь. Потом помог выйти пассажиру и ушел вместе с Хальгом и Кау-джером.

Говорят, что у огнеземельцев почти не развито чувство привязанности. Но в данном случае лоцман составлял счастливое исключение: даже в его взгляде, устремленном на сына и Кау-джера, сквозила любовь к ним обоим.

Его преданность белому человеку могла соперничать только с безграничной, но более сознательной привязанностью Хальга к Кау-джеру. Кароли был родным отцом юноши, а Кау-джер — духовным. Первый дал Хальгу жизнь, второй развил в нем дремлющий интеллект.

Кау-джер отвечал Хальгу такой же любовью. Мальчик стал его единственной привязанностью, единственным существом, способным согреть его разочарованную душу.

Пока трое друзей, обрадованных встречей, обсуждали между собой новости, эмигранты, столпившиеся во круг Жермена Ривьера, сгорали от нетерпения узнать о результатах поездки. Со всех сторон сыпались вопросы, сводившиеся к одному: почему вернулась шлюпка, а не судно, чтобы взять на борт всех потерпевших кораблекрушение?

Оглушенный Жермен Ривьер поднял руку, требуя тишины. Затем, отвечая Гарри Родсу, единственному, кто задал разумный и краткий вопрос, рассказал о своем путешествии.

В Пунта-Аренасе он виделся с губернатором, господином Агире, который от имени чилийского правительства обещал помочь переселенцам. Но в данный момент в Пунта-Аренасе не было подходящего корабля, чтобы в един рейс забрать всех потерпевших. Поэтому оставалось только запастись терпением, тем более что эмигрантам пока ничто не угрожало — их обеспечили всеми необходимыми предметами и продуктами по крайней мере на полтора года.

Итак, стало ясно, что ждать придется долго. Осень еще только наступала. Было бы неблагоразумно посылать сюда судно в такое время года без крайней нужды. В общих интересах следовало отложить путешествие до весны. Ну, а в начале октября, то есть через полгода, на остров Осте обязательно пришлют корабль.

Новость, передаваемая из уст в уста, немедленно стала известна всем. Она произвела на переселенцев ошеломляющее впечатление. Как? Им придется в течение шести долгих месяцев переносить жестокие холода в этой стране, где бессмысленно заниматься каким-нибудь делом, раз весной их увезут отсюда?

Шумная толпа сразу притихла. Все огорченно переглядывались. Потом общее уныние сменилось гневом. Губернатора Пунта-Аренаса осыпали грубой бранью. Но, так как отвести душу было не на ком, ярость вскоре улеглась, и угрюмые эмигранты стали расходиться по своим палаткам.

Но тут их внимание привлекла небольшая группа людей, которая, пополняясь за счет проходивших мимо, быстро разрасталась. Все машинально останавливались, даже не замечая, что и сами становились частью этой толпы, ipso facto[1] пополняя аудиторию Фердинанда Боваля. Оратор, решив, что настал подходящий момент, произносил с вершины скалы перед своими товарищами по несчастью новую речь. Как и следовало ожидать, этот убежденный анархист не выказал снисхождения ни к капиталистическому режиму вообще, ни к губернатору Пунта-Аренаса в частности. Последний, по его словам, являлся естественным продуктом капиталистического строя. Боваль красноречиво клеймил эгоизм этого чиновника, лишенного самой элементарной гуманности, беспечно обрекавшего несчастных людей на лишения и опасности.

Эмигранты слушали его рассеянно. От всех разглагольствований им ничуть не становилось легче. Сейчас нужны были действия, а не слова. Но никто не знал, как именно действовать. Опустив голову, бедняги мучительно искали выход из создавшегося положения.

Постепенно у этих отупевших от несчастья людей созрела одна и та же мысль. Кто-то ведь должен знать, что теперь делать. Быть может, тот, кто уже не раз выручал их из беды, снова придет к ним на помощь? Они робко поглядывали в сторону Кау-джера, к которому уже направлялись Гарри Родс и Жермен Ривьер. Никто из тысячи

---

[1] Самим собой (лат.).

двухсот человек не решался взять на себя ответственность за настоящее и будущее. Казалось, проще всего опять обратиться к Кау-джеру, к его самоотверженности и опытности. Это было удобно хотя бы потому, что избавляло всех от мучительных раздумий.

Сбросив, таким образом, с души бремя забот о ближайшем будущем, переселенцы по одному, по двое отходили от Фердинанда Боваля, и вскоре около него осталась лишь ничтожная кучка его приспешников.

Гарри Родс, в сопровождении Жермена Ривьера, подошел к Кау-джеру, беседовавшему с двумя огнеземельцами, сообщил ему ответ губернатора Пунта-Аренаса, а заодно рассказал о волнениях и страхах пассажиров «Джонатана», обреченных на зимовку в антарктическом климате.

Кау-джер заверил их, что зима на Магеллановой Земле менее сурова и менее продолжительна, чем в Исландии, Канаде и даже в северных районах Соединенных Штатов, и что климат архипелага, в общем-то, не хуже, чем в Южной Африке, куда направлялся «Джонатан».

— Вашими бы устами да мед пить! — отозвался не без некоторого скептицизма Гарри Родс. — Но скажите, разве не лучше зазимовать на Огненной Земле, где все-таки можно найти хоть какое-нибудь убежище, чем здесь, на острове Осте, на котором нет ни единой живой души?

— Нет, — ответил Кау-джер. — Переход на Огненную Землю ничего не даст, потому что вы не сможете перевезти туда весь груз с «Джонатана». Надо оставаться на острове Осте, но как можно скорее перебраться отсюда в другое место.

— А куда?

— В бухту Скочуэлл, которую мы исследовали во время похода. Там нетрудно подыскать участок, удобный для постройки домов. Здесь же нет и дюйма ровной поверхности.

— Как? — воскликнул Гарри Родс. — Вы советуете перетащить такой тяжеленный груз за две мили отсюда? И заняться настоящим строительством?

— Именно так, — подтвердил Кау-джер. — Помимо того, что бухта Скочуэлл расположена в прекрасном месте и защищена от западных и южных ветров, там протекает река, следовательно, не будет недостатка в питьевой воде. Что же касается строительства, то я считаю его не только необходимым, но и безотлагательным. В этих краях очень высокая влажность. Прежде всего нужно оградить себя от сырости. Повторяю еще раз — время дорого. Зима может нагрянуть со дня на день.

— Вы должны сказать это остальным, — предложил Гарри Родс. — Они лучше поймут, если вы сами обрисуете создавшееся положение.

— Предпочитаю, чтобы это сделали вы, — возразил Кау-джер. — Но я останусь в полном распоряжении всех, кому смогу понадобиться.

Гарри Родс поспешил передать слова Кау-джера всем эмигрантам. К его крайнему удивлению, известие это приняли лучше, нежели он думал. Пережитые разочарования так обескуражили людей, что они даже обрадовались предстоящей работе. К тому же, слава богу, нашелся человек, взявший на себя ответственность за ее результаты. Ну, а все остальное довершила присущая человеку способность надеяться и верить в лучшее будущее. Эмигрантам казалось, что любые перемены помогут сохранить жизнь, и переселение в бухту Скочуэлл представлялось им чудесным избавлением от грозящих бед.

Но с чего начать? Как организовать переноску грузов на расстояние двух миль вдоль скалистого, почти непроходимого берега? С общего согласия Родс снова обратился к Кау-джеру с просьбой помочь наладить работы, которые тот считал первоочередными.

Кау-джер не заставил упрашивать себя, и под его руководством все сразу же принялись за дело.

Сначала создали некое подобие дороги на участках, недоступных для прибоя: выровняли почву около самых больших каменных глыб и убрали мелкие камни. 20 апреля, когда закончили подготовительные работы, приступили к переноске груза.

Для этого использовали плоты, уже послужившие для разгрузки «Джонатана». Их разделили на несколько частей и подложили под них вместо колес очищенные и обтесанные древесные стволы. Таким образом получились примитивные повозки, в которые впряглись все эмигранты — мужчины, женщины и даже дети. И вскоре длинная вереница растянулась у самой воды, между отвесными скалами и морем. Зрелище было поистине любопытным! А какими лихими возгласами подбадривали себя тысяча двести запыхавшихся тружеников!

Большую помощь оказала шлюпка. В нее грузили наиболее тяжелые или самые хрупкие предметы, и Кароли с сыном непрерывно курсировали между местом кораблекрушения и бухтой Скочуэлл. Это значительно ускорило переброску грузов и оказалось как нельзя более кстати, потому что уже не раз приходилось прекращать работу из-за непогоды. Начались штормы, провозвестники близкой зимы. Переселенцам приходилось укрываться в палатках и выжидать затишья.

Кау-джер не только советовал и ободрял всех, но и показывал людям пример. Он вечно был в действии: либо возглавлял транспортную колонну, либо помогал эмигрантам словом и делом. Они с удивлением наблюдали за этим неутомимым человеком, добровольно участвовавшим в их тяжелом труде, тогда как ничто не мешало ему уйти так же просто, как он пришел.

Но Кау-джер даже и не помышлял об этом. Он весь отдался выполнению долга, уготованного ему судьбой. Уже одно сознание того, что люди очутились в беде, как-то сближало Кау-джера с ними, а возможность помочь им вызывала у него чувство глубокого удовлетворения.

Но не все потерпевшие кораблекрушение проявили такую же силу духа. Кое-кто помышлял о бегстве с острова Осте. Захватить шлюпку, поднять парус и отправиться в страну с более мягким климатом не составляло особых трудностей. Других лодок, кроме «Уэл-Киедж», на острове не имелось, так что можно было не опасаться преследования. Все казалось настолько просто, что приходилось только удивляться, как это никому не пришло в голову раньше.

Мешала, видимо, постоянная охрана «Уэл-Киедж». Днем на ней работали Кароли и Хальг, а ночью оба индейца и Кау-джер спали в лодке. Следовательно, будущим злоумышленникам приходилось выжидать удобного случая.

Он представился 10 мая. В этот день Кау-джер, вернувшись из бухты Скочуэлл, заметил на берегу обоих огнеземельцев, отчаянно размахивавших руками. «Уэл-Киедж», уже отплывшая на расстояние метров в триста, неслась на всех парусах в открытое море. На борту ее находилось четверо мужчин, но издали невозможно было разглядеть их лиц.

В нескольких словах Кароли и Хальг сообщили Кау-джеру о том, что произошло: воспользовавшись их кратковременным отсутствием, воры вскочили в лодку и вышли в море. Когда кражу «Уэл-Киедж» обнаружили, было уже поздно.

Все вернувшиеся из нового лагеря собрались около Кау-джера и обоих его друзей. Беспомощные и обезоруженные эмигранты молча следили за шлюпкой, грациозно скользившей по волнам. Для переселенцев похищение лодки было равносильно несчастью: они лишались возможности ускорить перевозку грузов и вместе с тем рвались последние связи со всем остальным миром. Что же касается владельцев «Уэл-Киедж», то для них это было настоящей катастрофой.

Тем не менее Кау-джер ничем не проявил гнева, переполнявшего его сердце. Как всегда невозмутимый, замкнутый, с бесстрастным лицом, он провожал взглядом шлюпку, пока та не исчезла за выступом прибрежной скалы. Тогда Кау-джер обернулся к окружающим и спокойно распорядился:

— За работу!

И все снова с ожесточением стали трудиться. Приходилось спешить — зима была не за горами.

К счастью, кража произошла не в первые дни транспортных работ, иначе бы те затянулись до бесконечности. Теперь же, 10 мая, доставка груза была почти закончена, и требовалось совсем немного, чтобы довести ее до благополучного конца.

Переселенцев восхищало спокойствие Кау-джера. Он ни в чем не изменил своего поведения и оставался таким же добрым и самоотверженным, как и прежде.

К концу того же дня, 10 мая, случилось еще одно событие, также способствовавшее укреплению авторитета Кау-джера.

В это время он помогал тащить повозку с несколькими мешками семян. Вдруг послышался отчаянный вопль. Бросившись на крик, Кау-джер увидел мальчика лет десяти, лежавшего на земле и жалобно стонавшего. Малыш сказал, что он упал со скалы, повредил ногу и не может подняться. Несколько подбежавших эмигрантов громко высказывали свои не слишком разумные соображения по поводу случившегося. В скором времени появились родители ребенка, и их слезливые причитания еще усилили общий переполох.

Кау-джер решительным тоном потребовал тишины и приступил к осмотру пострадавшего. Окружающие внимательно следили за всеми его движениями, восхищаясь их уверенностью и ловкостью. Кау-джер быстро определил перелом бедра и умело соединил костные обломки. Затем при помощи щепок, заменивших лубки, и кусков материи вместо бинта, он обеспечил ноге полный покой.

Кау-джер утешил родителей, заверив их, что все обойдется: перелом не тяжелый, никаких осложнений не предвидится, и через два месяца от повреждения не останется и следа. Понемногу мать и отец успокоились, а когда, после перевязки, сын заявил, что ему уже не так больно, окончательно уверовали в Кау-джера. На самодельных носилках мальчика перенесли в бухту Скочуэлл.

После этого события, которое сразу же получило широкую огласку, эмигранты стали относиться к Кау-джеру с особым уважением. Поистине он оказался добрым гением потерпевших кораблекрушение. Его услуги и помощь были неоценимы. Постепенно все привыкли надеяться на него, и одно присутствие этого человека вселяло покой и уверенность в сознание переселенцев.

В тот же вечер 10 мая наскоро произвели расследование. Как и следовало ожидать, у такой разношерстной, переменчивой толпы удалось получить лишь весьма неопределенные сведения. Во всяком случае, отсутствие в течение целого дня четырех человек дало основание для подозрений. Двое из них принадлежали к экипажу «Джонатана» — повар Сердей и матрос Кеннеди. Остальные двое были эмигранты, выдававшие себя за рабочих, — Ферстер и Джексон. О них уже ходили дурные слухи.

На следующее утро Кеннеди и Сердей, как обычно, принялись за работу, хотя и казались совершенно разбитыми от усталости. Сердей едва держался на ногах, лицо у него было все в глубоких ссадинах.

Хартлпул, давно приглядывавшийся к этому субъекту, искренне презирал его. Он резко остановил попавшегося навстречу повара:

— Где ты пропадал вчера, кок?

— Где пропадал? — лицемерно удивился Сердей. — Да там же, где и каждый день.

— Почему же тебя никто не видел, мошенник? Не заблудился ли ты, часом, где-нибудь на шлюпке?

— На шлюпке? — переспросил Сердей с непонимающим видом.

— Хм... — раздраженно хмыкнул Хартлпул. Затем продолжал: — Можешь объяснить, где это тебя так разукрасило?

— Упал, — спокойно ответил Сердей, — и так расшибся, что едва ли смогу сегодня таскать груз. Еле-еле хожу.

— Хм... — опять промычал Хартлпул и, чувствуя, что от этого лживого типа ничего не добьешься, ушел.

Что же касается Кеннеди, то он даже не дал никакого повода для допроса. Хотя матрос был бледен как полотно и явно чувствовал себя неважно, он молча выполнял всю необходимую работу.

Итак, 11 мая, в обычное время, все приступили к переноске груза, так и не раскрыв тайны исчезновения лодки. Но эмигрантов, явившихся первыми в бухту Скочуэлл, ожидал сюрприз: на берегу, у самого устья реки, лежали два трупа — Джексона и Ферстера. Около них торчала наполовину погруженная в воду и занесенная песком «Уэл-Киедж» с пробитым дном.

Теперь нетрудно было восстановить ход вчерашних событий. Едва выйдя за пределы бухты, неумело управляемая лодка наскочила на рифы. Образовалась течь, и отяжелевшая шлюпка пошла ко дну. Из четырех находившихся в ней людей Кеннеди и Сердею удалось добраться до острова, а Джексон и Ферстер погибли, и первый же прибой выбросил на берег их тела вместе с покалеченной «Уэл-Киедж».

Внимательно осмотрев «Уэл-Киедж», Кау-джер нашел, что остов лодки вполне можно использовать. Правда, борта сильно пострадали, но шпангоуты оказались почти все целы, а киль вообще не был поврежден. Разбитую шлюпку вытащили за линию прибоя и оставили здесь, чтобы починить ее при первой же возможности.

Перевозка груза закончилась 13 мая. Сразу же, не теряя времени, взялись за возведение сборных домов. Конструкция их была чрезвычайно удобна, так что здания росли прямо на глазах. Едва заканчивали постройку очередного дома, как он сразу же заселялся, причем всякий раз дело доходило до крупных столкновений, ибо для тысячи двухсот человек домов не хватало. Не более двух третей эмигрантов могли рассчитывать на жилье. Естественно, люди вынуждены были как-то добиваться, чтобы у них была крыша над головой.

Это делалось с помощью кулаков. Те мужчины, которых природа не обидела силой, с самого начала завладевали отдельными элементами сборных конструкций и не допускали в здание других. Все же им пришлось уступить численному превосходству и войти в соглашение с теми, кого на первых порах хотели выбросить вон. Так, на основе применения физической силы, произошел своеобразный отбор второй очереди, и выявился состав «избранных». Когда наконец дома были уже переполнены и обитатели их могли успешно противостоять натиску бесприютных, стало ясно, что эти последние действительно остались без крова.

Таким образом, примерно пятистам потерпевшим кораблекрушение мужчинам, женщинам и детям пришлось довольствоваться палатками. Среди них мужчины составляли меньшинство. Это были отцы семейств или мужья, которым пришлось разделить участь своих близких. С ними находились Кау-джер и его друзья-индейцы, не боявшиеся ночевок под открытым небом, а также члены экипажа «Джонатана», приученные Хартлпулом стойко переносить лишения. Эти славные люди подчинились без малейшего ропота, даже Сердей и Кеннеди, которые после происшествия с лодкой являли пример необычайного усердия и послушания. В числе «бездомных» находились Джон Рам и Фриц Гросс, не участвовавшие в борьбе из-за физической слабости, а также семья Родса, не считавшего для себя возможным прибегать к силе.

Итак, пятьсот человек разместились в палатках. Поскольку большая часть эмигрантов перебралась в дома, оставшиеся использовали освободившиеся палатки и сделали их двойными. Прослойка воздуха между двумя парусиновыми стенками удерживала тепло, так что, в общем-то, эти примитивные жилища оказались довольно сносными.

Едва переселенцы устроились, как 20 мая на остров Осте обрушилась зима (к счастью, запоздавшая в этом году). Разразилась сильнейшая снежная буря. В несколько минут землю окутал плотный белый саван, из-под которого торчали деревья, покрытые инеем. На следующий день сообщение между отдельными участками лагеря оказалось почти невозможным.

Но теперь эмигранты были защищены от лютых холодов. Укрывшись в домах или палатках, греясь перед ярким пламенем очагов, спасшиеся с «Джонатана» больше не боялись зимовки в холодном антарктичсском климате.

4. Зимовка

Две недели свирепствовала буря. Снег валил густыми хлопьями. Все это время эмигранты почти не выходили наружу.

Такое вынужденное заточение особенно огорчало тех, кому «посчастливилось» попасть в сборные дома. Строения эти были лишены всех элементарных удобств. Поначалу переселенцы, соблазненные не столько их видом, сколько самим названием «дом», жаждали во что бы то ни стало поселиться именно в них, что образовало неимоверную скученность. Жилища превратились в настоящие ночлежные дома, где прямо на полу, впритык, лежали соломенные тюфяки. Эти же помещения в короткие дневные часы служили общими комнатами и кухнями. Такая теснота, когда несколько семейств жили бок о бок, неизбежно приводила к принудительной близости, отнюдь не способствовавшей чистоте и поддержанию добрососедских отношений. В домах, занесенных снегом, люди изнывали от скуки, а безделье и скука, как известно, всегда ведут к ссорам.

Жители палаток, хотя и хуже защищенные от холода, оказались отчасти в привилегированном положении, ибо располагали большей площадью. Некоторые семьи, в частности Родсы и Черони, а также пять неразлучных японцев, даже занимали отдельные палатки.

Никто не руководил размещением жилищ. Единого предварительного плана тоже не было, так что дома и палатки стояли где попало, по прихоти их обитателей. Поэтому-то лагерь походил не на поселение, а скорее на случайное скопище разбросанных построек, между которыми было бы крайне затруднительно проложить улицы.

Впрочем, это не имело никакого значения — ведь поселение было временным, и весной эмигранты снова отправятся на поиски новой родины и новых злоключений.

Лагерь раскинулся на правом берегу реки, текущей с запада. В одном месте она подходила к самому поселению, потом изгибалась в противоположном направлении и через три километра, на северо-западе, впадала в море. Крайнее строение поселка стояло на самом берегу реки. Еще в начале строительства один эмигрант, по имени Паттерсон, втихомолку завладел крошечным сборным домиком, в котором могло разместиться только три человека. А чтобы никто не претендовал на его жилище, он предложил поселиться вместе с ним еще двум эмигрантам, весьма обрадовавшимся приглашению. Выбор Паттерсона был не случаен: не обладая достаточной физической силой, он вполне разумно избрал сожителей геркулесового сложения, чьи кулаки могли бы, при случае, отстоять их общую собственность.

Оба были американцы. Одного звали Блэкер, другого — Лонг. Первый — двадцатисемилетний крестьянин, довольно веселого и общительного нрава — отличался невероятной прожорливостью. Постоянный, болезненный голод чрезвычайно усложнял его жизнь, ибо, живя в нужде, он никогда не мог удовлетворить свой ненасытный аппетит. Муки голода терзали Блэкера с самого рождения, и в конце концов он решил эмигрировать, надеясь, что в Африке ему удастся наесться досыта. Второй — кузнец, этакий тупой детина с могучими бицепсами, крепкий и податливый, как железо в горне, — представлял послушное орудие в руках хозяина дома.

Сам же Паттерсон, хотя и примкнул к эмигрантам, покинул родину вовсе не из-за крайней нищеты, а из-за страсти к наживе. Судьба поступила с ним и жестоко, и вместе с тем милостиво. Паттерсон родился в бедности и вел одинокую жизнь, скитаясь по родной Ирландии. Но зато по своей натуре он был стяжателем, иначе говоря — человеком, стремившимся приобрести те блага, которых не имел при рождении. Благодаря этому свойству к двадцати пяти годам ирландцу удалось поднакопить деньжонок. Его не пугала ни изнурительная работа, ни суровые лишения. При случае не брезговал он и откровенной эксплуатацией своих ближних. Но Паттерсон выбивался в люди с величайшим трудом, и лишь настойчивость, изворотливость и постоянное самоограничение помогали ему достигнуть трудной цели. И вот однажды до него дошли потрясающие слухи о том, что в Америке человек без предрассудков может запросто нажить целое состояние. Наслушавшись всяких небылиц, ирландец стал мечтать только о Новом Свете и решил отправиться, как и многие другие, на поиски счастья. При этом Паттерсон даже и не собирался следовать по пути сказочных миллиардеров, вышедших, подобно ему, из низов. Нет, он ставил перед собой более скромную и вполне достижимую цель — увеличить свои сбережения в более короткий срок, чем на родине.

Едва ступив на американскую землю, Паттерсон увидел заманчивую рекламу Общества колонизации бухты Лагоа. Поверив ее соблазнительным обещаниям, ирландец решил, что там-то он и найдет девственную почву, где его небольшой капитал принесет богатый урожай. И вместе с тысячью других эмигрантов он отплыл на «Джонатане».

Надежды его не осуществились. Однако Паттерсон был не из тех, кто падает духом. Несмотря на кораблекрушение, ирландец упорно продолжал отыскивать пути к богатству.

С помощью Блэкера и Лонга он выстроил домик на некотором расстоянии от моря, у самой реки, — в единственном месте, где имелся доступ к воде. Выше по течению берег сразу же круто подымался вверх, переходя в отвесную скалу высотой почти в пятнадцать метров, а ниже по течению, за небольшой поляной, у края которой стоял их домик, берег обрывался, и река, устремляя свои воды на этот своеобразный порог, превращалась в водопад. Между водопадом и морем тянулось непроходимое болото.

Другие дома и палатки расположились в живописном беспорядке параллельно морскому берегу, но между ними и морем пролегала непроходимая топь. Кау-джер поселился в индейской хижине, сооруженной Кароли и Хальгом. Только человек, не боявшийся сурового климата, мог удовольствоваться этим примитивным жилищем из ветвей и травы. Зато оно находилось в очень удобном месте — как раз на противоположном берегу реки, у самого причала «Уэл-Киедж». Это давало им возможность использовать малейшие проблески хорошей погоды для починки лодки.

Во время первого штурма зимы, продолжавшегося две недели, не могло быть и речи о каких-либо ремонтных работах. Тем не менее Кау-джер, в сопровождении Хальга, ежедневно переходил легкий мостик, наведенный Кароли, и навещал поселенцев.

Дела хватало. Несколько эмигрантов, заболевших с наступлением холодов, обратились к нему за помощью. После успешного лечения мальчика, сломавшего ногу, репутация Кау-джера как врача установилась прочно. Перелом быстро срастался, и никто не сомневался, что предсказание хирурга о полном восстановлении функции ноги вскоре подтвердится.

После врачебного обхода Кау-джер заходил в палатку Родсов и подолгу беседовал с ними. Он все больше и больше привязывался к этому семейству. Ему нравился добродушный характер жены и дочери Родса, самоотверженно выполнявших роль сиделок возле больных эмигрантов. Он высоко ценил здравый смысл и приветливый нрав самого Гарри Родса, и между обоими мужчинами вскоре зародилась настоящая дружба.

— Приходится только радоваться, — однажды сказал Гарри Родс Кау-джеру, — что негодяи разбили вашу лодку. Не случись этого, вы покинули бы нас, как только бы все устроились с жилищами. А теперь вы — наш пленник.

— Тем не менее мне все же придется уехать, — ответил Кау-джер.

— Но не раньше весны, — возразил Гарри Родс. — Вы всем нужны. Здесь столько больных, которых некому лечить, кроме вас.

— Да, не раньше весны, согласился Кау-джер. — Но когда за вами пришлют корабль, ничто не будет препятствовать моему отъезду.

— Вы вернетесь на Исла-Нуэва?

Кау-джер сделал неопределенный жест. Да, его дом находится на Исла-Нуэва. Там он прожил долгие годы. Но вернется ли он туда? Ведь причины, изгнавшие его с этого острова, не исчезли. Исла-Нуэва, бывший когда-то свободной территорией, отныне подчинялся Чили...

— Если бы я даже и захотел уехать, — сказал Кау-джер, стремясь перевести разговор на другую тему, — думаю, что оба мои товарища не разделят этого желания. Во всяком случае, Хальгу будет жаль расстаться с островом Осте. А может быть, он и вообще откажется уехать.

— А почему? — удивилась госпожа Родс.

— По очень простой причине. Боюсь, что он имел несчастье влюбиться.

— Вот так несчастье! — засмеялся Гарри Родс. — Ему и по возрасту положено влюбляться.

— Этого я не отрицаю, — ответил Кау-джер. — Но мальчик будет чрезвычайно огорчен, когда настанет день расставания.

— Но зачем же Хальгу расставаться с той, кого он любит? — спросила Клэри, которую, как и всех девушек, всегда интересовали сердечные дела. — Ведь они могут пожениться.

— Во-первых, она — эмигрантка и никогда не согласится остаться на Магеллановой Земле. А во-вторых, я не представляю себе, что произойдет с Хальгом, если он поедет в одну из ваших так называемых цивилизованных стран.

— Вы говорите — эмигрантка? — переспросил Гарри Родс. — Уж не Грациэлла ли это, дочь Черони?

— Я видел ее несколько раз, — вмешался в разговор Эдуард Родс. — Она очень мила.

— Так, значит, это она? — улыбнулась госпожа Родс.

— Да. В тот день, когда нам пришлось принять участие в ее семейных делах (вы, наверно, помните это), я заметил, какое сильное впечатление произвела Грациэлла на Хальга. Он был просто потрясен. Вы ведь знаете, как несчастны эта девушка и ее мать, а от жалости до любви — один шаг.

— Мне кажется, что вызвать жалость — это наилучший способ внушить любовь, — заметила госпожа Родс.

— Как бы то ни было, с тех пор Хальг весь отдался — своему чувству. Вы даже не представляете себе, насколько он изменился!

Приведу пример. Как известно, щегольство отнюдь не свойственно обитателям Магеллановой Земли. Несмотря на холодный климат, они так равнодушны к одежде, что ходят совершенно обнаженными. Хальг, совращенный остатками цивилизации в виде моего костюма, согласился прикрываться шкурой тюленя или гуанако, и поэтому у своих соплеменников считался даже франтом. А теперь он отыскал среди эмигрантов парикмахера и подстригся. Наверно, это первый огнеземелец, проявивший такую заботу о своей внешности. Но и это еще не все. Не знаю уж, каким образом он раздобыл настоящий европейский костюм, и впервые стал выходить из дому только в одежде и в башмаках, которые, мне кажется, очень стесняют его. Кароли просто растерялся от всех этих перемен, но я-то прекрасно понимаю, в чем тут дело.

— А разве такое старание понравиться не трогает сердце Грациэллы? — осведомилась госпожа Родс.

— Не знаю, — ответил Кау-джер, — но, судя по ликующему виду Хальга, полагаю, что дела его идут успешно.

— И неудивительно, — заявил Гарри Родс, — ваш молодой друг — красивый парень.

— Согласен, он недурен собой, — подтвердил Кау-джер с видимым удовольствием. — Но его внутренние качества еще лучше. Это смелый, умный и самоотверженный юноша с добрым сердцем.

— Он ваш воспитанник? — спросила госпожа Родс.

— Можно сказать — сын, — уточнил Кау-джер. — Я люблю его не меньше, чем отец. Потому-то я так и огорчен за него. Ведь из этого, в конце концов, ничего не получится, кроме страданий.

Предположения Кау-джера вполне соответствовали истине. Между молодым индейцем и Грациэллой действительно зарождалась взаимная симпатия. С той минуты, когда Хальг впервые увидел девушку, он все время думал только о ней, и не проходило дня, чтобы он не навестил палатку Черони. Юноша, зная о семейной драме итальянцев, с обычной находчивостью влюбленных сумел использовать сложившуюся обстановку. Под предлогом оказания помощи и защиты он проводил с обеими женщинами долгие часы. Все они свободно говорили по-английски, что позволяло им болтать на любые темы.

Хальг еще раньше усвоил английский и французский, а теперь усердно посещал семью Черони под предлогом изучения итальянского языка.

Девушка быстро разгадала подлинную причину такого рвения к занятиям, но вначале чувство, внушенное ею молодому индейцу, скорее забавляло, чем льстило ей. Хальг, с его длинными прямыми волосами, слегка приплюснутым носом и темной кожей, казался Грациэлле существом другой породы. По ее своеобразной классификации обитатели нашей планеты делились на две совершенно различные категории — люди и дикари. Хальг считался дикарем, следовательно, к нему нельзя было относиться как к человеку. Всякий компромисс исключался. Ей даже и в голову не приходила мысль о возможности какой-либо связи между дикарем, едва прикрытым звериной шкурой, и ею, итальянкой, существом якобы высшего порядка.

Однако мало-помалу Грациэлла привыкла к чертам лица и к скромной одежде своего робкого поклонника и стала видеть в нем такого же юношу, как и все остальные. Правда, и Хальг прилагал огромные усилия, чтобы девушка смотрела на него иными глазами. В один прекрасный день он предстал перед Грациэллой подстриженный, с великолепной прической на пробор. Вскоре превращение пошло еще дальше — Хальг явился одетый по-европейски. Он приобрел все, что полагается: брюки, фуфайку, башмаки на толстой подошве — полный костюм! Конечно, одежда его была простая и грубая, но Хальг придерживался иного мнения и, с удовольствием рассматривая свое изображение в осколке зеркала, казался себе образцом элегантности.

А сколько уловок потребовалось юноше, чтобы отыскать человека, согласившегося взять на себя обязанности парикмахера, а также раздобыть этот «превосходный» костюм! Труднее всего было найти одежду, и поиски ее вряд ли увенчались бы успехом, если бы юному индейцу не удалось войти в сношения с Паттерсоном.

Ирландец торговал всем, чем угодно, и никогда не упускал возможности заработать на какой-нибудь сделке. Если даже у него и не имелось в данный момент того, что требовалось, он всегда умудрялся раздобыть нужную вещь, одной рукой давая и другой загребая, да еще попутно получая вполне законные, как он считал, комиссионные. Итак, Паттерсон нашел для Хальга костюм, на что ушли все сбережения юноши.

Но тот нимало не жалел об этом. Его жертва вполне окупилась. Отношение к нему Грациэллы резко изменилось: Хальг перестал быть дикарем и превратился в человека.

С этой минуты события стали разворачиваться с неимоверной быстротой. Любовь расцвела буйным цветом в сердцах обоих молодых людей. Гарри Родс сказал правду: Хальг, если не принимать во внимание типовые особенности его расы, был действительно красивым парнем. Высокий, сильный, привыкший к жизни на вольном воздухе, он обладал той благородной осанкой, для которой характерны мягкие и пластичные движения. Благодаря урокам Кауджера Хальг обладал высокоразвитым интеллектом. Черты его лица выражали доброту и искренность. Всего этого вполне хватало, чтобы тронуть сердце несчастной девушки.

С того самого дня, когда Хальг и Грациэлла, даже не обменявшись ни единым словом, почувствовали себя сообщниками, время, казалось, летело мгновенно. Какое значение имели для них бури или морозы? Непогода придавала особую прелесть их близости, так что влюбленные не только не мечтали о весне, а, наоборот, страшились ее прихода, ибо она предвещала разлуку.

Но все же весна наступила. И остальные эмигранты (в противоположность этой паре) радовались каждому вестнику весны. Лагерь ожил, как по мановению волшебной палочки. Дома и палатки опустели. Мужчины, потягиваясь, расправляли скованное тело, онемевшее за время долгого заточения, а кумушки, спеша переменить собеседниц, шныряли от одной двери к другой, наведывались друг к другу и подыскивали очередных приятельниц. Следует заметить, что дружба между женщинами, прожившими бок о бок хотя бы две недели, — вещь невозможная!

Кароли вместе с плотниками, однажды уже помогавшими ему, использовал каждый погожий день для ремонта лодки. Но, поскольку погода часто портилась, «Уэл-Киедж» смогли спустить на воду только через три месяца.

Кау-джер тем временем отправился на охоту с собакой Золом. Ему хотелось добыть свежего мяса для своих друзей и для больных эмигрантов. Хотя на архипелаг обрушились лютые морозы и снег покрыл равнины, а сверкающий лед увенчал вершины гор, животные, водившиеся на острове, уцелели.

Вернувшись, Кау-джер принес не только изрядное количество дичи, но и известия о четырех «отколовшихся» семьях — Ривьерах, Джимелли, Гордонах и Ивановых, обосновавшихся на расстоянии нескольких лье от лагеря.

Джимелли, Гордон и Иванов сопровождали когда-то Кау-джера и Гарри Родса во время их первого обследования острова, а Ривьер ездил в Пунта-Аренас делегатом от эмигрантов. После его возвращения четыре семьи решили поселиться вместе. Все эти славные, здоровые, уравновешенные и трудолюбивые люди, далекие и от скаредности Паттерсона и от расточительности Джона Рама, были земледельцами и жили примерно одинаковыми интересами. Труд являлся первой необходимостью для самих фермеров, их жен и детей. Они просто не умели проводить время в праздности.

Именно по этой причине они и решили уехать из бухты Скочуэлл. Еще во время разгрузки «Джонатана», когда рубили деревья для плотов, Ривьера поразили богатейшие девственные леса острова. Он снова вспомнил о них в Пунта-Аренасе, когда узнал, что придется полгода прожить на острове Осте. Ему тотчас же пришло на ум использовать это обстоятельство для организации лесных разработок. С этой целью Ривьер приобрел необходимое оборудование и погрузил его в шлюпку. Будущее его предприятие не могло не оказаться прибыльным — леса никому не принадлежали, следовательно, древесина ничего не стоила. Оставалась проблема транспортировки, но Ривьер полагал, что она разрешится сама собою и что тес так или иначе удастся сбыть не без выгоды.

Решив осуществить задуманный план, он поделился им с Джимелли, Гордоном и Ивановым, с которыми сдружился еще на «Джонатане». Оказалось, и они тоже вынашивали почти аналогичные замыслы. Во время похода по острову с Кау-джером эмигранты высоко оценили плодородную почву. Почему бы одному из них не попытаться заняться скотоводством, а двум остальным — земледелием? Если через полгода результаты окажутся благоприятными, ничто не заставит их уехать. Магальянес или Африка — не все ли равно, в какой стране жить, если это не родина! А в случае неудачи... ну что ж, будет затрачен только труд, это неисчерпаемое богатство людей, обладающих сильными руками и мужественным сердцем. Четверо друзей предпочитали поработать шесть месяцев впустую, лишь бы не болтаться без дела. Обрабатывая даже самую бесплодную почву, можно хотя бы сохранить здоровье...

Эти семьи, состоявшие из деловых мужчин, хозяйственных женщин, рослых и здоровых сыновей и дочерей, имели все данные, чтобы преуспеть там, где другие потерпели бы неудачу. Приняв окончательное решение и заручившись согласием и помощью Кау-джера и Хартлпула, они приступили к его выполнению.

Пока остальные переселенцы занимались переноской груза в бухту Скочуэлл, четыре семейства деятельно готовились к отъезду. Они соорудили повозку на деревянных осях со сплошными колесами, конечно, весьма примитивную, но зато вместительную и прочную. Туда погрузили провизию, семена злаков и овощей, сельскохозяйственные орудия, предметы домашнего обихода, оружие и порох — короче говоря, все, что могло потребоваться для устройства на новом месте. Захватили с собою и домашнюю птицу, а Гордоны, решившие заняться скотоводством, добавили еще кроликов, а также по нескольку пар рогатого скота, свиней и овец. Заложив, таким образом, основу будущих богатств, они отправились на север в поисках подходящего для поселения участка.

Такое место нашлось в двенадцати километрах от бухты Скочуэлл. Здесь простиралось обширное плоскогорье, отграниченное с запада густыми лесами, а с востока — долиной, где протекала быстрая река. Долина, поросшая густой травой, представляла собой великолепное пастбище. Плоскогорье же было покрыто толстым слоем чернозема, который после корчевки и вспашки сулил прекрасный урожай.

Колонисты сразу же принялись за дело. Прежде всего они построили из бревен четыре маленькие фермы, рассудив, что лучше хорошенько потрудиться, но обеспечить каждую семью отдельным домом. Это служит залогом добрых отношений в будущем.

Непогода, снег и холод не задержали строительства — ко времени посещения Кау-джера дома уже были закончены, и Ривьеры устанавливали колесо с лопастями у водопада, по которому предполагали сплавлять деревья, срубленные на плоскогорье. Джимелли и Ивановы расчищали землю, готовясь к тому времени, когда можно будет впрягать в плуг рогатый скот, для которого Гордоны уже устроили просторные загоны.

Кау-джер был просто восхищен этими людьми, обладавшими такой целеустремленностью. Он считал, что если даже все старания этих тружеников окажутся напрасными, то их творческая активность все равно неизмеримо выше унылой пассивности других эмигрантов.

Последние, словно большие дети, радовались солнцу, пока оно светило; а как только небо заволакивалось тучами, снова скрывались в своих убежищах и жили в заточении, как и в прошлом году, выходя на воздух только в ясную погоду. В течение месяца редко выдавались погожие дни. Наступило 21 июня — день зимнего солнцестояния в южном полушарии.

За это время, проведенное в бухте Скочуэлл, взаимоотношения эмигрантов заметно изменились. Ссоры или новые привязанности вызвали некоторые перемещения среди обитателей сборных домов. Определились и отдельные группировки — ни дать ни взять, маленькие островки, возвышавшиеся на водной глади.

Одна из таких групп состояла из Кау-джера, обоих огнеземельцев, Хартлпула и семейства Родсов. К ним тяготел экипаж «Джонатана», включая Дика и Сэнда.

Во вторую группу входили люди тоже спокойные и серьезные — четверо рабочих, законтрактованных Обществом колонизации: Смит, Райт, Лоусон и Фок, и еще человек пятнадцать рабочих, отправившихся на «Джонатане» на свой страх и риск.

Третье объединение насчитывало всего пять членов — это были японцы, жившие в молчаливом и таинственном уединении.

Вождем четвертой группы являлся Фердинанд Боваль. Этот пылкий оратор, подобно магниту, притягивал к себе около полусотни эмигрантов. Из них пятнадцать — двадцать были рабочие, остальные — земледельцы.

Пятую, немногочисленную группу возглавлял Льюис Дорик. Перед ним особенно раболепствовали матрос Кеннеди, повар Сердей и еще пять-шесть человек, выдававших себя за рабочих, хотя добрая половина из них, несомненно, входила в корпорацию профессиональных преступников. К этому воинствующему ядру присоединялись, скорее пассивно, чем активно, Лазар Черони, Джон Рам и еще с десяток безвольных алкоголиков — марионеток, пляшущих под дудку вожаков.

В шестую, и последнюю, фракцию входили все остальные переселенцы. Они также подразделялись на множество мелких ячеек, в зависимости от личных симпатий и антипатий, но в целом их объединяло полнейшее равнодушие ко всему на свете и исключительная податливость.

Все остальные были одиночки — такие, как Фриц Гросс, дошедший до последней степени отупения, братья Муры, которые из-за буйного нрава не могли ни с кем дружить больше трех дней, а также Паттерсон, ведущий странную замкнутую жизнь вместе с двумя своими приспешниками, Блэкером и Лонгом, и вступавший в контакт только с тем, от кого мог получить выгоду.

Из всех партий, если такое определение не покажется слишком претенциозным, группа Льюиса Дорика лучше других сумела использовать сложившуюся обстановку. И больше всех повезло именно ему самому.

Этот человек жил согласно своим принципам. Когда позволяла погода, он охотно посещал чужие дома и палатки. Под предлогом, что частная собственность — аморальное понятие и что все принадлежит всем и ничего — каждому, он завладевал лучшим местом у огня и бесцеремонно присваивал все вещи, которые ему приглянулись. Тонкое чутье позволяло Дорику угадывать тех, кто мог бы дать ему резкий отпор. С ними он не связывался. Но зато слабых, нерешительных и глупых людей бывший преподаватель обирал без зазрения совести. Несчастные эмигранты, буквально терроризированные невероятной наглостью и повелительным тоном политикана-грабителя, безропотно позволяли обирать себя до нитки. Достаточно было Дорику уставиться на них своим холодным пристальным взглядом, как у тех слова застревали в горле. Никогда еще этот субъект не имел подобного успеха. Для Льюиса Дорика остров Осте стал настоящей землей обетованной!

Справедливости ради следует отметить, что он не отказывался применять свою теорию и в отношении самого себя. Если Дорик бессовестно отнимал чужое, то он во всеуслышание заявлял, что и другие вправе брать все, что принадлежало ему. Такое великодушие казалось тем более поразительным, что Дорик абсолютно ничего не имел. Хотя, судя по тому, как развертывались события, вполне можно было предположить, что его материальное положение вскоре изменится.

Последователи Дорика шли по его стопам. Не будучи столь же ловкими вымогателями, они все же стремились не отставать от своего учителя. Еще немного усилий, и к концу зимы все общественное имущество перешло бы во владение этих ярых противников частной собственности.

Кау-джер знал о всех злоупотреблениях и удивлялся странному применению принципов свободы и равенства, походивших на его собственные теории. Воспрепятствовать тирании Дорика? Но по какому праву стал бы он вмешиваться? И на каком основании он мог защищать одних людей (которые даже не взывали о помощи!) против других, в конце концов, им подобных?

Да, кроме всего, у него хватало и собственных дел. Чем дольше тянулась зима, тем больше становилось больных, и Кау-джер уже был не в силах справиться один. 18 июня от воспаления легких умер пятилетний ребенок. Это была третья смерть, посетившая остров Осте после кораблекрушения «Джонатана».

Переживания Хальга также волновали Кау-джера. Он читал в сердце своего молодого друга, переполненном наивной любовью, как в раскрытой книге. Чем же все это кончится, когда эмигранты навсегда покинут архипелаг Магальянес? Неужели Хальг захочет последовать за Грациэллой? И не погибнет ли он от горя и нужды там, в чужих краях?

И как раз 18 июня Хальг вернулся после обычного посещения семьи Черони особенно встревоженный. Кау-джер даже не успел расспросить его, как юноша сам сообщил, что накануне, после его ухода, Лазар снова напился и буйствовал.

Кау-джер задумался. Если Черони пьянствует, значит, он сумел где-то раздобыть вино. Разве груз с «Джонатана» больше не охраняется командой?

Хартлпул заверил Кау-джера, что спиртные напитки по-прежнему находятся под охраной. Но, так или иначе, факт был налицо. Боцман обещал усилить бдительность.

И вот 24 июня, через три дня после солнцестояния, произошло вроде бы ничем не примечательное событие, которое, однако, впоследствии оказалось весьма значительным. В этот день стояла прекрасная погода. Легкий южный бриз расчистил небо, а небольшой морозец подсушил землю. Привлеченные бледными лучами солнца, очерчивавшего на горизонте низкую дугу, эмигранты выползли из своих жилищ.

Разумеется, Дик и Сэнд, которых вообще никакое ненастье не могло удержать дома, находились среди любителей свежего воздуха. Вместе с Марселем Норели и еще двумя мальчиками их возраста друзья затеяли игру в классы. Забыв обо всем на свете, ребята не обратили ни малейшего внимания на расположившуюся поблизости группу взрослых, которые играли в шары. Среди игроков был и Фред Мур, давнишний враг Дика.

Случилось так, что юла взрослых покатилась в «классы» ребят. Как раз в это время Сэнд завершал самую трудную серию прыжков. Погруженный в свое занятие, он не заметил юлу и нечаянно задел ее ногой. Кто-то схватил мальчика за ухо.

— Эй ты, щенок! Поосторожнее! — произнес грубый голос.

Сэнд от боли заплакал.

Наверно, дело тем бы и кончилось, если бы не строптивый нрав Дика, заставивший его вмешаться в произошедший инцидент.

Внезапно Фреду Муру (это был он) пришлось отпустить ухо мальчика и защищаться самому — неизвестный союзник Сэнда больно ущипнул эмигранта сзади. Что ж, в бою каждый применяет свое оружие! Обернувшись, Мур столкнулся лицом к лицу с дерзким мальчишкой, уже однажды насолившим ему.

— Как? Опять ты, наглец? — воскликнул Фред Мур, протянув ручищу, чтобы наказать маленького смельчака.

Но Дик отнюдь не походил на Сэнда. Его не так-то легко было поймать. Дик отскочил в сторону и пустился наутек. Фред Мур погнался за ним, изрыгая проклятия.

Всякий раз, когда враг уже настигал его, Дик ловко увертывался, а эмигрант, все больше распаляясь, хватал руками воздух. И все же силы оказались слишком неравными. Как ни изворачивался беглец, положение его вскоре стало безнадежным. Уж слишком были длинны ноги у Фреда Мура!

Но в то самое мгновение, когда преследователю оставалось только протянуть руку, он вдруг споткнулся и во весь рост растянулся на земле. Воспользовавшись этим, Дик и Сэнд удрали со всех ног.

Оказалось, что Фред Мур споткнулся о палку, вернее, о костыль Марселя Норели. Чтобы вызволить друга из опасности, малыш использовал единственное доступное ему средство — бросил костыль под ноги обидчику. Радуясь удаче, он громко расхохотался, даже не подозревая, что совершил; героический поступок. Героический потому, что, лишившись возможности двигаться, обрек себя на наказание, предназначавшееся другому.

Мур в бешенстве вскочил на ноги, одним прыжком очутился возле Марселя Норели и поднял его, как перышко. Внезапно поняв истинное положение дел, мальчик перестал смеяться и пронзительно закричал. Но эмигрант, не обратив внимания на крики, уже занес огромную лапу, чтобы дать ему увесистую затрещину.

Он не успел сделать это. Кто-то незаметно подошел сзади, и, властным движением удержав его руку, осуждающе произнес:

— Что вы, господин Мур!.. Ведь это ребенок…

Фред обернулся. Кто посмел указывать ему? Он узнал Кау-джера, который подчеркнуто спокойным и порицающим тоном закончил:

— …да еще увечный.

— Не ваше дело! — крикнул Фред Мур. — Отпустите, а то я…

Но Кау-джер, казалось, отнюдь не был расположен выполнить этот приказ. Резким движением Мур попытался освободиться, но безуспешно: Кау-джер обладал стальной хваткой. Вне себя от ярости, эмигрант выпустил Марселя Норели и снова поднял кулак. Кау-джер только сильнее сжал плечо Мура. Видимо, боль стала нестерпимой, и тот опустил руку; ноги у него подкосились.

Резким движением Мур попытался освободиться, но безуспешно.

Едва Кау-джер разжал пальцы, как Мур, обезумев от злости, выхватил из-за пояса большой крестьянский нож и замахнулся.

К счастью, подоспели остальные перепуганные игроки и усмирили озверевшего парня. Кау-джер смотрел на него с грустью и удивлением.

Значит, под влиянием гнева человек становится до такой степени рабом своих страстей? Ведь это существо, которое, брызжа слюной и рыча от ярости, отбивалось изо всех сил, все же оставалось человеком!

— Мы с тобой еще увидимся! — проскрежетал Фред Мур, которого крепко держали четверо здоровенных эмигрантов.

Но Кау-джер только пожал плечами и ушел, не оборачиваясь. Через минуту он уже забыл о нелепой стычке. Правильно ли он поступил, не придавая никакого значения этому случаю? В будущем ему придется убедиться, что у Фреда Мура оказалась не такая короткая память.

5. Корабль на горизонте!

В начале июля Хальг пережил неожиданное потрясение. Он обнаружил, что у него есть соперник. Тот самый Паттерсон, который по баснословной цене снабдил молодого индейца европейским костюмом, познакомился с семейством Черони и начал упорно обхаживать Грациэллу.

Это открытие привело Хальга в отчаяние. Разве мог он, восемнадцатилетний юнец, полудикарь, бороться с опытным мужчиной, обладателем богатств, казавшихся бедному огнеземельцу несметными?

Но опасения Хальга оказались напрасными. Его простодушная любовь и молодость быстро восторжествовали над всеми преимуществами ирландца. Тот только из упрямства продолжал навещать Грациэллу, ибо его явно задевало неприязненное отношение дочери и матери. Обе едва отвечали Паттерсону на поклон и делали вид, будто не замечают его.

А ловкач не унывал. Он гнул свою линию с обычным хладнокровием и настойчивостью, всегда обеспечивавшими успех всех его начинаний. Впрочем, он не преминул заручиться союзником в лице самого Лазара Черони, который оказывал ирландцу радушный прием и, казалось, одобрял его намерения в отношении Грациэллы. Оба стали закадычными друзьями и частенько уединялись для каких-то таинственных совещаний. Что могло связывать безнадежного пропойцу с прижимистым кулаком? Что общего между неисправимым кутилой и бессердечным скрягой? Все это сильно беспокоило Хальга. Черони продолжал пьянствовать и все чаще и чаще устраивал дикие сцены жене и дочери. Индеец каждый раз сообщал о его выходках Кау-джеру, а тот, в свою очередь, — Хартлпулу. Но никто не мог установить, каким образом Лазар Черони добывает спиртное.

Палатку с алкогольными напитками стерегли днем и ночью. Шестнадцать членов экипажа дежурили по двое, сменяясь через каждые три часа. Все, включая Кеннеди и Сердея, беспрекословно подчинялись этой необходимости и выполняли все приказы боцмана так, как будто они все еще находились на корабле. Моряки составляли хоть и небольшую, но тесно сплоченную группу. И, кроме того, у них имелись такие незаменимые помощники, как Дик и Сэнд, на которых всегда можно было положиться. Но в данном случае матросы не нуждались в их помощи. Дети, освобожденные от дежурств, пользовались неограниченной свободой и развлекались вовсю.

Однажды Дик, Сэнд и еще несколько их сверстников, играя на берегу моря, обнаружили естественную пещеру, образовавшуюся в прибрежной скале на мысу, ограничивавшем бухту Скочуэлл с востока. Вход в пещеру был обращен на юг и, следовательно, вел прямо на рифы, о которые разбился «Джонатан». Но не это обстоятельство привлекло внимание детей. Там имелось кое-что поинтереснее. В глубине пещеры находилась расщелина, переходившая через несколько метров во вторую пещеру. Она представляла собой длинную галерею, тянувшуюся под землей через весь горный массив и шедшую к третьей, верхней, пещере. Последняя выходила на северный склон скалы, откуда виднелся лагерь. К нему можно было спуститься напрямик, скользя по каменистой почве.

Эта находка пришлась весьма по вкусу юным следопытам. Ребята никому не рассказывали о своем открытии. Цепь пещер стала их царством, она принадлежала только им. Мальчики отправлялись туда крадучись и устраивали там необычайно увлекательные игры, превращаясь то в дикарей, то в робинзонов, то в разбойников…

Какие дикие вопли раздавались под подземными сводами! Какие бешеные гонки происходили в галерее, соединявшей нижнюю и верхнюю пещеры!

Однако передвигаться по этому коридору было опасно, ибо в любую минуту он мог обвалиться: в одном месте свод галереи, приподнятый всего на один метр от земли, держался лишь на каменной глыбе, которая покоилась на наклонной плоскости другого большого камня. Малейшее сотрясение могло вызвать катастрофу.

Приходилось ползти на четвереньках и с величайшей осторожностью протискиваться в узкую щель между неустойчивым камнем и стенкой прохода. Но такая опасность, как бы велика она ни была в действительности, отнюдь не пугала ребят, а, наоборот, придавала особую остроту их играм.

Для Льюиса Дорика и его шайки зимовка тоже протекала весьма приятно. Эти молодчики разрешили по-своему все социальные проблемы. Они жили в полное удовольствие, будто на завоеванной земле, и не только ни в чем себе не отказывали, но даже делали запасы на случай возможного голода в колонии.

Приходилось только удивляться долготерпению их жертв. Несмотря на то что эксплуатируемые Дориком эмигранты составляли подавляющее большинство, они, видимо, этого не сознавали, и им даже в голову не приходила мысль объединить свои разрозненные силы. Банда Дорика, наоборот, представляла довольно сплоченную группу и проводила тактику запугивания каждого колониста по отдельности. Никто не осмеливался противиться вымогательствам этих негодяев.

Около полусотни переселенцев во главе с Кароли проводили время в охоте на тюленей.

Охота на тюленей — дело трудное. Сначала нужно долго выжидать, пока осторожные животные отважатся вылезти на берег, затем мгновенно окружить, чтобы они не успели скрыться в волнах. Процедура эта небезопасна, потому что тюлени выбирают для игр самые неприступные скалы.

И все же охотники добились превосходных результатов. Вытопленный тюлений жир мог пригодиться и для освещения, и для отопления жилищ на острове Осте, а шкуры — после возвращения эмигрантов на родину — представляли бы немалую ценность.

Но остальные переселенцы, впавшие в полнейшее уныние, не выползали на воздух, хотя жгучих морозов не было и в помине. Во время холодов, продолжавшихся с 15 июля по 15 августа, ртутный столбик не падал ниже минус двенадцати. Средняя температура равнялась пяти градусам ниже нуля. Кау-джер сказал правду —

климат в этих краях не отличался чрезмерной суровостью, и только частые дожди способствовали поддержанию постоянной промозглой сырости, вредно отражавшейся на здоровье. Обычно Кау-джер успешно боролся с болезнями, если только они не поражали уже резко ослабленный организм. В течение зимы погибло восемь человек. Между прочим, их кончина особенно огорчала Льюиса Дорика, так как умирали именно те люди, с которых он собирал наибольшую дань.

Дик и Сэнд горько оплакивали смерть Марселя Норели. Маленький калека не выдержал климата острова Осте и однажды вечером тихо, без страданий, угас.

Эти печальные события, казалось, мало волновали уцелевших эмигрантов. Исчезновение нескольких человек почти не отразилось на жизни всего поселения. Сообщение о новой смерти только на миг выводило зимовщиков из состояния летаргии. Они как будто уже утратили интерес к жизни, и сил у них хватало только на перебранки и скандалы по любым ничтожнейшим поводам.

Частые беспричинные раздоры между колонистами наводили Кау-джера на горькие размышления. Он был слишком умен, чтобы не видеть истины, и слишком искренен, чтобы уклониться от логических выводов из сделанных наблюдений.

Но самая тягостная жизненная драма, источником которой послужил голод, разыгралась в домике, где жили Паттерсон, Лонг и Блэкер. Как уже говорилось, Блэкер, этот славный парень, страдал — по иронии судьбы — ненасытным аппетитом. Такое болезненное состояние называется в медицине булимией.

При распределении продуктов Блэкер, как и все остальные, получил свою долю. Но из-за его невероятной прожорливости пайка, рассчитанного на четыре месяца, не хватило даже на два. И тогда начались прежние (если не более сильные) муки голода.

Если бы Блэкер смог преодолеть свою робость, он бы легко выбрался из беды. Стоило обратиться к Хартлпулу или Кау-джеру, и ему выделили бы дополнительный паек. Но парень туго соображал. Ему даже и в голову не приходило совершить такой смелый поступок.

Всю жизнь Блэкер находился на самой нижней ступени социальной лестницы и давно уже смирился со своим несчастьем. Бедняга не понимал, какие силы управляют миром, и никогда не стремился как-нибудь противодействовать этим силам, дабы изменить распределение благ на земле.

Блэкер скорее умер бы голодной смертью, чем пожаловался на свою судьбу. Но тут ему на помощь пришел Паттерсон.

Ирландец не мог не заметить, с какой быстротой его товарищ уничтожает продукты, и это обстоятельство навело его на мысль о выгодной сделке. Пока Блэкер поглощал свою долю, Паттерсон всячески ограничивал себя в пище. От скаредности он почти ничего не ел, лишая себя самого необходимого, и даже не стыдился подбирать чужие объедки.

Наконец настал день, когда у Блэкера больше ничего не осталось. Этой-то минуты и ждал Паттерсон. Под видом благодеяния он предложил продать ему за приличную цену часть накопленных продуктов. Сделка была принята с восторгом, тотчас же осуществлена и неоднократно возобновлялась — до тех пор, пока у покупателя не иссякли последние деньги. Сначала Паттерсон, ссылаясь на катастрофическое сокращение запасов, постепенно повышал цены, а когда карманы Блэкера окончательно опустели, закрыл лавочку, не обращая никакого внимания на отчаяние несчастного парня, которого обрекал на голодную смерть.

Блэкер, считая подобное положение естественным результатом все той же силы, правящей людьми, по-прежнему не осмеливался роптать. Забившись в угол, сжимая обеими руками втянутый живот, он неподвижно лежал так часами, и только судорожное подергивание лица выдавало его страдания. Паттерсон равнодушно наблюдал за товарищем. Какое значение может иметь смерть человека, у которого нет денег?!

Но в конце концов муки голода победили покорность судьбе. После многочасовой пытки Блэкер встал, покачиваясь, вышел из дому и, побродив по лагерю, куда-то исчез…

Однажды вечером Кау-джер, возвращаясь в свою палатку, чуть не наступил на распростертое тело. Он наклонился и потряс лежавшего человека за плечо. Тот только застонал. Кау-джер дал ему несколько капель укрепляющего средства и спросил:

— Что с вами?

— Я голоден, — едва слышно прошептал Блэкер.

Кау-джер был поражен.

— Голоден? — переспросил он. — Но разве вы не получили продуктов, как все остальные?

Тогда Блэкер прерывавшимся от слабости голосом коротко поведал свою грустную историю — о болезни, вынуждавшей его непрерывно набивать желудок, о том, как у него быстро кончились припасы и как он покупал продукты у Паттерсона, а также о том, как ирландец в течение трех дней не обращал никакого внимания на его жестокие муки.

Потрясенный Кау-джер слушал этот рассказ и не верил своим ушам. Неужели, несмотря на катастрофу и пережитые ужасы, у Паттерсона сохранилась такая немыслимая жадность? Продавец-грабитель, обменивающий на звонкую монету то, что другие люди отдали бы даром! Бессовестный торгаш, отмеривающий жизнь человеку по дням!

Кау-джер ни с кем не поделился своими мыслями. Каким бы гнусным ни казался ему поступок Паттерсона, лучше было оставить его безнаказанным, чем создавать новую причину для волнений. Кау-джер просто выдал дополнительный паек Блэкеру, заверив, что и в дальнейшем он будет получать столько, сколько требуется.

Но имя Паттерсона врезалось в память Кау-джера, и носитель этого имени стал для него прообразом всего самого отвратительного, что только может заключаться в человеческой душе. Поэтому Кау-джер ничуть не удивился, когда через два дня Хальг снова упомянул об ирландце.

Юноша возвращался после обычного свидания с Грациэллой. Едва увидев Кау-джера, он побежал ему навстречу и сразу выпалил:

— Я узнал, кто достает Лазару Черони спирт!

— Ну да! — обрадовался Кау-джер. — Кто же?

— Паттерсон.

— Паттерсон?

— Он самый! — подтвердил Хальг. — Только что я видел, как ирландец передал Лазару ром. Теперь мне понятно, почему они так сдружились!

— А ты не ошибаешься? — переспросил Кау-джер.

— Нисколько. Самое интересное, что Паттерсон не дает, а продает ром. И даже довольно дорого. Я слышал, как они торговались. Черони жаловался, что все его сбережения уплыли в карман Паттерсона.

Хальг на мгновение остановился, а затем гневно воскликнул:

— Когда у Лазара нет денег на выпивку, он способен на все. Что теперь станется с его женой и дочерью!

— Надо принять меры, — ответил Кау-джер.

И, подумав, сказал тоном легкого упрека:

— Раз уж мы начали разговор на эту тему, давай доведем его до конца. Я никогда не обсуждал с тобой твоего поведения, но знаю, о чем ты мечтаешь. На что же ты надеешься, мой мальчик?

Потупив взор, Хальг молчал. Кау-джер продолжал:

— Скоро, может быть даже через месяц, все эти люди уйдут из нашей жизни. И Грациэлла тоже.

— Почему бы ей не остаться с нами? — возразил юноша, подняв голову.

— А как же Туллия?

— Туллия тоже может остаться.

— И ты думаешь, что она согласится покинуть мужа? — спросил Кау-джер.

Хальг убежденно произнес:

— Нужно сделать так, чтобы она согласилась.

Кау-джер с сомнением покачал головой.

— Грациэлла поможет мне уговорить Туллию! — с жаром воскликнул молодой индеец. — Она твердо решила остаться здесь, если вы разрешите. И дело не только в том, что девушка больше не в состоянии переносить жизнь с пьяницей-отцом, но еще и в том, что она очень боится кое-кого из эмигрантов.

— Боится? — удивленно повторил Кау-джер.

— Да. И прежде всего — Паттерсона. Вот уже месяц, как он крутится возле нее. И ром-то он доставал Черони лишь для того, чтобы привлечь его на свою сторону. А несколько дней назад появился еще один поклонник, по имени Сирк, из банды Дорика. Этот еще опаснее.

— Чем же он опасен?

— Куда бы ни пошла Грациэлла, он всегда на ее пути. Она не может выйти из дома, чтобы не встретить его. Он пристает к ней и говорит всякие гадости. Она пыталась поставить его на место, тогда Сирк стал ей угрожать. Девушка очень боится его. Хорошо еще, что я здесь.

Кау-джер улыбнулся этой вспышке юношеского задора и ласковым жестом усмирил своего воспитанника.

— Успокойся, Хальг, успокойся. Очень прошу тебя сдерживаться. Гнев почти всегда бесполезен, а иногда даже вреден. Помни: насилие никогда не приводит к добру, и, кроме тех случаев, когда приходится защищаться, оно непростительно.

После этого разговора тревога Кау-джера возросла. Он понимал, что появление соперников еще больше усложнит положение семьи Черони, что Хальг, как самый давний поклонник, начнет ревновать и на этой почве могут разыграться самые непредвиденные события. Кау-джер боялся за юношу.

Ну, а что касается снабжения Черони алкоголем, то открытие Хальга не разрешало проблемы. Ведь выяснилось только одно: кто доставлял Лазару спирт. Но откуда брал его сам поставщик? Неужели Паттерсон, чья ужасная скаредность была теперь известна Кау-джеру, устроил где-нибудь тайник? Это казалось маловероятным. Если даже допустить, что ирландцу, несмотря на строгое предупреждение и наблюдение капитана Леккара, удалось погрузить на «Джонатан» запретный товар, где смог бы он спрятать его после кораблекрушения? Нет, у Паттерсона имелась только единственная возможность — воровать ром из корабельных запасов. Но каким образом умудрялся он проделывать это? Ведь груз с «Джонатана» охранялся днем и ночью. Кто бы ни был вором — Паттерсон или Черони, — вопрос оставался нерешенным.

Время шло. Наступило 15 сентября. Ремонт «Уэл-Киедж» закончился. К началу навигации шлюпка была готова к спуску.

День увеличивался, предвещая весеннее равноденствие. Через неделю от зимы не останется и следа.

В начале октября в лагере появилось несколько огнеземельцев. Их крайне удивило такое количество людей на острове Осте. Кораблекрушение «Джонатана» произошло в начале зимы, когда мореплавание здесь прекращается, и поэтому никто из жителей архипелага не знал об этом событии. Теперь же, несомненно, новость распространится с невероятной быстротой.

Некоторые «цивилизаторы», вроде братьев Мур, считали необходимым утвердить свое господство над безобидными «дикарями» грубостью и насилием. Один из братьев соблазнился даже скудным имуществом бедных кочевников. Однажды Кау-джер услышал жалобные крики. Звала на помощь молодая индианка, которую обижал Сирк. Мерзавец пытался отнять у девушки кожаные браслеты, вообразив, что они золотые. Получив резкий отпор от Кау-джера, Сирк удалился, осыпав его бранью. Таким образом, уже два эмигранта стали явными врагами этого замечательного человека.

Кау-джера очень обрадовала встреча с друзьями-огнеземельцами, среди которых нашлись и его давние пациенты. Их услужливость, почтительность и горячая благодарность показывали, с какой любовью, чуть ли не обожанием относились они к Кау-джеру.

Однажды, это было 15 октября, Гарри Родс сказал своему новому другу:

— Теперь мне понятно, почему вы так привязаны к этому краю, где делаете столько добра, и почему вам хочется скорее вернуться к индейским племенам. Ведь вы для них настоящее божество...

— Божество? — перебил его Кау-джер. — Почему божество? Разве недостаточно быть человеком, чтобы творить добро?

Гарри Родс не настаивал:

— Пусть так, если это определение вам не по вкусу. Могу иначе выразить свою мысль: только от вас зависело стать королем Магеллановой Земли, пока она еще оставалась свободной.

— Люди даже в состоянии дикости не нуждаются во властителе, — возразил Кау-джер. — Впрочем, теперь над Огненной Землей утверждена власть другой страны...

Последние слова Кау-джер произнес еле слышно. Он казался сильно озабоченным. Этот разговор напомнил ему всю неопределенность его положения. В ближайшем будущем ему придется расстаться с чудесной семьей Родсов, пробудившей в добровольном изгнаннике семейные инстинкты, свойственные каждому человеку. Боль предстоящей разлуки испытывала и вся семья Родсов. Им хотелось, чтобы Кау-джер поехал с ними в африканскую колонию, где его будут так же ценить, любить и почитать, как на острове Осте. Но Гарри Родс даже не решался уговаривать Кау-джера, понимая, что лишь крайне серьезные причины могли вынудить такого человека порвать с обществом. Эти странные и таинственные причины продолжали оставаться для Родса загадкой.

— Вот и кончилась зима, — сказала госпожа Родс, переводя разговор на другую тему. — И в самом деле она оказалась не такой уж лютой...

— Да, мы убедились, — прибавил ее муж, обращаясь к Кау-джеру, — что климат здесь именно таков, как вы говорили. Поэтому некоторые переселенцы не без сожаления покинут остров Осте.

— Зачем же тогда уезжать отсюда? — воскликнул юный Эдуард. — Ведь можно основать колонию и здесь, на Магеллановой Земле!

— Конечно! — засмеялся Гарри Родс. — А как же наша концессия на реке Оранжевой? И контракт с Обществом колонизации? И соглашение с правительством Португалии?

— В самом деле! — не без иронии произнес Кау-джер. — Нельзя же забывать о португальском правительстве!.. Правда, здесь у вас было бы чилийское правительство... Одно стоит другого!

— Девять месяцев тому назад... — начал Гарри Родс.

— Девять месяцев назад, — перебил его Кау-джер, — вы высадились бы на свободной земле. Но теперь проклятый договор лишил ее независимости.

Кау-джер вышел из палатки Родсов и устремил взгляд на восток, как бы ожидая появления корабля, обещанного губернатором Пунта-Аренаса.

Назначенный срок настал. Шла уже вторая половина октября. Но море оставалось пустынным.

Понятно, что задержка судна начала беспокоить потерпевших кораблекрушение. Правда, пока они еще ни в чем не испытывали недостатка. Запасы были далеко не исчерпаны, их могло хватить еще на долгие месяцы, но всем хотелось уже прибыть на место. Часть переселенцев боялась второй зимовки на острове Осте и стала поговаривать о посылке шлюпки в Пунта-Аренас.

Мимо Кау-джера, погруженного в раздумье, прошла с вызывающим видом шумная ватага Льюиса Дорика и его приближенных. Эти люди никогда не скрывали недоброжелательного отношения к Кау-джеру, имевшему большое влияние на остальных эмигрантов, и к семье Родсов, пользовавшейся всеобщим уважением. И Кау-джер и Гарри Родс прекрасно сознавали это.

— Вот кого я предпочел бы оставить здесь, — сказал подошедший Гарри Родс. — От этой компании можно всего ожидать. Не сомневаюсь, что и в новой колонии они поднимут смуту.

Вдруг появился Хартлпул и обратился к Кау-джеру:

— Я хотел бы поговорить с вами, сударь.

— Оставляю вас… — начал Гарри Родс.

— Незачем, — прервал его Кау-джер и спросил боцмана: — Что вы хотели сказать мне, Хартлпул?

— Хочу сказать, — ответил тот, — что я выяснил насчет выпивки.

— Значит, действительно кто-то продает Лазару Черони ром из корабельных запасов?

— Так точно.

— И вы обнаружили вора?

— Даже двух — Кеннеди и Сердея.

— У вас имеются улики?

— Совершенно неопровержимые.

— Какие?

— А вот какие. С того самого дня, когда вы мне рассказали о Паттерсоне, я стал подозревать эту парочку. Черони сам не смог бы додуматься, а Паттерсон — ловкач. Вот я и поручил следить за ним.

— Кому? — осведомился Кау-джер, нахмурив брови. Ему претила всякая слежка.

— Юнгам, — ответил Хартлпул. — Этим парнишкам тоже пальца в рот не клади. Они-то и выяснили, как ларчик открывается. Ребята застигли воров на месте преступления. Вчера — Кеннеди, а сегодня утром — Сердея. Как раз в тот момент, когда те, воспользовавшись невнимательностью второго дежурного, переливали ром во фляжку Паттерсона.

Воспоминание о страданиях Туллии и Грациэллы, а также мысль о Хальге заставили Кау-джера на мгновение забыть свои вольнолюбивые принципы.

— Подлецы! — воскликнул он. — Их надо наказать!

— Я тоже так считаю, — заявил Хартлпул, — поэтому я и пришел к вам.

— А при чем тут я? Поступайте, как вы находите нужным.

Хартлпул с сомнением покачал головой.

— После гибели «Джонатана» у меня уже нет прежней власти. Эти люди не послушаются меня.

— Почему же они послушаются меня?

— Потому что вас они боятся.

Ответ боцмана поразил Кау-джера. Его боятся? Очевидно, он внушает страх только из-за своей физической силы. Неужели всегда и везде в основе всех общественных отношений лежит насилие?

— Что ж, пойдем, — угрюмо сказал он боцману и направился прямо к палатке, где находился груз с «Джонатана». Как раз в эту минуту на пост заступил Кеннеди.

— Вы не оправдали оказанного вам доверия, — строго произнес Кау-джер.

— Что вы, сударь... — смущенно пробормотал матрос.

— Да, вам нельзя доверять, — продолжал ледяным тоном Кау-джер, — с этого дня вы больше не числитесь членом экипажа «Джонатана».

— Но как же... — пытался протестовать Кеннеди.

— Думаю, незачем повторять это еще раз.

— Ну ладно уж. — И Кеннеди смиренно снял свой матросский берет.

Вдруг за спиной Кау-джера раздался чей-то голос:

— По какому праву вы приказываете этому человеку?

Кау-джер, обернувшись, увидел Льюиса Дорика, наблюдавшего вместе с Фредом Муром за произошедшей сценой.

— А по какому праву вы спрашиваете меня об этом? — гордо ответил Кау-джер.

Почувствовав поддержку, Кеннеди снова натянул берет и нагло ухмыльнулся.

— Если у меня нет такого права, я беру его сам, — отпарировал Льюис Дорик. — Стоит ли жить на необитаемом острове, чтобы подчиняться какому-то деспоту!

Деспоту?! Нашелся человек, который обвинил его, Кау-джера, в деспотизме!

— А что, неправда? Ведь этот господин привык повелевать, — вмешался Фред Мур, подчеркивая последние слова. — Он — не ровня всем остальным. То приказывает, то запрещает. Уж не король ли он на этом острове?

Дорик и Мур подошли ближе.

— Кеннеди не обязан никому подчиняться, — продолжал Дорик своим резким голосом, — и, если пожелает, снова займет свое место в команде «Джонатана».

Кау-джер не отвечал. Противники придвинулись к нему. Он сжал кулаки.

Неужели придется применить физическую силу для самозащиты? Конечно, он не боялся таких врагов. Их было всего трое, считая Кеннеди. Могло быть и десять. Но какой позор, что мыслящее существо вынуждено употреблять для защиты те же способы, что и животное!

Однако Кау-джеру не пришлось прибегнуть к этому крайнему средству. Гарри Родс и Хартлпул уже спешили к своему другу, готовые поддержать его. Тотчас же Дорик, Мур и Кеннеди ретировались.

Кау-джер с грустью посмотрел им вслед. Вдруг со стороны реки раздались громкие крики. Кау-джер с друзьями бросились туда и увидели большую толпу. Почти все эмигранты высыпали на берег. Людской водоворот, завихряясь, передвигался с места на место. Что могло вызвать такое возбуждение?

Заметив Кау-джера, из толпы выбежал один из охотников на тюленей и, размахивая руками, еще на бегу закричал:

— Корабль!.. Корабль на горизонте!..

6. Свобода!

Корабль на горизонте! Никакая другая новость не смогла бы так взволновать переселенцев. Кау-джер, Гарри Родс и Хартлпул присоединились к эмигрантам, которые столпились у края восточного мыса, устремив жадные, взволнованные взоры на юг. Там виднелась узкая ленточка дыма, свидетельствовавшая о приближении парохода.

И вот на горизонте появился и стал медленно увеличиваться корпус корабля. Вскоре уже можно было разглядеть судно водоизмещением около четырехсот тонн. На гафеле развевался флаг, цвета которого пока еще не удавалось определить.

Переселенцы разочарованно переглядывались. Конечно, пароход такого малого тоннажа не сможет забрать всех сразу. Неужели это просто какое-то торговое судно, а не корабль, обещанный губернатором Пунта-Аренаса?

Волнующий вопрос вскоре разрешился. Судно приближалось на всех парах и до наступления полной темноты оказалось на расстоянии трех миль от берега.

— Чилийский корабль, — сказал Кау-джер, когда порыв ветра, развернув флаг, дал возможность разглядеть его цвета.

Спустя три четверти часа, уже в глубокой темноте, лязгание цепей, скользивших в железных клюзах, известило о том, что судно стало на якорь. Только тогда толпа начала расходиться по домам, оживленно обсуждая важное событие.

На заре эмигранты увидели пароход, стоявший в трех кабельтовых от берега. Хартлпул заявил, что это вестовое судно чилийского военного флота.

Боцман не ошибся. Действительно это был чилийский военный корабль. В 8 часов утра капитан сошел на берег.

Встревоженные переселенцы моментально окружили его и засыпали вопросами: почему прислали такой маленький пароход?

Когда их увезут отсюда? Неужели их оставят на всю жизнь на острове Осте? Капитан не знал, кому отвечать.

Выждав, пока ураган вопросов утих, он прежде всего успокоил эмигрантов. Чили обязательно окажет им помощь. Прибытие вестового судна доказывает, что о них не забыли.

Затем он объяснил, что чилийское правительство послало военный корабль вместо обещанного спасательного судна только потому, что сначала намеревалось сделать переселенцам одно предложение, которое, возможно, заинтересует их.

И капитан, без дальнейших предисловий, тут же изложил это предложение, весьма неожиданное и странное.

Но, для того чтобы читатель мог правильно оценить замысел правительства Чили, необходимо сделать небольшое отступление.

При освоении западных и южных районов Магеллановой Земли, полученных по договору от 17 января 1881 года, правительство Чили решило сделать искусный ход, используя кораблекрушение «Джонатана» и присутствие на острове Осте множества переселенцев.

Этот договор определял, в общем, чисто теоретические права. Конечно, Аргентина не могла претендовать ни на что, кроме острова Лос Эстадос, части Патагонии и Огненной Земли, переданных под ее суверенитет. А чилийское государство было вольно поступать, как ему заблагорассудится, на своей собственной территории. Но овладеть какой-либо территорией еще недостаточно для того, чтобы воспрепятствовать другим странам отнять права у первозахватчика. Необходимо получать от этой земли какую-то выгоду, эксплуатируя ее естественные богатства — минеральные и растительные. Необходимо населить эти края, если они необитаемы, развить там индустрию и коммерцию. Одним словом, надо еще колонизировать новые владения. Великолепным примером этого служит колония на побережье Магелланова пролива — Пунта-Аренас, значение которой, как коммерческого центра, растет из года в год. Этот пример побудил Чили осуществить еще одну попытку: привлечь эмигрантов на острова Магеллановой Земли, перешедшие в его владения. Чили захотелось оживить эти плодородные земли, до сих пор брошенные на произвол судьбы.

И вот случилось так, что среди бесчисленных лабиринтов южных проливов, близ острова Осте, разбился большой корабль и что на острове теперь оказалось более тысячи переселенцев разных национальностей, которые, не преуспев на родине, не убоялись отправиться на поиски счастья в самые далекие уголки земного шара.

Чилийское правительство восприняло это событие как неожиданную удачу, которую нельзя упустить, и решило превратить потерпевших кораблекрушение в колонистов острова Осте. Поэтому оно и послало не транспортное, а вестовое судно, поручив капитану передать вышеуказанное предложение.

А предложение и впрямь было соблазнительным. Республика Чили полностью отказывалась от своих прав на остров Осте в пользу переселенцев, получавших эту территорию не в виде временной концессии, а в безраздельное владение, без каких-либо ограничений или условий.

Этот ход был совершенно ясен и понятен, а также чрезвычайно ловок. Отказываясь от острова Осте и немедленно передавая его в эксплуатацию, Чилийское государство тем самым, несомненно, привлекало колонистов и на другие острова, находившиеся в его владении, — Кларенс, Доусон, Наварино и Эрмите. Если новая колония будет процветать (что казалось вполне вероятным), все будущие колонисты, несомненно, узнают, что нечего бояться климата архипелага Магальянес. Всем станет известно о разнообразии растительности и о минеральных богатствах этого края, где пастбища и обилие рыбы благоприятствуют созданию скотоводческих ферм и рыбных промыслов. А следовательно, можно было рассчитывать и на развитие судоходства.

Пунта-Аренас, порто-франко [1], освобожденный от всех таможенных придирок, открытый для кораблей обоих континентов, уже обеспечил себе блестящее будущее. Основав эту колонию,

---

[1] Порт, пользующийся правом беспошлинного ввоза и вывоза товаров.

Республика Чили, по существу, закрепила свои законные права на Магеллановом проливе. Имело смысл добиться аналогичного результата и в южной части архипелага. Для этой цели чилийское правительство решило пожертвовать островом Осте (жертва чисто теоретическая, поскольку он был совершенно необитаем) и не только освободить остров от какой-либо контрибуции, но даже передать его в собственность колонии, предоставив полную автономию и выделив его из своих владений. Остров становился единственной частью Магеллановой Земли, сохранявшей независимость.

Теперь оставалось выяснить лишь одно: примут ли эмигранты это предложение, согласятся ли променять африканскую концессию на остров Осте.

Чилийское правительство предлагало разрешить вопрос безотлагательно. Вестовое судно, доставившее поручение, должно было увезти окончательный ответ. Командир судна имел все полномочия для заключения договора с представителями эмигрантов. Но ему приказали оставаться здесь не более пятнадцати суток. По истечении этого срока он должен был сняться с якоря, независимо от положительного или отрицательного ответа.

Если бы переселенцы согласились, новая республика незамедлительно получила бы права на владение территорией и смогла бы водрузить на острове свой флаг — такой, какой ей заблагорассудится.

В случае отказа правительство Чили обещало помочь репатриировать потерпевших кораблекрушение. Понятно, что вестовое судно водоизмещением в четыреста тонн не могло перевезти всех даже в Пунта-Аренас. Чилийское государство предполагало обратиться к американскому Обществу колонизации с просьбой выслать спасательное судно, для чего понадобится определенное время — ждать пришлось бы еще несколько недель.

Легко представить себе, какое впечатление произвело предложение Чили!

Переселенцы никак не ожидали чего-либо подобного! Не в силах сразу же прийти к определенному решению в таком важном деле, они сначала только недоуменно переглядывались; а затем все их помыслы обратились к единственному человеку, который, по их мнению, способен был защитить общие интересы. В едином порыве, подтверждавшем и их признательность, и осторожность, и слабость, они обернулись на запад, в сторону реки, где должна была находиться «Уэл-Киедж».

Но шлюпка исчезла. Насколько хватал взгляд, океан был пустынным.

На мгновение люди замерли от неожиданности. Потом толпа всколыхнулась, забурлила. Каждый старался отыскать того, на кого возлагалось столько надежд. Но — увы! — пришлось примириться с очевидностью. Кау-джер исчез вместе с Кароли и Хальгом.

Эмигранты были поражены. Несчастные уже привыкли во всем полагаться на этого человека, на его разум и самоотверженность. И вот в решающую минуту он бросил их на произвол судьбы. Его исчезновение произвело не меньшее впечатление, чем прибытие корабля.

Гарри Родс был тоже глубоко огорчен, но по другой причине. Он понимал, что Кау-джер покинет остров Осте в тот самый день, когда спасательное судно заберет с собой всех переселенцев. Но почему он не дождался их отъезда? Настоящие друзья так не поступают. Нельзя расстаться навсегда, не попрощавшись.

И что вызвало внезапный отъезд Кау-джера, так похожий на бегство? Неужели появление чилийского судна?

Все предположения казались вероятными, ибо непостижимая тайна окутывала жизнь этого человека, о котором ровно ничего не знали… не знали даже, какой он национальности.

Эмигранты, огорченные тем, что их постоянный советчик исчез именно тогда, когда он был так нужен, стали медленно расходиться, на ходу обмениваясь скупыми замечаниями по поводу удивительного предложения Чили. Никому не хотелось брать на себя ответственность за какое-либо решение.

Целую неделю удивительное предложение Чили обсуждали на все лады. Оно казалось настолько странным, что некоторые не желали принять его всерьез. Гарри Родсу пришлось, по просьбе товарищей, обратиться к капитану за дополнительными разъяснениями, удостовериться в его полномочиях и лично убедиться в том, что Республика Чили действительно гарантирует независимость острова Осте.

Командир вестового судна употребил все свое влияние, чтобы убедить эмигрантов воспользоваться сделанным предложением. Он дал понять, какие причины побудили его правительство к такому шагу и какие выгоды сулит колонистам территория, передаваемая в их владение. Он не преминул привести в пример процветающий Пунта-Аренас и добавил, что Чили весьма выгодно оказать помощь новой колонии.

— Акт о передаче острова в вашу собственность уже заготовлен, — закончил капитан. — Нужны только подписи.

— Чьи подписи? — спросил Гарри Родс.

— Представителей, избранных общим собранием эмигрантов.

По-видимому, в настоящее время только так и можно было действовать. Позднее, когда колония уже сорганизуется, сами колонисты решат, нужна ли им какая-нибудь власть, и сами изберут тот или иной социальный строй. Чили ни во что не станет вмешиваться.

Чтобы читатель не удивлялся последствиям чилийского предложения, следует отдать себе полный отчет в сложившейся на острове Осте ситуации.

Кем были пассажиры, взятые на борт «Джонатана» для перевозки в бухту Лагоа? Несчастными людьми, которым поневоле пришлось эмигрировать. Не все ли равно, где им обосноваться, ежели кто-то будет печься об их будущем, а условия существования будут вполне благоприятными?

С момента их высадки на остров Осте прошла целая зима. Эмигранты убедились, что холода здесь не такие уж лютые, а теплая погода наступает даже раньше и сохраняется дольше, чем в некоторых краях, расположенных ближе к экватору.

В смысле безопасности сравнение оказывалось также не в пользу бухты Лагоа, граничащей с английской территорией, рекой Оранжевой и дикими кафрскими племенами. Конечно, эмигранты были осведомлены об этом грозном соседстве еще до отплытия, но теперь, когда им представилась возможность поселиться на необитаемом острове, полное отсутствие каких бы то ни было опасностей приобретало в их глазах особое значение.

Кроме того Общество колонизации получило южноафриканскую концессию лишь на непродолжительный срок, и правительство Португалии не собиралось отказываться от своих прав в пользу будущих колонистов. Здесь же, на Магеллановой Земле, эмигранты, наоборот, обретали неограниченные права и свободу, и тем самым остров Осте, переходивший в их собственность, поднимался до ранга суверенного государства.

Имело значение и то обстоятельство, что если эмигранты останутся на острове Осте, им больше уж не придется пускаться в плавание. И, наконец, следовало учесть, что чилийское правительство было крайне заинтересовано в судьбе колонии. Будет установлено регулярное сообщение с Пунта-Аренасом. На побережье Магелланова пролива и на других островах архипелага возникнут фактории. Когда организуются рыбные промыслы, начнется торговля с Фолклендскими островами. Не исключено, что в ближайшем будущем и Аргентина займется своими владениями на Огненной Земле и создаст там поселения, соперничающие с Пунта-Аренасом, или же учредит свою колониальную столицу, подобно столице чилийских колоний на острове Брансвик[1].

Все эти доводы были настолько вескими, что в конце концов победили.

---

[1] В дальнейшем так и произошло: на побережье пролива Бигл возникло аргентинское поселение Ушуайя (прим. авт.).

После долгих разговоров выяснилось, что большинство эмигрантов склонно принять предложение Чили.

Приходилось еще раз пожалеть, что Кау-джер так не вовремя покинул остров Осте. Ведь, кроме него, никто не мог дать разумный совет. Вполне вероятно, что он счел бы необходимым согласиться на предложение, которое восстанавливало независимость одного из одиннадцати больших островов архипелага Магальянес. У Гарри Родса, например, не было ни малейшего сомнения в том, что Кау-джер высказал бы именно такое мнение и что к его словам прислушалось бы большинство эмигрантов.

Сам же Гарри Родс принял аналогичное решение, которое (наверно, единственный раз!) совпало с мнением Фердинанда Боваля, проводившего активнейшую пропаганду за принятие предложения Чили. На что же надеялся бывший адвокат? Неужели он мечтал осуществить свои теории на практике? А в самом деле, какой редкий случай представлялся ему! Каким великолепным полем для экспериментов являлись эти неискушенные в политике люди, которые, как в древние времена, получали в безраздельное владение землю, принадлежавшую отныне всем и никому в отдельности.

Поэтому Боваль буквально лез из кожи, переходя от одной группы к другой, то и дело доказывая правильность своих теорий. Сколько красноречивых слов израсходовал этот человек!

Срок, установленный чилийским правительством, истекал, и наконец настал день голосования. В назначенное время, 30 октября, корабль должен был сняться с якоря, и, в случае отказа эмигрантов, все права на остров Осте сохранялись за Чили.

Общее собрание происходило 26 октября. В голосовании приняли участие все совершеннолетние переселенцы — восемьсот двадцать четыре человека. Часть эмигрантов состояла из женщин, детей и молодежи, не достигшей двадцати одного года, а несколько семейств — Гордоны, Ривьеры, Джимелли и Ивановы — отсутствовали.

Подсчет голосов показал, что семьсот девяносто два бюллетеня, то есть подавляющее большинство, было подано за принятие предложения Чили. Против него голосовало только тридцать два человека, придерживавшихся первоначального плана и желавших отправиться в бухту Лагоа. Им пришлось подчиниться решению большинства.

Затем приступили к избранию трех представителей для подписания договора. При этом блистательного успеха добился Фердинанд Боваль. Наконец-то его усилия принесли долгожданные плоды! Он оказался избранным, но переселенцы присоединили к нему Гарри Родса и Хартлпула.

В тот же день три представителя от эмигрантов и капитан от имени правительства Чили подписали соглашение, смысл которого был чрезвычайно прост. Текст состоял всего из нескольких строчек и не давал повода для каких-либо кривотолков.

Сразу же на берегу был поднят остельский флаг — белый с красным, и чилийский корабль салютовал ему двадцатью одним пушечным залпом. Впервые взвившийся на древке, весело реявший на ветру флаг возвещал миру о рождении свободной страны.

7. Возникновение нового государства

На рассвете следующего дня вестовое судно снялось с якоря и через несколько минут скрылось за мысом. На нем уехало десять из пятнадцати уцелевших матросов с «Джонатана». Остальные, в том числе Кеннеди, Сердей и боцман Хартлпул, предпочли остаться на острове.

У Кеннеди и Сердея имелись для этого одни и те же причины: о них уже шла худая молва, и капитаны неохотно нанимали их на корабли. Здесь же оба приятеля рассчитывали на легкую и беззаботную жизнь, понимая, что в новом государстве строгие законы будут введены еще не скоро. А боцмана и еще двух матросов, людей необеспеченных и одиноких, привлекало независимое существование в новой стране, где они надеялись разбогатеть, превратившись из моряков дальнего плавания в самых обычных рыбаков.

Не успел корабль скрыться из виду, как все волнения уже улеглись, и обрадованные эмигранты бросились поздравлять друг друга. Казалось, будто они завершили какое-то трудное и важное дело, хотя в действительности все трудности были еще впереди.

Обычно всякие народные празднества сопровождаются обильной выпивкой. Поэтому все единодушно решили, что сегодня не грех и угоститься; и в то время как хозяйки отправились к своим плитам и кастрюлям, мужчины поспешили в палатку, где находился корабельный груз.

Само собой разумеется, что после провозглашения независимости острова Осте груз этот больше не охранялся. Теперь, когда поселение эмигрантов возвысилось до ранга самостоятельного государства, никто, кроме представителей государственной власти, не имел права распоряжаться государственным имуществом. Впрочем, и охранять это имущество тоже было некому, поскольку большая часть матросов, выполнявших эту обязанность, уехала с острова.

С шутками и прибаутками новые колонисты вышибли дно у бочонка и уже собрались разливать вино, как вдруг кому-то пришла в голову удивительнейшая мысль: ведь ром принадлежит всем! Он — общий. Почему же в таком случае не распределить его сразу, весь, до последней капли? Предложение приняли с восторгом, не считая робких протестов нескольких разумных переселенцев, и порешили, что каждый мужчина получит по целой порции, а женщины и дети — по полпорции. И тут же, в обстановке радостного возбуждения, раздали ром. Главы семейства получили причитавшуюся на всю семью долю.

К вечеру празднество было в полном разгаре. Забылись прежние распри. Все колонисты побратались между собой. Нашелся даже любитель-аккордеонист, и начался настоящий бал. Одна за другой закружились пары. Остальные наблюдали за танцующими, потягивая вино.

Лазар Черони, конечно, тоже был тут как тут. С шести часов вечера он уже не держался на ногах, но все еще продолжал прикладываться к фляжке с ромом. Туллия и Грациэлла предчувствовали, что для них праздник кончится плохо.

И еще один эмигрант, забившийся в темный уголок, наливал себе стакан за стаканом. Но ужасный яд, отравивший душу этого человека, иногда помогал ему обрести хоть на время былой талант. Внезапно раздались звуки божественной музыки. Танцы прекратились... Фриц Гросс играл долго, несколько часов, импровизируя под влиянием охватившего его вдохновения. Его окружили сотни лиц, смотревших на него во все глаза. Эмигранты застыли на месте, широко открыв рты, будто поглощая поток звуков, лившихся из-под волшебного смычка.

Но самым внимательным, самым увлеченным слушателем был один ребенок. Звуки непостижимой красоты явились для Сэнда откровением. Он чуть ли не впервые узнал, что на свете существует музыка, и с дрожью в сердце проникал в неведомую дотоле сферу. Стоя против музыканта, мальчик застыл словно изваяние. Его очарованную душу пронизывало острое ощущение волнующего счастья.

Какими словами описать эту необычайную картину? Какое-то огромное, нелепое существо, почти потерявшее человеческий облик, опустив голову на грудь и закрыв глаза, с исступлением водило смычком по струнам. Колеблющееся пламя коптящих факелов резко очерчивало контуры его фигуры на фоне непроглядной ночи. А перед музыкантом — застывший в экстазе ребенок и чуть поодаль — молчаливая, чуть различимая толпа, чье присутствие угадывалось только в те мгновения, когда под порывами ветра ярко вспыхивал огонь факелов. Тогда внезапно из мрака проступали какие-нибудь отдельные черты лица: там — нос — тут — лоб... или подбородок. И тотчас же темнота снова стирала все. А над толпой то взмывали к звездам, то угасали в ночи нежные и могучие звуки скрипки.

Около полуночи Фриц Гросс выронил смычок и погрузился в тяжелый сон. Эмигранты начали медленно расходиться по домам.

А на следующий день все эти ночные впечатления, навеянные неземной музыкой, уже испарились. Попойка возобновилась, и казалось, что кончится она только тогда, когда иссякнут крепкие напитки.

Через два дня после ухода вестового судна, когда переселенцы еще веселились вовсю, к острову причалила «Уэл-Киедж». Никто будто и не заметил, что шлюпка отсутствовала две недели, и возвратившихся встретили так, словно они никуда и не уезжали. Кау-джер никак не мог понять, что здесь произошло, что означал незнакомый флаг, водруженный на берегу, и чему так радуются переселенцы?

В нескольких словах Гарри Родс и Хартлпул ввели его в курс последних событий. Кау-джер выслушал их рассказ с глубоким волнением. Неуемная радость преобразила его лицо. Так значит, на архипелаге Магальянес еще уцелела частица свободной земли!

Однако он не упомянул о причинах, побудивших его уехать. Разве мог Кау-джер объяснить Гарри Родсу, почему, решив навсегда порвать все связи с цивилизованным миром, он скрылся, полагая, что командир вестового судна уполномочен утвердить на острове Осте власть Чили? Как объяснить Родсу, почему он выжидал ухода корабля в глубине одной из бухт полуострова Харди?

Впрочем, друзья, обрадованные встречей, ни о чем не расспрашивали Кау-джера. Для Гарри Родса и Хартлпула одно присутствие этого хладнокровного и энергичного человека, обладавшего безграничной добротой и обширными познаниями, представляло немалую моральную поддержку, так как их вера в будущее была сильно поколеблена безрассудным поведением переселенцев.

— ...Несчастные восприняли дарованную им независимость как право напиваться допьяна, — закончил свой рассказ Гарри Родс. — Они как будто и не помышляют о создании какой-то организации и установлении определенной власти.

— Ну что ж, это вполне простительно, — добродушно отозвался Кау-джер. — Ведь до сих пор они были полностью лишены развлечений. Когда протрезвеют, они займутся серьезными вещами. Что же касается установления власти, признаюсь, я и сам не вижу в этом никакой необходимости.

— Но кто-то должен навести здесь порядок, — возразил Гарри Родс.

— Чепуха! — заявил Кау-джер. — Порядок установится сам собой.

— Однако, если судить по прошлому... — продолжал Гарри Родс.

— Что было, то прошло, — решительно прервал его Кау-джер. — Вчера ваши товарищи по несчастью еще чувствовали себя гражданами Америки или Европы. А теперь они остельцы. Это большая разница.

— Значит, вы считаете, что они...

— Пусть они живут на острове спокойно, раз это их земля. Эмигрантам повезло, ибо здесь нет никаких законов. И незачем создавать их. Если бы не предвзятые идеи, сложившиеся в результате векового рабства, люди всегда договорились бы между собой. Земля предлагает человечеству свои щедрые дары. Пусть оно черпает их по мере сил и возможностей и пусть наслаждается равномерным, братским и справедливым распределением земных богатств. К чему ограничивать это законами?

Гарри Родс, видимо, не разделял оптимистических взглядов Кау-джера, однако ничего не возразил. В разговор вмешался Хартлпул:

— Но, поскольку братские чувства этих парней проявились пока что только в общих попойках, мы решили спрятать от них оружие и порох.

Общество колонизации погрузило на «Джонатана» шестьдесят ружей, несколько бочонков с порохом, пули и патроны, чтобы в бухте Лагоа эмигранты могли охотиться и защищаться от соседних диких племен. Никто и не вспомнил об этом оружии, кроме Хартлпула. Воспользовавшись общей суматохой, боцман решил спрятать его в пещерах, о которых рассказал ему Дик. В первую же ночь празднеств он, с помощью Гарри Родса и обоих юнг, перенес ружья и боеприпасы в верхнюю пещеру и завалил грудой ветвей. С этой минуты Хартлпул почувствовал себя спокойнее. Кау-джер одобрил предусмотрительность боцмана.

— Правильно сделали, Хартлпул, — сказал он. — Пусть сначала все войдет в привычную колею. Впрочем, здесь, на острове, людям ни к чему огнестрельное оружие.

— Да у них его и нет, — ответил боцман. — Общество колонизации строго следило за эмигрантами. При посадке их обыскивали, проверяли багаж и отбирали огнестрельное оружие. А то, что спрятано в пещере, никто не отыщет, так что...

Вдруг Хартлпул остановился, как бы вспомнив о чем-то, и воскликнул:

— Тысяча чертей! Ведь у них все-таки осталось кое-что, раз мы нашли только сорок восемь ружей из шестидесяти. Сначала я подумал, что произошла какая-то ошибка, но теперь припоминаю, что эти двенадцать недостающих ружей взяли с собой Ривьеры и их друзья. К счастью, это надежные люди, так что опасаться нечего.

— Осталась другая угроза, — заметил Гарри Родс. — Алкоголь. Сейчас все эмигранты обнимаются и целуются, но это ненадолго. Лазар Черони распоясался окончательно. Пока вы, Кау-джер, отсутствовали, я вынужден был вмешиваться в его семейные дела, иначе он прикончил бы свою жену.

— Чудовище! — сказал Кау-джер.

— Такое же, как все пьяницы... Во всяком случае, обеим женщинам повезло, что вернулся Хальг. Да, кстати, как поживает наш юный дикарь?

— Что вам сказать? Вы ведь знаете его душевное состояние и сами понимаете, что Хальг уехал отсюда крайне неохотно. Мне пришлось дать ему слово, что мы вернемся. Поскольку семья Черони остается на острове, положение вещей, конечно, значительно упрощается. Но, с другой стороны, все усложняется пьянством отца Грациэллы. Будем надеяться, что, когда запасы рома истощатся, он утихомирится.

Пока друзья обсуждали его судьбу, Хальг, оставив «Уэл-Киедж» на попечении отца, бросился к любимой девушке. Какая это была радостная встреча! Правда, вскоре радость сменилась печалью. Грациэлла рассказала о новых пытках, которым Лазар подвергал семью. Ко всем прежним бедам прибавилось еще ухаживание подлого Паттерсона, а главное, грубые приставания Сирка, так, что теперь девушка не могла шагу ступить, чтобы не столкнуться с этим подонком, способным на любую пакость. Хальг, слушая Грациэллу, дрожал от негодования.

Лазар Черона громко храпел в углу палатки, отсыпаясь после очередной пьянки. Надеяться на его исправление уже не приходилось.

К этому времени праздник превращался в свою противоположность. Веселое, благодушное настроение исчезло. На некоторых физиономиях появилось злобное выражение. Ром оказывал свое действие.

Утром многие колонисты проснулись с тяжелой головой и снова потянулись к стакану. Постепенно на смену первому приятному опьянению пришло тяжкое похмелье, которое в дальнейшем грозило перейти в настоящее буйство.

Некоторые эмигранты, почувствовав надвигавшуюся опасность, стали выходить из игры. Вскоре к ним вернулся здравый смысл, заставивший их задуматься о дальнейшем.

Это была трудная, но вполне разрешимая проблема. На территории острова, равной почти двумстам квадратным километрам, где было немало плодородных земель, лесов и пастбищ, могла прокормиться не только ничтожная кучка потерпевших кораблекрушение, а целая армия людей, правда, при условии, что они расселятся по всему острову, а не осядут лишь в бухте Скочуэлл. У колонистов было вполне достаточно и сельскохозяйственных орудий, и семян для посева, и саженцев. Подавляющее большинство эмигрантов и прежде занималось земледелием, так что дело это было привычное и не представляло для них никакой трудности. Конечно, вначале будет чувствоваться нехватка домашнего скота, но со временем, благодаря помощи чилийского правительства, из Патагонии, из аргентинских пампасов, с бескрайних равнин Огненной Земли и даже с Фолклендских островов сюда доставят коров, лошадей и овец. Таким образом, в принципе — никаких препятствий для успешного развития колонии; при условии, конечно, если колонисты приложат максимум усилий.

Но, к сожалению, лишь немногие сознавали, что необходимо сразу же приступить к работе. Люди эти (а прежде других Паттерсон), не теряя времени, отправились к палатке с корабельным грузом и отобрали нужные им предметы. Одни взяли лопаты, кирки и косы; другие — все необходимое для разведения скота; третьи — топоры и пилы для лесных разработок, и т. д. Затем колонисты впряглись в самодельные повозки и двинулись на поиски подходящих земельных участков.

Паттерсон остался на прежнем месте, на берегу реки. С помощью Лонга и Блэкера (последний, несмотря на печальный опыт, все еще жил у ирландца) он огородил участок земли, которым завладел с самого начала по праву первого захвата, и обнес его с трех сторон изгородью из толстых кольев. Четвертая сторона граничила с рекой. Затем все трое вскопали землю, разделали грядки и засеяли семенами овощей. Паттерсон надумал заняться огородничеством.

После двухдневного пьяного веселья те переселенцы, которые раньше других почувствовали, что празднества в честь получения независимости слишком затянулись, постепенно стали приходить в себя. Вскоре они обнаружили, что кое-кто из их товарищей уже успел обеспечить себя нужными материалами и инструментом, привезенными «Джонатаном». Но поскольку на складе было всего еще вдоволь, то и последующие группы колонистов взяли себе не только все необходимое, но и кое-что лишнее — про запас.

Мало-помалу веселая компания распадалась. Ежедневно новые и новые вереницы нагруженных людей отправлялись в глубь острова. Вскоре почти все колонисты покинули бухту Скочуэлл, кто толкая перед собой грубо сколоченную тачку, кто сам навьюченный, как осел. Уходили в одиночку или вместе с женами и детьми.

Корабельные запасы понемногу стали таять. Опоздавшие уже не могли рассчитывать на богатый выбор. Правда, продуктов было еще много, потому что из-за трудностей перевозки эмигранты брали провизию в обрез. Но с сельскохозяйственным инвентарем дело обстояло гораздо хуже. Более чем тремстам колонистам не досталось ни домашних животных, ни птицы. Пришлось им удовольствоваться лишь орудиями для обработки земли, забракованными первыми ушедшими партиями.

Последним опоздавшим не повезло и с земельными участками. Напрасно исколесили они весь остров — все хорошие земли были уже заняты.

Через шесть недель после отплытия рассыльного судна из лагеря ушли почти все эмигранты, способные владеть лопатой и киркой. Теперь в поселении насчитывался всего восемьдесят один житель. Люди эти, в силу прежних занятий, не могли приспособиться к нынешним условиям, и многие из них вынуждены были влачить жалкое существование.

Все они (за исключением Паттерсона да еще десятка крестьян, задержавшихся в лагере из-за болезни) были горожанами. Среди них находились Джон Рам, Боваль, семья Родсов, Дорик, Фриц Гросс, Лонг и Блэкер, семья Черони, пять моряков — Кеннеди, повар Сердей, боцман и двое юнг, — а также сорок три рабочих или причислявших себя к таковым, упорно отказывавшиеся от крестьянского труда. И, наконец, Кау-джер и оба индейца — Хальг и Кароли.

Три друга продолжали жить на левом берегу реки, у устья которой, в глубине бухты, укрытая от морских бурь, стояла на якоре «Уэл-Киедж». Ничто не изменилось в их жизни, разве только то, что из простой индейской хижины, плохо защищавшей от непогоды, они перебрались в настоящий, деревянный дом. Теперь, когда Кау-джера уже не волновал вопрос об отъезде с острова, ему хотелось устроиться как-то поудобнее.

Итак, Кау-джер решил больше не возвращаться на остров Исла-Нуэва. Раз эта земля свободна, он останется здесь до конца своих дней. Такое решение, полностью отвечавшее желаниям Хальга, привело юношу в полный восторг. Что же касается Кароли, то он, как всегда, беспрекословно подчинился своему другу, хотя на новом месте его заработки лоцмана значительно сократились.

Но Кау-джер учел это обстоятельство. На острове Осте вполне можно было прожить охотой и рыбной ловлей. А если бы этот источник существования оказался недостаточным, не исключались и другие возможности. Во всяком случае, Кау-джер, не желая никому быть обязанным, категорически отказался от предназначенной ему доли продуктов, но взял себе сборный дом.

Теперь, когда эмигранты разбрелись по всему острову, многие дома пустовали. Один из них перенесли по частям на левый берег и за несколько дней отстроили заново.

Когда дом был готов, Кароли и Хальг отправились на остров Исла-Нуэва и через три недели привезли оттуда все имущество. На обратном пути они встретили судно, нуждавшееся в лоцмане.

Проводка несколько задержала индейцев, но зато они обеспечили себя продуктами и порохом на всю зиму.

Затем жизнь вошла в обычную колею. Кароли и Хальг ловили рыбу и добывали соль, необходимую для консервирования мяса и рыбы, а Кау-джер охотился.

При этом он исходил остров вдоль и поперек, побывал почти у всех колонистов и убедился, что с самого начала они оказались в разном положении. Зависело ли это от врожденного мужества, от предприимчивости, от случайной удачи или от работоспособности переселенцев, трудно было сказать. Так или иначе, уже теперь четко определились достижения одних и неудачи других.

У четырех семейств, первыми приступивших к работе, дела процветали. Это объяснялось, видимо, тем, что за это время они успели приобрести нужный опыт. Лесопильня Ривьеров работала полным ходом, и пиленого леса накопилось столько, что хватило бы на загрузку двух-трех больших кораблей.

Жермен Ривьер встретил Кау-джера очень сердечно, расспросил о событиях в лагере и пожалел, что не участвовал в выборах правительства колонии. Интересно, какую же организацию приняло большинство? Кого избрали губернатором?

К своему разочарованию, Ривьер узнал, что никаких событий, кроме упомянутых, не произошло. Просто эмигранты постепенно рассеялись по всему острову, даже не позаботившись об организации управления колонии. Но еще больше поразило Жермена Ривьера то, что его собеседник, к которому он испытывал глубочайшее уважение, казалось, одобрял их беспечность.

Колонист показал Кау-джеру штабеля досок, высившиеся вдоль берега:

— А мой лес? Если нет государственной организации, кому же я смогу сбывать его?

— Этим займется тот, кому это будет выгодно. Но я не беспокоюсь за вас. Убежден, что вы и сами сумеете сбыть свой лес.

— Каждый хочет получить вознаграждение за свой труд, — ответил Ривьер, — и если на острове Осте мне не повезет, я уеду. Поищу такие края, где легче заработать на жизнь. Добраться туда я сумею, как вы сказали, сам. И другие уедут вместе со мною. А у кого не хватит сил, тем останется только протянуть ноги.

— Оказывается, вы честолюбивы, господин Ривьер!

— Да уж иначе я не стал бы так лезть из кожи! — ответил Ривьер.

— А вообще стоит ли лезть из кожи?

— Еще бы. Если бы люди работали вполсилы, земля и поныне оставалась бы такой же, какой была в самом начале своего возникновения, и прогресс был бы пустым словом.

— Прогресс! — с горечью усмехнулся Кау-джер. — Он совершается в пользу очень немногих...

— Самых разумных и энергичных.

— В ущерб большинству людей.

— Людей ленивых и слабовольных. Эти всегда гибнут в борьбе за существование. При разумной власти они хотя и будут бедствовать, но все же сохранят жизнь, а предоставленные самим себе умрут голодной смертью.

— Для того чтобы выжить, нужно не так уж много!

— Хм... Особенно много нужно людям слабым, больным или неприспособленным. Этим всегда нужна власть. Если не будет законов, которые в конечном счете всегда необходимы, беднягам придется переносить тиранию более сильных личностей.

Кау-джер с сомнением покачал головой.

Соседи Ривьеров произвели на Кау-джера такое же благоприятное впечатление. Джимелли и Ивановы засеяли несколько гектаров рожью и пшеницей. Уже зазеленели молодые ростки, обещавшие обильный урожай. Правда, у Гордонов дела обстояли похуже. Их обширные, тщательно огороженные пастбища были почти пусты. Но колонисты надеялись, что скоро поголовье скота увеличится и они получат вдоволь молока и мяса.

В свободное от охоты и рыбной ловли время Кау-джер, Кароли и Хальг обрабатывали маленький огородик возле их дома. Таким образом они полностью обеспечили себя пищей и ни от кого не зависели.

Семья Черони, также переселившаяся в один из опустевших домов, начала понемногу оправляться от перенесенных волнений. Черони наконец перестал пить по той простой причине, что на всей территории острова больше не осталось ни капли спиртного. Но от последних пьянок здоровье Лазара сильно пошатнулось. Теперь он целыми днями неподвижно сидел перед домом и грелся на солнышке, уныло уставившись в землю. У него непрерывно дрожали руки.

Напрасно Туллия, со своим обычным неистощимым терпением и добротой, старалась вывести мужа из оцепенения. Все ее усилия не приводили ни к чему, и бедной женщине оставалось только надеяться, что со временем муж отвыкнет от алкоголя и выздоровеет.

Хальг считал, что жизнь стала намного приятнее с тех пор, как в семье Черони наступил период затишья. Кроме того, все происходившие события, связанные с Грациэллой, принимали для него весьма благоприятный оборот. С отцом девушки, так враждебно относившимся к нему, уже не приходилось считаться. А один из соперников молодого индейца, ирландец Паттерсон, окончательно вышел из игры и больше не показывался: вероятно, сам понял, что без союзника в лице отца ему не на что было рассчитывать.

Но зато второй поклонник, Сирк, не складывал оружия. С каждым днем он становился все наглее и наглее, дошел до прямых угроз Грациэлле и даже начал нападать, правда исподтишка, на Хальга. В конце декабря юноша случайно встретился с этим типом лицом к лицу и услышал какие-то бранные слова, несомненно относившиеся к нему. Через несколько дней, когда Хальг возвращался домой, кто-то, спрятавшись за стеной дома, бросил камень, пролетевший у самой его головы.

Хальг, воспитанный на идеях Кау-джера, не жаждал отомстить тому, кто подло напал на него из-за угла, хотя прекрасно понимал, что это дело рук Сирка. И в последующие дни юноша не поддавался на провокации противника.

Если Лазар Черони, пребывавший в состоянии отупения, не страдал от праздности, другие эмигранты оказались в ином положении. Поскольку они не знали, как убить время, наиболее разумные невольно стали помышлять о будущем. Остались на острове Осте? Прекрасно! Но ведь надо чем-то жить. Сейчас, конечно, у них есть продукты, а что будет дальше?

Поэтому правильно поступили, вероятно, те, кто решили пуститься на поиски пропитания. Охота была невозможна из-за отсутствия ружей. Хлебопашество — из-за полного неумения обрабатывать землю. Оставалось рыболовство, и они последовали примеру других колонистов, уже давно занимавшихся этим промыслом.

Кроме Кау-джера и обоих индейцев, Хартлпул и четверо бывших матросов также занимались рыбной ловлей. Впятером они начали строить баркас, такой же, как «Уэл-Киедж», а пока ходили в море на легких пирогах, сделанных чрезвычайно быстро по индейскому способу.

Моряки научились от Кау-джера солить рыбу впрок, чем обезопасили себя на будущее от голодной смерти.

Теперь, соблазнившись их успехами, еще несколько эмигрантов из рабочих тоже построили, с помощью плотников, две небольшие лодки и вооружились сетями и удочками.

Но рыбная ловля — дело не простое. Его нужно хорошенько изучить на практике, а колонисты не имели никакого опыта. И, в то время как сети индейцев и моряков трещали под тяжестью улова, колонисты зачастую вытягивали одни водоросли. Лишь изредка им удавалось несколько разнообразить свой скудный стол, а чаще всего они возвращались несолоно хлебавши.

Однажды, когда этим горе-рыбакам особенно не повезло, их каноэ встретилось с возвращавшимися домой Хальгом и Кароли. На палубе

«Уэл-Киедж» красовалось несколько десятков крупных рыб. Неудачники позавидовали улову индейцев.

— Эй, вы!.. Индейцы! — крикнул кто-то с каноэ.

Кароли направил шлюпку в их сторону.

— Что надо? — спросил он, приблизившись.

— Не стыдно так нагружать лодку только для троих, когда здесь полно голодающих? — шутливо спросил один из эмигрантов.

Кароли засмеялся. Он давно впитал в себя идеи Кау-джера о том, что все принадлежащее одному человеку принадлежит всем людям и что каждый должен делиться излишками с тем, у кого нет даже самого необходимого, и поэтому не колеблясь ответил:

— Держите!

— Кидай! — радостным хором ответили те.

Индейцы перебросили половину улова в каноэ.

— Спасибо, приятель! — закричали переселенцы и снова взялись за весла.

Хотя Хальг заметил в каноэ Сирка, он не стал противиться великодушному поступку отца. Там был не один Сирк, да и вообще нельзя отказывать в помощи никому, даже врагу. Как видно, ученик Кау-джера делал честь своему учителю.

Но пока одни колонисты старались провести время с пользой, другие пребывали в полной праздности. Для некоторых подобное состояние было вполне обычным явлением. Ну чем, например, мог заняться Фриц Гросс, дошедший до полной деградации, или Джон Рам, неприспособленный к жизни, как малый ребенок?

Ну, а Кеннеди и Сердей? Хотя эти молодцы были людьми иного склада, они тоже бездельничали. Учтя опыт прошедшей зимы, матрос и кок остались на острове и теперь рассчитывали прожить не работая, «на готовых хлебах».

Пока что все шло согласно их расчетам. Большего им и не требовалось, и они вели беззаботное существование, не думая о будущем.

Так же проводили время и Дорик и Боваль. Неподготовленные к своеобразным условиям жизни на необитаемом острове, вплотную столкнувшись с суровой и дикой природой, они оказались выбитыми из колеи. Вся ученость бывшего адвоката и бывшего преподавателя не имела здесь никакого значения.

Разве мог кто-нибудь заранее предвидеть то, что произойдет на острове Осте? Расселение их товарищей по всей территории острова явилось для них подлинной катастрофой и нарушило все их (правда, довольно смутные) планы. Это массовое переселение лишило Дорика его трусливой клиентуры, а Боваля — многочисленной аудитории.

Однако через два месяца Боваль снова воспрял духом. Если раньше у него не хватало решимости, если события развернулись независимо от его воли, это еще не значило, что все потеряно. То, что не удалось прежде, могло осуществиться в будущем. Остельцы не побеспокоились о том, чтобы выбрать правителя, следовательно, место это оставалось вакантным. Надо было занять его, только и всего.

Ограниченное количество избирателей не служило препятствием к успеху. Наоборот, среди малочисленного населения легче провести избирательную кампанию. Мнение остальных колонистов не принималось в расчет, ибо, рассеянные по всей территории острова, оторванные друг от друга, они не имели никакой возможности договориться о каких-либо совместных действиях. Если же когда-нибудь им и придется снова вернуться в основной лагерь, они найдут здесь уже организованное управление и вынуждены будут примириться с совершившимся фактом.

Итак, Боваль приступил к избирательной кампании и благодаря своему блестящему красноречию довольно быстро отвоевал в свою пользу еще с полдесятка голосов. Тогда он немедленно устроил некое подобие выборов. Из-за множества воздержавшихся — ведь почти никто не сознавал важности происходящих выборов — пришлось голосовать дважды. В конечном счете за Боваля голосовало около тридцати человек.

Избранный при помощи такого ловкого хода, адвокат, принимая свое избрание всерьез, перестал беспокоиться о будущем колонии. Стоит ли быть правителем, если это звание не дает права жить за счет избирателей?

Однако Боваля теперь угнетали другие заботы. Простой здравый смысл подсказывал ему, что первая обязанность правителя — управление людьми. А это оказалось не так просто, как он воображал раньше.

Пока что его избрание привело к непредвиденным последствиям. Лагерь, в котором оставалась лишь ничтожная кучка людей, почти опустел, ибо колонисты стали уходить из бухты Скочуэлл.

Первым подал пример Гарри Родс. Обеспокоенный неожиданным оборотом событий, он перебрался за реку в тот самый день, когда Бовалю удалось удовлетворить свои честолюбивые замыслы. Плотники по частям перенесли его дом на левый берег и сделали его, по образцу дома Кау-джера, более комфортабельным и прочным.

Примеру Родса последовали Смит, Райт, Лоусон, Фок, оба плотника — Обар и Чарли, и еще двое рабочих. Так вокруг дома Кау-джера возник настоящий поселок, соперничавший со старым лагерем. Еще раньше тут же обосновались Хартлпул и четыре матроса, так что через три месяца после провозглашения независимости острова Осте в новом поселке насчитывался уже двадцать один житель, в числе которых двое детей — Дик и Сэнд, и две женщины — жена и дочь Гарри Родса.

Здесь ничто не нарушало добрососедских отношений, и жизнь текла спокойно, пока не появился Боваль и не вызвал первый инцидент.

В тот день Хальг в присутствии Гарри Родса завел серьезный разговор с Кау-джером. Юноша просил совета, как вести себя с некоторыми колонистами с того берега. Речь шла о незадачливых рыбаках, которые некогда воспользовались щедростью обоих огнеземельцев. После того как Кароли однажды выполнил их просьбу, они стали попрошайничать все чаще и чаще, и теперь не проходило дня, чтобы часть улова индейцев не перешла в их руки. Эти люди окончательно потеряли совесть. Видимо, решив, что незачем затрачивать усилия, они просто оставались на берегу, дожидаясь возвращения шлюпки, и требовали, как должного, части добычи.

Подобная бесцеремонность начала злить Хальга, тем более что в шайке бездельников находился его враг — Сирк. Но, прежде чем отказать колонистам, юноша, хотел знать мнение Кау-джера.

Кау-джер, Хальг и Гарри Родс сидели на песчаном берегу. Перед ними расстилалась необъятная морская гладь. Выслушав подробный и взволнованный рассказ молодого индейца, Кау-джер ответил:

— Взгляни на это бесконечное пространство, Хальг, и пусть оно привьет тебе более глубокие философские взгляды на жизнь. Ты, незаметная песчинка, затерянная в огромной Вселенной, волнуешься из-за нескольких рыбешек?! Что за безумие! У человека только один долг, мой мальчик: любить людей и во всем помогать им. Те, о которых ты говорил, несомненно не выполнили свой долг. Но это не причина, чтобы поступать так же, как они. Запомни простое правило: обеспечив себя самым необходимым, ты должен помочь всем остальным. А то, что они злоупотребляют твоей помощью, не имеет ровно никакого значения. Тем хуже для них, а не для тебя.

Хальг почтительно выслушал излагаемые Кау-джером мысли и собирался было ему ответить, как вдруг собака Зол, лежавшая у ног собеседников, тихо зарычала. И тотчас же позади них кто-то позвал:

— Кау-джер!

Кау-джер обернулся:

— А, господин Боваль!

— Он самый… Я хотел бы поговорить с вами.

— Слушаю вас.

Но Боваль начал не сразу. Он был явно смущен. Правда, бывший адвокат заранее приготовил свою речь, но, очутившись лицом к лицу с невозмутимым Кау-джером, как-то странно оробел. Все пышные фразы моментально испарились из его памяти, будто он только сейчас осознал все значение, всю невероятную глупость своего поступка.

Ружье Кау-джера, лежавшее перед ним на песке, вызывало особую зависть Боваля. Ведь оно обеспечивало владельцу полное превосходство над всеми остальными! И разве не было бы естественно и законно, если бы это превосходство принадлежало губернатору, то есть тому, кто представлял интересы всего коллектива?

— Кау-джер, — наконец решился Боваль, — известно ли вам, что меня недавно избрали губернатором острова Осте?

Кау-джер только иронически улыбнулся в ответ.

— Я полагаю, — продолжал Боваль, — что первой моей обязанностью в подобных обстоятельствах является передача на службу общества частного имущества, которое может быть полезно для колонии.

Боваль умолк, ожидая одобрения собеседника, но, так как Кау-джер упорно молчал, заговорил снова:

— У вас, Кау-джер, имеется ружье и шлюпка. Причем то и другое есть только у вас одного. Ваше ружье — единственное огнестрельное оружие во всей колонии, а «Уэл-Киедж» — единственная надежная лодка, на которой можно выйти в море на продолжительное время.

— И вам захотелось присвоить то и другое? Тогда возьмите сами, — спокойно сказал Кау-джер.

Боваль сделал шаг. Зол угрожающе зарычал.

— Должен ли я понимать это так, что вы отказываетесь подчиниться законному главе колонии? — спросил Фердинанд Боваль.

Во взгляде Кау-джера вспыхнул гнев. Он поднял ружье, встал и, ударив прикладом о землю, отчеканил:

— Довольно ломать комедию. Я уже сказал: возьмите у меня ружье сами.

Возбужденный поведением хозяина Зол оскалил клыки. Боваль, испугавшись злобного пса, а также решительного тона и геркулесовой силы Кау-джера, счел благоразумным дольше не настаивать. Он потихоньку ретировался, бормоча под нос какие-то невнятные слова, смысл которых, видимо, заключался в том, что доложит обо всем случившемся совету и что будут приняты надлежащие меры.

Не обращая больше внимания на «губернатора», Кау-джер повернулся к нему спиной и перевел взоры на море. Однако Гарри Родс счел этот случай весьма знаменательным и решил сделать из него надлежащие выводы.

— Как вы расцениваете предложение Боваля? — спросил он.

— Как можно расценивать слова и поступки этого паяца? — ответил Кау-джер.

— Пусть паяц, — возразил Гарри Родс, — но ведь он все-таки губернатор.

— Сам себя назначил губернатором, потому что во всем поселении не наберется и полсотни колонистов.

— Достаточно и одного голоса, чтобы получить большинство.

Кау-джер только пожал плечами.

— Заранее прошу прощения за несколько нескромный вопрос, — продолжал Гарри Родс, — но скажите откровенно: разве вы не испытываете сожалений или угрызений совести?

— Я?

— Да, вы. Ведь никто из колонистов не знает край, где вы живете уже долгие годы. Никто не знаком с его богатствами и опасностями. При этом только вы обладаете умом, энергией и авторитетом, необходимыми для того, чтобы внушить уважение безвольным и невежественным людям. А вы остаетесь безучастным и равнодушным свидетелем их несчастий. Вместо того чтобы привести этих бедняг к победе над силами природы, вы предоставляете им бродить в потемках. Хотите вы этого или нет, но на вас ляжет ответственность за все их грядущие беды.

— Ответственность? — возмутился Кау-джер. — Да разве на меня был возложен какой-нибудь долг, который я не выполнил?

— Долг сильного помогать слабому.

— Но разве я не помогал?.. Разве я не спас людей с «Джонатана»? Разве я отказывал когда-нибудь и кому-либо в помощи или совете?

— Вы могли сделать еще больше, — резко ответил Гарри Родс. — Всякий человек, превосходящий других по интеллекту и нравственным качествам, помимо своей воли или желания, отвечает за других. Вам следовало бы управлять событиями, а не подчиняться им. Вы были обязаны защитить этих неприспособленных к борьбе людей против них же самих и возглавить их.

— Лишив их свободы? — с горечью прервал его Кау-джер.

— А почему бы и нет? — заявил Гарри Родс. — Ясное дело, для хороших людей достаточно убеждения. Но ведь некоторые личности уступают только принуждению — закону и силе.

— Я никогда не применю ни того, ни другого! — с жаром воскликнул Кау-джер.

Помолчав, он снова заговорил, но уже более спокойно:

— Давайте покончим с подобными разговорами раз навсегда. Друг мой, я — непримиримый противник какого бы то ни было правительства. Всю жизнь я размышлял над этой проблемой и пришел к выводу, что не может быть таких обстоятельств, при которых человек имел бы право посягать на свободу себе подобных. События последних месяцев глубоко огорчили меня, но не изменили моих взглядов. Я был, есть и буду одним из тех, кого называют анархистами. Как и у них, мой девиз: «Ни бога, ни властелина». Пусть все сказанное мною останется между нами, и давайте больше никогда не возвращаться к этой теме.

Итак, хотя действительность и поколебала веру Кау-джера, он все же не хотел сознаться в этом и не только не отказался от своих теорий, но продолжал цепляться за них, как утопающий за соломинку.

Гарри Родс выслушал жизненное кредо своего друга, изложенное решительным, не допускающим возражений тоном, и только тяжело вздохнул в ответ.

8. Хальг и Сирк

Кау-джер считал свободу самым большим благом в мире. Ревниво оберегая собственную, он всегда требовал уважения и к чужой свободе. Но, так или иначе, авторитет его был настолько высок, что люди повиновались ему, как самому деспотичному властителю. Хотя Кау-джер никогда не повышал голоса, колонисты принимали любой его совет как приказ, и почти все безропотно покорялись ему.

Поэтому не было ничего удивительного в том, что Хальг, несмотря на жгучее желание противодействовать домогательствам грабителей, подчинился убеждениям человека, которого считал своим учителем. Теперь Сирк и его шайка могли безнаказанно проявлять свою наглость, ибо Хальг, хотя и скрепя сердце, все еще продолжал отдавать негодяям часть улова.

Но настал момент, когда линия поведения, намеченная учителем, по логике вещей привела к противоположным результатам.

Хальг вырос у воды и был опытным рыбаком, но и это не всегда гарантирует от случайных неудач. И вот однажды, избороздив море вдоль и поперек, юноша ничего не поймал. Выбившись из сил, он возвращался домой с единственной небольшой рыбой.

Сирк в компании четырех колонистов лежал, лениво развалясь, на песчаном берегу. Они поджидали, как обычно, прибытия «Уэл-Киедж». Как только шлюпка причалила, мужчины поднялись и пошли навстречу Хальгу.

— Нам сегодня опять не повезло, приятель, — сказал один из них. — Хорошо, что ты вернулся, а то пришлось бы потуже затянуть пояса.

Попрошайки даже не утруждали себя выдумкой. Каждый день они выклянчивали добычу почти в одних и тех же выражениях, и всякий раз Хальг коротко отвечал: «К вашим услугам». Но на этот раз получилось иначе:

— Сегодня ничего не выйдет.

Это крайне удивило просителей.

— Ничего не выйдет? — растерянно повторил один из них.

— Посмотрите сами, — сказал Хальг. — Одна-единственная рыбешка — все, что я поймал.

— Что ж, придется удовольствоваться и этим, — заявил один из друзей Сирка, прикидываясь добродушным.

— Да? А как же я? — возразил юноша.

— Ты?! — возмущенно воскликнули все в один голос.

В самом деле, каков нахал! Неужели этот индеец полагает, что пять культурных людей, оказывающих ему честь, принимая его дары, будут считаться с ним?

— Послушай-ка, неумытая рожа! — воскликнул один из колонистов. — Какой же ты друг после этого? Неужели у тебя хватит совести отказать нам?

Хальг промолчал, полагая, что поступает согласно принципа Кау-джера: «После того, как обеспечишь себя, помоги другим». Учитель сказал: «После того, как...» Одной рыбы явно не хватало на ужин им самим; следовательно, Хальг имел все основания оставить ее себе.

— Ну, это уж слишком! — заявил другой колонист, возмущенный молчаливым отказом индейца, воспринятым как проявление чистейшего эгоизма.

— К чему столько разговоров? — прервал его Сирк вызывающим тоном. — Если черномазый не дает рыбу — возьмем ее силой. — И, повернувшись к Хальгу, крикнул: — Считаю до трех: раз... два... три...

Хальг, не отвечая, приготовился к защите.

— Вперед, ребята! — скомандовал Сирк.

Пятеро мужчин разом набросились на индейца и вырвали добычу у него из рук.

— Кау-джер! — успел крикнуть юноша.

Пятеро мужчин разом набросились на индейца.

Кау-джер и Кароли выбежали из дому. Увидев, что творится, они поспешили, на помощь Хальгу.

Нападавшие не ожидали их появления и пустились наутек. Хальг поднялся; хоть и немного помятый, но целый и невредимый.

— Что случилось? — взволнованно спросил Кау-джер.

Молодой индеец рассказал, как все это произошло. Кау-джер слушал, нахмурив брови. Новое доказательство человеческой злобы вновь подрывало все его оптимистические теории. Сколько же еще потребуется фактов, чтобы этот человек признал свое заблуждение и, прозрев, увидел людей такими, какими они являются в действительности?

Но при всем своем альтруизме Кау-джер не мог порицать Хальга. Совершенно очевидно, что правда была на стороне индейца. Учитель только заметил ему, что причина ссоры не стоила столь яростной защиты. Однако на этот раз Хальг не сдался.

— Да ведь все это произошло совсем не из-за рыбы! — воскликнул он, еще разгоряченный борьбой. — Не могу же я, в конце концов, повиноваться им, как раб!

— Ну конечно… конечно, — согласился Кау-джер.

А Хальг, продолжая изливать свое негодование, вдруг выпалил:

— Неужели я буду всегда уступать Сирку!

Не ответив на этот крик возмущенной души, Кау-джер только успокаивающе похлопал юношу по плечу и молча удалился.

Знали ли Сирк и его шайка о продовольственном положении колонии или же их поступки объяснялись просто свойственной им наглостью? Как бы то ни было, только слепец мог не видеть, что колонии грозила самая страшная опасность — голод. А что же происходило в центральных районах острова? Если даже предположить, что там все обстоит благополучно, рассчитывать на создание каких-либо запасов раньше будущего лета не приходилось. Значит, предстояло прожить еще целый год на собственном иждивении, тогда как продуктов оставалось не больше чем на два месяца.

В поселке на левом берегу дела обстояли несколько лучше. Здесь, по совету Кау-джера, с самого начала решили ввести паек, и все переселенцы всячески старались экономить имевшиеся запасы. Они разводили огороды, ловили рыбу. По сравнению с ними беспечность шестидесяти эмигрантов, проживавших на правом берегу, была просто поразительной. Что ожидало этих лежебок в будущем?

Но вдруг совершенно неожиданно к колонистам пришло спасение.

В Чили вспомнили о своем обещании помогать нарождавшемуся государству. В середине февраля против лагеря в бухте Скочуэлл появился корабль под чилийским флагом. Это парусное судно «Рибарто», водоизмещением в семьсот — восемьсот тонн, под командой капитана Хосе Фуэнтеса, доставило на остров сельскохозяйственные орудия, скот, семена и продукты. Такой ценный груз мог служить залогом успеха колонии при условии, что его используют надлежащим образом.

Едва бросив якорь, капитан Фуэнтес сошел на берег и вступил в переговоры с губернатором острова. Ясное дело, Фердинанд Боваль не постеснялся представиться под этим титулом. Впрочем, адвокат имел на него право, поскольку других претендентов не было. Тотчас же началась разгрузка судна.

Тем временем капитан Фуэнтес решил сразу же, на месте, выполнить порученное ему задание.

— Господин губернатор, — сказал он, — моему правительству сообщили, что некий человек, известный под именем Кау-джера, обосновался на острове Осте. Так ли это?

Боваль подтвердил. Капитан продолжал:

— Значит, наши сведения правильны. Разрешите узнать, что собой представляет этот Кау-джер?

— Он революционер, — простодушно заявил Боваль.

— Революционер?! А что вы понимаете под этим словом, господин губернатор?

— Так же, как и все, я называю революционером человека, который восстает против законов и отказывается подчиняться властям.

— У вас были с ним какие-нибудь осложнения?

— Мне с ним нелегко приходится, — с важностью ответил Боваль, — Кау-джер — своевольная натура... Но я его обуздаю.

Капитан, видимо, заинтересовался полученными сведениями. Подумав, он спросил:

— А можно ли взглянуть на этого субъекта, который уже не раз привлекал внимание правительства Чили?

— Нет ничего проще, — ответил Боваль. — Да вот, кстати, он и сам идет к нам.

И Фердинанд Боваль указал на Кау-джера, переходившего по мосткам реку. Капитан пошел ему навстречу.

— Простите, сударь, можно вас на минуту? — сказал он, приподняв фуражку, украшенную золотым галуном.

Кау-джер остановился и ответил на чистейшем испанском языке:

— Слушаю вас.

Но капитан молчал. Впившись взглядом в Кау-джера, приоткрыв рот, он смотрел на него с удивлением, которое даже не пытался скрыть.

— Ну, что же вы хотели от меня? — нетерпеливо спросил тот.

— Прошу прощения, сударь, — наконец заговорил капитан. — Мне показалось, что я узнал вас... Вроде бы мы с вами раньше встречались...

— Это маловероятно, — возразил Кау-джер с едва заметной иронической усмешкой.

— И все-таки...

Капитан умолк и вдруг хлопнул себя по лбу.

— Знаю! — воскликнул он. — Конечно, вы правы. Мы никогда не встречались. Но вы так похожи на один всем известный портрет... Я просто не могу себе представить, что это не вы.

По мере того как чилиец говорил, его голос становился глуше, а тон почтительнее. Умолкнув, он снял фуражку и склонил голову.

— Вы ошибаетесь, сударь, — невозмутимо произнес Кау-джер.

— Но я мог бы поклясться...

— Когда вы видели эту фотографию? — прервал его Кау-джер.

— Лет десять назад.

Кау-джер решил погрешить против истины:

— Я покинул то, что вы называете «светом», более двадцати лет назад. Следовательно, это никак не мог быть мой портрет. Да, впрочем, разве вы сумели бы узнать меня? Ведь я был тогда молод... А теперь!..

— Сколько же вам лет? — опрометчиво выпалил капитан.

Подстрекаемый любопытством, предчувствуя, что здесь кроется какая-то странная тайна, которую ему так хотелось раскрыть, Хосе Фуэнтес даже не успел подумать о неловкости такого вопроса — слова сами слетели у него с губ.

— Ведь я не спрашиваю вас о вашем возрасте, — отпарировал Кау-джер ледяным тоном.

Тот прикусил язык.

— Полагаю, — продолжал Кау-джер, — что вы обратились ко мне не для того, чтобы побеседовать о какой-то фотографии? Прошу перейти к делу.

— Хорошо, — согласился капитан.

Резким жестом он снова надел форменную фуражку.

— Правительство Чили уполномочило меня, — сказал капитан, перейдя опять на официальный тон, — узнать ваши намерения.

— Мои намерения? — удивленно переспросил Кау-джер. — В отношении чего?

— В отношении вашего местожительства.

— Разве это может интересовать Чили?

— Даже очень.

— Неужели?

— Несомненно. Моему правительству известно, каким влиянием вы пользуетесь среди туземного населения архипелага, и оно серьезно обеспокоено этим обстоятельством.

— Весьма любезно с его стороны, — насмешливо протянул Кау-джер.

— До тех пор, пока архипелаг Магеллановой Земли оставался res nullius[1], — продолжал капитан, — приходилось ограничиваться простым наблюдением. Но теперь положение в корне изменилось. После аннексии…

— Захвата, — процедил сквозь зубы Кау-джер.

[1] Ничейная земля (лат.).

— Простите, что вы сказали?

— Ничего. Продолжайте.

— …после аннексии перед чилийским правительством, стремящимся упрочить свою власть на архипелаге, встал вопрос о том, как отнестись к вашему пребыванию в его владениях. Отношение это будет всецело зависеть от вас. Поэтому мне поручено выяснить, каковы ваши намерения. Я предлагаю заключить союз.

— Или объявить войну?

— Так точно. Ваше влияние на местное население неоспоримо. Но будет ли оно направлено против Чили или же вы поможете нам в деле цивилизации диких племен? Станете ли вы нашим другом или противником? Это решать вам.

— Ни тем, ни другим, — ответил Кау-джер. — Я останусь нейтральным.

Капитан с сомнением покачал головой.

— Принимая во внимание ваше положение на архипелаге, — сказал он, — мне кажется, что сохранить нейтралитет будет очень трудно.

— Наоборот, очень легко, — возразил Кау-джер, — и по той простой причине, что я покинул архипелаг Магеллановой Земли навсегда.

— Как — покинули? Однако вы здесь.

— Здесь остров Осте, свободная земля. И я решил больше не возвращаться на ту часть архипелага, которую вы лишили свободы.

— Следовательно, вы окончательно обосновались на острове Осте?

Кау-джер утвердительно кивнул головой.

— Что ж, это значительно упрощает дело, — с удовлетворением сказал капитан Фуэнтес. — Значит, я могу заверить правительство, что вы не будете выступать против него?

— Передайте вашему правительству, что я не желаю его знать, — отчеканил Кау-джер и, поклонившись офицеру, пошел своим путем.

Некоторое время капитан следил за ним глазами. Несмотря на категорическое утверждение этого странного человека, чилиец вовсе не был убежден, что замеченное сходство было лишь игрой его воображения. И в этом сходстве таилось, по-видимому, нечто совершенно из ряда вон выходящее, раз оно так взволновало капитана.

— Странно... странно, — пробормотал он, в то время как Кау-джер, не оборачиваясь, медленно удалялся.

К сожалению, Хосе Фуэнтесу не пришлось проверить основательность своих подозрений. Словно боясь дать повод для расспросов о прежней его жизни, Кау-джер вечером того же дня отправился в один из обычных продолжительных походов по острову.

Через неделю корабль был разгружен. Помимо щедрых даров, присланных чилийским правительством для новой колонии, «Рибарто» доставил еще множество различных галантерейных товаров по частному заказу одного из колонистов, а именно — Гарри Родса.

Совершенно несведущий в агрономии и неприспособленный к хлебопашеству, Гарри Родс решил стать коммерсантом-импортером. Поэтому после провозглашения независимости острова, когда появились некоторые надежды на успешное развитие колонии, он поручил командиру вестового судна выслать с первой же оказией товары для мелочной торговли. Тот выполнил поручение: «Рибарто» доставил по заказу и за счет Гарри Родса множество самых разнообразных предметов — одежду, обувь, спички, иголки, нитки, булавки, табак, карандаши, бумагу, чернила и т. д. В общем, вещи недорогие, но весьма необходимые.

Однако, видя, как развертываются события, Гарри Родс решил, что его затея лопнула, и уже подумывал о том, что не лучше ли оставить весь товар на «Рибарто», а самому сесть на корабль и покинуть страну, где не имелось никаких шансов на успех?

А куда можно отправиться с таким грузом, крайне ценным здесь, в полудиком краю, но не находящим спроса там, где этих предметов сколько угодно? Поразмыслив, Родс решил еще немного выждать. В конце концов, «Рибарто» — не последний корабль, посетивший остров. Если обстановка не изменится — ну что ж, возможность уехать отсюда еще не потеряна.

Разгрузившись, «Рибарто» снялся с якоря и двинулся в путь. А через несколько часов вернулся и Кау-джер, словно он только и ждал момента отплытия корабля.

Жизнь опять потекла по-прежнему. Одни занимались огородничеством или удили рыбу, а большая часть эмигрантов бездельничала. Но теперь подобная беспечность до некоторой степени оправдывалась тем, что продовольственные запасы на острове значительно пополнились. Поскольку в лагере сейчас насчитывалось меньше сотни человек (включая жителей Нового поселка, как с общего согласия стали называть поселение, выросшее вокруг дома Кау-джера), можно было преспокойно прожить еще по крайней мере года полтора.

Что же касается Боваля, то он вел поистине царский образ жизни. По правде говоря, адвокат и в самом деле был настоящим царем-лежебокой, потому что царствовал, но не правил. Впрочем, губернатор считал, что все идет отлично.

В первые же дни своего правления Боваль специальным постановлением возвел лагерь в ранг официальной столицы острова Осте и дал ему название «Либерия». После этого великого деяния губернатор почил на лаврах.

Великодушный дар чилийского правительства дал Бовалю возможность еще раз проявить власть, направив ее на организацию развлечений для своих подданных. По его приказу половина привезенных спиртных напитков была оставлена про запас, а половина выдана колонистам. Плоды подобной щедрости не заставили себя ждать. Многие эмигранты немедленно напились до бесчувствия, а больше всех Лазар Черони. Туллии и Грациэлле пришлось снова столкнуться с отвратительными сценами, отзвуки которых потонули в праздничном гуле. Второй раз лагерь пировал вовсю.

Люди пили, играли в азартные игры, плясали под звуки скрипки Фрица Гросса, воскресшего под действием рома. Те, кто был потрезвее, собирались вокруг талантливого музыканта. Случалось, даже сам Кау-джер переходил на правый берег, привлеченный дивными мелодиями, тем более изумительными, что никогда еще подобные звуки не раздавались в этих краях. Кау-джера сопровождал кое-кто из жителей Нового поселка: Гарри Родс и вся его семья, которую также очаровывала музыка Фрица Гросса; Хальг и Кароли, для которых она представляла настоящее чудо — недаром они внимали ей, открыв рот от изумления; Дик и Сэнд, едва заслышав звуки скрипки, опрометью мчались на другой берег.

При этом Дик, конечно, хотел просто поразвлечься: скакал и плясал что было сил, стараясь попасть в такт. Но его друг вел себя совершенно иначе. Обычно Сэнд становился в первые ряды слушателей и, широко раскрыв глаза, дрожа от волнения, напряженно слушал, боясь пропустить хоть единую ноту, и уходил только тогда, когда последняя мелодия улетала в бескрайнее небо.

Кау-джер обратил внимание на сосредоточенный вид мальчика.

— Ты любишь музыку, малыш? — однажды спросил он.

— Очень люблю, сударь! — с глубоким вздохом ответил Сэнд. И добавил пылко: — Если бы и я мог играть… Играть так же, как господин Гросс!..

— Вот как? — сказал Кау-джер, которого удивила восторженность мальчика. — Тебе так хочется играть на скрипке?.. Ну что ж, может быть, это удастся устроить.

Сэнд недоверчиво покосился на него.

— А почему бы и нет? — продолжал Кау-джер. — При первой же оказии я попрошу, чтобы тебе прислали скрипку.

— Правда? — Глаза у Сэнда засияли от радости.

— Обещаю! — торжественно заверил его Кау-джер. — Но уж придется тебе запастись терпением.

По-видимому, большинство колонистов получали истинное удовольствие от музыки, хотя и не относились к ней с таким жаром, как Сэнд. Концерты Фрица Гросса являлись для них просто развлечением в однообразном и унылом существовании.

Бесспорный успех скрипача навел Фердинанда Боваля на блестящую мысль. Регулярно два раза в неделю из неприкосновенных запасов музыканту выдавали определенную порцию рома. Поэтому два раза в неделю в Либерии давались концерты — совсем как в цивилизованных странах!

Поиски названия для столицы и устройство развлечений для ее жителей полностью исчерпали организаторские способности губернатора. Помимо прочих недостатков, у него была еще одна слабость: любоваться собой и восхищаться своей деятельностью, особенно при виде общей радости. В памяти Боваля возникали классические ассоциации: «Panem et circenses!» [1] — требовали римляне. А разве он не удовлетворял это извечное требование народа? Чилийский корабль обеспечил колонию хлебом, а будущий урожай даст остальные продукты. Развлечения и удовольствия же предоставлялись в виде концертов Фрица Гросса, если, конечно, допустить, что определенной части эмигрантов, имевших счастье находиться под непосредственной властью губернатора, не всякие моменты праздной жизни доставляли удовольствие.

Прошли февраль и март. Ничто не поколебало оптимизма Боваля. Пока лишь редкие ссоры или драки нарушали покой, царивший в Либерии. Но губернатор даже не считал нужным обращать внимание на такие незначительные инциденты. Однако в конце марта пришел конец безмятежному бытию Фердинанда Боваля. Первое событие, явившееся как бы предвестником целой цепи трагических происшествий, само по себе не имело особого значения. Это была обычная стычка, но последствия ее оказались таковы, что Боваль решился на сей раз изменить своему принципу невмешательства. Результаты получились самые неожиданные, и вышло, что губернатор оказал сам себе медвежью услугу.

---

[1] «Хлеба и зрелищ!» (лат.).

Хальг сыграл главную роль в этом инциденте, где ему пришлось защищать собственную жизнь.

После неравного боя с Сирком и его четырьмя товарищами юноша несколько недель не видел соперника. Видимо, побаиваясь заступничества Кау-джера, вымогатели решили отказаться от соблазнительной и легкой добычи. Кроме того, прибытие «Рибарто» вселило покой в душу колонистов. Какое значение имели теперь какие-то ничтожные рыбешки, когда запасы снова пополнились и казались неисчерпаемыми!

Но, как уже говорилось, корабль доставил не только провизию, но и спиртные напитки. И, так как легкомысленный губернатор приказал выдать их населению, началось массовое пьянство, которое не замедлило привести к пагубным последствиям.

Особенно тяжко отразилось это на семье Черони. Лазар все время пил и терзал обеих женщин. Молодой индеец всегда заступался за них, но зато Сирк всячески потакал отвратительному пороку недостойного мужа и отца. Поведение соперника наполняло гневом сердце юноши. Он никак не мог простить ему слез Грациэллы. Вполне понятно, что вражда между Хальгом и Сирком вспыхнула с новой силой.

Даже когда иссякли запасы спиртного, спокойствие не восстановилось. Благодаря дружбе с Фердинандом Бовалем Сирк, применив метод Паттерсона, продолжал снабжать ромом Лазара Черони — именно так он рассчитывал завоевать его расположение.

Замысел Сирка удался. Пьяница открыто стал на сторону того, кто называл себя его другом, и всячески ублажал. Вскоре Лазар начал звать Сирка зятем и клялся, что сумеет сломить сопротивление Грациэллы.

Так обстояли дела, когда утром 29 марта Хальг, переходя через мостик, увидел Грациэллу. Девушка бежала со всех ног, словно спасаясь от преследования. И действительно за нею гнался Сирк.

— Хальг! Хальг! Спаси меня! — закричала Грациэлла, увидев индейца.

Тот бросился ей на помощь, преградив дорогу разъяренному матросу.

Но Сирк ни во что не ставил противника. С вызывающей ухмылкой негодяй бросился на соперника. Однако дальнейшие события показали, что эмигрант слишком понадеялся на свои силы. Хотя Хальг был много моложе, но, живя под открытым небом, обладал обезьяньей ловкостью и стальными мышцами.

Когда матрос кинулся на индейца, тот нанес ему удар одновременно в челюсть и под ложечку. Сирк свалился как подкошенный.

Хальг и Грациэлла помчались на левый берег, а Сирк, еле-еле отдышавшись, принялся осыпать их проклятиями и угрозами.

Не обращая внимания на бандита, они направились прямо к Кау-джеру. Девушка заявила ему, что жизнь в семье стала совершенно невыносимой. Сирк обнаглел и, несмотря на заступничество Туллии, избил девушку. А Лазар — страшно подумать! — как будто даже поощрял негодяя. Наконец Грациэлле удалось выбежать из дома, но, кто знает, чем бы кончился ее побег, если бы Хальг не ускорил развязку этой драмы.

Кау-джер выслушал ее рассказ с обычным спокойствием.

— А теперь, — спросил он, когда девушка замолчала, — что вы собираетесь делать, дитя мое?

— Остаться у вас! — воскликнула Грациэлла. — Умоляю, защитите меня!

— Я обещаю вам мое покровительство, — ответил Кау-джер. — Что касается желания остаться здесь, на это ваша воля. Каждый поступает, как ему заблагорассудится. Но все же я хочу дать вам совет в отношении выбора места жительства. Если вы мне доверяете, то попросите приюта у семейства Родсов. Они не откажут, если вы обратитесь от моего имени.

Грациэлла последовала мудрому совету. Родсы приняли беглянку с распростертыми объятиями. Особенно радовалась Клэри: теперь у нее появилась подруга ее возраста.

Но Грациэлла терзалась при мысли о матери. Что будет с ней в том аду, где она осталась? Кау-джер успокоил девушку, сказав, что предложит Туллии последовать за дочерью.

К сожалению, добрые намерения Кау-джера не осуществились. Туллия, одобряя бегство дочери и радуясь, что та в полной безопасности да еще под покровительством всеми уважаемого семейства, наотрез отказалась покинуть мужа. Она хотела выполнить свой долг до конца и пройти весь этот тернистый путь — какие бы страдания ни ожидали ее — вместе с человеком, который в данную минуту лежал пластом, отсыпаясь после очередной попойки.

Кау-джер и не ожидал иного ответа.

Вернувшись к Родсам, чтобы передать Грациэлле слова матери, Кау-джер застал там Фердинанда Боваля. Между ним и Гарри Родсом шел горячий спор, начинавший принимать неприятный оттенок.

— Что тут происходит? — спросил Кау-джер.

— Этот господин позволил себе ворваться в дом, — раздраженно ответил Гарри Родс, — и требовать, чтобы Грациэлла вернулась к своему замечательному папаше.

— А разве господина Боваля касаются дела семьи Черони? — осведомился Кау-джер тоном, предвещавшим начало грозы.

— Губернатора касается все, что происходит в колонии, — напыщенно заявил Боваль, стараясь придать себе важность, якобы соответствующую его высокому званию.

— Губернатора?

— Губернатор — я.

— Так... так... — многозначительно произнес Кау-джер.

— Ко мне поступила жалоба... — продолжал Боваль, не реагируя на угрожающую иронию Кау-джера.

— От Сирка, — прервал его Хальг, знавший об их приятельских отношениях.

— Нет, — возразил Боваль. — От самого Лазара Черони.

— Как? — воскликнул Кау-джер. — Значит, Черони разговаривает во сне! Я только что оттуда. Он спит и даже храпит вовсю.

— Ваши насмешки не могут опровергнуть факта совершения преступления на территории колонии, — высокомерно ответил Боваль.

— Преступления?! Подумать только!

— Да, преступления. Несовершеннолетнюю девушку отняли у семьи. По закону всех стран такой поступок расценивается как преступление.

— А разве на острове Осте существуют законы? — спросил Кау-джер. Услышав это слово, он передернулся, и его глаза грозно засверкали. — От кого же исходят здесь законы?

— От меня, поскольку я представляю интересы колонии, — ответил Боваль с великолепной самоуверенностью. — И на этом основании имею право требовать от всех повиновения.

— Как вы сказали? — вскричал Кау-джер. — Не ослышался ли я? Повиновения? Черт возьми! Так знайте же: остров Осте — свободная земля. Здесь никто никому не повинуется. Грациэлла пришла к нам по своей воле и останется, пока сама не захочет уйти.

— Но… — пытался возразить Боваль.

— Никаких «но»! Тот, кто отважится говорить о повиновении, будет иметь дело со мной.

— Ну, это мы еще посмотрим! — заявил Боваль. — Законы надо соблюдать, и если придется прибегнуть к силе…

— К силе? — возмутился Кау-джер. — Только попробуйте! А пока что советую не испытывать мое терпение. Уходите в вашу столицу, пока вас отсюда не выпроводили.

У Кау-джера был такой устрашающий вид, что Боваль счел благоразумным не настаивать на возвращении Грациэллы и удалился. За ним, на некотором расстоянии, шли Кау-джер, Гарри Родс и Хартлпул.

Почувствовав себя в безопасности на другом берегу, губернатор обернулся и пригрозил:

— Мы еще поговорим!

Хотя угрозы Боваля казались левобережным жителям смешными, все же с ними приходилось до некоторой степени считаться. Уязвленная гордость придает отвагу самым отъявленным трусам, и вполне могло случиться, что под покровом ночи Боваль со своими прихлебателями нанесет удар Кау-джеру и его друзьям.

По счастью, эту опасность нетрудно было предотвратить. Пройдя с сотню шагов, Фердинанд Боваль обернулся и увидел, что Кароли и Хартлпул снимают мостки, соединявшие оба берега. Все лодки стояли на якоре у Нового поселка, так что сообщение с Либерией было теперь прервано. Возможность неожиданного нападения исключалась.

Разгадав планы противников, адвокат в ярости погрозил им кулаком.

Но те не обратили на него внимания. Одна за другой падали в воду доски настила моста. Вскоре от него остались только сваи, вокруг которых шумно бурлила вода. Отныне оба враждующих лагеря были разделены рекой.

9. Вторая зима

Снова пришел апрель, а с ним и зима. Ничто не нарушало мучительного однообразия дней обитателей Либерии. Пока не наступили холода, они жили припеваючи, не беспокоясь о будущем, и резкие скачки температуры, как обычно сопровождавшие равноденствие, застигли их врасплох. Поэтому при первом же дуновении зимних ветров столица словно вымерла — как и в прошлом году, колонисты забились в свои норы.

Да и в Новом поселке жизнь стала замирать. Пришлось оставить все работы на воздухе, в частности рыбную ловлю. С началом непогоды рыба ушла на север, в более теплые воды Магелланова пролива, и рыбаки поставили лодки на якорь.

Теперь, даже если бы настил моста и уцелел, все равно сообщение между столицей и поселком было бы затруднено и Боваль не смог бы осуществить свои угрозы. Но помнил ли он еще, как его выпроводили с левого берега? Сейчас его угнетали столь важные и неотложные заботы, по сравнению с которыми воспоминание о полученном оскорблении в значительной мере утратило остроту.

Сразу же после объявления независимости Либерия почти опустела, но постепенно ее население снова стало расти. Эмигранты, отправившиеся в глубь острова и потерпевшие там неудачу, возвращались на побережье. Этого губернатор никак не мог предвидеть.

Лично ему пока не о чем было волноваться. Как Боваль и предполагал, возвратившиеся колонисты безропотно примирились со свершившимся фактом — иначе говоря, с выборами, происходившими без их участия. Никого не удивило, что в сан губернатора возведен Фердинанд Боваль. С самого рождения несчастные люди привыкли ставить себя ниже всех других и восприняли это событие как само собой разумеющееся: кто-то же должен властвовать над ними. Увы, в мире существует неизбежная и неотвратимая необходимость, против которой бессмысленно восставать: одни люди бесправны, другие — сильные мира сего. Первые — подчиняются, вторые — повелевают. Так что все это казалось эмигрантам в порядке вещей.

Но неожиданный наплыв голодающих потребовал от губернатора разрешения сложной задачи.

Первый колонист, побежденный природой, возвратился из центральных районов острова 15 апреля в конце дня. Устало и понуро шагал он по поселку, за ним плелась жена, бледная, истощенная, в лохмотьях, а дети, две девочки и два мальчика (последнему только что исполнилось пять лет, и на нем почти не было одежды) цеплялись за юбку матери. Печальное шествие!

Все жители Либерии окружили их и забросали вопросами. Глава семьи, ободренный тем, что очутился среди товарищей, коротко рассказал свои злоключения. Он отправился в глубь острова одним из последних. Поэтому ему пришлось долго искать свободный участок земли. Колонист нашел его лишь во второй половине декабря и сразу же принялся за постройку жилья. Но с плохим инструментом, да еще и без помощников, он еле-еле справился с этой задачей, тем более что, совершенно не зная строительного дела, допустил множество ошибок, которые пришлось исправлять. Все это сильно задержало ход работ.

Через шесть недель, кое-как выстроив простую лачугу, неудачник взялся за подъем целины. Но злой рок навел его на каменистую почву, пронизанную сетью глубоких, разветвленных корней, где застревала и кирка и лопата. Хотя он трудился не покладая рук, к зиме ему удалось расчистить только крошечный участок земли и, следовательно, на урожай не приходилось рассчитывать. А продукты были уже на исходе. Пришлось оставить на месте весь инструмент и теперь уже ненужные семена и возвращаться той же дорогой, по которой он ушел четыре месяца назад, полный надежд… Целых десять дней колонист с семьей брел через весь остров, зарываясь в снег во время метелей и шагая по колено в грязи, когда наступала оттепель. И вот, изнуренные и голодные, они наконец добрались до побережья.

Боваль помог несчастным. По его распоряжению им отвели один из сборных домов и выдали провизию. После чего губернатор счел инцидент исчерпанным.

Но ближайшие дни показали, что он ошибся. Ежедневно в Либерию возвращался то тот, то другой эмигрант. Приходили они либо в одиночку, либо с женами и детьми, но все голодные и оборванные.

В некоторых семьях недосчитывалось людей. Куда они девались? Вероятно, погибли. Но все выжившие колонисты, кого постигла неудача (а таких, видимо, было большинство), устремились обратно на побережье. Нескончаемый поток возвращавшихся создавал большие трудности для разрешения продовольственной проблемы.

К 15 июня население столицы увеличилось более чем на триста человек. Сначала Бовалю кое-как удавалось справиться с этим нашествием. Всех вернувшихся поселяли в сборных домах, где опять образовалась неимоверная теснота. Мест для вновь прибывших не хватало, потому что несколько домов еще раньше перенесли на левый берег, а некоторые строения по приказу Боваля соединили в одно большое здание, которое он торжественно окрестил своим «дворцом»; многие же вообще были уничтожены просто по беспечности. Пришлось опять селиться в палатках.

Но самым острым вопросом все же являлся вопрос питания. Такое количество голодных ртов с невероятной быстротой поглощало запасы, доставленные на «Рибарто». И снова возникли опасения, что продуктов не хватит даже до весны, хотя раньше предполагалось, что колония обеспечена на год с лишним. У Боваля хватило ума правильно оценить создавшуюся ситуацию, и он решился наконец проявить свою власть, издав приказ о введении в Либерии пайка.

Сначала колонисты не подчинялись его распоряжению, поскольку оно не было подкреплено силой. Поэтому, чтобы заставить эмигрантов выполнить приказ, губернатору пришлось мобилизовать среди своих самых горячих приверженцев двадцать добровольцев и поставить их на страже у продовольственного склада, который некогда охраняли матросы «Джонатана». Эта мера вызвала сильное недовольство, но все же колонисты покорились губернатору.

Он уже решил, что покончил с возникшими трудностями или, по крайней мере, отдалил тяжелые времена, насколько это было в человеческих силах, как вдруг на Либерию обрушилось новое бедствие.

Постоянное недоедание, трудный путь, проделанный ими, суровый климат — все это истощило вернувшихся эмигрантов. Случилось то, чего следовало ожидать, — началась страшная эпидемия.

В отчаянии колонисты снова вспомнили о Кау-джере. До середины июня отсутствие этого человека никого не трогало. Люди легко забывают оказанные им благодеяния, если больше не рассчитывают на них в будущем. Но, очутившись в безвыходном положении, они сразу же подумали о человеке, который столько раз выручал их из беды. Почему же Кау-джер покинул колонистов, когда на них свалилось столько невзгод? Теперь причины раскола между старым и новым поселками показались такими ничтожными по сравнению с людскими страданиями.

Однажды — это произошло 10 июля, когда из-за густого тумана нельзя было выйти из дому, — Кау-джер чинил свою кожаную куртку. Вдруг ему почудилось, что кто-то его зовет. Он прислушался. Через минуту до него снова донесся зов.

Он открыл дверь и вышел на крыльцо.

Стояла оттепель. Влажный западный ветер растопил снега. Перед жилищем Кау-джера образовалось большое болото, над которым подымался пар. На расстоянии нескольких шагов ничего не было видно — все застилала непроницаемая пелена. Море угадывалось только по слабому, еле слышному плеску волн, словно и на него давило общее угнетенное настроение.

— Кау-джер! — кричал кто-то из густого тумана.

Едва доносившийся зов казался жалобным стоном.

Кау-джер поспешил к реке. Там его взгляду предстало жуткое зрелище: на противоположном берегу, отделенном от Нового поселка стремительным потоком, столпилось около сотни людей. Полно, людей ли? Скорее, призраков, изможденных, едва прикрытых лохмотьями. Увидев того, кто являлся их последней надеждой, эмигранты воспряли духом и умоляюще протянули к нему руки.

— Кау-джер! — взывали несчастные. — Кау-джер!

Человек, к которому они обращались за помощью, вздрогнул от неожиданности. Какие новые бедствия обрушились на Либерию и довели ее жителей до такого ужасного состояния?

Кау-джер ободряюще помахал им рукой и позвал на помощь своих друзей. Не прошло и часа, как Хальг, Кароли и Хартлпул восстановили настил моста, и Кау-джер перешел на другой берег. Тотчас же его окружили взволнованные люди, один вид которых мог растрогать самое черствое сердце. Но теперь их запавшие, лихорадочно блестевшие глаза светились радостью: друг и спаситель был вместе с ними. Бедняги теснились вокруг Кау-джера, каждому хотелось хотя бы дотронуться до него. Со всех сторон раздавались ликующие возгласы.

Потрясенный Кау-джер молча смотрел и слушал. Колонисты, как на духу, выкладывали ему все свои горести. Одни вспоминали о собственных бедах, другие умоляли помочь умирающим женам или детям.

Терпеливо выслушав все жалобы и зная, что сочувствие — самое лучшее лекарство, Кау-джер ответил всем сразу. Пусть они вернутся домой, а он обойдет подряд все дома. Никто не будет забыт.

Эмигранты охотно подчинились и, как малые дети, послушно возвратились в лагерь.

Кау-джер шел вместе с ними, по пути ободряя или утешая людей, находя для каждого доброе слово. Так добрались они до разбросанных в беспорядке зданий. Как здесь все переменилось! Повсюду виднелись груды мусора и нечистот. За один год непрочные строения так обветшали, что уже начали разрушаться. Некоторые дома казались вообще необитаемыми, и только кучи отбросов указывали на присутствие жителей. Однако то тут, то там открывались двери, и на пороге показывались жалкие и мрачные фигуры колонистов. На их лицах было написано уныние или отчаяние.

Кау-джер прошел мимо «дворца» губернатора. Боваль тоже приоткрыл окно, но ограничился только тем, что проводил своего противника долгим взглядом. Ненавидя Кау-джера, Фердинанд Боваль прекрасно понимал, что сейчас не время сводить счеты. Никто из либерийцев не простил бы ему враждебных действий против человека, от которого все ожидали спасения.

В глубине души Боваль был почти рад вмешательству Кау-джера. Он также ожидал от него помощи. Легко и приятно править людьми, когда все идет хорошо. Но сейчас обстановка накалилась до того, что губернатор, вынужденный управлять обреченными на смерть людьми, не мог не радоваться появлению человека, который помогал ему удержать непосильное бремя власти.

Итак, никто и ничто не препятствовало Кау-джеру в его добрых деяниях. Но какое трудное время настало для него! Каждое утро, с рассветом, в любую погоду он отправлялся из Нового поселка в Либерию и там до позднего вечера обходил дома, раздавал лекарства, вселял бодрость и надежду в сердца отчаявшихся людей.

Несмотря на все свои познания и самоотверженность, Кау-джер не всегда мог преодолеть роковой ход событий. Часто усилия его были напрасны. Смерть пожинала богатый урожай, разлучая супругов, отнимая у родителей детей, оставляя сирот. Повсюду слышались стоны и плач.

И все-таки ничто не могло поколебать мужества этого замечательного человека. Как только врач признавал себя бессильным, на смену ему приходил мудрый утешитель.

Однажды утром, когда Кау-джер направлялся в лагерь, кто-то окликнул его. Обернувшись, он увидел странную бесформенную груду, издававшую глухие хрипы. Эта груда оказалась человеком, который в бесконечном перечне преходящих земных существований числился под именем Фрица Гросса.

Четверть часа тому назад, пробудившись от сна, музыкант вышел на мороз, и тут его хватил апоплексический удар. Пришлось собрать с десяток поселенцев, чтобы дотащить это грузное тело в защищенное от ветра место. Вскоре у Гросса началась агония. По посиневшему лицу, по частому и хриплому дыханию Кау-джер определил, что у скрипача воспаление легких, а наскоро произведенный осмотр показал, что никакое лекарство уже не поможет организму, отравленному алкоголем.

Развитие болезни подтвердило правильность диагноза. Когда Кау-джер вернулся с обхода других больных, Фрица Гросса уже не было в живых. Он лежал на земле, застывший, неподвижный, и глаза его больше не видели окружающего мира.

Кау-джер взял из окостеневших рук музыканта скрипку, издававшую некогда такие божественные звуки, — теперь она никому не принадлежала — и, возвратившись в Новый поселок, направился к дому, где жили Хартлпул и юнги.

— Сэнд! — открыв двери, позвал он.

Мальчик подбежал к нему.

— Я обещал тебе скрипку, — сказал Кау-джер. — Вот, возьми.

Сэнд, побледнев от волнения и восторга, схватил инструмент.

— Эта скрипка, — продолжал Кау-джер, — принадлежала Фрицу Гроссу.

— Значит, господин Гросс, — пролепетал Сэнд, — решил мне подарить…

— Он умер, — пояснил Кау-джер.

— Что ж, одним пьяницей меньше, — невозмутимо произнес Хартлпул.

Таково было единственное надгробное слово Фрицу Гроссу.

Через несколько дней Кау-джера взволновала другая смерть — Лазара Черони. Туллия слишком поздно обратилась за помощью. Невежественная женщина, не испытывая особого беспокойства, запустила болезнь мужа, но, узнав, что тот, ради кого она пожертвовала всей своей жизнью, безнадежен, испытала жестокое потрясение.

Впрочем, если бы даже Кау-джер пришел на помощь своевременно, все равно ничто бы не помогло Лазару Черони. Болезнь была неизлечима и являлась прямым следствием его порока. Скоротечная чахотка за одну неделю свела пьяницу в могилу.

Когда все было кончено и покойник предан земле, Кау-джер не покинул несчастную вдову. Убитая горем, совершенно обессилевшая женщина, казалось, сама находилась на краю могилы. Все эти годы она жила только любовью к тому, кто покинул ее навсегда. Измученная бесплодными усилиями, Туллия сразу утратила волю к жизни.

Кау-джер увел бедную вдову в Новый поселок к Грациэлле. Если и существовало лекарство, способное исцелить раненое сердце, то это могло быть лишь чувство материнской любви.

Безвольная, почти не сознавая, что с ней происходит, Туллия покорно дала увести себя. Собрав свои жалкие пожитки, она безропотно пошла за Кау-джером.

В таком подавленном состоянии она, конечно, не могла заметить Сирка, который встретился ей у мостков через реку.

Кау-джер тоже не заметил его, и они молча прошли мимо парня.

Но Сирк, завидев их, застыл на месте, побледнев от охватившей его злобы. Лазар Черони умер. Туллия перебралась в Новый поселок. Это означало окончательное крушение всех его надежд, за осуществление которых он так упорно боролся. Долго следил Сирк взглядом за двумя удалявшимися фигурами. Если бы Кау-джер обернулся, его поразила бы ненависть, горевшая во взгляде Сирка.

10. Кровь

Нескончаемой вереницей возвращались эмигранты в Либерию. Ежедневно, в течение всей зимы, в поселке появлялись все новые и новые лица. Центральные районы острова казались каким-то заколдованным местом, откуда теперь выходило больше несчастных, чем когда-то ушло туда. К началу июля приток колонистов достиг предела, потом начал иссякать. 29 сентября последний переселенец с трудом спустился с горы и едва добрел до лагеря: полуобнаженный, худой, как скелет, он выглядел ужасно. Дойдя до первых домов, он тут же свалился без сознания.

Подобное зрелище, ставшее уже привычным, не вызвало особых волнений. Беднягу подняли, привели в чувство и тут же забыли о нем.

Больше в лагерь никто не приходил. Чем это объяснялось? Тем ли, что остальным повезло, или тем, что все погибли?

К этому времени в поселок возвратилось более семисот пятидесяти человек; как уже говорилось, их ослабленные организмы представляли собой прекрасную почву для всевозможных болезней. Кау-джер буквально изнемогал в борьбе с эпидемиями. Зимой смертные случаи участились. Смерть косила всех подряд — мужчин, женщин, детей.

Да, много людей погибло... Но много и осталось, так что продуктов, привезенных чилийским судном, не хватало. Слишком поздно решился Боваль ввести в колонии паек. Запасы уже кончались. Кроме того, он не предвидел такого катастрофического роста населения и понял свою оплошность только тогда, когда выхода уже не было. 25 сентября на складе выдали последние галеты. Перед потрясенными колонистами явственно возник ужасающий призрак голода.

Неужели эмигрантам, спасшимся при кораблекрушении «Джонатана», суждено погибнуть медленной и мучительной смертью от жестокого, неумолимого голода?

Первой жертвой пал Блэкер. Бедняга умер в ужасных страданиях на третий день после выдачи последних продуктов. Кау-джер, которого позвали слишком поздно, ничего не мог сделать. На этот раз Паттерсона ни в чем нельзя было обвинить. Он голодал наравне с остальными колонистами.

Чем же теперь питались либерийцы? Никто не мог на это ответить. Те немногие предусмотрительные люди, которые накопили запасы, стали уничтожать их. Ну, а остальные?

Кау-джер совершенно сбился с ног. Ему приходилось не только лечить больных, но и кормить голодных. Со всех сторон неслись к нему мольбы о помощи. Люди цеплялись за его одежду, матери протягивали к нему истощенных младенцев. Кау-джера преследовал хор проклятий, жалоб и просьб. И никто не обращался напрасно. Он щедро оделял всех едой, припасенной в Новом поселке, совершенно забывая о себе самом и не желая сознавать, что затаившаяся опасность, от которой он временно избавлял других, вскоре неумолимо настигнет и его.

А этого следовало ожидать в ближайшем будущем. Соленая рыба, копченая дичь, сушеные овощи — все исчезало с неимоверной быстротой. Если бы в течение месяца ничего не изменилось, среди жителей Нового поселка тоже наступил бы голод.

Положение стало настолько угрожающим, что друзья Кау-джера начали оказывать ему сопротивление и перестали отдавать свои запасы. Ему приходилось долго и мучительно пререкаться с ними, чтобы получить что-нибудь для голодающих.

Гарри Родс не раз пытался доказать бесполезность приносимой Кау-джером жертвы. На что тот надеялся? Всем ясно, что ничтожного количества продуктов не могло хватить для спасения всего населения острова. А что он станет делать, когда припасы кончатся? И есть ли смысл отодвигать неотвратимую и близкую катастрофу за счет тех, кто доказал свое мужество и дальновидность?

Однако Гарри Родс ничего не добился, Кау-джер даже не возражал ему. При виде окружающего горя он просто не считал нужным приводить какие-нибудь доводы и философствовать. Чтобы не допустить гибели множества людей, надо было делиться с ними всем, до последнего куска хлеба. А потом? Там видно будет... Когда продуктов больше не останется, Кау-джер с друзьями уйдут отсюда, подыщут другое место для поселения и станут жить охотой и рыбной ловлей. К этому времени Либерия, наверно, уже превратится в кладбище. Но, по крайней мере, у них будет ощущение того, что они сделали все возможное и невозможное. Нельзя же сознательно и хладнокровно обрекать всех эмигрантов на гибель.

Гарри Родс предложил раздать колонистам сорок восемь ружей, спрятанных Хартлпулом. Может быть, их используют для охоты? Но его предложение отвергли. В это время года дичь встречалась чрезвычайно редко, а в руках неопытных охотников оружие представляло большую опасность. По некоторым признакам — угрожающим жестам, злобным взглядам, частым ссорам — нетрудно было угадать, что среди колонистов назревает буря. Они уже не скрывали взаимную вражду и то и дело упрекали друг друга в постигшей их неудаче. Каждый считал, что в теперешнем бедственном состоянии колонии виноват его сосед.

При этом все единодушно проклинали одного человека — Фердинанда Боваля, так опрометчиво возложившего на себя рискованную обязанность управлять себе подобными.

Однако, хотя потрясающая бездарность губернатора вполне оправдывала ненависть эмигрантов, они все еще терпели его власть.

Вполне вероятно, что колонисты и не пошли бы дальше тайных сборищ и беспредметных угроз, если бы один из них не увлек остальных на путь действия.

Удивительное дело: даже в таких ужасных условиях призрак власти возбуждал у него зависть! Жалкая власть, заключавшаяся в чисто номинальном владычестве над погибавшими от голода людьми!

И все же Льюис Дорик решил, что не стоит пренебрегать даже видимостью власти, чтобы — как образно гласит народное выражение — «урвать кусок от казенного пирога».

До сего времени ему приходилось терпеть возвышение соперника, но, считая, что настал удобный момент, Льюис Дорик начал борьбу. Поводов для справедливых упреков и нападок на губернатора было больше, чем достаточно. Конечно, он очутился бы в весьма затруднительном положении, спроси у него кто-нибудь, как поступил бы он сам на месте губернатора. Но, поскольку никто не задавал такого нескромного вопроса, Дорику не приходилось задумываться над ответом.

Боваль не мог не знать о деятельности противника. Из окна «дворца» губернатора он часто наблюдал за метаниями возбужденной толпы. Чем ближе была весна, тем больше и больше росла эта толпа, и по ее поведению Боваль понимал, что кампания, проводимая Дориком, дает неплохие результаты. Но, не желая покидать свой пьедестал, он подыскивал способы защиты.

Конечно, Боваль прекрасно видел, что колония пребывает в состоянии развала. Но он обвинял в этом чисто внешние причины, в частности климат. Его самоуверенность ничуть не поколебалась. Если он ничего не сделал, то только потому, черт возьми, что ничего нельзя было сделать. И никто на его месте не сумел бы чем-нибудь помочь делу.

Боваль цеплялся за свою должность не только из-за честолюбия. Его иллюзии о блестящих преимуществах положения губернатора частично рассеялись, и теперь он беспокоился и радовался лишь при мысли о том, что сумел накопить обильные запасы продовольствия. Разве удалось бы сделать это, не будь он губернатором? И что произойдет с ним в случае потери власти?

Поэтому губернатор вступил в ожесточенную борьбу за сохранение не только должности, но и жизни. Он сделал ловкий и хитроумный ход — не стал опровергать ни одного предъявленного Дориком обвинения. Боваль понимал, что тут он потерпит полное поражение, и сам начал обличать свои недостатки и указывать на промахи. Из всех недовольных он оказался самым озлобленным.

Однако противники разошлись во взглядах на будущее. Дорик стоял за смену правительства. Боваль призывал к единению и возлагал на других ответственность за беды, постигшие колонию.

Но кто же являлся причиной этих бед? Фердинанд Боваль считал, что виновны только те немногие эмигранты, которых не коснулась нужда и которым зимой не пришлось искать убежища и помощи на побережье. Губернатор рассуждал очень просто: раз колонисты не вернулись — значит, им удалось как-то прожить. Следовательно, у них имелось продовольствие, и колония вправе конфисковать его в общее пользование.

Население, доведенное до отчаяния, быстро поддалось на провокацию. Сначала колонисты стали рыскать в окрестностях Либерии, а затем образовали целые отряды, вернее, банды, и пускались в дальние экспедиции. Со временем таких отрядов становилось все больше и больше, и, наконец, 15 октября целое войско из двухсот человек под предводительством братьев Мур ринулось на поиски пропитания.

В течение пяти дней они обшарили весь остров. Что они там делали? Об этом можно было судить по растерянным, обезумевшим колонистам, жертвам грабежа, обратившимся к губернатору за защитой. Но он грубо выгонял их, упрекая в позорном эгоизме. Как? Они обжирались, в то время как их братья умирали с голоду? Несчастные, оторопев, отступали. Боваль торжествовал. Значит, он не ошибся, когда наудачу предсказал, что у тех, кто не вернулся зимой в Либерию, имеются солидные запасы.

Однако теперь этим фермерам пришлось разделить общую участь. Результаты их тяжкого труда были уничтожены, а сами они превратились в таких же нищих и голодных, как те, что ограбили их. Отряды братьев Муров налетали на фермы словно саранча, пожиравшая все, что можно было съесть. Кроме того, грабежи стали сопровождаться дикими выходками, свойственными разъяренной толпе, хотя она же первая страдает от них. Засеянные пашни были вытоптаны, птичники разорены, вся живность уничтожена.

И все же добыча налетчиков оказалась ничтожной, потому что «изобилие продуктов» у фермеров было весьма относительным. Если они и обеспечили себя пропитанием, то лишь потому, что работали больше других, имели большой опыт или им больше повезло с земельными участками, а совсем не оттого, что разбогатели каким-то чудом. Поэтому в их скромных жилищах трудно было найти значительные запасы.

Это вызывало у бандитов крайнее разочарование, часто выливавшееся в совершенно варварские поступки. Многих колонистов они подвергли настоящим пыткам, чтобы заставить их указать тайник, куда те якобы спрятали продукты.

Через пять дней после ухода из Либерии разбойничья банда натолкнулась на высокий забор, окружавший усадьбу Ривьеров и их соседей. Еще в начале пути грабители зарились на эти фермы, самые отдаленные и самые процветавшие, надеясь там хорошенько поживиться.

Но не тут-то было!

Четыре усадьбы, примыкавшие друг к другу, представляли четыре стороны большого квадрата и оказались настоящей неприступной крепостью. Тем более, что ее защитники — единственные среди всех колонистов — имели огнестрельное оружие. Первыми же выстрелами фермеры ранили и убили семь человек. Остальные сразу пустились наутек.

Эта стычка охладила воинственный пыл бандитов. Они повернули обратно и к ночи добрались до Либерии. Громкие проклятия и несусветная брань возвестили жителям столицы об их возвращении. Поселенцы высыпали из домов.

Сначала за дальностью расстояния либерийцы никак не могли уяснить причину такого шума и решили, что это крики победы и ликования. Но едва им удалось разобрать отдельные слова, как всех охватила растерянность.

— Предательство!.. Предательство!.. — вопили разбойники.

Предательство?.. Жителей Либерии охватил панический страх. Больше всех дрожал Боваль, предчувствовавший несчастье. Он знал: что бы ни случилось, вся вина падет на губернатора. Даже не выяснив, какая опасность угрожает ему, адвокат бежал и заперся во «дворце».

Едва он успел задвинуть засовы, как шумная ватага остановилась у его крыльца.

Чего эти люди хотели от него? Откуда взялись раненые и убитые, которых положили на площади перед его жилищем? Что произошло там и от чьей руки пали жертвы? Чем так возмущена толпа?

Пока Боваль тщетно пытался проникнуть в тайну случившегося, разыгралась новая трагедия, причинившая глубокое горе жителям Нового поселка и поразившая Кау-джера в самое сердце.

Постоянно навещая лагерь, он не мог не знать о волнениях среди населения Либерии. Но Кау-джер и понятия не имел о хулиганской шайке, которая покинула поселение еще до его прихода и вернулась после того, как он ушел домой. Возможно, Кау-джер заметил, что за последние несколько дней жителей стало как будто меньше, но не придал этому никакого значения.

Однако в тот вечер, движимый каким-то смутным беспокойством, Кау-джер после захода солнца вышел из дому со своими обычными спутниками — Гарри Родсом, Хартлпулом, Хальгом и Кароли — и дошел до берега реки. Отсюда он мог бы увидеть Либерию, если бы ее не скрывала наступающая темнота. Местоположение лагеря угадывалось только по отдаленному гулу и мерцающим огням.

Пятеро друзей сидели на прибрежной скале и молча созерцали ночное небо. У их ног лежал Зол. Вдруг с противоположного берега донесся зов.

— Кау-джер!.. Кау-джер!.. — кричал кто-то прерывающимся голосом, как бы запыхавшись от быстрого бега.

— Я здесь! — ответил Кау-джер.

Человеческая тень промелькнула на мостике и приблизилась к сидевшим. Они узнали Сердея, бывшего повара с «Джонатана».

— Идите скорее! — сказал он Кау-джеру.

— Что случилось? — спросил тот, сразу поднявшись.

— Там убитые и раненые...

— Раненые?! Убитые?! Что у вас случилось?

— Целый отряд напал на Ривьеров... А у тех оказалось оружие. Ну и вот...

— Какой ужас!

— В общем, трое убито и четверо ранено. Мертвым-то уж, конечно, ничего не нужно, а живым еще можно помочь...

— Иду! — прервал его Кау-джер и немедленно отправился в путь, а Хальг побежал за сумкой с медицинскими инструментами.

На ходу Кау-джер засыпал бывшего повара вопросами. Но тот не был в курсе событий. Он не входил в бандитскую компанию и о случившемся знал только по слухам. Впрочем, никто не посылал Сердея за помощью. Он сам, увидев семь безжизненных тел, решил бежать за Кау-джером.

— Правильно поступили, — одобрил его тот.

Вместе с Гарри Родсом, Хартлпулом и Кароли они уже перешли через реку на правый берег, когда Кау-джер, обернувшись, увидел Хальга, бежавшего с сумкой. Полагая, что юноша вскоре догонит их, они пошли быстрее.

Но вдруг раздался ужасный крик. Все замерли на месте. Им почудилось, что это голос Хальга. Сердце Кау-джера сжалось от мучительной тревоги, и он бросился назад. За ним помчались и все остальные, кроме Сердея. Никто не заметил, как повар сначала отошел в сторону, а затем, сделав большой крюк, бросился со всех ног в Либерию. Смутные очертания его фигуры едва виднелись в окружающей темноте.

Как ни спешил Кау-джер, но Зол перегнал его. Через несколько мгновений лай собаки звучал уже вдалеке. Грозное рычание постепенно утихало, как будто пес пустился по чьему-то следу.

И вдруг в ночи раздался еще один предсмертный вопль.

Но Кау-джер уже не слышал его. Добравшись до того места, откуда донесся первый крик, он увидел распростертого на земле Хальга. Молодой индеец лежал ничком в луже крови. Между лопатками у него торчал большой нож.

Кароли кинулся к сыну, но Кау-джер резко отстранил его — надо было действовать. Подняв сумку с инструментами, лежавшую рядом с раненым, он одним движением разрезал одежду юноши. Потом с величайшей осторожностью удалил из его тела смертоносное оружие. Открылась страшная рана. Длинное лезвие, вошедшее в спину, прошло почти через всю грудную клетку. Если даже допустить, что каким-то чудом спинной мозг остался невредим, легкое, во всяком случае, было поражено. Хальг лежал бледный как смерть и едва дышал. На губах у него выступила кровавая пена.

Кау-джер разрезал на полосы его куртку и наложил на рану временную повязку. Затем Кароли, Хартлпул и Гарри Родс подняли юношу и понесли домой.

Только теперь Кау-джер обратил внимание на злобное рычание Зола. По-видимому, пес вступил в борьбу с каким-то врагом. Кау-джер двинулся в направлении странных звуков, раздававшихся неподалеку.

Не успел он пройти и сотню шагов, как перед ним снова открылась жуткая картина. На земле лежал Сирк, Кау-джер узнал его при свете выглянувшей луны. Его горло представляло одну огромную зияющую рану. Из разорванных сонных артерий фонтаном била кровь. Раны были нанесены не оружием — это сделали клыки Зола. Обезумев от ярости, собака все еще не выпускала шею жертвы.

Кау-джер с трудом отогнал пса. Потом опустился на колени, прямо в кровавое месиво, покрывавшее землю. Но Сирк уже не нуждался в помощи. Он был мертв, и его глаза, уставившиеся в ночное небо, начали стекленеть.

Кау-джер в раздумье смотрел на погибшего, представляя себе, как разыгрывались трагические события. Пока он шел за Сердеем (возможно, соучастником преступления), Сирк из засады бросился на Хальга и нанес ему смертельный удар в спину. Когда же все окружили раненого, Зол помчался по следам преступника. Возмездие не заставило себя долго ждать.

Драма длилась всего несколько минут. И вот оба ее действующих лица лежали на земле. Один уже умер, другой умирал...

Мысли Кау-джера обратились к Хальгу. Люди, уносившие юношу, почти скрылись во мраке. Кау-джер горестно вздохнул. Этот мальчик был единственным существом, которое он беспредельно любил. Вместе с ним исчезал основной, если не единственный, смысл жизни Кау-джера.

Прежде чем уйти, он еще раз взглянул на мертвеца. Лужа крови не увеличивалась. Почва быстро впитывала ее. Испокон веков земля утоляла свою жажду кровью. И что за важность, будет ли одной каплей больше или меньше в этом орошающем ее, неиссякаемом кровавом источнике!

Правда, до сих пор острову Осте удавалось избежать общей участи. Необитаемый — он был незапятнан. Но как только на его пустынных просторах поселились люди, сразу же пролилась человеческая кровь.

Наверно, она обагрила эту землю впервые.

Но, увы, не в последний раз.

11. Правитель

Когда Хальга, все еще не приходившего в сознание, положили на кровать, Кау-джер перебинтовал раненого. Веки юноши чуть приоткрылись, губы слегка дрогнули, бледные щеки немного порозовели. Хальг слабо застонал и, не приходя в себя, погрузился в тяжелый сон.

Сделав все, что ему подсказывали опыт и любовь, Кау-джер распорядился, чтобы Хальгу обеспечили строжайший покой и полную неподвижность. Затем он поспешил в Либерию.

Горе, постигшее Кау-джера, не отразилось на его альтруизме и поразительной самоотверженности. Оно не заставило этого человека забыть об убитых и раненых, о которых сообщил Сердей. Но не выдумал ли все это бывший повар? Как бы то ни было, следовало самому удостовериться в истинном положении дел.

Близилась ночь. Молодая луна начала склоняться к западу. С темнеющего небосвода опускался неосязаемый пепел ночной мглы. Но вдалеке еще тускло светились огни — в Либерии не спали.

Кау-джер ускорил шаг. В тишине до него донесся едва различимый гул, все усиливающийся по мере того, как он приближался к поселению.

Через четверть часа Кау-джер уже был у цели. Быстро миновав первые темные дома, он вышел на незастроенное пространство — небольшую площадь перед домом губернатора. И тут его глазам представилось совершенно невероятное зрелище. Как будто все жители Либерии решили встретиться здесь, на этой площади, освещенной коптящими факелами. Поселенцы разбились на три группы. Самая многочисленная состояла из женщин и детей, молча наблюдавших за двумя группами мужчин. Одна из них расположилась в боевом порядке перед губернаторским дворцом, как бы защищая подступы к нему, а вторая остановилась напротив, на другой стороне площади.

Нет, Сердей не солгал. Прямо на земле действительно лежало семь человек. Убитые или раненые? Этого Кау-джер не мог определить — в неверном свете колеблющихся факелов они все казались живыми.

Вид и поведение мужчин, стоявших друг против друга, сразу же выдавали взаимную вражду. Однако лежавшие между ними неподвижные тела создавали нечто вроде нейтральной зоны, через которую никто не осмеливался переступить. Те, кто могли считаться нападающими, не предпринимали ничего похожего на штурм, и пока защитники Боваля не имели ни малейшей возможности проявить свою храбрость. Никаким столкновением до сей поры еще и не пахло. Противники только обменивались репликами, но при этом нимало не стеснялись. Над телами убитых и раненых шла ожесточенная перебранка. Вместо пуль по обе стороны летели раскаленные, оскорбительные слова.

Когда Кау-джер вступил в полосу света, настала тишина. Не обращая ни на кого внимания, он направился прямо к пострадавшим и начал перевязывать раненых. Сердей сказал правду — трое были убиты и четверо ранены.

Оказав первую помощь, Кау-джер огляделся и, несмотря на свое горе, не смог сдержать улыбки при виде множества лиц, выражавших искреннее уважение и вместе с тем самое простодушное любопытство. Люди, державшие факелы, придвинулись к нему, и все три группы, следуя за ними, мало-помалу слились в одну толпу, хранившую глубокое молчание.

Кау-джер попросил помочь ему. Никто не двинулся с места. Тогда он вызвал нескольких колонистов по имени. Это подействовало — те немедленно вышли из толпы и послушно выполнили распоряжения Кау-джера. Через несколько минут раненых и убитых перенесли домой, и там Кау-джер удалил пули и наложил повязку тем, кому еще требовалась его помощь. Закончив эти операции, он осведомился о причинах кровавого столкновения и узнал о появлении на сцене Льюиса Дорика, о возмущении населения против Фердинанда Боваля, об изобретенном губернатором «отвлекающем средстве», о грабежах ферм и, наконец, о попытке нападения на усадьбу Ривьера и его соседей, в печальных результатах чего мог убедиться воочию.

И в самом деле последствия этого налета были весьма плачевными. Надежно укрытые за высокими заборами, четыре фермера встретили грабителей ружейным огнем. Те отступили, и их единственной поживой оказались тела убитых и раненых товарищей. Поэтому теперь в сердцах бандитов клокотала ненависть, зубы были стиснуты, взгляды горели мрачным огнем. Дикое возбуждение сменилось бессильной яростью.

Разбойники считали себя одураченными. Кем? Неизвестно. Но только не собственной глупостью и нелепыми выдумками. Как всегда бывает, они обвиняли кого угодно, но отнюдь не самих себя.

А где же находились в то время зачинщики, господа Боваль и Дорик? Вне пределов досягаемости, черт возьми! Везде и всегда происходит одно и то же. Волки и овцы. Эксплуататоры и эксплуатируемые.

Но при всех мятежах существует некий определенный ритуал, который был хорошо знаком всем участникам смуты на острове Осте, поскольку они не раз пользовались им в прошлом. Для тех, кто в развернувшихся событиях применяют насилие и убийство, павшие жертвы служат своего рода знаменем.

Таким знаменем явились колонисты, пострадавшие при нападении на ферму Ривьера. Бандиты принесли их в Либерию и уложили под окнами Фердинанда Боваля, который, как представитель власти, должен был нести ответственность за случившееся. Но тут грабители натолкнулись на приверженцев губернатора, и началась ожесточенная перепалка, как правило, предшествующая драке.

До кулаков дело пока еще не дошло. Неумолимый этикет точно предопределял последовательность событий. После того как люди накричатся до хрипоты, полагалось разойтись по домам, а на следующий день устроить торжественные похороны погибших. Только тогда можно было опасаться беспорядков.

Появление Кау-джера нарушило исконный ход событий. Присутствие этого человека мгновенно погасило общее возбуждение и озлобление, и вдруг все поняли, что здесь лежат не только мертвые, но и раненые, которые нуждаются в срочной помощи.

Когда Кау-джер возвращался в Новый поселок, площадь совсем опустела. Со своим обычным непостоянством толпа, всегда готовая внезапно воспламениться, быстро утихомирилась. В окнах погас свет. Люди уснули.

По пути Кау-джер думал о том, что произошло с эмигрантами. Воспоминание о Дорике и Бовале не особенно беспокоило его, но поход грабителей по острову вызвал у него чувство тревоги. Колония и без того находилась в затруднительном положении. Если же колонисты развяжут междоусобную войну, она окончательно погибнет.

Что же осталось от всех теорий Кау-джера, после того как он столкнулся с реальными фактами? Результат был налицо — неоспоримый и несомненный: люди, предоставленные самим себе, оказались неспособными поддержать свое существование. Да, да! Они, это стадо баранов, погибнут от голода, ибо без пастуха они не в состоянии отыскать богатые пастбища.

И вот близилась развязка злополучной затеи с колонизацией, продолжавшейся всего полтора года. Как будто Природа осознала, что допустила непоправимую ошибку, и, пожалев о содеянном, бросила на произвол судьбы людей, которые сами в себя не верили. Смерть разила их безостановочно.

И при этом эмигранты, видимо, полагали, что Великая Коса недостаточно расторопна, недаром они всячески ей помогали. Там, откуда ушел Кау-джер, оставались убитые и раненые. Здесь, на его пути, лежал труп Сирка. А в Новом поселке его ждал сраженный кинжалом юноша, его дитя, единственное существо, к которому он был привязан. Со всех сторон лилась кровь...

Перед тем как лечь спать, Кау-джер подошел к постели Хальга. Состояние больного оставалось прежним — ни хуже, ни лучше. Еще несколько дней он будет между жизнью и смертью. Ведь внезапно могло открыться кровотечение.

На следующий день Кау-джер, совершенно разбитый от усталости и переживаний, проснулся поздно. Осмотрев Хальга, который находился в том же положении, он вышел из дому. Солнце стояло уже высоко. Утренний туман развеялся. Было тепло. Стремясь наверстать время, Кау-джер ускорил шаг. Ежедневно он навещал больных в Либерии. Правда, с наступлением весны их становилось все меньше, но сегодня его ждали четверо раненых.

И вдруг Кау-джер увидел, что поперек моста выстроилась цепочка людей. За исключением Хальга и Кароли, здесь находились все мужчины, жившие в Новом поселке. Всего пятнадцать человек. И что было самым поразительным — все они держали в руках ружья и, казалось, поджидали именно его, Кау-джера. Хотя никто из них не был солдатом, все чем-то походили на военных. Неподвижно, с ружьем у ноги, колонисты стояли со строгими лицами, как бы выслушивая приказ командира.

Гарри Родс, вышедший на несколько шагов вперед, жестом остановил Кау-джера. Тот замер на месте, с удивлением разглядывая странный отряд.

— Кау-джер! — торжественно заговорил Родс. — Давно уже я умоляю вас прийти на помощь несчастному населению острова и взять в свои руки управление колонией. Сегодня я в последний раз обращаюсь к вам с этой просьбой.

Кау-джер, не отвечая, закрыл глаза, как бы для того, чтобы лучше собраться с мыслями. Гарри Родс продолжал:

— Последние события должны были заставить вас задуматься. Во всяком случае, мы все пришли к определенному решению. Ночью Хартлпул, я и еще несколько человек взяли ружья и раздали их жителям Нового поселка. Сейчас мы вооружены и, следовательно, являемся хозяевами положения. События приняли такой оборот, что дальнейшее выжидание было бы просто преступлением. Настало время действовать. Если вы отказываетесь, я сам встану во главе этих честных людей. К сожалению, у меня нет ни вашего авторитета, ни ваших знаний. Не все колонисты мне подчинятся, и, значит, снова будет пролита кровь. Вам же все покорятся безропотно. Решайте.

— Опять что-нибудь случилось? — спросил Кау-джер с обычной невозмутимостью.

— Сами знаете что, — ответил Гарри Родс, указывая на дом, где умирал Хальг.

Кау-джер вздрогнул.

— И еще вот, взгляните. — И Гарри Родс подвел Кау-джера к самому берегу реки.

Оба поднялись на прибрежную скалу. Их взглядам открылась Либерия и болотистая равнина.

В лагере с самого утра царило лихорадочное оживление. Предстояли торжественные похороны убитых. Ожидание этой церемонии приводило всех в страшное возбуждение. Товарищи погибших надеялись превратить ее в демонстрацию. Сторонники Боваля чувствовали, что им грозит опасность. Для остальных же такие похороны представляли просто любопытное зрелище.

Все жители колонии (за исключением Боваля, считавшего, что разумнее всего оставаться взаперти) следовали за убитыми. Конечно, процессия не преминула пройти мимо губернаторского «дворца» и остановилась на площади как раз против него. Льюис Дорик воспользовался этим и произнес пламенную речь. Потом траурный кортеж двинулся дальше.

У открытых могил Дорик снова взял слово и обрушил — наверно, в сотый раз! — яростные обвинения на правителя. Оснований для этого было вполне достаточно. Он доказывал, что причиной всех несчастий явились недальновидность, неспособность к управлению людьми и косность губернатора. Настал момент свергнуть человека, не справившегося со своими обязанностями, и выбрать на его место достойного.

Дорик добился блестящего успеха. В ответ на его речь раздались громкие возгласы — сначала: «Да здравствует Дорик!», а затем: «Во дворец!.. Идем к губернатору!..» И несколько сот мужчин двинулись к жилищу Боваля, тяжело печатая шаг и угрожающе размахивая кулаками. Глаза у всех гневно сверкали, широко раскрытые, орущие рты, выплевывавшие злобные ругательства, зияли черными ямами. Вскоре эмигранты перешли на бег, а под конец, толкая и мешая друг другу, понеслись со скоростью лавины. Но их бешеный порыв натолкнулся на препятствие. Те, кто были причастны к управлению и пользовались выгодами власти, опасались последствий смены правителя и именно поэтому превратились в его ярых защитников. На площади обе группы сошлись грудь с грудью и вступили врукопашную.

Чем дольше длилась драка, тем большее неистовство овладевало бойцами. Настал момент, когда кинжалы сами вырвались из ножен. И опять началось кровопролитие. То один, то другой колонист выходил из строя, отползал в сторону или оставался неподвижным на земле. У многих были раздроблены скулы, переломаны ребра, вывихнуты конечности…

Долгое время ни одна, ни другая сторона не могли добиться перевеса, но в конце концов партии Боваля пришлось отступить. Шаг за шагом, метр за метром защитников губернатора оттеснили к «дворцу». Сломив упорное сопротивление, нападавшие опрокинули их и, сметая все на пути, беспорядочной толпой ринулись во «дворец». Если бы бунтовщики нашли Боваля, его, несомненно, растерзали бы на части. Но губернатор исчез. Видя, какой оборот принимают события, он вовремя покинул «дворец». Именно в этот момент он удирал во все лопатки по дороге к Новому поселку.

Напрасные поиски довели победителей до исступления. Толпа обычно теряет чувство меры как в хорошем, так и в плохом. За неимением жертвы бандиты набросились на вещи. Жилище Боваля разграбили. Убогую мебель, бумаги, скудный скарб выбросили из окна. Потом это собрали в кучу и подожгли. Через несколько минут — по оплошности или по воле бунтарей — запылал и сам «дворец» Боваля.

Дым выгнал захватчиков из помещения. Теперь они уже совсем не походили на людей. Опьяневшие от крика, грабежа и насилия, люди начисто утратили самообладание. Их охватило одно-единственное дикое желание: мучить, убивать, уничтожать...

На площади все еще стояла толпа зрителей — женщин, детей, а также безучастных ротозеев, которых обычно превращают в козлов отпущения. В общем, здесь скопилась большая часть населения Либерии, но люди эти, слишком робкие, никак не могли послужить сдерживающим началом для смутьянов.

Противники Дорика сочли благоразумным перейти теперь на его сторону, и вдруг ни с того ни с сего вся эта шайка напала на мирную толпу.

Началось повальное бегство. Мужчины, женщины, дети бросились на равнину, а за ними, охваченные непонятным бешенством, гнались разъяренные хулиганы.

Со скалы, на которой стояли Кау-джер и Гарри Родс, ничего не было видно, кроме густого дыма, тяжелые клубы которого докатывались до самого океана. Эта черная завеса окутывала Либерию, откуда доносились неясные возгласы, призывы, проклятия, стоны. Но вот на равнине появился человек, мчавшийся со всех ног, хотя никто за ним не гнался. Перебравшись через мост, он, обессилев, упал возле вооруженного отряда Гарри Родса. Только тогда его узнали. Это был Фердинанд Боваль.

Сначала Кау-джеру все показалось простым и понятным: Боваль, изгнанный с позором, спасся бегством. Либерия охвачена мятежом. В результате — пожар и убийства.

Какой же смысл в таком бунте? Допустим, колонисты хотели избавиться от Боваля. Прекрасно. Но к чему это разбойничье опустошение? Ведь от него первыми же пострадают те, кто принимал в нем участие. Зачем было затевать резню, о которой можно было судить по доносившимся из Либерии крикам?

Кау-джер не отвечал Гарри Родсу. Прямой и недвижимый стоял он на вершине скалы, молча наблюдая за событиями, происходившими на противоположном берегу. Мучительные переживания не отражались на его всегда бесстрастном лице.

Но тем не менее душу Кау-джера раздирали тягостные сомнения. Перед ним встала тяжкая дилемма: закрыть ли глаза на действительность и продолжать упорствовать в своей ложной вере, в то время как несчастные безумцы перебьют друг друга, или же признать очевидность фактов, внять голосу рассудка, вмешаться в происходящую бойню и спасти этих людей даже против их воли? То, что подсказывал ему здравый смысл, означало — увы! — полное отрицание его прежней жизни. Пришлось бы признаться, что он верил в мираж, сознаться, что он строил жизнь на лжи, что все его теории не стоили и выеденного яйца и что он принес себя в жертву химере. Какой крах всех идеалов!..

Вдруг из пелены дыма, скрывавшей Либерию, выбежал какой-то человек. За ним показался другой, потом еще десятки и сотни беглецов. Среди них было много женщин и детей. Некоторые пытались укрыться в восточных горах, но большинство, настигаемое преследователями, неслось по направлению к Новому поселку.

Последней бежала полная женщина, которая не могла быстро двигаться. Один из преступников нагнал ее, схватил за волосы, повалил на землю и замахнулся…

Кау-джер обернулся к Гарри Родсу и сказал:

— Хорошо. Я согласен.

ЧАСТЬ ТРЕТЬЯ

1. Первые шаги

Кау-джер во главе пятнадцати добровольцев быстро пересек равнину и через несколько минут был в Либерии.

Драка на площади все еще продолжалась, но без прежнего ожесточения, а скорее по инерции. Многие даже позабыли, из-за чего она началась.

Появление маленького вооруженного отряда как громом поразило дерущихся. Никто не предвидел возможности такого быстрого и решительного действия. Драка сразу же прекратилась. Кое-кто из смутьянов бежал с поля боя, испугавшись неожиданного поворота событий. Другие замерли на месте, тяжело переводя дыхание, как люди, очнувшиеся после кошмарного сна. Резкое возбуждение сменилось тупой апатией.

Прежде всего Кау-джер поспешил потушить пожар, пламя которого, раздуваемое слабым южным бризом, грозило переброситься на весь лагерь. Огонь почти уничтожил бывший «дворец» Боваля, и вскоре от него осталась только груда обгоревших обломков, над которыми вился едкий дымок.

Потушив пожар и оставив пять человек возле присмиревшей толпы, Кау-джер с десятком своих приближенных отправился в окрестности столицы, чтобы собрать остальных эмигрантов. Это удалось без труда. Со всех сторон колонисты возвращались в Либерию.

Через час остельцев созвали на площадь. Трудно было себе представить, что эта мирная толпа еще недавно так бушевала и бесновалась. Теперь только многочисленные жертвы, лежавшие на земле, напоминали о кровавом побоище.

Люди стояли неподвижно, будто пронесшийся шквал сломил их волю. Покорно ожидая дальнейших событий, они равнодушно смотрели на вооруженный отряд.

Кау-джер вышел на середину площади и твердо заявил:

— Отныне я буду править вами.

Какой путь пришлось ему проделать, чтобы произнести эти несколько слов! Так Кау-джер не только признал в конце концов необходимость власти, не только решился, превозмогая отвращение, стать ее представителем, но, перейдя из одной крайности в другую, превзошел всех ненавистных ему тиранов, не испросив даже согласия тех, над которыми утвердил власть. Он отказался от своих свободолюбивых идеалов и сам растоптал их.

Несколько секунд после краткого заявления Кау-джера царило молчание. Потом толпа громко закричала. Аплодисменты, возгласы «Да здравствует Кау-джер!» и «Ура!» разразились подобно урагану. Люди поздравляли, обнимали друг друга, матери подбрасывали кверху своих детей.

Однако у некоторых эмигрантов был мрачный вид. Сторонники Боваля и Льюиса Дорика отнюдь не кричали: «Да здравствует Кау-джер!» Они молчали, боясь обнаружить свои настроения. Что же им оставалось делать? Они оказались в меньшинстве, и им приходилось считаться с большинством, поскольку оно отныне обрело вождя.

Кау-джер поднял руку. Мгновенно водворилась тишина.

— Остельцы! — сказал он. — Будет сделано все необходимое для облегчения вашей участи. Но я требую повиновения и надеюсь, что вы не заставите меня применить силу. Расходитесь по домам и ждите моих распоряжений.

Сила и краткость этой речи произвели самое благоприятное впечатление. Колонисты поняли, что ими будут управлять и что им остается лишь повиноваться. Это явилось наилучшим утешением для несчастных, которые только что произвели столь плачевный эксперимент с неограниченной свободой и теперь готовы были променять ее на верный кусок хлеба. Они подчинились Кау-джеру сразу и безропотно.

Площадь опустела. Все, в том числе и Льюис Дорик, согласно полученному приказу, разошлись по домам или палаткам.

Кау-джер проводил остельцев взглядом. Горькая усмешка искривила его губы. Его последние иллюзии рассеялись. Видимо, люди не так тяготятся порабощением, как это ему представлялось прежде. Может ли подобная покорность, почти трусость, сочетаться со стремлением личности к абсолютной свободе?!

Кау-джер спешил оказать помощь жертвам мятежа, которых было немало повсюду — и в самой Либерии, и в ее окрестностях. Вскоре всех пострадавших разыскали и доставили в лагерь. После проверки выяснилось, что смута стоила жизни двенадцати колонистам (среди них трое разбойников, убитых при нападении на ферму Ривьеров). Смерть этих эмигрантов не вызвала особых сожалений, поскольку лишь один из них, вернувшийся из центральной части острова еще зимой, мог быть причислен к порядочным людям. Остальные же принадлежали к клике Боваля и Дорика.

Наиболее тяжелые потери понесли сами бунтовщики, разъяренные безуспешной борьбой. Ну, а среди безобидных зевак, подвергшихся дикому нападению после пожара «дворца» Боваля, был убит только один. Другие отделались легкими ушибами, переломами и несколькими ножевыми ранами, не угрожавшими жизни.

Печальные последствия бунта не испугали Кау-джера. Он сознательно взял на себя ответственность за жизнь многих сотен человеческих душ, и, как бы ни была трудна эта задача, она не поколебала его мужества.

После того как раненых осмотрели, перевязали и отправили домой, площадь опустела. Оставив здесь пять человек для охраны порядка, Кау-джер направился с десятью другими в Новый поселок. Туда призывал его иной долг — там лежал Хальг, умирающий... или уже мертвый.

Состояние молодого индейца не улучшалось, несмотря на прекрасный уход. Грациэлла и ее мать, а также Кароли не отходили от постели больного, и можно было вполне положиться на их самоотверженность. Пройдя тяжелую жизненную школу, молодая девушка научилась скрывать свои чувства. Она сдержанно ответила на вопросы Кау-джера. По ее словам, у Хальга появилась небольшая лихорадка, он все еще находился в забытьи и только изредка тихо стонал. На бледных губах больного иногда выступала кровянистая пена, хоть и менее обильная, чем прежде. Это был благоприятный признак.

Тем временем десять человек, сопровождавшие Кау-джера, возвратились в Либерию. Они взяли в Новом поселке съестные припасы и, обойдя все дома, раздали их колонистам. Когда раздача окончилась, Кау-джер назначил дежурных на ночь, потом улегся на землю, завернулся в одеяло и попытался уснуть.

Но, несмотря на невероятную усталость, сон не приходил. Мозг продолжал напряженно работать.

В нескольких шагах от Кау-джера неподвижно, словно статуи, застыли двое часовых. Ничто не нарушало тишину. Лежа с открытыми глазами, Кау-джер размышлял.

Что он здесь делает? Как могло случиться, что, под влиянием обстоятельств, он изменил своим убеждениям? И за какие грехи на его долю выпали такие страдания? Если раньше он и заблуждался, то, по крайней мере, был счастлив… Что же мешает ему быть счастливым теперь? Стоит только подняться и бежать, ища забвения от мучительных переживаний в опьяняющих бесцельных странствованиях, которые всегда вносили покой в его душу…

Но теперь — увы! — вернут ли ему эти скитания прежние светлые идеалы? Разве можно забыть, сколько жизней было принесено в жертву фальшивому кумиру?! Нет, отныне он отвечает перед своей совестью за переселенцев, заботу о которых добровольно взял на себя… И не освободится от этого бремени до тех пор, пока, шаг за шагом, не доведет их до намеченной цели.

Пусть будет так. Но какой путь избрать для этого?.. Не слишком ли поздно?.. Имеет ли он право — как, впрочем, и любой другой человек на его месте — заставить этих людей преодолевать трудности?

Хладнокровно взвешивал Кау-джер возложенную на себя ношу, анализировал стоявшую перед ним задачу и изыскивал наилучшие способы ее разрешения.

Не дать этим несчастным погибнуть от голода? Да, это прежде всего, но еще далеко не все по сравнению с основной целью. Жить — означает не только удовлетворять материальные запросы организма, но главным образом сознавать свое человеческое достоинство.

После того как он спас эти жалкие существа от смерти, ему предстоит превратить их в настоящих людей. Но в состоянии ли эти ничтожества подняться до таких высот? Конечно, не все, но, возможно, некоторые… Если указать им на путеводную звезду, которую они сами не смогли найти в небе… если повести их к цели за руку…

Так размышлял в ночи Кау-джер. Так, один за другим, он сам опровергал собственные доводы, преодолевал внутреннее сопротивление, и мало-помалу в голове его созрел общий план дальнейших действий.

Заря застала его на ногах. Он успел уже побывать в Новом поселке и с радостью убедился, что в состоянии Хальга наметилось некоторое улучшение. Тотчас же по возвращении в Либерию Кау-джер приступил к неотложным делам по управлению колонией. Прежде всего он созвал десятка два каменщиков и плотников, потом, присоединив к ним такое же количество колонистов, умевших обращаться с лопатой и киркой, распределил между ними работу. В указанном месте им надлежало выкопать котлованы для закладки фундамента и возведения дома.

Когда все распоряжения были отданы и люди принялись за работу, Кау-джер ушел вместе с охраной из десяти человек.

Неподалеку высился самый большой из сборных домов. В нем жили всего пять человек. Льюис Дорик, братья Мур, Кеннеди и Сердей избрали его своей резиденцией. Прямо туда и направился Кау-джер.

Когда он вошел, пятеро мужчин сразу вскочили на ноги.

— Что вам здесь нужно? — грубо спросил Льюис Дорик.

Кау-джер, стоя на пороге, спокойно ответил:

— Дом для остельской колонии.

— Дом? — переспросил Льюис Дорик, словно не поверив своим ушам. — А для чего?

— Для размещения в нем учреждений. Предлагаю немедленно освободить его.

— Как бы не так! — иронически возразил Льюис Дорик. — А куда же нам деться?

— Куда угодно. Можете построить себе другой дом.

— Вот как? А до тех пор?

— Воспользуйтесь палатками.

— А вы воспользуйтесь дверью! — воскликнул Дорик, побагровев от злости.

Кау-джер посторонился, и Дорик увидел оставшуюся снаружи вооруженную охрану.

— В случае неповиновения, — спокойно сказал Кау-джер, — я буду вынужден применить силу.

Льюис Дорик мгновенно понял, что всякое сопротивление бесполезно.

— Ладно, — проворчал он, — мы уйдем. Дайте только время, чтобы собрать пожитки. Надеюсь, нам разрешается унести их?

— Нет, — категорически ответил Кау-джер. — Я сам позабочусь о том, чтобы вам возвратили ваше личное имущество. Все остальное принадлежит колонии.

Это уже было слишком. Дорик потерял самообладание.

— Ну, мы еще посмотрим! — вскричал он, поднося руку к поясу.

Но не успел он вытащить нож, как тут же был обезоружен. Братья Мур бросились к товарищу на помощь, но Кау-джер схватил старшего за горло и швырнул на землю. Тотчас же охрана нового правителя ворвалась в помещение, и пять эмигрантов, трусливо отказавшись от борьбы, покинули дом.

Кау-джер со своими спутниками тщательно осмотрел отвоеванное здание. Как и было обещано, всю личную собственность прежних жильцов отложили в сторону, чтобы потом передать ее законным владельцам. Но, помимо личных вещей, там обнаружили еще нечто чрезвычайно интересное: самая дальняя комната была превращена в настоящий склад с колоссальными запасами продуктов — консервов, сухих овощей, солонины, чая и кофе.

Каким образом Льюис Дорик и его сообщники раздобыли все это? Значит, они никогда не страдали от голода, подобно другим, однако это не мешало им возмущаться громче всех и даже подстрекать к беспорядкам, в результате которых была свергнута власть Боваля.

Кау-джер приказал перенести продукты на площадь и сложить их там под охраной. Затем рабочие, под руководством слесаря Лоусона, приступили к разборке дома Дорика. Пока они занимались этой работой, Кау-джер, в сопровождении нескольких человек, произвел повальный обыск лагеря. Дома и палатки были перерыты сверху донизу. Результаты этих поисков, длившихся большую часть дня, превзошли все ожидания: у эмигрантов, более или менее тесно связанных с Льюисом Дориком или Фердинандом Бовалем, а также у тех, кому, благодаря экономии в периоды относительного изобилия, удалось сделать кое-какие запасы, были обнаружены тайники с провизией, такие же как и у Льюиса Дорика. Но чтобы отвести от себя подозрения, их владельцы не отставали от других и горько жаловались на голод. Среди них Кау-джер узнал многих, кто обращался к нему за помощью. Когда обманщиков вывели на чистую воду, они были очень смущены, хотя Кау-джер внешне никак не проявил своего негодования.

Самую замечательную находку сделали в домике, где обитали ирландец Паттерсон и Лонг, пережившие своего третьего компаньона — Блэкера. Туда зашли только для очистки совести — трудно было предположить, что в таком маленьком помещении может находиться сколько-нибудь значительный тайник. Но Паттерсон, со свойственной ему изворотливостью, выкопал под грубо сколоченным полом нечто вроде погреба.

Там нашли столько продуктов, что хватило бы всей колонии на неделю. Кау-джер, вспомнив о Блэкере, ужаснулся. Какое же черствое сердце было у Паттерсона, если он мог допустить, чтобы его товарищ умер от голода при наличии такого изобилия!

Однако ирландец отнюдь не выглядел виноватым. Наоборот, он вел себя вызывающе и энергично протестовал против «грабежа». Напрасно Кау-джер терпеливо доказывал ему необходимость жертвовать личным ради общественного блага — Паттерсон ничего не хотел слушать. Угроза применить силу также не возымела действия — его не удалось запугать, как Льюса Дорика. Что значила для ирландца стража нового правителя? Скряга стал бы защищать свое добро против целой армии!

Ведь все это принадлежало ему. Все эти продукты, накопленные ценой бесконечных лишений, были его собственностью. Ради личных, а отнюдь не ради общественных интересов он обрекал себя на недоедание. Так что коли уж возникла необходимость изъять у него продукты, пусть ему оплатят их стоимость!

Раньше такие доводы вызвали бы у Кау-джера только смех. Но теперь он спокойно выслушал Паттерсона и заверил его, что в данном случае нет никакого грабежа и что все изъятое у него для общественного блага будет оплачено по надлежащей цене.

Скряга тотчас же перешел от протеста к жалобам: «На острове Осте так трудно с продовольствием! Такие высокие цены! За каждую мелочь приходится платить втридорога!..» Кау-джер был вынужден долго торговаться с ним, но зато, когда они договорились о сумме предстоящей оплаты, Паттерсон сам помог перенести продукты.

Наконец, часам к шести вечера, все найденные припасы были сложены на площади, образовав целую гору. Оценив на глаз эту груду и мысленно добавив к ней запасы из Нового поселка, Кау-джер рассчитал, что при строгой экономии продуктов должно хватить примерно на два месяца.

В тот же вечер приступили к раздаче продовольствия. Эмигранты подходили по очереди и получали паек для себя и для семьи. Они удивленно таращили глаза при виде такого изобилия, ибо еще накануне полагали, что находятся на пороге голодной смерти. Все происходившее казалось им чудом, и сотворил это чудо Кау-джер.

А тот, покончив с раздачей, вернулся в сопровождении Гарри Родса в Новый поселок к Хальгу. С радостью убедились они, что состояние больного, возле которого непрерывно дежурили Туллия и Грациэлла, продолжает улучшаться.

Успокоенный Кау-джер приступил к осуществлению плана, намеченного им во время последней долгой бессонной ночи. Обратившись к Гарри Родсу, он сказал:

— Мне надо серьезно поговорить с вами, господин Родс. Прошу вас следовать за мною.

Строгое, чуть ли не страдальческое выражение лица Кау-джера поразило Гарри Родса, молча повиновавшегося правителю. Они вошли в комнату, тщательно заперев за собою двери.

Через час они вышли. У Кау-джера был обычный невозмутимый вид, а Гарри Родс, казалось, преобразился от радости. Кау-джер проводил его до порога и протянул на прощание руку. Прежде чем пожать ее, Гарри Родс низко поклонился и сказал:

— Можете положиться на меня!

— Полагаюсь, — ответил Кау-джер, провожая взглядом своего друга, исчезавшего в ночи.

После ухода Родса Кау-джер позвал Кароли и отдал ему необходимые распоряжения, которые индеец выслушал, как всегда, без пререканий. Затем неутомимый правитель в последний раз пересек равнину и отправился, как и накануне, в Либерию, чтобы там провести ночь.

На рассвете он подал сигнал к подъему. Вскоре все колонисты собрались вокруг него.

— Остельцы! — сказал среди глубокой тишины Кау-джер. — Сейчас мы в последний раз произведем раздачу продуктов. В дальнейшем они будут продаваться по ценам, установленным мною в соответствии с интересами остельского государства. Деньги имеются у всех, поэтому никому не угрожает голодная смерть. Впрочем, колонии нужны рабочие руки. Всех трудоспособных обеспечат оплачиваемой работой. С этого дня труд становится законом.

Всех людей удовлетворить невозможно, и, конечно, некоторым колонистам эта короткая речь пришлась не по вкусу. Но большая часть присутствующих была в восторге. Головы поднялись, спины выпрямились, словно людям придали новые силы.

Наконец-то кончилось бездействие! Они еще годны на что-то! Они еще смогут принести пользу! Колонисты приобрели и обеспеченную работу, и уверенность в завтрашнем дне.

Раздалось могучее «ура!» Мускулистые руки, готовые к действию, протянулись к Кау-джеру.

И тогда, как бы вторя толпе, чей-то голос издалека позвал Кау-джера. Он обернулся и увидел в океане «Уэл-Киедж», которой управлял Кароли. Гарри Родс стоял у мачты и махал рукой, посылая прощальный привет другу, в то время как шлюпка, позолоченная солнцем, на всех парусах летела вдаль.

2. Рождение города

Кау-джер тут же приступил к организации работ. Всех, предложивших свои услуги (а надо сказать, что их было подавляющее большинство), он принял на работу и разделил на группы, которыми руководили десятники. Одни начали прокладывать дорогу, соединявшую Либерию с Новым поселком, других направили на переноску сборных домов, построенных где попало. Теперь, по указаниям Кау-джера, здания устанавливали в строгом порядке: одни параллельно, другие — перпендикулярно бывшему жилищу Дорика, неподалеку от сгоревшего «дворца» Боваля.

Вскоре строительство развернулось полным ходом. Дорога удлинялась на глазах. Дома размещали среди пустовавших участков — будущих садов. Широкие улицы придавали Либерии вид настоящего города, тогда как прежде она больше напоминала наспех разбитый лагерь. Одновременно начали очищать территорию от мусора и нечистот, скопившихся за зиму.

Прежний дом Дорика оказался первым зданием, более или менее приспособленным для жилья. Эту легкую постройку разобрали и перенесли на новое место. Правда, она была еще не совсем закончена, но строители уже укрепили стены, поставили стропила и разделили помещение перегородками.

И вот 7 ноября Кау-джер вступил во владение этим домом. Планировка его была очень проста: в центре продовольственный склад, а вокруг него ряд смежных помещений, двери которых выходили на север, запад и восток. Комната же, расположенная на южной стороне, не имела выхода наружу, и в нее можно было попасть только из других помещений.

Над дверьми висели деревянные таблички: «Управление», «Суд», «Милиция». Назначение комнаты на южной стороне пока еще оставалось неизвестным, но вскоре пошли слухи, что там будет тюрьма.

Итак, Кау-джер уже не полагался всецело на благоразумие себе подобных. Для упрочения власти потребовались милиция, суд и тюрьма. Его долгая внутренняя борьба привела к поражению: он признал необходимость самых крайних мер, без которых — из-за несовершенства человеческого рода — невозможно пойти по пути прогресса и цивилизации.

Но все эти учреждения служили лишь остовом будущего государственного аппарата. Для выполнения административных функций требовались служащие, и Кау-джер незамедлительно назначил их. Хартлпул был поставлен во главе милиции, состоявшей из сорока человек. В суде Кау-джер оставил за собой пост председателя, а текущие дела поручил Фердинанду Бовалю.

Такое назначение могло бы показаться странным, но это был уже не первый случай. Выплата жалования и продажа продуктов теперь очень усложнились. Обмен труда на продукты с появлением денег требовал сложных расчетов. На должность бухгалтера Кау-джер назначил того самого Джона Рама, который поплатился своим здоровьем и состоянием за пристрастие к легкой жизни. Каким образом этот никчемный человечек очутился в колонии? Наверно, он и сам не смог бы ответить на это. Просто он поддался смутным мечтам о красивой жизни в неведомой стране, а вместо этого грубая действительность преподнесла ему зимовку на острове Осте.

После установления нового порядка Рам, в силу необходимости, попытался присоединиться к землекопам, прокладывавшим дорогу, но к концу первого же дня совершенно выбился из сил. Его холеные руки так болели, что пришлось бросить работу. Поэтому несчастный был вне себя от радости, получив назначение на должность бухгалтера. Отныне всякие пересуды о нем прекратились.

Пожалуй, одно из основных качеств правителя состояло в умении использовать для блага государства даже самую незначительную личность. Но он не мог все делать сам, ему требовались помощники. И именно в выборе помощников проявлялся его незаурядный государственный талант.

Избранные им помощники — хотя и весьма своеобразные личности — оказались на высоте своего положения. Кау-джер преследовал одну цель — добиться от каждого колониста максимальной пользы для общества. Так, Боваль, человек во многих отношениях неполноценный, оказался знающим юристом. Следовательно, он более других подходил для ведения юридических дел, а это обязывало его следить за собой в повседневной жизни. Что же касается Джона Рама, самого неприспособленного из колонистов, можно было только удивляться, как удалось найти занятие для этого безвольного и жалкого существа.

День ото дня крепло Остельское государство. Кау-джер развил бурную деятельность. Он окончательно покинул Новый поселок и перенес свой инструмент, книги и медикаменты в «Управление», как теперь называли бывший дом Льюиса Дорика. Спал он всего по нескольку часов в сутки, остальное же время проводил на работах, подбадривая людей, разрешая все возникавшие трудности, спокойно и твердо поддерживая мир и порядок. В его присутствии никто не осмеливался вступать в пререкания или затевать ссоры. Стоило ему показаться, как все оживлялись и работа спорилась.

В свободные часы Кау-джер осматривал раненых во время мятежа и больных. Впрочем, теплая погода, спокойная обстановка и труд благотворно отразились на здоровье колонистов.

Понятно, что из всех больных и раненых самым дорогим его сердцу был Хальг. При любой погоде, как бы он ни был утомлен, Кау-джер навещал утром и вечером молодого индейца, от постели которого не отходили Грациэлла и ее мать. К радости Кау-джера, состояние больного заметно улучшалось, и вскоре появилась уверенность, что рана в легком стала рубцеваться. 15 ноября Хальг наконец встал с постели, пролежав около месяца.

В этот день Кау-джер направился к дому Родсов.

— Здравствуйте, миссис Родс! Здравствуйте, дети! — сказал он, входя.

— Здравствуйте, Кау-джер! — радостно закричали все трое.

В сердечной атмосфере семьи Родсов Кау-джер как будто немного оттаивал. Эдуард и Клэри обняли его. Кау-джер отечески поцеловал молодую девушку и потрепал мальчика по щеке.

— Наконец-то вы пришли, Кау-джер! — воскликнула госпожа Родс. — Я уже стала беспокоиться, все ли с вами благополучно.

— Я был очень занят, миссис Родс.

— Знаю, Кау-джер, знаю, — ответила она, — и очень рада вас видеть… Надеюсь, вы мне сообщите что-нибудь о муже?

— Ваш муж уехал. Вот все, что я могу вам сказать.

— Большое спасибо за новость!.. Но не скажете ли, когда он вернется?

— Не так скоро, миссис Родс, — продолжал Кау-джер. — Немного терпения, и все будет хорошо. Впрочем, я хочу предложить вам занятие… вернее, развлечение. Вам предстоит переезд.

— Переезд?

— Да, вы поселитесь в Либерии.

— В Либерии? А что мне там делать, боже милостивый!

— Заниматься коммерцией, миссис Родс. Вы будете самой крупной коммерсанткой в стране… Прежде всего потому, что других торговых предприятий здесь нет, а также и потому, что ваши дела, надеюсь, пойдут успешно.

— Коммерция!.. Дела!.. — повторила пораженная госпожа Родс. — Какие дела, Кау-джер?

— Дела универсального магазина Гарри Родса. Ведь вы же помните, что у вас есть товары для мелочной торговли. Настало время их реализовать.

— Как? — воскликнула госпожа Родс. — Вы хотите, чтобы я совсем одна… без мужа?..

— Дети помогут вам, — прервал ее Кау-джер, — они уже достаточно взрослые, чтобы работать, а на острове Осте все должны трудиться. Мне не нужны бездельники.

Кау-джер стал серьезен. Из друга, дающего советы, он превратился в начальника, отдающего приказы.

— Туллия Черони и ее дочь, — продолжал он, — тоже смогут помочь вам, когда Хальг совсем поправится. Кроме того, вы просто не имеете права оставлять неиспользованными предметы, которые могут содействовать всеобщему благополучию.

— Но в этих товарах почти все наше состояние, — с волнением возразила госпожа Родс. — Что скажет муж, когда узнает, что я рискнула торговать в стране, где то и дело вспыхивают мятежи и где безопасность…

— …полная и абсолютная, — закончил Кау-джер, — какой нет ни в одной другой стране, можете мне поверить, миссис Родс.

— Что же, по-вашему, я должна делать с этим товаром?

— Продавать.

— Кому?

— Покупателям.

— Разве они существуют? У них же нет денег!

— Вы сомневаетесь в этом? Вы ведь знаете, что при отъезде деньги были у всех. А теперь их зарабатывают.

— Зарабатывают деньги на острове Осте?

— Именно так. Колония нанимает рабочих и оплачивает их труд.

— Значит, и у колонии есть деньги?.. Откуда?

— У колонии нет денег, — объяснил Кау-джер, — но она приобретает их путем продажи продуктов местного происхождения. Вы должны это знать, ведь вам самой приходится платить за них.

— Верно, — согласилась госпожа Родс. — Но если дело ограничивается простым обменом и колонистам приходится отдавать за пропитание то, что они заработали своим трудом, хм… мне трудно представить себе, на какие деньги они станут покупать мои товары.

— Не беспокойтесь, миссис Родс, я установил такие цены на продукты, что колонисты смогут делать небольшие сбережения.

— А кто же оплатит разницу?

— Я.

— Значит, вы очень богаты?

— Видимо, так.

Госпожа Родс смотрела на Кау-джера совершенно ошеломленная. Тот, казалось, не замечал этого.

— Мне очень важно, миссис Родс, — продолжал Кау-джер, — чтобы ваш магазин открылся как можно скорее.

— Как вам будет угодно, Кау-джер, — согласилась госпожа Родс без особого восторга.

Через пять дней пожелание Кау-джера было выполнено. 20 ноября, когда Кароли возвратился из плавания, торговля в универсальном магазине Гарри Родс уже шла полным ходом.

Кароли застыл на месте от восхищения. Какие громадные изменения произошли меньше чем за месяц! Либерия стала неузнаваема. Только несколько домов остались на прежнем месте, большая же их часть теперь группировалась вокруг здания, называемого «Управление».

В ближайших к нему домах жили со своими семьями сорок человек, составлявших милицию колонии и получивших со склада оружие. Восемь оставшихся ружей были сложены в караульном помещении, между комнатами Кау-джера и Хартлпула. Пороховой погреб, находившийся в центре здания, не имел прямого выхода наружу и охранялся круглосуточно.

К востоку и западу от Либерии непрерывно шли строительные работы. Дело спорилось. Новые здания, деревянные и каменные, уже поднимались над землей. Вдоль широких улиц, пересекавшихся под прямым углом, стояли дома, размещенные по строгому плану. Дорога к Новому поселку пролегала по болотистой равнине и выходила стороной к реке. На крутых берегах лежали груды камней, предназначенных для постройки моста.

Новый поселок почти опустел. За исключением четырех матросов с «Джонатана» и трех колонистов, решивших зарабатывать на жизнь рыбной ловлей, все остальные жители перебрались в Либерию к месту работы. Из Нового поселка, превратившегося в рыбачий порт, каждое утро уходили в океан лодки, а к вечеру возвращались с обильным уловом.

Однако, несмотря на уменьшение населения, ни один дом в пригороде не был снесен. Таков был приказ Кау-джера.

В этот день Кау-джер, как обычно, посвятил все утро финансовым и продовольственным делам колонии, а затем отправился на строительство дороги.

Был обеденный перерыв. Бросив кирки и лопаты, рабочие дремали на пологих склонах, пригревшись на солнышке, или завтракали, лениво перебрасываясь словами.

Когда Кау-джер проходил мимо, лежавшие вставали, разговоры смолкали и все приподнимали фуражки, приветствуя его:

— Здравствуйте, губернатор!

Не останавливаясь, Кау-джер махал им в ответ рукой.

Пройдя более половины пути, он заметил неподалеку от реки группу эмигрантов. Вскоре до его слуха донеслись звуки скрипки.

Скрипка? Она звучала на острове Осте впервые посла смерти Фрица Гросса.

Толпа расступилась перед Кау-джером, и он увидел двух мальчиков. Один из них играл (впрочем, довольно неуверенно) на скрипке, другой же раскладывал на земле корзинки, сплетенные из камыша, и букеты полевых цветов: крестовника, вереска и остролиста.

Дик и Сэнд! В житейских бурях Кау-джер совсем забыл об их существовании. Но разве он должен был заботиться о них больше, чем о других детях в колонии? Ведь Дик и Сэнд тоже имели семью в лице честного и доброго Хартлпула.

Маленький Сэнд, видимо, не терял даром времени. Не прошло еще и трех месяцев, как он получил в наследство скрипку Фрица

Гросса, но благодаря исключительным музыкальным способностям мальчуган сам, без учителя, быстро добился неплохих результатов. Конечно, он не был виртуозом (и пока не похоже было, что когда-нибудь станет им), но играл он чисто, не фальшивя, и под его смычком возникали наивные, а иногда и довольно замысловатые мелодии, соединявшиеся красивыми и смелыми переходами.

Скрипка умолкла. Дик, закончив раскладку «товаров», заговорил с комическим пафосом; задирая голову, чтобы казаться выше:

— Уважаемые остельцы! Мой компаньон, представитель отдела изящных искусств и музыки в фирме «Дик и компания», знаменитый маэстро Сэнд, придворный скрипач его величества короля мыса Горн и других стран, благодарит вас за внимание, которое вы соблаговолили ему оказать...

Он громко перевел дыхание и продолжал:

— Концерт, уважаемые остельцы, бесплатный, не то что наши товары, которые, смею уверить, еще прекраснее, а главное, существеннее, чем музыка. Фирма «Дик и компания» имеет сегодня в продаже букеты, а также корзины, чрезвычайно удобные для рынка... когда таковой появится на острове Осте. Один цент за букет! Один цент за корзинку! Раскошеливайтесь, прошу вас, уважаемые остельцы!

Дик ходил по кругу, расхваливая и показывая образцы «товаров», а Сэнд снова заиграл на скрипке — для воодушевления покупателей.

Зрители смеялись, и Кау-джер понял из разговоров, что они не впервые присутствуют при подобном представлении. По-видимому, у Дика и Сэнда вошло в обычай обходить стройки в часы перерыва и заниматься столь оригинальной коммерцией. Удивительно, как он не заметил их раньше!

Тем временем Дик распродал букеты и корзинки.

— Осталась только одна корзинка, дамы и господа! — объявил он. — Самая красивая! Два цента за последнюю, самую красивую корзинку!

Какая-то женщина заплатила ему два цента.

— Очень благодарен вам, дамы и господа! Восемь центов! Целое состояние! — воскликнул Дик, отплясывая джигу.

Но танец внезапно прервался — Кау-джер схватил танцора за ухо.

— Что это значит? — спросил он строго.

Мальчик взглянул на него исподлобья, стараясь угадать, как относится Кау-джер ко всему происходившему, и, видимо успокоившись, ответил совершенно серьезно:

— Мы работаем, губернатор.

— По-твоему, это работа? — воскликнул Кау-джер, отпустив ухо пленника, который сразу же повернулся и, глядя прямо в глаза губернатору, ответил с важным видом:

— Мы основали товарищество. Сэнд играет на скрипке, а я продаю цветы и корзинки. Иногда мы выполняем какие-нибудь поручения или продаем раковины. Я умею танцевать и показывать фокусы... Разве все это не работа, губернатор?

Кау-джер невольно улыбнулся.

— Пожалуй, — согласился он. — Но зачем вам деньги?

— Для бухгалтера, господина Джона Рама, губернатор.

— Как? — воскликнул Кау-джер. — Джон Рам требует с вас деньги?

— Он не требует, губернатор, — возразил Дик. — Мы сами платим ему за наше пропитание.

Кау-джер был поражен. Он повторил:

— За пропитание?.. Вы платите за еду?.. Разве вы уже не живете у господина Хартлпула?

— Мы живем у него, но дело не в этом...

Дик надул щеки и, подражая Кау-джеру (причем, несмотря на разницу в возрасте, сходство было несомненным), произнес с пафосом:

— Труд является законом для всех!

Засмеяться или рассердиться? Кау-джер улыбнулся. Ясно, что Дик и не собирался насмехаться над губернатором. Зачем же тогда порицать этих ребят, стремившихся к самостоятельности, в то время как многие взрослые пытались жить на чужой счет?

Кау-джер спросил:

— И что же, удается вам заработать себе на жизнь?

— Еще бы! — гордо ответил Дик. — Двенадцать, а то и пятнадцать центов в день — вот сколько мы зарабатываем! На эти деньги уже можно жить человеку, — добавил он серьезно.

«Человеку»! Все, кто услышал эти слова, разразились хохотом. Дик обиженно взглянул на них.

— Что за идиоты! — огорченно пробормотал он сквозь зубы.

Кау-джер вернулся к интересовавшему его вопросу:

— Пятнадцать центов — это действительно неплохо. Но вы могли бы заработать и больше, если бы помогали каменщикам или дорожным рабочим.

— Невозможно, губернатор! — живо возразил Дик.

— Почему же?

— У Сэнда не хватит сил для этого, он еще слишком мал, — объяснил Дик, и в его голосе слышалась настоящая нежность. Ни малейшего оттенка презрения!

— А ты?

— О… я!

Надо было слышать этот тон!.. «Я!» У него-то, конечно, хватит силы! Было бы оскорблением усомниться в этом.

— Так как же ты решаешь?

— Не знаю… — задумчиво проговорил Дик. — Мне это не по душе… — Потом порывисто добавил: — Я люблю свободу, губернатор!

Кау-джер с интересом разглядывал маленького собеседника, стоявшего перед ним с гордо поднятой головой, с развевавшимися по ветру волосами и смотревшего на него блестящими глазами. Он узнавал самого себя в этой благородной, но склонной к крайностям натуре. Он тоже больше всего любил свободу и не переносил никаких оков.

— Свободу нужно сначала заслужить, мальчик, — возразил Кау-джер, — трудясь для себя и для других. Поэтому необходимо начинать с послушания. Попросите от моего имени Хартлпула подыскать вам работу по силам. А я уж, конечно, позабочусь о том, чтобы Сэнд мог продолжать заниматься музыкой. Ступайте, ребята.

Эта встреча поставила перед Кау-джером новую задачу. В колонии было много детей. Ничем не занятые, оставаясь без присмотра родителей, они бродяжничали с утра до вечера. В интересах нового государства следовало воспитывать молодых граждан для продолжения дела, начатого их предшественниками, и в кратчайший срок открыть школу.

Но, ввиду множества различных и срочных дел, Кау-джеру пришлось оставить разрешение этого важного вопроса до возвращения из поездки в центральную часть острова. Он собирался совершить ее еще в то время, когда взял на себя управление колонией, но откладывал со дня на день из-за других неотложных дел. Теперь же Кау-джер уезжал спокойно — государственная машина была налажена и могла некоторое время работать самостоятельно. Ничто не задерживало губернатора.

Однако через два дня после возвращения Кароли одно событие заставило Кау-джера снова отложить отъезд. Как-то утром он услышал шум ссоры. Направившись в ту сторону, откуда доносились крики, Кау-джер увидел около сотни женщин, возмущенно переругивавшихся перед дощатым забором, огораживавшим участок Паттерсона.

Вскоре все выяснилось. С прошлой весны Паттерсон занялся огородничеством и преуспел в этом деле. Работая не покладая рук, он снял богатый урожай и после свержения Боваля стал постоянным поставщиком свежих овощей у всех жителей Либерии.

Своей удачей ирландец был обязан главным образом тому, что его участок подходил к самому берегу реки и, следовательно, он никогда не испытывал недостатка в воде. Именно это особое расположение участка и послужило причиной конфликта…

Огороды Паттерсона, тянувшиеся на двести-триста метров, находились в единственном месте, где имелся доступ к реке. Вниз по течению к правому берегу примыкало непроходимое болото, доходившее до мостика у устья реки, иначе говоря — на расстоянии более полутора километров от города. Вверх по течению над рекой нависали крутые, обрывистые берега. Таким образом, чтобы набрать воды, женщинам Либерии приходилось пересекать участок Паттерсона, пролезая через дырку в заборе. Но в конце концов владелец решил, что непрерывное хождение через огород является прямым посягательством на его право собственности и наносит ему большой ущерб. И вот прошлой ночью Паттерсон с помощью Лонга накрепко заделал отверстие в заборе, что и послужило причиной крайнего недовольства хозяек, пришедших рано утром за водой.

Увидев Кау-джера, они приутихли и обратились к нему за защитой. Он терпеливо выслушал обе стороны и вынес решение — ко всеобщему удивлению — в пользу Паттерсона.

Правда, Кау-джер приказал снести забор и передать в общественное пользование дорогу длиной в двести метров, проходившую через огород. Но одновременно он признал и право владельца участка на возмещение убытков за возделанную землю, которой его лишили в пользу общества. Размер же этой суммы следовало определить законным порядком. На острове Осте существовало правосудие, и Паттерсону предложили обратиться в суд.

Это было первым делом, которое рассматривал Боваль. Оно слушалось в тот же день. После прений сторон Боваль присудил Остельское государство к уплате пятидесяти долларов. Паттерсон тут же получил эти деньги и не скрывал своего удовлетворения.

Остельцы истолковывали этот инцидент по-разному, но, в общем, всем понравился способ его разрешения. Они поняли, что отныне нельзя просто отобрать у кого бы то ни было его собственность, и доверие общества к государственным учреждениям неизмеримо возросло. Этого-то и добивался губернатор.

Теперь он смог наконец отправиться в путь. В течение нескольких недель Кау-джер исходил территорию острова во всех направлениях, от северо-восточной оконечности до западных выступов полуостровов Дюма и Пастер. Он посетил все фермы — и те, что были добровольно покинуты колонистами прошлой зимой, и те, владельцы которых бежали во время беспорядков. В итоге он выяснил, что в центральной части острова проживает сто шестьдесят один колонист, или сорок два семейства. Все они добились определенных успехов, хотя и в разной степени; одни семьи смогли обеспечить себя лишь куском хлеба, другие же, в которых было больше здоровых и сильных мужчин, значительно расширили посевы.

Хорошие земельные участки двадцати восьми семейств, бежавших во время мятежа в Либерию, в настоящее время были заброшены и запущены. И, наконец, имелось сто девяносто семь разорившихся семейств, из них около сорока потеряли кормильцев и вместе с остальными перебрались на побережье.

Все это Кау-джер узнал от самих колонистов, охотно делившихся с ним своими сведениями. Они очень обрадовались, услышав о реформах в колонии, особенно когда Кау-джер рассказал им о своих планах на будущее.

Кау-джер подробно записывал все, что видел и слышал. Он составил себе примерную схему местонахождения различных ферм и их взаимного расположения и по возвращении начертил карту острова, весьма несовершенную с точки зрения географии, но дававшую точное представление о соотношении смежных земельных участков. Затем он разделил половину территории острова между ста шестьюдесятью пятью семействами, отобранными им по личному усмотрению, и предоставил им право на владение землей.

Прежде всего Кау-джер оформил документы сорока двум семьям, не покидавшим своих ферм, и восстановил в правах двадцать восемь семей, бросивших свои участки под натиском мятежников. Затем он выбрал среди оставшихся еще девяносто пять семейств, которые, по его мнению, вполне могли наладить свои хозяйства. Все его решения подчинялись единственной цели — интересам колонии.

Простые листки бумаги с указанием размера и местоположения участка, а также фамилии владельца были приняты с не меньшей радостью, чем сама земля. До сих пор судьба колонистов зависела от всевозможных случайностей, у них не было уверенности в завтрашнем дне. Теперь же они прирастали к земле, пускали корни и становились настоящими гражданами Остельского государства.

Либерия вторично опустела. Едва получив документы, колонисты со всеми домочадцами устремились на свои участки, захватив с собою изрядное количество продуктов (несмотря на заверения Кау-джера, что снабжение будет производиться бесперебойно).

К 10 января в Либерии насчитывалось лишь около четырехсот жителей, в том числе двести пятьдесят работоспособных мужчин. Все другие, примерно шестьсот человек (включая женщин и детей), расселились в центральных районах острова. Во время своего путешествия Кау-джер убедился, что общая численность населения Осте была теперь менее тысячи человек. Все остальные погибли. Около двухсот — только за минувшую зиму. Еще несколько таких гекатомб, и остров снова превратился бы в пустыню!

Объем работ все увеличивался, и вскоре стала ощущаться нехватка рабочей силы. Но через несколько дней, 17 января, большой пароход водоизмещением в две тысячи тонн бросил якорь против Нового поселка. На следующий день началась разгрузка, и перед глазами восхищенных либерийцев предстали неисчислимые богатства: домашний скот, сельскохозяйственные машины, различные семена, множество продуктов питания, повозки и телеги и всевозможные другие предметы.

Помимо различных грузов, пароход доставил на остров двести человек; из них половина были землекопы и строительные рабочие. По окончании разгрузки они присоединились к колонистам, и все работы значительно ускорились.

За несколько дней закончили дорогу к Новому поселку. Пока каменщики сооружали мост и возводили дома, другие рабочие начали прокладывать дорогу в центральной части острова; от нее отходило множество ответвлений, которые должны были связать между собой отдельные фермы и обеспечить постоянный контакт между ними.

Вскоре либерийцам преподнесли новый сюрприз: 30 января появился второй пароход из Буэнос-Айреса, привезший, помимо предметов первой необходимости, большой груз для магазина Родса. Там было все, вплоть до мелочей: перья, кружева, ленты — словом, все, о чем только могли мечтать либерийские модницы. С этим пароходом и со следующим, прибывшим 15 февраля, приехало еще четыреста рабочих.

К этому времени колония располагала более чем восемьюстами рабочими. Кау-джер счел это число вполне достаточным для осуществления задуманного плана.

На востоке, в устье реки, заложили фундамент мола, чтобы превратить бухту Нового поселка в большой и надежный порт.

Так мало-помалу, усилиями многих сотен рабочих рук, направляемых единой волей, рос и развивался город, возникший на необитаемом острове.

3. Покушение

— Так больше не может продолжаться! — воскликнул Льюис Дорик, и товарищи дружно поддержали его.

После рабочего дня все четверо — Дорик, братья Мур и Сердей — бродили неподалеку от Либерии, по южным отрогам гор, тянувшихся от центрального хребта полуострова Харди к западной оконечности острова.

— Нет, черт возьми, так больше не может продолжаться! — повторил Льюис Дорик, все больше распаляясь гневом. — И мы не мужчины, если не вправим мозги этому дикарю, навязывающему нам свои законы!

— Он обращается с нами, как с собаками, — подлил масла в огонь Сердей. — Ни во что нас не ставит... «Сделайте то, сделайте это...» Приказывает, даже не глядя на человека... Подонок! Краснокожая обезьяна!

— И вообще, по какому праву он командует нами? — в бешенстве прервал его Дорик. — Кто назначил его правителем?

— Не я, — заявил Сердей.

— И не я, — сказал Фред Мур.

— Уж во всяком случае не я, — добавил его брат Уильям Мур.

— Ни я, ни вы и никто другой, — закончил Дорик. — Он парень не промах, не стал ждать, пока ему предложат должность, а захватил ее сам.

— Это незаконно, — рассудительно произнес Фред Мур.

— Незаконно! Подумаешь! Плевал он на закон! — живо возразил Дорик. — Что ему стесняться с баранами, которые сами подставляют бока для стрижки! Он восстановил право частной собственности, даже не спросив нашего согласия! Прежде все были равны, теперь же снова появились богатые и бедные...

— Бедняки — это мы... — меланхолически констатировал Сердей. — На днях, — продолжал он с негодованием, — Кау-джер заявил, что уменьшает мое жалование на десять центов в день...

— Как? Ни с того ни с сего?

— Нет, он считает, что я мало работаю, хотя я занят не меньше, чем он, который разгуливает — руки в брюки — с утра до вечера. Снять десять центов из полдоллара в день!.. Если он думает, что я буду работать в порту, пусть подождет!

— Подохнешь с голоду, — невозмутимо возразил Дорик.

— Вот проклятие! — выругался Сердей, сжимая кулаки.

— А ко мне придрался две недели назад, — сказал Уильям Мур, — потому что я малость пошумел на Джона Рама, счетовода. Я, видите ли, обеспокоил этого господина. Посмотреть на Кау-джера — прямо император! А нам приходится платить за завалящие товары, да еще благодарить за них!

— На днях, — сказал в свою очередь Фред Мур, — мне попало от него за то, что я подрался с товарищем. Теперь мы даже не имеем права повозиться друг с другом. Как его шпики вцепились в меня! Еще немного, и они засадили бы меня в каталажку!

— В общем, нас превратили в слуг, — закончил Сердей.

— В рабов, — проворчал Уильям Мур.

Все это обсуждалось уже сотни раз. Правление Кау-джера — вот почти единственная тема их повседневных разговоров.

Установив и проводя в жизнь закон о труде, Кау-джер задел интересы определенных лиц, в основном лентяев, предпочитавших жить за чужой счет. Естественно, что среди них прокатилась волна недовольства, причем все они группировались вокруг Дорика. И сам он и его шайка тщетно пытались продолжать прежнюю эксплуататорскую политику: их бывшие жертвы, прежде такие покорные, осознали наконец свои права и обязанности, а уверенность в том, что, в случае необходимости, их поддержат, совершенно преобразила этих людей. Попытки угнетателей снова закабалить их ни к чему не привели, и Дорику, вместе с его приближенными, пришлось, как и остальным, зарабатывать на жизнь своим трудом.

Это приводило всю компанию в ярость. Они постоянно изливали друг другу душу, что одновременно и облегчало их и доводило до неистовства. Правда, до сих пор все ограничивалось только угрозами. Но в этот вечер дело обернулось по-иному. Накопившийся гнев заставил их перейти от слов к важным решениям и действиям.

Дорик молча слушал товарищей, которые обращались к нему, как бы призывая в свидетели и ожидая его одобрения.

— Все это болтовня, — резко сказал он наконец. — Вы — рабы и заслуживаете рабства. Будь у вас не заячьи души, вы уже давно стали бы свободными. Вас много, а вы терпите одного тирана.

— А что же мы можем сделать? — жалобно возразил Сердей. — Он сильнее нас.

— Чепуха! — крикнул Дорик. — Его сила — в слабости окружающих его слюнтяев.

Фред Мур скептически покачал головой.

— Возможно, — сказал он, — тем не менее у него много сторонников. Не можем же мы вчетвером…

— Болван! — грубо перебил его Дорик. — Они поддерживают не Кау-джера, а гу-бер-на-то-ра! Понятно? Будь на его месте я — точно так же пресмыкались бы и передо мною, а если бы он был свергнут, они оплевали бы его.

— Не спорю, — насмешливо согласился Уильям Мур. — Но в том-то и загвоздка, что губернатор он, а не ты.

— Это я и без тебя знаю, — процедил Дорик, побледнев от злобы. — Именно в этом-то и все дело. Я скажу только одно: мы не должны обращать внимание на свору дворняг, которая сейчас бегает следом за Кау-джером, а потом будет бегать за его преемником. Опасен только их хозяин. Он один нам мешает… Его и надо убрать.

Наступило молчание. Товарищи Дорика испуганно переглянулись.

— «Убрать»! — произнес наконец Сердей. — Экий ты быстрый! Но уж на меня в таком деле не рассчитывай!

Льюис Дорик пожал плечами.

— Обойдемся и без тебя, только и всего, — ответил он презрительно.

— И без меня, — прибавил Уильям Мур.

— А на меня можешь рассчитывать, — решительно заявил его брат, не забывший унижения, которому подверг его Кау-джер. — Только знаешь… это не так-то просто сделать.

— Наоборот, очень просто, — возразил Дорик.

— А как?

Тут вмешался Сердей:

— Ну-ну, какие вы оба шустрые! А что вы будете делать, когда «уберете» Кау-джера? Ведь останутся другие… И что бы Дорик ни говорил, я вовсе не уверен, что они пойдут за нами.

— Пойдут! — убежденно сказал Дорик.

— Хм! — скептически хмыкнул Сердей. — Но не все.

— Почему? Ведь может же случиться так, что сегодня нас никто не поддерживает, а завтра — все за нас… Впрочем, нам и не нужна поддержка всех. Достаточно несколько человек, а за ними потянутся и остальные.

— А где эти «несколько человек»?

— Уже есть.

— Кто же? — недоверчиво осведомился Сердей.

— Во-первых, мы четверо, — сказал Дорик, возбужденный спором.

— Четверо — это всего-навсего четыре человека, — невозмутимо заметил Сердей.

— А Кеннеди? Разве на него нельзя рассчитывать?

— Можно, — подтвердил Сердей. — Значит, пять.

— А Джексон, — стал перечислять Дорик, — Смирнов, Рид, Блюменфельдт, Лорелей…

— Десять.

— Найдутся и другие. Нужно бы составить список.

— Давайте составим, — предложил Сердей.

— Идет, — согласился Дорик, вынимая из кармана блокнот и карандаш.

Все четверо уселись на земле и не спеша подсчитали людей, которыми, как им казалось, они могли располагать после уничтожения Кау-джера. Дорик считал, что Кау-джер — единственный, кто объединяет разрозненные силы толпы, и что без него эта сплоченность тотчас же развалится как карточный домик. Каждый заговорщик называл имена, которые после длительного обсуждения заносились в записную книжку.

С холма, на котором они расположились, открывались необозримые дали. Река, текущая с востока, огибала подножие горы, потом устремлялась к северо-востоку, где виднелся Новый поселок, и там впадала в океан. В излучине реки, словно на карте, расположилась Либерия, а дальше шла болотистая равнина, отделявшая город от реки.

Было 25 февраля 1884 года. Прошло более полутора лет с того дня, когда Кау-джер взял власть в свои руки.

Все совершенное в течение этого короткого срока поистине походило на чудо. Число жителей Либерии непрерывно возрастало. Увеличивалось количество домов (правда, по большей части деревянных), так что все были обеспечены жильем. Город, ограниченный с востока рекой, быстро расстраивался к югу и к западу.

Теперь это был уже не захудалый лагерь, а настоящий город. В нем имелось все необходимое для жизни. Булочники, бакалейщики, мясники обеспечивали население провизией. Часть продуктов поставляли местные фермеры.

Дети больше не бродяжничали — открылась школа, в которой преподавали супруги Родс.

В октябре, после годичного отсутствия, вернулся Гарри Родс и привез множество самых разнообразных товаров. Сразу же по возвращении он с глазу на глаз о чем-то переговорил с Кау-джером, а затем занялся делами, никому не сообщив о цели своего продолжительного путешествия.

Время, проводимое Родсами в школе, не мешало торговле в магазине, где работали Эдуард и Клэри Родс, а также Туллия и Грациэлла Черони.

Открылся конфекцион и обувной магазин, где дела шли также весьма успешно. Плантации эмигрантов, потерпевших в прошлом году неудачу, начали приносить доход. В Либерии возникло несколько крупных предприятий, в которых работало много каменщиков, плотников, столяров, слесарей.

К югу от Либерии открылся кирпичный завод, производивший отличный кирпич.

В отрогах гор, на западе полуострова, были обнаружены значительные залежи полезных ископаемых, используемые для изготовления алебастра и извести. Один смельчак даже рискнул организовать производство бетона для строившегося порта.

Врач Самюэль Арвидсон и фармацевт, приехавшие из Вальпараисо, убедились, что Либерия — настоящее золотое дно.

Широкая дорога у подножия горы (по которой шли заговорщики, пока не свернули на крутую горную тропинку), тянувшаяся к востоку вдоль извилистых берегов реки, через километр исчезала за двумя холмами. Но все знали, что и там ведутся работы. Два месяца назад дорога, все время разветвляясь, прошла мимо плантации Ривьеров на север. Другая, уже построенная, пересекала реку, и прочный каменный мост соединял Либерию с ее пригородом.

В пригороде мало что изменилось. Только мол, протянутый от берега, все дальше выдавался в океан. Он надежно защищал от западных ветров бухту Нового поселка, превращая ее в большой и удобный порт. Как раз в этот день начали забивать сваи для набережной и причалов, необходимых для океанских судов. Но коммерсанты, ведущие торговлю с островом Осте, не собирались дожидаться завершения постройки набережной и мола. В прошлом году сюда прибыло три торговых судна — все за счет Кау-джера, а в этом году пришло семь судов: два из них были зафрахтованы администрацией колонии, а остальные пять принадлежали частным фирмам.

Вот и сейчас против Нового поселка стоял большой парусник, в который грузили тес из лесопильни Ривьеров. Другой парусник, груженный тем же товаром, поднял якорь несколько часов назад и уже огибал Западный мыс.

Все, что окружало Льюиса Дорика и его товарищей, красноречиво свидетельствовало о растущем благосостоянии колонии, но они не желали видеть и понимать это. Все было для них привычным и поэтому не производило должного впечатления. Ведь изменения к лучшему почти всегда остаются незамеченными, а эта компания наблюдала их изо дня в день. И даже если бы эти люди мысленно перенеслись ко дню кораблекрушения, от которого их отделяли три года, вряд ли они смогли бы оценить перемены, произошедшие на острове Осте. Они уже привыкли к окружающей обстановке, считали ее обычной, и, наверно, им казалось, что все это существовало всегда.

Впрочем, в настоящий момент их мысли были заняты совсем другим. Дорик и его сообщники перечисляли жителей Либерии и записывали подходящие, по их мнению, кандидатуры.

— Больше никого не знаю, — сказал наконец Сердей. — Сколько у нас набралось?

Дорик пересчитал имена, записанные в блокноте.

— Сто семнадцать, — ответил он.

— Из тысячи, — уточнил Сердей.

— Ну и что же? — возразил Дорик. — Сто семнадцать — это уже кое-что. Думаешь, у Кау-джера больше? Я говорю о людях решительных, готовых на все. Остальные — это овцы, которые пойдут за любым вожаком.

Сердей не ответил. Видно было, что он колеблется.

— И вообще, хватит болтовни, — отрезал Дорик. — Нас четверо. Проголосуем.

— Что касается меня, — воскликнул Фред Мур, размахивая кулаком, — с меня хватит! Голосую за то, чтобы действовать.

— Я тоже, — сказал его брат.

— Итак, со мной уже три голоса, — сказал Дорик. — А ты, Сердей?

— Как все, так и я, — ответил без особого воодушевления бывший повар, — но...

Дорик прервал его:

— Никаких «но»! Решили — значит, кончено.

— Нужно же все-таки договориться о том, как это сделать, — настаивал Сердей. — Избавиться от Кау-джера — легко сказать, а вот как выполнить?

— Эх, будь у нас оружие... ружье... хотя бы пистолет! — воскликнул Фред Мур.

— Ничего нет, — флегматично произнес Сердей.

— А нож? — подал мысль Уильям Мур.

— Отличный способ, чтобы тебя сразу схватили, — возразил Сердей. — Ты же знаешь, старина, что у Кау-джера охрана как у короля. Не говоря уже о том, что и сам он может справиться с четырьмя!

Фред Мур нахмурил брови, стиснул зубы и рубанул рукой воздух. Сердей был прав. Фред был хорошо знаком с кулаком губернатора и помнил, как легко разделался с ним Кау-джер.

После слов Сердея наступило молчание. Вдруг Дорик сказал:

— Я могу предложить кое-что.

Товарищи вопросительно посмотрели на него.

— Порох.

— Порох? — повторили все трое в недоумении.

Кто-то спросил:

— А что с ним делать?

— Бомбу. Ведь поговаривают, что Кау-джер — анархист. Так вот мы и применим против него оружие анархистов.

Предложение Дорика было принято без энтузиазма.

— Кто же сделает бомбу? — проворчал Фред Мур. — Уж во всяком случае не я.

— Я сам, — сказал Дорик. — Хотя, может быть, мы обойдемся и без нее. У меня есть одна идейка, и, если удастся ее осуществить, Кауджер погибнет не один, а вместе с Хартлпулом и дежурными в милиции. На следующий день у нас будет меньше врагов.

Трое заговорщиков смотрели на товарища с восхищением. Даже Сердей сдался.

— Ну, если так... — пробормотал он, исчерпав все свои возражения. Но вдруг спохватился: — Черт возьми! Мы говорим о порохе так, будто он у нас под боком.

— Он на складе, — ответил Дорик, — нужно только добыть его оттуда.

— Нечего сказать — пустячное дело! — возразил Сердей, снова выступая в роли оппозиции. — Не так все это просто! Кто возьмется за это?

— Не я, — сказал Дорик.

— Ясно! — засмеялся Сердей.

— Только потому, что у меня не хватит силы для этого, — пояснил Дорик. — И не ты. Ты слишком труслив. Фред и Уильям Мур также не годятся, они недостаточно ловки.

— Так кто же?

— Кеннеди.

Никто не возражал. Да, Кеннеди, бывший матрос, ловкий, смышленый, мастер на все руки, знавший все ремесла, мог преуспеть там, где другие потерпели бы неудачу.

Дорик прервал размышления товарищей:

— Уже поздно. Если хотите, встретимся здесь завтра в это же время. Кеннеди тоже придет. Обсудим все и договоримся.

Подходя к городу, они из осторожности расстались и на следующий день, направляясь к месту встречи, тоже вышли из

Либерии поодиночке. Только очутившись за пределами видимости, заговорщики пошли дальше вместе.

В этот вечер их было пятеро, так как к ним присоединился приглашенный Дориком Кеннеди.

— Он за нас, — объявил Дорик, хлопнув матроса по плечу.

Все обменялись рукопожатиями, затем, не теряя времени, приступили к обсуждению задуманного накануне плана. Совещание затянулось. Стало уже совсем темно, когда пятеро мужчин спустились с горы. Они достигли полного согласия. Выступление было назначено на ту же ночь.

Несмотря на полную темноту, они все же разделились, как и накануне, свернули с дороги, пересекли поле и обогнули город с юга. Потом повернули назад и вошли в Либерию.

Кругом стояла тишина. Никем не замеченные они дошли до управления, где жили Кау-джер, Хартлпул и юнги — Дик и Сэнд, и снова притаились в тени одного из домов, напрягая слух и стараясь проникнуть взглядом в темноту.

Прямо перед ними была дверь суда. Из милиции, находившейся на противоположной стороне здания, доносились слабые отзвуки голосов. А по эту сторону улица была тиха и пустынна.

Зал суда не охранялся. Там ничего не было, кроме стола, простого кресла и нескольких прибитых к полу скамеек.

Убедившись, что вокруг нет ни души, Дорик и Кеннеди покинули свое убежище и быстро перебежали через открытое пространство. Достигнув здания суда, Кеннеди тотчас же начал взламывать дверь, а Дорик стал на страже.

Тем временем братья Мур, оставив Сердея на прежнем месте, разошлись в разные стороны. Пройдя несколько шагов, они остановились и со своего места стали наблюдать: один — за главным фасадом и площадью перед управлением, другой — за глухой стеной, огораживающей тюрьму, и за улицей, отделявшей эту стену от других домов. Так что Кеннеди был под надежной охраной. При малейшей опасности его бы сразу же предупредили, и он мог бы спастись бегством.

Но все обошлось благополучно. Бывший матрос работал без помех, да и дело оказалось несложным — замок оказался непрочным, и дверь поддалась при первом же нажиме. Кеннеди вошел, оставив Дорика сторожить дверь снаружи.

В зале ничего не было видно. Кеннеди чиркнул спичкой и зажег свечу. Дорик подробно объяснил ему план помещения: правая перегородка отделяла суд от тюрьмы, левая — от собственно управления. Там же находилась резиденция Кау-джера. А за стеной напротив располагался склад.

Кеннеди прошел прямо к углу, образованному внутренней перегородкой и стеной тюрьмы. Сейчас тюрьма пустовала, следовательно, никто не мог услышать его шаги.

Здесь Кеннеди остановился и, осветив свечой перегородку, стал обдумывать, что делать дальше. Выяснив, что пробить ее проще простого, он удовлетворенно улыбнулся. Выстроенная в первые дни правления Кау-джера, когда все делали наспех, перегородка эта не представляла серьезного препятствия. Она состояла из вертикальных бревен, промежутки между которыми были заполнены мелкими камнями и заштукатурены. Нож Кеннеди легко проник в штукатурку и, расшатав камни, сдвинул их с места. Приходилось опасаться только одного: как бы они не посыпались и не загрохотали. Поэтому Кеннеди тихонько отделял один камень за другим и складывал на землю.

За час он проделал дыру, в которую легко мог бы пролезть, если бы не мешало одно поперечное бревно. Его необходимо было перепилить. Это оказалось самым трудным, и Кеннеди возился целый час, пока не закончил эту работу.

Время от времени он останавливался и прислушивался к ночным шорохам, доносившимся снаружи. Все было спокойно. Охранявшие его не давали сигнала об опасности.

Когда дыра стала достаточно большой, Кеннеди пролез в нее, но по ту сторону перегородки дело осложнилось: очень было трудно двигаться бесшумно среди всевозможных ящиков, загромождавших склад. Требовалась чрезвычайная осторожность.

Куда же, черт возьми, подевали бочонки с порохом? Он их нигде не видел. Однако они должны находиться где-то здесь...

Кеннеди принялся за поиски. Медленно протискивался он между ящиками, иногда переставляя их, чтобы удобнее было продвинуться вперед.

Прошло около двух часов. Сообщники не понимали, почему он задерживается, да и сам Кеннеди стал нервничать и приходить в отчаяние. Ночь кончалась, близился рассвет. Неужели ему придется уйти ни с чем, оставив следы, после которых вторичная попытка будет невозможна?

Выбившись из сил, он уже решил отступиться, как вдруг обнаружил то, что искал. Пять бочонков с порохом, аккуратно расставленные около двери в милицию, смотрели прямо на него. Затаив дыхание Кеннеди услышал, как за стеной беседовали дежурные, он явственно различал их слова. Теперь особенно важно было соблюдать полную тишину.

Подняв бочонок, Кеннеди сразу же опустил его на пол — он оказался слишком тяжелым. Один человек не мог унести его, не задев тюков и ящиков, заполнявших склад. Скользя по узким проходам между ними, Кеннеди вернулся в зал. Просунув голову через дыру в перегородке, он тихонько позвал Дорика, чей темный силуэт выделялся на светлом фоне стены.

Услышав зов матроса, Дорик подошел к нему.

— Как ты долго! — прошептал он, наклонясь к дыре. — Что случилось?

— Ничего, — так же тихо ответил Кеннеди. — Не так-то просто двигаться там, в складе.

— Бочонок у тебя?

— Нет, мне самому не справиться. Помоги поднять его.

Дорик пролез в дыру и прошел на склад следом за Кеннеди. Вдвоем они подняли бочонок и принесли его в зал суда. Тотчас же Дорик направился обратно в склад.

— Куда ты? — шепотом спросил Кеннеди.

— За вторым бочонком, — ответил Дорик. — Поспешим, скоро рассветет.

— За вторым? — удивленно переспросил Кеннеди. — Да ведь и одного хватит, чтобы взорвать всю Либерию!

— Возьмем еще один, — повторил Дорик.

— Для чего?

— У меня свой расчет. Когда отделаемся от Кау-джера, надо стать хозяевами положения. Тогда-то порох нам и пригодится.

— А до тех пор куда ты его денешь?

— Спрячу в надежный тайник. Не беспокойся.

Кеннеди нехотя повиновался, и через четверть часа оба бочонка стояли рядом. Дорик просверлил в одном из них дыру, отсыпал через нее немного пороха, затем вынул из кармана нечто вроде мокрого шнура, сплетенного из ниток, отрезал от него кусок, вывалял его в порохе и для пробы поджег. Огонь затрещал, пробежал по шнуру и потух.

— Прекрасно, — заявил Дорик. — Пять сантиметров в минуту. Значит, весь фитиль сгорит за двадцать минут. Это даже больше, чем требуется.

Он подошел к бочонку.

Внезапно раздался глухой шум. Дорик замер на месте и переглянулся с Кеннеди. Оба смертельно побледнели. Но тревога их была напрасной. К Дорику сразу же вернулось обычное хладнокровие.

— Дождь, — сказал он, подойдя к двери и выглянув наружу.

И в самом деле пошел проливной дождь. Теперь стала понятна причина их испуга: капли дождя яростно барабанили по крыше. Это обстоятельство благоприятствовало заговорщикам. Дождь смоет все следы, которые могли бы их выдать, если бы случайно подозрение пало на них. С другой стороны, шум дождя заглушит неизбежное потрескивание фитиля.

Все же следовало торопиться. Небо на востоке уже порозовело. Через несколько минут окончательно рассветет, а Дорик, достаточно хорошо изучивший привычки Кау-джера, знал, что тот не замедлит выйти из дому.

— Скорее! — приказал он.

Они размотали фитиль, засунули один его конец в бочонок, и Дорик поднес зажженную спичку к другому концу фитиля. Затем оба быстро выскользнули из дома, унося с собой второй бочонок.

Братья Мур и Сердей стояли на своих постах. Дорик позвал их легким свистом, подав знак, что все благополучно.

Потом все заговорщики скрылись. Гроза продолжала изливать потоки дождя на спящий город.

4. В пещерах

Когда Кау-джер вышел из управления, гроза уже прошла и дождь прекратился. Ветер разогнал тучи, над морем взошло солнце, и его косые лучи позолотили крыши домов Либерии.

Город еще спал. Как всегда, Кау-джер проснулся первым. Глубоко вдыхая свежий утренний воздух, он прошелся по площади, превратившейся после ливня в грязное болото, и сразу же обратил внимание на приоткрытую дверь суда. Не придав этому особого значения, он подошел и хотел закрыть ее, но тут, к своему крайнему удивлению, обнаружил, что дверь взломана. Кому это понадобилось? Неужели в Либерии нашлись такие бедняки, которых могла прельстить скудная обстановка зала суда.

Кау-джер зашел в помещение и, хотя уже с порога заметил бочонок, не сразу сообразил, почему он оказался здесь. Однако после беглого осмотра все стало ясно. Рассыпанный порох… протянутый по полу обгоревший фитиль… Ошибиться было невозможно. Кто-то хотел убить губернатора и вместе с ним взорвать все управление.

Это открытие поразило Кау-джера. Значит, какие-то колонисты так ненавидели его! Он стал соображать, кто бы мог это сделать. Пока у него не было оснований обвинять кого-либо, но Кау-джер хорошо знал всех жителей города, и поэтому его подозрения ограничились небольшим кругом лиц. Фердинанд Боваль, несмотря на его новую должность?.. Возможно… Льюис Дорик?.. Более чем вероятно… И, во всяком случае, кто-то из их приверженцев.

Осмотрев весь зал, Кау-джер обнаружил дыру, проделанную в перегородке, и понял, что бочонок был похищен со склада и перенесен сюда. Преступник поджег фитиль и скрылся, но, вопреки его ожиданиям, взрыва не последовало. Фитиль, обгорев на две трети, попал в лужу воды и погас.

Откуда же взялась здесь вода? Кау-джер взглянул наверх. Ну конечно, она просочилась во время ливня через щели в крыше. На потолке виднелись свежие потеки, на полу образовалась здоровенная лужа, которая залила фитиль.

Кау-джера охватил страх — не за себя, а за тех, кто находился вместе с ним в управлении: за Хартлпула, жившего там со своими двумя приемными детьми, и за людей, дежуривших прошлой ночью. Они уцелели по чистой случайности. Если бы не ночной ливень и дырявая крыша, все бы они погибли.

Поразмыслив, Кау-джер решил, что не стоит оглашать неудавшееся покушение, дабы не создавать паники среди мирного населения. Закрыв двери, он направился к Хартлпулу, разбудил его и рассказал ему о ночном происшествии. Тот пришел в ужас. Так же как и Кау-джер, он не мог указать виновных, но, не колеблясь, сразу же назвал тех, на кого по логике вещей падало подозрение.

Поскольку Кау-джер запретил говорить о преступлении, Хартлпулу предстояло заделать отверстие в перегородке без посторонней помощи. Пока он ходил за нужными инструментами, Кау-джер отнес бочонок с порохом на прежнее место и тут обнаружил исчезновение еще одного бочонка.

Для чего понадобился преступнику второй бочонок с порохом? Конечно, не для хорошего дела. Но ведь порох без огнестрельного оружия бесполезен, и воры должны были понимать, что им удалось стащить его только благодаря счастливому стечению обстоятельств и что повторить это невозможно...

Вернулся Хартлпул, и они вдвоем вставили обратно часть бревна, вырезанного Кеннеди, заложили пустые промежутки камнями и заделали известкой. Вскоре на стене не осталось никаких следов.

Только тогда Кау-джер сообщил Хартлпулу об исчезновении еще одного бочонка. Дело принимало серьезный оборот. Несомненно, злоумышленники, завладев порохом, подготовят новое покушение, и следовало подумать о средствах защиты. После всестороннего обсуждения Кау-джер и Хартлпул решили увеличить численность милиции с сорока до шестидесяти человек, а пока ограничиться восемью дополнительными караульными, так как в резерве имелось всего восемь запасных ружей. Ночные дежурные будут отныне нести караул не в помещении милицейского участка, а снаружи, сменяясь попарно, и во время пребывания на посту должны регулярно производить обход вокруг управления, тем самым обеспечивая постоянное наблюдение. Кроме того, Кау-джер срочно выписал еще двести ружей, чтобы в будущем можно было отразить любое нападение.

Преступники не оставили после себя никаких следов, за исключением похищенного бочонка с порохом. Чтобы найти этот бочонок, пришлось бы произвести многочисленные обыски, которые, естественно, взволновали бы население, а Кау-джер не хотел этого. Поэтому он счел принятые меры предосторожности пока достаточными. Но Хартлпул дал себе слово держать своего начальника под бдительной и незаметной охраной.

После этих событий жизнь потекла как обычно. Дни шли за днями, воспоминание о странном происшествии сглаживалось и постепенно теряло свою остроту. Повторное покушение при усиленной охране казалось невозможным, и вскоре Кау-джер совсем перестал о нем думать. Захваченный потоком самых разнообразных дел, он всецело отдался созидательному труду. В голове у него непрерывно созревали новые и новые проекты.

Так, не дождавшись окончания строительства плотины для набережной, он решил использовать водопад, расположенный в нескольких километрах вверх по реке, для электростанции, которая снабдила бы весь остров светом и энергией.

Либерия, освещенная электричеством! Кто мог бы это предвидеть два года назад!

И все же не этот проект всецело захватил Кау-джера. Нет, он мечтал о другом, более грандиозном. Дать Либерии электрический свет было, конечно, очень заманчиво, но пользу от этого получили бы только жители острова Осте. К тому же затея не представляла собой особых трудностей, и поэтому казалась правителю просто развлечением. Дело же, которое увлекло его по-настоящему, было куда более трудным и всеобъемлющим. Оно касалось всего человечества.

Впервые мысль о нем возникла у Кау-джера еще во время кораблекрушения «Джонатана».

Когда в ночи раздались пушечные выстрелы, Кау-джер, как известно, зажег костер на мысе Горн. Но он сделал это только один раз, в дальнейшем же никто не сигнализировал кораблям об опасности. А ведь сотням судов приходится огибать крайнюю оконечность Америки в периоды бурь, и никто не зажигает им путеводных огней. Поэтому так часто обломки кораблей усеивают рифы архипелага. Но если бы каждый вечер, с заходом солнца, зажигались огни маяка, своевременно предупрежденные суда могли бы уходить в открытое море и предотвратить грозящую им катастрофу.

С тех пор как Кау-джер попал на мыс Горн, не проходило дня, чтобы он мысленно не возвращался к этому великому плану.

Он не умалял его трудностей и долгое время считал неосуществимым. Но обстоятельства изменились. Будучи правителем расцветавшего края, Кау-джер теперь имел почти неограниченное число рабочих рук. Мечта становилась реальностью.

Материальные затраты не смущали его. Он располагал значительными средствами и мог предоставить Остельскому государству крупные ассигнования. Кау-джер долго не тратил деньги на себя лично. Он отнюдь не стремился к накоплению и к помещению капиталов под проценты и даже пытался забыть о существовании денег. Только однажды, поборов свое отвращение ко всякого рода финансовым операциям, Кау-джер субсидировал торговое предприятие Гарри Родса. Но после того как он изменил своим принципам, у него уже не было причин и впредь оставаться непреклонным, тем более что дело касалось спасения человеческих жизней.

Мог ли он найти для своего богатства лучшее применение, чем сооружение маяка на зловещем мысе, о крутые скалы которого разбилось столько кораблей?

Кау-джера беспокоили иные серьезные препятствия, стоявшие на пути будущего строительства: если территория острова Осте не принадлежала никому, то остров Горн находился во владении Чили.

Согласится ли Чили отказаться от своих прав на голую скалу, принимая во внимание цель, во имя которой хотело ее приобрести Остельское государство? Во всяком случае, следовало начать переговоры, и с первым же попутным кораблем Кау-джер направил официальное послание республике Чили.

Увлекшись новым замыслом, Кау-джер стал забывать об опасности, нависшей над его головой.

В тайниках сознания Кау-джера сохранилась — как отголосок его прежних вольнолюбивых идей — ненависть ко всяким полицейским мерам. Поэтому он с самого начала отказался от тщательного расследования, мотивируя свой отказ нежеланием вызвать волнения среди жителей Либерии.

Заговорщики по-прежнему оставались на свободе, и похищенный порох представлял в их руках страшную угрозу.

Сразу же после покушения Дорик и Кеннеди перенесли бочонок с порохом в одну из пещер Западного мыса.

Их было три: одна, на южном склоне, сообщалась через подземный ход с центральной пещерой, а верхняя выходила на северный склон горы и, следовательно, возвышалась над Либерией. Узкая расщелина, несмотря на резкую крутизну склонов доступная пешеходу, соединяла между собой все три пещеры, но посередине резко суживалась, и приходилось пробираться по ней ползком, чтобы не задеть один неустойчивый камень, поддерживавший в этом месте своды. Падение его могло вызвать обвал.

Дорик и Кеннеди принесли порох в первую из нижних пещер, куда через высокий и широкий проход проникали потоки света и воздуха. Бегло осмотрев ее и не заметив узкого лаза, идущего к верхней пещере, они спрятали тут бочонок под кучей ветвей.

Каково же было изумление Дорика и Кеннеди, когда по возвращении в Либерию утром 27 февраля они увидели, что здание управления цело и невредимо.

По дороге к пещерам, где они прятали порох, и на обратном пути они напряженно прислушивались, ожидая взрыва. Но кругом было тихо. Терзаемые любопытством и не осмеливаясь удовлетворить его, Дорик и Кеннеди разошлись по своим домам.

Неудача с покушением и возможность раскрытия заговора требовали от них особой осторожности, так что в данный момент все сводилось только к одному: остаться незамеченными. Поэтому на следующее утро, на работе, они старались не привлекать к себе внимание.

Только после полудня отважился Льюис Дорик пройти мимо управления. Бросив издали беглый взгляд в сторону суда, он увидел, что слесарь Лоусон чинит взломанную дверь.

По-видимому, мастер не придавал особого значения этому делу. Просто ему приказали вставить новый замок, вот и все. Но его спокойствие ни в коей мере не передалось Дорику. Раз исправляли дверь, значит, взлом был обнаружен, а следовательно, найдены и бочонок с порохом и обгоревший фитиль.

Дорик не знал, кто первый заметил все эти вещи, но не сомневался, что о таком важном происшествии сразу же доложили губернатору и теперь будет сделано все возможное, чтобы отыскать заговорщиков. В первую минуту он растерялся — вероятно, заговор раскрыт! — но вскоре, поразмыслив, успокоился. В конце концов, доказательств его вины не было, а если даже и возникли подозрения, ведь нельзя арестовать и тем более осудить человека на основании одних только подозрений! И пока сообщники молчат, вообще никаких улик нет.

Несмотря на все эти рассуждения, Дорик страшно разволновался, когда к концу рабочего дня столкнулся лицом к лицу с Кау-джером, пришедшим посмотреть на работы в порту.

По внешнему виду правителя нельзя было предположить, что произошло нечто необычайное. Но Дорик знал, что в спокойствии Кау-джер бывает опаснее, чем во гневе, и подумал: «Если губернатор так спокоен — значит, напал на след». Опустив глаза, он притворился, будто целиком захвачен работой.

Но постепенно тревога Дорика улеглась, и с каждым днем его уверенность в благополучном исходе возрастала. Он убедился, что, хотя похищение пороха и было обнаружено, вследствие чего изменили порядок несения караульной службы, жизнь города течет нормально. Тем не менее две недели сообщники избегали друг друга и так примерно вели себя, что даже одним своим поведением могли навлечь на себя подозрения.

Через некоторое время они начали перебрасываться на ходу отдельными словечками, а потом, видя, что им ничто не угрожает, возобновили вечерние прогулки и тайные сборища. Наконец они настолько осмелели, что даже решились пойти в пещеру, где находился бочонок с порохом.

Он оказался на месте, и это окончательно успокоило преступников. С той поры пещера превратилась в постоянное место их встреч. Через месяц после неудавшегося покушения они стали приходить туда каждый вечер и вели нескончаемые разговоры об одном и том же. Больше всего возмущала их необходимость подчиняться наравне с другими закону о труде.

Постоянно подхлестывая друг друга взаимными жалобами, они мало-помалу забыли о постигшей их неудаче и принялись изыскивать новые способы убийства Кау-джера. Озлобление заговорщиков дошло до предела, и наконец настал день, когда они почувствовали, что больше не в силах повиноваться губернатору.

В этот день, 30 марта, пятеро приятелей выйдя из города поодиночке, встретились через несколько километров на пути к пещерам. Дорик, погруженный в мрачное раздумье, не произносил ни слова. Остальные, также молча, следовали за ним. Тягостное безмолвие напоминало предгрозовое затишье.

Дорик первым вошел в пещеру и вдруг в ужасе попятился — там ярко горел огонь.

Значит, здесь кто-то был, и, видимо, совсем недавно!

Огонь! Дорик сразу подумал о порохе. Если бы костер развели чуть-чуть дальше, тех, кто его зажег, уже не было бы в живых. Сами того не подозревая, эти люди избежали смертельной опасности.

Дорик бросился к куче хвороста. Бочонок лежал на месте. Его не обнаружили, когда брали сухие ветви для весело искрившегося костра.

Тем временем Кеннеди осматривал вторую пещеру, освещая ее горящей веткой. Вскоре он вернулся и успокоил остальных — там никого не было. Наверно, случайные гости уже ушли.

Кеннеди хотел затоптать костер, но Дорик резко остановил его и подбросил в огонь новые сучья. Товарищи с изумлением смотрели на него.

— Ну, вот что, друзья, — сказал, повернувшись к ним, Дорик, — с меня хватит... Сюда уже приходил кто-то... Могут прийти опять и найти порох... Надо действовать.

Все согласились с ним, за исключением Сердея, хранившего невозмутимое молчание.

— Когда же? — спросил Фред Мур.

— Сегодня вечером, — ответил Дорик. — Я все обдумал... У нас нет оружия, но я сделаю бомбу... сам... сегодня же. Спрессую порох в нескольких слоях ткани, пропитанной смолой... Для этого мне и нужен огонь... чтобы растопить смолу. Конечно, моей бомбе далеко до усовершенствованных снарядов, с часовыми механизмами... но выше головы не прыгнешь... Я не химик... В некоторых местах пропущу через нее фитиль... Он будет гореть тридцать секунд... Этого достаточно, чтобы зажечь и бросить. Я проверил... Как бы то ни было, бомба сделает свое дело...

Заговорщиков поразил странный вид Дорика: он дрожал как в лихорадке, лицо его судорожно подергивалось, голос прерывался, взгляд блуждал как у безумного. Но врачи не сочли бы его умалишенным, хотя он и говорил как в бреду. Злоба и ненависть, накопившиеся за всю жизнь, душили его. Не в силах справиться с собой, он, однако, сохранял всю ясность рассудка, насколько это возможно для человека, ослепленного гневом.

— Кто же бросит бомбу? — тихо спросил Сердей.

— Я, — ответил Дорик.

— Когда?

— Сегодня ночью. Около двух часов я постучусь в управление, Кау-джер пойдет открывать… Услышав его шаги, зажгу фитиль… А как только дверь откроется, брошу бомбу.

— А сам?

— Успею отбежать… Но если даже и подохну, все равно с Кау-джером надо покончить.

Наступило тягостное молчание. Зловещий замысел Дорика потряс его сообщников.

— Значит, — медленно произнес Сердей, — мы тебе не нужны?

— Мне никто не нужен! — крикнул Дорик. — Трусы могут убираться на все четыре стороны!

Эти слова задели присутствующих за живое.

— Я остаюсь, — заявил Кеннеди.

— И я, — сказал Уильям Мур.

— И я тоже, — повторил Фред Мур.

Сердей промолчал.

В пылу спора, сами того не замечая, они заговорили громче, совершенно забыв о том, что люди, зажегшие костер, могли оказаться поблизости и услышать их преступные речи.

И действительно, их услышал — совершенно невольно — Дик, но он был еще так мал, что, даже обнаружив его, заговорщики не испугались бы.

30 марта у Дика и Сэнда был свободный день. Поэтому они вышли из города рано утром, чтобы поскорее добраться до пещер, в которых когда-то любили играть.

Дети очень непостоянны в своих привязанностях и вкусах. В один прекрасный день они бросают излюбленные забавы, как бы пресытившись ими, а потом, когда им надоедает другое развлечение, вдруг опять возвращаются к ним.

Так было и с пещерами. После долгого перерыва Дик и Сэнд снова направлялись туда, на ходу обсуждая важный вопрос о предстоящей игре. Точнее, Дик, по обыкновению, командовал, а Сэнд покорно внимал его приказам.

— Старина, — начал Дик, когда они миновали дома на окраине, — я скажу тебе что-то интересное.

Сэнд сразу же навострил уши.

— Сегодня мы будем играть в ресторан.

Сэнд кивнул головой в знак согласия, хотя, по правде говоря, ничего не понял.

Дик вынул из кармана спичечную коробку.

— Что скажешь на это? — торжествующе спросил он.

— Спички! — воскликнул Сэнд, восхищенный такой необыкновенной игрушкой.

— А на это? — продолжал Дик, вытаскивая из кармана с полдесятка картофелин.

Сэнд радостно захлопал в ладоши.

— Так вот, — властно заявил Дик, — ты будешь хозяином ресторана, а я — посетителем.

— Почему? — наивно спросил Сэнд.

— Потому! — ответил Дик.

На такой безоговорочный довод Сэнду нечего было возразить, и, когда они пришли на место, все произошло так, как пожелал его деспотичный друг.

В одном углу пещеры они нашли неизвестно откуда взявшуюся кучу хвороста. Взяв из нее несколько сучьев, они подожгли их, соорудили великолепный костер и стали печь картошку. А потом началась настоящая игра.

Сэнд замечательно изображал хозяина ресторана. Дик был не хуже в роли посетителя. Надо было видеть, с какой непринужденностью он вошел в пещеру (само собой разумеется, для большей правдоподобности сначала он вышел оттуда), как чинно уселся на земле перед воображаемым столом, как надменно потребовал все кушанья, названия которых знал.

Дик заказал яйца, ветчину, цыпленка, солонину, рис, пудинг и всякие разные яства.

Клиент мог безнаказанно требовать все, что ему было угодно, — никогда еще не существовало ресторана с таким разнообразным меню. У хозяина имелось решительно все. Что бы ни заказывали, он, не колеблясь, отвечал: «Извольте, сударь!» — и немедленно приносил желаемое кушанье. Никто не усомнился бы в том, что это и на самом деле яйца, ветчина или цыпленок, хотя какой-нибудь поверхностный наблюдатель мог бы случайно спутать их с простыми картофелинами!

Но всему приходит конец. Истощаются даже самые обильные запасы и насыщаются даже самые ненасытные желудки. По чудесному совпадению, то и другое совершилось одновременно — именно в тот момент, когда, к великому огорчению Сэнда, была съедена последняя картофелина. Он разочарованно протянул:

— Ты все съел…

Дик снисходительно улыбнулся:

— Но ведь я был посетителем. Не станет же сам хозяин есть свои продукты!

Но на этот раз Сэнда не так-то просто было убедить.

— А мне ничего и не досталось, — растерянно произнес он.

Дик повысил голос:

— Может быть, ты еще скажешь, что я — обжора? Тогда, черт возьми, я больше не играю с тобой!

— Ну, что ты! — взмолился Сэнд, испугавшись угрозы.

Дику только этого и надо было.

— Хорошо, — благодушно согласился он, сразу же отказавшись от мщения. — Теперь я буду хозяином, а ты — посетителем.

После перемены действующих лиц игра возобновилась. Сэнд вышел из пещеры, снова вернулся и сделал вид, что садится за стол. Дик подбежал и предупредительно поднес ему булыжник. Но так как Сэнд не обладал таким даром воображения, как Дик, он не понял, что от него требуется, и растерянно смотрел на камень.

— Дурак, это же счет, — объяснил Дик.

— А я еще ничего не заказал! — возмутился Сэнд.

— Так ведь больше ничего нет, и остается только заплатить за обед. В ресторане надо платить. Ты скажешь: «Гарсон, дайте счет». А я отвечу: «Пожалуйста, сударь». Ты скажешь: «Вот цент за обед и цент вам на чай». Я скажу: «Спасибо, сударь». И ты дашь мне два цента.

Они превосходно разыграли эту сцену. Сэнд тоном ресторанного завсегдатая приказал: «Гарсон, счет!», а Дик так услужливо откликнулся: «Пожалуйста, сударь!», что его можно было принять за официанта первоклассного ресторана. Сэнд в восторге дал ему два цента. Но вдруг он вспомнил о картошке, которую съел Дик.

— Ты все съел сам, а мне приходится платить, — сказал он грустно.

Дик сделал вид, будто не расслышал, но покраснел до ушей.

— Мы купим лакричного соку в магазине Родса, — пообещал он, чтобы заглушить угрызения совести. Затем, как опытный дипломат, желающий сразу покончить с неприятным инцидентом, добавил: — Будем играть в другую игру.

— В какую? — спросил Сэнд.

— Во льва и охотника. Ты будешь путешественником, а я львом, — заявил Дик, немедленно присваивая себе выигрышную роль. — Ты войдешь в пещеру, чтобы отдохнуть, а я прыгну на тебя.

Ты закричишь: «На помощь!» Тогда я выбегу, а потом прибегу опять, но теперь я уже стану охотником и убью льва.

— Но как же ты сможешь убить льва, если ты сам — лев? — возразил Сэнд.

— Нет, я уже буду охотником.

— А кто же бросится на меня?

— Глупый, конечно, я — но тогда, когда еще буду львом.

Сэнд погрузился в раздумье, пытаясь разобраться в в предстоящей игре, но Дик прервал его и, не объяснив все толком, приказал:

— Сейчас ты уходи, а потом возвращайся. Лев будет поджидать тебя среди скал. У тебя еще много времени... Помни, что я — лев и буду в засаде. Львы очень долго сидят в засаде... А ты поднимись по переходу до верхней пещеры и войди совершенно спокойно — ведь ты ничего не знаешь о том, что тебе грозит опасность. Только тогда ты услышишь рыкание льва...

Дик испустил леденящее душу рычание.

Сэнд вышел и стал подыматься по расщелине. Ему предстояло спуститься в пещеру и стать покорной жертвой страшного льва.

Тем временем Дик спрятался между скалами. Ожидание не казалось ему долгим: ведь он был лев, а львы умеют терпеливо подстерегать свою добычу. Ни за что на свете Дик не высунул бы даже кончика носа раньше времени! Изредка он, хотя и в полном одиночестве, добросовестно издавал тихое ворчание, предвещавшее громкий и ужасающий рев, с которым свирепый лев набросится на несчастного путешественника. Эти подготовительные упражнения были прерваны появлением нескольких человек, взбиравшихся на гору.

Дик настолько вошел в роль льва, что и в самом деле не побоялся бы наброситься на них, однако его превращение в царя пустыни не помешало ему узнать Льюиса Дорика, братьев Мур и Сердея. Мальчик скорчил гримасу — он не любил этих людей, особенно Фреда Мура, которого считал своим личным врагом.

К великому негодованию Дика, вся компания скрылась в пещере, и вскоре до него донеслись их удивленные возгласы — они увидели костер.

— Это не их пещера! — сердито пробормотал Дик. Но вдруг прислушался...

Они заговорили о порохе и о бомбе. Последнее слово, которое он плохо расслышал, связывалось с именем губернатора и Хартлпула.

Может быть, он находился слишком далеко, и поэтому-то не расслышал? Дик осторожно подполз ко входу в пещеру, откуда отчетливо слышалось каждое слово. Он узнал голос Сердея.

— А что дальше? — спросил бывший повар, неизменный критик всех предложений Дорика. — Бомба — ведь это не то, что порох. Ты не сможешь уничтожить их всех разом. Убьешь Кау-джера — останется Хартлпул и охрана...

— Ерунда! — раздраженно ответил Дорик. — Их я не боюсь. Если снять голову, туловище не опасно.

«Убить!»... «Снять голову губернатору!»... Дик сразу же стал серьезным и, задрожав, начал прислушиваться к этим страшным словам.

5. Герой

«Снять голову губернатору!»... Дик мгновенно позабыл об игре. Надо скорее бежать в Либерию и сообщить обо всем услышанном!

Поспешив, он оступился, и камни с шумом покатились из-под его ног. Тотчас же из пещеры выскочил какой-то человек. Перепуганный Дик узнал Фреда Мура. И тот заметил мальчика.

— А, это ты, сопляк! — крикнул он. — Какого черта тебе здесь нужно?

Дик, оцепенев от страха, молчал.

— Ты что, язык проглотил сегодня? — снова раздался грубый окрик Фреда Мура. — Обычно ты за словом в карман не лезешь. Ну погоди, сейчас заговоришь!

От этой угрозы ноги Дика сами пришли в движение, и он пустился наутек. Но враг сразу же догнал его, схватил за руки и поднял над землей как перышко.

— Ах, чертенок! — выругался Фред Мур, держа на весу свою жертву. — Я тебе покажу, как подслушивать!

Он внес мальчика в пещеру и бросил к ногам Льюиса Дорика.

— Вот кого я поймал, — сказал Фред Мур. — Он подслушивал нас.

Сильным пинком Дорик поставил мальчика на ноги.

— Что ты тут делал? — сердито спросил он.

Дику было так страшно, что он дрожал как лист, но мальчишеская гордость победила страх, и, вскинув голову, он звонко выкрикнул:

— Не ваше дело! Все имеют право играть в пещере. Она не принадлежит вам.

— Я тебя научу вежливости, паршивец, — буркнул Фред Мур, отвесив пленнику тяжелую затрещину.

Но Дика нельзя было сломить побоями. Он скорее дал бы превратить себя в котлету, чем поддаться врагам. Мальчик не согнулся под ударами, — выпрямившись и сжав кулаки, он смело бросил в лицо своему мучителю:

— Негодяй!

Но Фреда Мура трудно было оскорбить. Не обратив внимания на слова Дика, он повторил:

— Говори, что ты слышал, или...

Он начал избивать Дика, осыпая его градом ругательств. Стиснув зубы, мальчик упорно молчал.

— Оставь его, — вмешался Дорик, — так ты ничего не добьешься. Да и неважно, слышал он что-нибудь или нет. Мы ведь все равно не выпустим его.

— Уж не собираешься ли ты убить мальчишку? — осведомился Сердей, противник всяких крайних мер.

— Не стоит мараться! — проворчал Дорик. — Надо просто заткнуть ему глотку. Есть у кого-нибудь веревка?

— На, — сказал Фред Мур, вынимая ее из кармана.

— Возьми и это, — добавил его брат Вильям, протягивая кожаный пояс.

Дику связали ноги и скрутили руки за спиной. Затем Фред Мур перенес его во вторую пещеру и бросил, как мешок, на землю.

— Лежи тихо, гаденыш, не то будешь иметь дело со мной! — пригрозил он и вернулся к товарищам.

Дорик уже растопил смолу и, соблюдая все меры предосторожности, начал готовить смертоносное оружие.

Тем временем судьба пятерых негодяев решалась независимо от них.

Сэнд, направляясь к месту встречи, где по условиям игры ему предстояло стать жертвой кровожадного льва, увидел издали, как его товарища поймали и втащили в пещеру. Мальчик ужасно перепугался. Почему схватили Дика? Зачем Фред Мур унес его в пещеру? Что с ним сделали? Может быть, его убили? А может, он ранен и нуждается в помощи? Если так, то Сэнд спасет его.

С быстротой серны он взбежал на гору, добрался до верхней пещеры и по узкому, скрытому переходу снова спустился в нижние пещеры. Менее чем за четверть часа он добрался до места, где туннель расширялся, образуя подобие естественного грота. Туда был брошен Дик.

Тусклый свет проникал снаружи через узкую расщелину. Из пещеры доносились приглушенные голоса Льюиса Дорика и его сообщников.

Понимая, как важно соблюдать тишину, Сэнд медленно и бесшумно подкрался к Дику. Вытащив из кармана нож, с которым — как настоящий юнга — он никогда не расставался, Сэнд перерезал веревки, связывавшие Дика. Тот сразу же вскочил на ноги и, юркнув в туннель, помчался по галерее, карабкаясь по крутому каменистому склону, падая и снова поднимаясь. Сэнд, задыхаясь, едва поспевал за ним.

Мальчикам удалось бы легко скрыться, если бы именно в этот момент Фреду Муру не пришло в голову взглянуть на пленника. Ему показалось, будто в глубине полутемной пещеры кто-то шевелится. Не раздумывая, он бросился вперед и тут обнаружил узкий подземный ход, о существовании которого даже и не подозревал. Фред, чертыхаясь, ринулся в погоню.

Хотя дети находились от него уже на расстоянии метров пятнадцати, Фреду Муру с его длинными ногами нетрудно было догнать их, тем более что в этом месте галерея была относительно высокой и просторной. Только кромешная тьма мешала ориентироваться в незнакомом месте.

Ослепленный яростью, Фред Мур гнался за детьми, не думая о том, что может разбить голову о какой-нибудь выступ скалы.

Дик и Сэнд напрягали последние силы, стремясь скорее добежать до самого узкого места в туннеле, где нависавшие своды держались на одном-единственном камне. Дальше взрослый человек мог продвигаться только ползком. На это и рассчитывали мальчики — в этом было их спасение.

Наконец они достигли цели. Дик, наклонившись, первым благополучно пролез под камнем. Сэнд, бегущий вслед за ним, вдруг почувствовал, что кто-то коснулся его ноги.

Фред Мур в темноте не заметил каменного выступа и с такой силой ударился о него лбом, что, оглушенный, свалился на землю. Но именно благодаря его падению погоня неожиданно увенчалась успехом: инстинктивно протянув вперед руки, он вцепился в ногу мальчика.

Сэнд решил, что погиб. Сейчас Мур прикончит его... снова погонится за Диком... схватит его, опять свяжет и бросит в пещеру... И никто не услышит их криков о помощи... Или же его друга сразу убьют...

Неизвестно, так ли думал в эту минуту Сэнд и успел ли он заранее обдумать свое отчаянное решение — ведь все совершилось с молниеносной быстротой.

По-видимому, у каждого человека существует второе «я», которое в определенных случаях действует помимо его воли. Благодаря этому «подсознанию», как его называют ученые, мы внезапно разрешаем задачу, над которой бились долго и тщетно и о которой уже перестали думать. Это оно подчас толкает нас на неожиданные поступки, внешне вроде бы и не зависящие от нашего разума, но причина которых кроется все-таки внутри нас.

Сэнд сознавал лишь одно: он должен любой ценой остановить погоню и спасти Дика. Все остальное произошло как бы помимо него — руки сами протянулись и крепко ухватились за неустойчивую глыбу, поддерживавшую потолок галереи, в то время как Фред Мур, не подозревая об опасности, продолжал тащить его за ногу. Камень покачнулся... сдвинулся с места... Раздался грохот, и свод рухнул.

Услышав шум обвала. Дик остановился и прислушался. Но все мгновенно стихло. Он позвал Сэнда сначала шепотом, потом вполголоса. Не получая ответа. Дик громко и отчаянно закричал.

Кругом царили тишина и мрак. Позабыв о преследовании, мальчик решил вернуться обратно, но, пройдя несколько шагов, наткнулся на груду обломков, завалившую проход. Все стало понятно: Сэнд был погребен в каменной могиле. На мгновение Дик застыл на месте, потом пустился бежать по проходу как безумный и, выбравшись из пещер, кубарем скатился с горы.

Кау-джер спокойно читал перед сном, как вдруг двери распахнулись настежь, и какое-то растрепанное, окровавленное существо, испускавшее нечленораздельные звуки, бросилось к его ногам. Изумленный Кау-джер с трудом узнал в нем Дика.

— Сэнд!.. Губернатор!.. Сэнд!.. — простонал мальчик.

— Откуда ты? Что случилось? — строго спросил Кау-джер.

Но Дик, казалось, ничего не понимал. Глаза его блуждали, слезы струились по щекам, и, задыхаясь, он то и дело повторял бессвязные слова, дергая Кау-джера за руку, как будто пытаясь повести его за собой:

— Сэнд... Губернатор!.. Сэнд... Пещера... Дорик... Мур... Сердей... Бомба... Снять голову... Сэнда завалило... Губернатор!.. Сэнд...

По этим отрывистым словам Кау-джер догадался, что в пещерах совершилось какое-то преступление, в котором были замешаны Дорик, Мур и Сердей. Не стал ли их жертвой Сэнд? Бесполезно было расспрашивать Дика. Несчастный мальчик совершенно потерял рассудок и жалобно твердил одни и те же слова.

Кау-джер позвал Хартлпула:

— Что-то произошло в пещерах. Возьмите пять человек с факелами и ступайте туда за мной. Не задерживайтесь.

Потом, не отпуская руки Дика, вышел из дому и быстро направился в горы. Две минуты спустя Хартлпул и пять вооруженных мужчин последовали за ним.

И тут произошло роковое недоразумение: Кау-джер приказал Хартлпулу идти к пещерам, но не сказал, к каким именно, и Хартлпул, не видя в темноте, куда скрылся Кау-джер, повел свой отряд к другим пещерам, к тем самым, в которых некогда прятал ружья.

Тем временем Дик и Кау-джер обогнули оконечность мыса с севера и вышли с противоположной стороны к пещере, которую Дорик превратил в свой штаб.

Услышав громкий возглас Фреда Мура, обнаружившего бегство мальчика, Дорик бросил было работу и направился на помощь к другу, но, решив, что тот и сам справится с ребенком, вернулся к прерванному занятию.

Дорик уже закончил изготовление бомбы, а Фред Мур все еще не возвратился. Тогда товарищи, удивленные и обеспокоенные его продолжительным отсутствием, спустились в нижнюю пещеру, освещая себе путь факелами. Впереди шел Уильям Мур, за ним — Дорик и последним — Кеннеди. Сердей сначала хотел пойти с ними, но передумал и повернул назад. Пока его друзья обшаривали все закоулки, он, пользуясь наступлением ночи, укрылся за ближайшей скалой. Сердей счел исчезновение Фреда плохим предзнаменованием и предвидел всевозможные неприятные осложнения.

Да, повар с «Джонатана» не был, что называется, «лихим парнем». Он предпочитал хитрость, обман и притворство, а борьба в открытую была ему не по нутру. Дрожа за свою шкуру, он остался в стороне, решив, что будет действовать только наверняка и в зависимости от того, как обернутся обстоятельства.

Вскоре Дорик и его спутники обнаружили туннель, по которому неизбежно должен был пройти Фред Мур, так как вторая пещера не имела другого выхода. Прошагав метров сто, они вдруг остановились: дорогу преграждал барьер из каменных глыб. Галерея заканчивалась тупиком.

Все с недоумением смотрели друг на друга:

— Куда же, черт возьми, делся Фред Мур?

Встревоженные его таинственным исчезновением, они молча вернулись в первую пещеру. И там их ожидал сюрприз: у входа появились две человеческие фигуры — мужчина и ребенок.

Костер все еще горел, и при свете яркого пламени заговорщики сразу узнали обоих.

— Дик! — воскликнули все трое, пораженные тем, что юнга, которого они так крепко связали, вдруг очутился перед ними.

— Кау-джер! — в бешенстве закричали Мур и Кеннеди и, не помня себя, бросились вперед.

Кау-джер неподвижно стоял на пороге, готовый к внезапному нападению. Бандиты даже не успели вытащить ножи, как он, схватив их за шеи, с такой силой стукнул головами друг о друга, что оба упали оглушенные. Кеннеди так и остался на земле без сознания, а Уильям Мур безуспешно пытался приподняться.

Не обращая на них внимания, Кау-джер сделал шаг к Дорику, который словно застыл на месте в глубине пещеры, держа в руке бомбу с длинным фитилем. Растерявшись при появлении Кау-джера, потрясенный неожиданной развязкой, Дорик не успел прийти на помощь своим сообщникам. А теперь было уже ясно, что дальнейшее сопротивление бесполезно и игра проиграна.

Тогда его охватило бешенство. Кровь бросилась в голову, в глазах потемнело… Нет, пусть хотя бы один-единственный раз победа будет на его стороне! Даже если придется заплатить своей жизнью за смерть Кау-джера!

Дорик подскочил к костру, выхватил пылающий сук, поднес его к фитилю и отвел руку, чтобы бросить смертоносный снаряд…

Дорак подскочил к костру, выхватил пылающий сук и поднес его к фитилю...

Но в пылу гнева убийца, очевидно, не рассчитал скорости горения фитиля или же в самой бомбе был какой-то изъян — так или иначе, но она вдруг разорвалась у него в руках.

Раздался оглушительный грохот. От сильнейшей детонации дрогнула земля. Из раскрытой пасти пещеры вырвался огненный вал.

Тотчас же снаружи раздались тревожные возгласы. Хартлпул и его подчиненные, обнаружив наконец свою ошибку, добрались до места происшествия и увидели, как языки пламени, подобно гигантским змеям, подползали к Кау-джеру, стоявшему в середине огненного кольца, рядом с перепуганным Диком, который судорожно припал к его коленям.

Стражники бросились спасать губернатора, но тот не нуждался в помощи. По счастливой случайности взрывная волна не задела Кау-джера. Повелительным жестом он остановил подбежавших людей.

— Охраняйте вход, Хартлпул! — приказал он обычным тоном.

Пораженные таким невероятным хладнокровием, люди повиновались и оцепили вход в пещеру.

Понемногу дым рассеялся, но от взрыва костер погас, и в пещере стало совершенно темно.

— Дайте свету, Хартлпул, — сказал Кау-джер.

Зажгли факелы и прошли в глубь пещеры. Тогда от наружной скалы у входа отделилась какая-то тень. Это был Сердей. Полагая, что Дорик убит или арестован, он поспешил скрыться.

Тем временем Кау-джер обследовал место катастрофы. Это было ужасное зрелище. На земле, забрызганной кровью, были разбросаны человеческие останки. С трудом опознали невероятно изуродованный труп Дорика. В нескольких шагах от него валялся Уильям Мур с распоротым животом. Дальше лежал Кеннеди. На теле его не было ран; казалось, что он просто спит. Кау-джер приложил ухо к его груди и сказал:

— Жив.

По-видимому, бывший матрос, потеряв сознание от удара Кау-джера, не смог подняться с земли, и это спасло его в момент взрыва.

— Странно, что не видно Сердея, — заметил Кау-джер, оглядываясь, — он ведь всегда был с ними.

Но самый тщательный осмотр пещеры не обнаружил никаких следов повара с «Джонатана». Зато Хартлпул нашел под грудой хвороста бочонок с порохом, лишь незначительная часть которого пошла на изготовление бомбы.

— Второй бочонок! — торжествующе воскликнул он. — Значит, это они ограбили склад!

В этот момент кто-то схватил за руку Кау-джера, и слабый голосок прошептал:

— Сэнд… Губернатор!.. Сэнд…

Дик был прав. Следовало немедля продолжать поиски Сэнда, ставшего, по-видимому, жертвой обвала.

— Веди нас, мой мальчик, — сказал Кау-джер.

Дик бросился к туннелю, соединявшему пещеры, и все, за исключением человека, оставленного возле Кеннеди, поспешили за мальчиком.

Они миновали вторую пещеру и прошли по галерее до места, где произошел обвал.

— Там, — сказал Дик, указывая рукой на нагромождение обломков.

Искреннее отчаяние несчастного ребенка вызывало острую жалость даже у этих закаленных, видавших виды людей.

Он больше не плакал, но его сухие глаза лихорадочно блестели, а запекшиеся губы с трудом выговаривали слова.

— Там? — мягко переспросил Кау-джер. — Но ты же видишь, малыш, что дальше не пройти.

— Сэнд... — упорно повторял Дик, указывая дрожащей рукой на завал.

— Что ты хочешь сказать? — повторил Кау-джер. — Неужели ты думаешь, что твой друг там, внизу?

— Да, — еле слышно произнес Дик, — здесь был проход... еще сегодня... Дорик связал меня... я убежал... Сэнд бежал сзади... Фред Мур чуть не поймал нас... Тогда Сэнд сдвинул камень, и все рухнуло. Он сделал это нарочно, чтобы спасти меня...

Дик умолк и без сил опустился на колени перед Кау-джером:

— О губернатор! Помогите!.. Там Сэнд...

Кау-джер, растроганный, старался утешить ребенка.

— Успокойся, мальчик, — сказал он ласково. — Обещаю тебе сделать все, что в наших силах, чтобы спасти его. За работу, друзья! — скомандовал он, обернувшись к присутствующим.

Все энергично принялись за раскопки. К счастью, обломки скалы оказались не очень тяжелыми, и их можно было отодвинуть или поднять даже без помощи инструментов.

Дик, повинуясь распоряжению Кау-джера, покорно побрел в первую пещеру и уселся около Кеннеди, который понемногу приходил в себя. Охватив колени руками, с остановившимся взглядом, мальчик ждал, горячо надеясь, что Кау-джер выполнит свое обещание.

Внизу же, при свете факелов, продолжалась напряженная работа. Дик не ошибся: под обломками скалы находились человеческие тела. Едва убрали первые камни, как увидели торчавшую под грудой осколков чью-то ногу. Судя по размеру башмака, это была не детская нога, она наверняка принадлежала рослому мужчине. Через несколько минут удалось освободить от каменного покрова туловище и, наконец, — все тело человека, лежавшего плашмя. Повернуть его лицом кверху не удалось — мешала протянутая вперед и зажатая камнями рука. Когда и ее высвободили, оказалось, что пальцы взрослого намертво стиснули ступню ребенка. Окоченевшую руку с трудом разжали и в погибшем только по одежде (так как лицо превратилось в кровавое месиво) опознали Фреда Мура.

Люди не щадили сил. Удастся ли спасти маленького друга Дика? Это казалось маловероятным. Судя по искалеченным, раздробленным конечностям, вряд ли мальчик еще жив.

Но тут временно пришлось приостановить работу: на огромной глыбе, придавившей ноги Сэнда, лежала целая груда тяжелых камней, и следовало действовать крайне осмотрительно, дабы не вызвать нового обвала. Это осложнило и задержало дальнейшие раскопки.

Наконец мало-помалу, сантиметр за сантиметром, глыбу осторожно приподняли и сдвинули в сторону. Ко всеобщему изумлению, под ней оказалась глубокая впадина, в которой, как в каменной колыбели, лежало тело Сэнда. На туловище не было видно никаких повреждений.

Мальчика подняли и бережно перенесли на освещенную факелами площадку. Глаза у него были закрыты, посиневшие губы крепко сжаты, лицо покрыто смертельной бледностью.

Кау-джер наклонился над ним и долго выслушивал.

— Дышит, — сказал он наконец.

Два человека подняли легкую ношу, и все молча двинулись в путь. Медленно шагали они по подземному переходу. От коптящих факелов на стенах плясали зловещие тени.

Голова Сэнда безжизненно покачивалась, из искалеченных ног стекали крупные капли крови…

Когда печальное шествие показалось в наружной пещере, Дик бросился ему навстречу. Он увидел изувеченные ноги и обескровленное лицо. Зрачки его расширились от ужаса… Мальчик глухо вскрикнул и, потеряв сознание, упал на землю.

6. За полтора года

На следующий день Кау-джер поднялся на рассвете. Взволнованный вчерашними мучительными переживаниями, он всю ночь не сомкнул глаз.

Прежде чем покарать преступников, Кау-джер поспешил оказать помощь их невинным жертвам.

Накануне обоих пострадавших перенесли на носилках, сплетенных из ветвей, в управление. Когда Сэнда раздели и положили на койку, выяснилось, что искалечен он еще больше, чем предполагали. Ноги превратились в кровавую кашу из раздробленных костей, клочьев мяса и обрывков кожи.

При виде изуродованного детского тельца у Хартлпула сжалось сердце, и скупые слезы потекли по огрубевшим от морских ветров щекам.

Кау-джер осторожно промыл и перевязал страшные раны. По всей вероятности, Сэнд до конца своих дней останется калекой и уже никогда не сможет ходить.

Несмотря на возможность опасных осложнений, Кау-джер не решился на ампутацию, боясь, что обескровленный организм ребенка не выдержит сложной операции.

Состояние Дика также внушало тревогу. Он не открывал глаз, его воспаленное лицо судорожно подергивалось, дыхание со свистом вырывалось сквозь стиснутые зубы. Мальчик весь горел.

Все эти симптомы очень беспокоили Кау-джера, хотя Дик и не получил никаких телесных повреждений.

Оказав детям первую помощь, Кау-джер, несмотря на поздний час, отправился к Гарри Родсу и сообщил ему обо всем случившемся.

Тот был потрясен и тут же предложил, чтобы его жена и дочь, а также Туллия и Грациэлла Черони поочередно ухаживали за пострадавшими. Госпожа Родс тотчас же оделась и пошла в управление. Обеспечив малышей надлежащим уходом, Кау-джер вернулся домой и попытался уснуть. Но тщетно. Слишком много было пережито, и снова перед ним встали тягостные вопросы.

Из пяти преступников трое погибли, но двое были живы. Один из них, Сердей, скрылся, но несомненно будет задержан. Другой, Кеннеди, ожидал приговора в тюрьме. По их вине чуть не погибли два мальчика.

На этот раз вряд ли удастся скрыть преступление от колонистов. Уж очень много людей были причастны к его раскрытию. Значит, необходимо сурово покарать преступников.

И вот на следующее утро Кау-джер отправился в тюрьму к Кеннеди. Тот поспешно встал при его приближении и даже почтительно стянул свой матросский берет. Для этого смиренного жеста бывшему матросу пришлось поднять одновременно обе руки, скованные короткой железной цепью. Он стоял опустив глаза и покорно ждал своей участи, как животное попавшее в капкан.

Униженная поза Кеннеди показалась Кау-джеру невыносимой.

— Хартлпул! — позвал он начальника милиции.

Хартлпул прибежал из караульного помещения.

— Снимите с него цепи, — приказал Кау-джер.

— Но, сударь… — робко возразив Хартлпул.

— Немедленно! — прервал его губернатор тоном, не допускающим возражений.

Когда Кеннеди освободили, Кау-джер спросил:

— Ты хотел меня убить? За что?

Кеннеди, потупив глаза и переминаясь с ноги на ногу, смущенно мял в руках берет и молчал.

Кау-джер с минуту смотрел на него, потом распахнул двери и, отступив в сторону, бросил:

— Уходи!

Но так как Кеннеди, нерешительно поглядывая на Кау-джера, не двигался с места, тот спокойно повторил:

— Убирайся!

Тогда бывший матрос, втянув голову в плечи, поплелся к выходу. Кау-джер закрыл за ним двери и, не сказав ни слова растерявшемуся Хартлпулу, пошел навестить своих больных.

Сэнд находился в прежнем состоянии, но Дику стало гораздо хуже. В сильном жару он метался по кровати, выкрикивая в бреду бессвязные слова. Лекарств, необходимых для его лечения, на острове не было. Вначале не нашлось даже льда для охлаждающих компрессов, ибо уровень техники на острове Осте еще не обеспечивал получение искусственного льда, а натуральный имелся только зимой.

Но природа словно сжалилась над ребенком. Зима 1884 года выдалась исключительно ранняя и на редкость жестокая. Уже апрель принес с собой лютые морозы и непрерывные бури. Через месяц начался такой снегопад, какого Кау-джер не помнил с тех пор, как поселился на архипелаге Магальянес. Люди выбивались из сил, сражаясь со снегом. В июне вдруг забушевали снежные бураны. Несмотря на все принятые меры, Либерия оказалась погребенной под белым саваном. Сугробы забаррикадировали двери домов. Для прохода пришлось использовать окна вторых этажей, а в одноэтажных домах — пробивать отверстия в крышах.

Жизнь в колонии замерла. Люди общались друг с другом лишь в случае крайней необходимости. Длительное пребывание в закрытых, лишенных свежего воздуха помещениях пагубно отразилось на здоровье либерийцев. Снова вспыхнули эпидемические заболевания, и Кау-джеру пришлось помогать единственному в Либерии врачу, который не мог обслужить всех больных.

Но Дик и Сэнд понемногу стали поправляться. На десятый день после катастрофы Сэнд уже находился вне опасности. Необходимость в ампутации отпала, и раны зарубцевались с быстротой, свойственной молодым организмам. Не прошло и двух месяцев, как ему разрешили встать.

Встать! Это слово, конечно, не соответствовало действительности. Сэнд больше никогда не сможет стоять и передвигаться без посторонней помощи. Несчастный калека был обречен на неподвижность...

Но мальчик не впадал в отчаяние. Едва он пришел в себя, как, забыв о боли, сразу же спросил о своем друге, которому так самоотверженно спас жизнь. Его уверили, что тот цел и невредим, и радостная улыбка впервые за многие дни озарила его измученное личико. Но Дик так долго не приходил, что Сэнд начал нервничать и настойчиво добиваться свидания. Долгое время его просьбу не могли выполнить, потому что Дик лежал без сознания. Несмотря на ледяные компрессы, его голова пылала, температура не снижалась, бред не прекращался. А когда наконец наступил долгожданный кризис, мальчик настолько ослабел, что, казалось, жизнь его держится на волоске.

Однако на смену болезни быстро пришло выздоровление, причем самым целебным лекарством оказалось сообщение о том, что Сэнд тоже вне опасности. Услышав это, Дик облегченно вздохнул и вскоре заснул спокойным сном.

Уже через несколько дней он смог навестить Сэнда, который, убедившись, что его не обманули, больше ни о чем не беспокоился. Сэнд как будто совсем забыл о своем несчастье. Наконец, после долгого перерыва, ему разрешили взять в руки скрипку, и тогда мальчик почувствовал себя совершенно счастливым. А еще через неделю, уступив настойчивым просьбам маленьких друзей, Кау-джер поместил их в одной комнате.

День, когда Сэнду разрешили встать, произвел тягостное впечатление на всех его друзей. В жалком, с трудом передвигавшемся калеке едва можно было узнать прежнего здорового ребенка. Вид искалеченного Сэнда потряс Дика. Он сразу преобразился, словно его кто-то коснулся волшебной палочкой. Мальчик внезапно повзрослел. Исчезли присущие ему вспыльчивость и резкость.

...Стоял июнь. После сильных снегопадов и бурь вся Либерия оказалась покрытой плотным белоснежным одеялом. Приближались самые холодные недели этой суровой зимы.

Кау-джер делал все возможное и невозможное, чтобы хоть как-то избавить людей от длительного пребывания в душных помещениях. Под его руководством организовали игры на воздухе. Через длинный шланг провели воду из реки на болотистую равнину, превратившуюся в замечательный каток. Любители этого спорта, очень распространенного в Северной Америке, могли наслаждаться им вволю. Для тех, кто не умел кататься на коньках, организовывали лыжные походы или головокружительные катания на санках с крутых склонов Южных гор. Постепенно колонисты окрепли, настроение у них улучшилось.

С 5 октября наступило долгожданное потепление. Растаяли снега, покрывавшие прибрежную равнину. Сугробы на улицах Либерии превратились в грязные ручьи. Река разбила свои ледяные оковы, и с южных склонов в нее устремились бурные потоки, заливавшие город. Вода в реке быстро прибывала и за сутки достигла уровня берегов. Либерии угрожало наводнение.

Кау-джер мобилизовал на работы все городское население. Отряд землекопов возводил кольцевой земляной вал, защищавший город от горных потоков и разлива реки. Но несколько домов, в частности дом Паттерсона, расположенный на самом берегу, остался вне защитного сооружения. Пришлось пойти на эту жертву.

Работы, продолжавшиеся днем и ночью, были закончены за сорок восемь часов. И как раз вовремя! Бурлящий водяной шквал, сметающий все на своем пути, обрушился с гор на Либерию. Но земляной вал, подобно стальному клинку, рассек его пополам, отбросив один поток к реке и низвергнув другой в море. Через несколько часов город превратился в крошечный островок среди бушевавших волн. И только вдали, на юго-западе, едва виднелись вершины гор, а на северо-востоке, на высоком холме, — дома Нового поселка. Все дороги между городом и пригородом были затоплены.

Так прошла неделя. Вода еще не спала, когда произошло новое несчастье.

На участке Паттерсона берег, подмытый бурными волнами, обрушился и увлек в водоворот домик ирландца вместе с его обитателями — Паттерсоном и Лонгом.

С самого начала оттепели Паттерсон, вопреки разумным советам, категорически отказывался покинуть свое жилище. Он оставался там и тогда, когда увидел, что его дом очутился вне защитного вала, а часть усадьбы залило водой. И даже волны, набегавшие на порог дома, не заставили упрямого ирландца переменить свое решение.

И вот, на глазах нескольких растерявшихся очевидцев, находившихся в эту минуту на земляном валу, безжалостная стихия в один миг поглотила дом Паттерсона и его обитателей.

Будто удовлетворив свою ярость двойным убийством, наводнение вскоре пошло на убыль. 5 ноября, ровно через месяц после начала оттепели, река вернулась в русло, оставив после себя огромные разрушения.

Улицы Либерии были так изрыты, точно по ним прошел плуг. От дорог, местами совершенно размытых, а местами покрытых густым слоем грязи, осталось только жалкое воспоминание.

Прежде всего пришлось восстанавливать разрушенные пути сообщения. Самой изуродованной дорогой оказалась та, что проходила по болоту к Новому поселку; вот поэтому-то восстановили ее значительно позднее других.

Ко всеобщему удивлению, первым человеком, пришедшим по ней, был не кто иной, как Паттерсон, которого считали утонувшим.

В последний раз его видели рыбаки из Нового поселка: он судорожно цеплялся за ствол дерева, уносимого в море.

Ирландцу посчастливилось выйти живым и невредимым из этой катастрофы. Лонг же, по-видимому, погиб, и поиски его тела ни к чему не привели. Паттерсон направился прямо к своему жилищу и, увидев, что от него не осталось и следа, впал в угрюмое отчаяние. Вместе с домом безвозвратно исчезло все, чем он обладал: и деньги, привезенные на остров Осте, и все богатства, накопленные ценой изнурительного труда и жестоких лишений.

Этот человек, единственным божеством которого был золотой телец, а единственной страстью — стяжательство, потерял все и превратился в самого нищего из всех окружавших его бедняков. Голому и босому, как новорожденному младенцу, ему приходилось строить жизнь заново.

Однако Паттерсон не стонал и не жаловался. Молча сидел на берегу реки, так безжалостно ограбившей его, и обдумывал все, что произошло. Потом встал и решительным шагом отправился к Кау-джеру.

Извинившись за свою смелость, Паттерсон скромно и вежливо заговорил с губернатором, сообщив, что наводнение едва не погубило его и обрекло на самую крайнюю нищету.

Кау-джер, которому Паттерсон внушал глубокую антипатию, ответил довольно холодно:

— То, что с вами случилось, очень прискорбно, но при чем тут я? Вы просите помощи?

При всех своих недостатках Паттерсон не был лишен чувства гордости. Он никогда ни к кому не обращался за помощью. Не будучи слишком щепетильным в способах обогащения, он противопоставлял себя всему свету и накопленному богатству был обязан только самому себе.

— Я не прошу милостыни, — возразил он с достоинством, — а требую правосудия.

— Правосудия? — повторил удивленный Кау-джер. А кого вы обвиняете?

— Город Либерию, — ответил Паттерсон, — и Остельское государство в целом.

— В чем же? — все более и более удивляясь, спросил Кау-джер.

Тогда Паттерсон изложил свои требования. Он считал, что колония должна нести ответственность за потери, причиненные наводнением. Во-первых, потому, что вопрос шел о всеобщем бедствии, и следовательно, все нужно распределить между остельцами поровну. Во-вторых, потому, что колония грубо нарушила свои обязанности по защите граждан и не воздвигла земляного вала по самому берегу реки, чтобы защитить все дома без исключения.

Как ни возражал Кау-джер против этих фантастических обвинений и требований, лишенных основания, как ни доказывал, что, будь вал построен ближе к реке, он наверняка обрушился бы вместе с крутыми берегами и тогда наводнение захватило бы большую часть города, — Паттерсон не хотел ничего слышать и упрямо повторял свое.

Потеряв терпение, Кау-джер прекратил эти бесплодные пререкания. Паттерсон тотчас же отправился в порт, где присоединился к рабочим, но на следующий день подал официальную жалобу председателю суда, Фердинанду Бовалю. Когда-то ирландцу довелось убедиться, что на острове Осте существует правосудие, и теперь он снова взывал к нему.

Пришлось суду разбирать это странное дело. Вполне понятно, Паттерсон проиграл.

Ничем не обнаружив своего недовольства, не обращая внимания на язвительные шуточки ненавидевших его либерийцев, ирландец спокойно выслушал решение суда, вышел из здания и направился на работу.

С тех пор в его душе зародилось новое чувство. Раньше он делил мир на две половины: на одной стороне — он, а на другой — все остальное человечество. Смысл жизни заключался в том, чтобы перекачать как можно больше денег из второй половины в первую. Отсюда вечная борьба, но не вражда.

Теперь же Паттерсон возненавидел и Кау-джера, отказавшегося возместить убытки, и всех остельцев, допустивших гибель его имущества, приобретенного таким тяжким трудом.

Паттерсон тщательно скрывал свою ненависть, хотя в глубине его души она буйно разрасталась и расцветала, как ядовитый цветок в теплице. Сейчас он бессилен против своих врагов, но времена могут перемениться. Он подождет…

Почти все лето колонисты восстанавливали разрушения, причиненные наводнением: исправляли дороги, ремонтировали здания. К февралю 1885 года не осталось никаких следов бедствия, пережитого колонией.

Пока велись эти работы, Кау-джер изъездил весь остров. Теперь он мог совершать поездки верхом — в колонию было завезено около сотни лошадей. Не раз он справлялся о Сердее, но получал самые неопределенные ответы. Только несколько эмигрантов припомнили, что прошлой осенью видели, как бывший повар направлялся на север, в горы, но никто не знал, что с ним сталось потом.

В конце 1884 года в колонию доставили двести ружей, заказанных сразу же после раскрытия заговора Дорика. Теперь Остельское государство располагало почти двумястами пятьюдесятью ружьями, не считая личного оружия, имевшегося у многих колонистов.

В начале 1885 года остров Осте посетило несколько семей огнеземельцев. Как и в прежние годы, бедные индейцы пришли просить приюта и помощи у Кау-джера. Они никогда не забывали того, кто был так добр к индейцам, хотя и покинул их.

Однако, несмотря на любовь огнеземельцев к Кау-джеру, ему никогда не удавалось уговорить их поселиться на острове Осте. Эти племена были слишком независимы, чтобы подчиняться каким-либо законам. Они не променяли бы свою свободу на все блага мира. А по их представлениям оседлая жизнь в домах равносильна рабству. Уверенности в куске хлеба они предпочитали скитания в поисках скудного и случайного пропитания.

В этом году Кау-джеру впервые удалось убедить три семейства пожить, хотя бы временно, в палатках на острове Осте. Эти семьи, состоявшие из наиболее развитых туземцев, обосновались на левом берегу реки, между Либерией и Новым поселком, образовав нечто вроде лагеря, сделавшегося приманкой для остальных индейцев.

Летом произошло еще два примечательных события. Первое касалось Дика. В середине июня оба мальчика окончательно поправились. Правда, Дик очень исхудал за время болезни, но при его прекрасном аппетите можно было не сомневаться, что он быстро наверстает упущенное. Что же касается Сэнда, наука оказалась бессильной. Он был обречен на неподвижность до конца своих дней.

Впрочем, как уже говорилось ранее, маленький калека относился очень спокойно к случившемуся несчастью. Природа наградила его, в противоположность Дику, нежной душой и кротким характером. Он даже не жалел о шумных играх, которые любил Дик. Сэнд предпочитал уединенную жизнь, лишь бы под рукой была всегда скрипка, а рядом — любимый друг.

За время болезни Сэнда Дик превратился в настоящую сиделку. Он помогал больному перейти с кровати в кресло, часами оставался около друга, выполняя его малейшие желания с таким неистощимым терпением, которого никто не ожидал от этого вспыльчивого мальчишки.

Кау-джер, наблюдавший за детьми, очень привязался к ним, особенно к Дику, вызывавшему у него живой интерес. С каждым днем Кау-джер все больше и больше убеждался в исключительной душевной прямоте, тонкости восприятия и живом уме мальчика и искренне жалел, что такие редкие качества остаются втуне.

Он решил уделить этому ребенку особое внимание и передать ему все свои познания. От Дика можно было ожидать многого, захоти он только использовать исключительные способности, отпущенные ему природой.

Однажды, в конце зимы, Кау-джер вызвал Дика для серьезного разговора:

— Вот Сэнд, можно сказать, выздоровел, — начал он, — но ты никогда не должен забывать, мой мальчик, что он стал калекой, спасая тебя.

Дик посмотрел на Кау-джера с грустным удивлением. Почему губернатор так говорит с ним? Разве можно забыть того, кому обязан жизнью?

— Есть только одна возможность отблагодарить Сэнда, — продолжал Кау-джер, — сделать так, чтобы принесенная им жертва научила бы тебя жить не только для себя, но и для других. До сих пор ты был ребенком. Теперь ты должен готовиться стать мужчиной.

Глаза Дика заблестели. Слова Кау-джера запали в его душу.

— Что я должен делать, губернатор? — спросил он.

— Трудиться, — ответил тот. — Если ты обещаешь работать усердно, я стану твоим учителем. Наука — это целый мир, в который мы проникнем вместе.

— О губернатор! — воскликнул Дик, не в силах больше ничего добавить.

И занятия начались. Ежедневно Кау-джер посвящал им один час, а затем Дик учил уроки, сидя возле Сэнда.

Ученик делал замечательные успехи, и приобретаемые знания как бы закрепляли те изменения в его характере, которые вызваны были самопожертвованием Сэнда. Кончились детские проказы и игры во льва и в ресторан. Ребенок, преждевременно созревший из-за перенесенных страданий, превращался в юношу.

Вторым замечательным событием было бракосочетание Хальга и Грациэллы.

Хальгу исполнилось двадцать два года, а Грациэлле шел двадцатый. Это была уже не первая свадьба на острове Осте. С самого начала своего правления Кау-джер создал учреждение, ведавшее гражданским состоянием колонистов.

Будущее новой семьи было надежно обеспечено. Рыбный промысел, возглавляемый Хальгом и его отцом Кароли, давал прекрасный доход. Больше того, возник даже вопрос об устройстве консервной фабрики для экспорта рыбных продуктов. Но, независимо от этого проекта, Хальг и Кароли успешно сбывали свой улов на месте и могли не бояться нужды.

В конце лета пришел довольно неопределенный ответ от правительства Чили. Кау-джера просили дать время на обсуждение его предложения и, видимо, всячески стремились затянуть переговоры.

Вскоре начались заморозки, и снова наступила зима, в течение которой не произошло ничего примечательного, за исключением небольших волнений среди населения, носивших чисто политический характер.

Случайным зачинщиком смуты был не кто иной, как Кеннеди.

Роль этого матроса в компании Дорика была общеизвестна. Такие события, как смерть Льюиса Дорика и братьев Мур, героическое самопожертвование Сэнда, продолжительная болезнь Дика, исчезновение Сердея, а главное — чудесное избавление Кау-джера от уготованной ему гибели, не могли пройти незамеченными на острове Осте.

Поэтому, когда Кеннеди вернулся в колонию, его встретили не слишком-то приветливо, но со временем первые неприятные впечатления сгладились, и все недовольные правлением Кау-джера стали группироваться вокруг бывшего матроса. Как ни говори, а он был незаурядной личностью, и, хотя большинство остельцев считало его преступником, никто не отрицал, что Кеннеди — человек с сильным характером, готовый на все. Поэтому он, естественно, стал главарем оппозиции.

Она состояла, в основном, из лентяев или неудачников, а также из людей, сбившихся с пути. К ним присоединились различные болтуны и политиканы.

Весь этот пестрый сброд хорошо ладил между собой во всем, что касалось противодействия Кау-джеру. Всех их объединяло общее стремление нарушить организованную жизнь колонии. Но если бы это им удалось, то к моменту дележа добычи стяжательские инстинкты бесспорно превратили бы вчерашних союзников в непримиримых врагов.

Возникшие волнения проявились в собраниях и митингах протеста. Эти сборища отнюдь не были многолюдными — на каждом присутствовало не более сотни колонистов, но они шумели так, словно их было не меньше тысячи, и отголоски их речей всегда доходили до Кау-джера.

Ничуть не поражаясь новому доказательству человеческой неблагодарности, он спокойно просмотрел предъявленные требования и даже нашел их отчасти справедливыми.

Действительно, оппозиционеры, утверждавшие, что губернатор ни от кого не получал полномочий, а присвоил их самовольно, как диктатор, были правы. Тем не менее Кау-джер ничуть не раскаивался, что поступил именно так — в то время обстоятельства требовали решительных действий. Теперь же положение совершенно изменилось. Жизнь на острове Осте вошла в определенное русло. Все колонисты были обеспечены работой. Общественные связи непрерывно расширялись.

Возможно, что колонисты уже созрели для более демократической системы? Поэтому, дабы успокоить недовольных, Кау-джер решился на рискованный шаг — провести выборы губернатора и создать совет из трех человек, являющийся исполнительным органом. Выборы были назначены на 20 октября 1885 года, то есть на первые весенние дни.

Население острова уже превышало две тысячи человек, из них тысяча двести семьдесят пять взрослых мужчин. Но некоторые избиратели, жившие слишком далеко от Либерии, не пришли на выборы, так что всего было подано тысяча двадцать семь бюллетеней, из них девятьсот шестьдесят восемь за Кау-джера.

Колонисты оказались достаточно благоразумными, избрав в совет подавляющим большинством голосов Гарри Родса, Хартлпула и Жермена Ривьера. Оппозиция, сознавая свое бессилие, вынуждена была покориться.

Кау-джер воспользовался избранием в совет надежных людей, чтобы осуществить задуманное путешествие, о котором мечтал уже давно: ему хотелось поехать на архипелаг и подробно обследовать остров, по поводу которого велись нескончаемые переговоры с Чили. 25 ноября Кау-джер отправился с Кароли на «Уэл-Киедж», рассчитывая вернуться не ранее 10 декабря.

В день возвращения Кау-джера в Либерию примчался какой-то всадник, покрытый пылью. Видно было, что он приехал издалека и скакал во весь опор. Всадник направился прямо в управление, где и встретился с Кау-джером. Он заявил, что привез важные вести, и просил губернатора принять его немедленно.

Через четверть часа собрался совет колонии. Специальные посыльные отправились во все концы города, чтобы созвать милицию. Не прошло и часа, как Кау-джер уже несся во главе отряда из двадцати пяти всадников в глубь острова.

Причину столь поспешного отъезда не удалось сохранить в тайне. Вскоре поползли зловещие слухи о том, что Осте захвачен патагонцами, войска которых, переправившись через пролив Бигл, высадились на северной стороне полуострова Дюма и теперь движутся на Либерию.

7. Нашествие

Слухи подтвердились, но народная молва, как всегда, преувеличила подлинные факты.

Отряд патагонцев в количестве около семисот человек, высадившийся сутки назад на северном побережье острова, никак нельзя было назвать войском.

Обычно к патагонцам причисляют все племена, обитающие в пампасах Южной Америки и весьма отличающиеся друг от друга в этнологическом отношении. Северные племена, живущие на границе с Аргентиной, относительно миролюбивы. Ведя оседлое существование, они основали множество поселков и даже несколько городков и занимаются сельским хозяйством. Но чем ближе к югу, тем резче меняются их характер и обычаи. Южные племена, куда более воинственные, редко засиживаются на одном месте. Меткие стрелки, лихие наездники, промышляющие главным образом охотой, они-то и являются патагонцами в собственном смысле слова.

У этих племен еще сохранилось рабство. Во время набегов и войн между племенами число рабов непрерывно пополняется. Южные патагонцы ведут постоянные междоусобные войны, которые весьма выгодны соседним государствам.

Напавшие на остров Осте принадлежали к наиболее отсталому племени патагонцев.

Индейцы, совершающие набеги на близлежащие земли, часто переправляются через Магелланов пролив и безжалостно грабят большой остров — Магелланову Землю, называемый также Огненной Землей. Однако до сих пор они никогда не отваживались на такой дальний поход.

Добраться до острова Осте патагонцы могли двумя путями: по Огненной Земле, а затем через пролив Бигл, или же на лодках, по извилистым проливам архипелага. И в том и в другом случае им предстояло столкнуться с большими трудностями: при передвижении по суше индейцам угрожал голод, а во время плавания по морским проливам их легкие пироги могли опрокинуться под тяжестью лошадей.

Кау-джер, мчавшийся впереди своих спутников, думал о том, что заставило патагонцев отважиться на набег, противоречивший их вековым традициям? До некоторой степени это оправдывалось самим фактом существования Либерии. Возможно, что слухи о новом городе распространились на окружающих островах, и молва приписала ему сказочные богатства. Все это подействовало на воображение дикарей и разожгло их грабительский пыл. Конечно, можно было ограничиться и этим объяснением.

И все же дерзость индейцев казалась непонятной. Несмотря на присущую им жадность, вряд ли они рискнули бы без особых к тому причин напасть на такое большое поселение белых людей, как Либерия.

Кау-джер не имел ни малейшего представления, в какой части острова он может встретиться с патагонцами. Где они сейчас? Уже в пути или еще не покинули места высадки? В последнем случае (по сведениям, полученным от гонца) им предстоял переход в сто двадцать — сто двадцать пять километров, для чего потребовалось бы не менее пяти дней.

Так как остельские дороги еще не были полностью восстановлены, Кау-джер, отправившись в путь утром 10 декабря, мог наткнуться на передовые отряды индейцев не ранее вечера 11 декабря.

Неподалеку от Либерии дорога шла берегом Тихого океана, потом, петляя по долине, направлялась к крутому перевалу через высокий горный хребет. На 95-м километре от Либерии она пересекала узкий перешеек полуострова Дюма и тянулась дальше вдоль пролива Бигл.

По этой-то дороге и следовал отряд Кау-джера, к которому по пути присоединилось несколько фермеров на собственных конях.

Тем колонистам, кто имел личное оружие, Кау-джер приказал укрыться по обе стороны дороги в самых недоступных для патагонцев местах, там поджидать врага, обстреливать его и сразу отступать в горы. Он советовал стрелять в лошадей, потому что спешенный патагонец не представляет опасности.

Все остальные, не имевшие ружей, должны были разрушить дорогу. Кроме того, Кау-джер приказал в течение суток уничтожить весь урожай на окрестных полях и все запасы продовольствия на фермах, дабы лишить врага источников питания.

Жителям ближайших ферм ведено было укрыться в усадьбе Ривьера, захватив с собою оружие, а также топоры и косы. Окруженная высоким забором и защищенная многочисленным гарнизоном, усадьба превращалась в настоящую неприступную крепость.

Кау-джер, как и предполагал, достиг перешейка полуострова Дюма 11 декабря, в 6 часов вечера. Здесь не было никаких следов патагонцев. Но теперь, по мере приближения к месту их высадки, требовалась исключительная осторожность, так как в это время года темнело очень поздно.

Только через пять часов показались огни костров неприятельского лагеря. Индейцы сделали привал, чтобы дать отдых коням.

Маленький отряд Кау-джера насчитывал всего тридцать два ружья, включая и его собственное. Но в глубине острова сотни людей старались преградить путь захватчикам: копали рвы, валили деревья, сооружали завалы.

Обнаружив патагонцев, отряд Кау-джера остановился в пяти-шести километрах от перешейка полуострова Дюма. Лошадей отвели в горы, а спешенные всадники, рассеявшись по обрывистым склонам дороги, стали поджидать неприятеля.

Кау-джер не хотел вступать в открытый бой. Он считал, что в данных условиях наилучшая тактика — партизанская война. Защитники острова, скрывающиеся в зарослях на холмах, будут обстреливать врага в то самое время, когда он попытается преодолеть воздвигнутые на его пути препятствия. Известно, что патагонцы не слезают с коней, чтобы преследовать пеших стрелков.

На следующий день, 12 декабря, в 9 часов утра, показались первые отряды патагонцев. За три часа они прошли двадцать пять километров. Медленно двигаясь сомкнутым строем по дороге, ограниченной с одной стороны морем, а с другой крутыми горами, они представляли прекрасную мишень для остельских стрелков.

Внезапно загремели выстрелы. Первые ряды попятились, вызвав смятение во всей колонне. Пули колонистов попали в цель: один индеец извивался в предсмертных судорогах на обочине дороги; две лошади были убиты.

Поскольку других выстрелов не последовало, патагонцы снова тронулись в путь, но через полкилометра натолкнулись на заграждение из поваленных деревьев. Пока они расчищали путь, снова раздались выстрелы — упало еще несколько лошадей. Этот тактический прием успешно повторялся раз десять, пока голова колонны не подошла к перешейку полуострова Дюма. Здесь дорога, суживаясь, проходила через ущелье, где возвышался новый мощный завал, а перед ним был вырыт широкий и глубокий ров.

И вновь, как только индейцы приступили к расчистке пути, на левом фланге возобновилась ружейная пальба. Одни стали отстреливаться наугад, другие же спешили разобрать завал.

Перестрелка усиливалась. Пули свинцовым дождем поливали дорогу, и первые отважившиеся проникнуть в опасную зону были убиты. Индейцы заколебались.

Вся вражеская колонна была на виду у остельских стрелков. Она растянулась больше чем на полкилометра. Из конца в конец то и дело скакали всадники — по-видимому, гонцы, передававшие приказы вождя.

Несколько раз патагонцы пытались продвинуться вперед, и всякий раз терпели неудачу. Только к вечеру они смогли разобрать завал. Теперь ничто, кроме пуль, не преграждало путь наступающим.

И вдруг, решившись на отчаянный прорыв, патагонцы пустили коней в галоп. Три человека и двенадцать лошадей остались на месте, остальным удалось прорваться.

Через пять километров, на открытой местности, где им ничто не грозило, индейцы остановили коней и устроили привал на ночь, а колонисты продолжали свое планомерное отступление, подготовляя позиции на завтра.

На следующий день враг потерял пять человек и тридцать коней. У остельцев же был только один раненый.

На третий день остельцы повторили тот же маневр. К двум часам пополудни патагонцы, проделавшие с начала наступления шестьдесят километров, добрались до вершины горы. После трехчасового непрерывного подъема люди и животные окончательно выбились из сил и были вынуждены расположиться на отдых перед ущельем. Кау-джер воспользовался этим и занял позицию впереди, на некотором расстоянии от них.

Его отряд, насчитывавший теперь около шестидесяти человек, стал по одну сторону дороги, в самой узкой части ущелья. Колонистам, хорошо защищенным нависшими скалами, не угрожали страшные метательные снаряды неприятеля. Сами же они могли стрелять почти в упор.

Едва патагонцы тронулись в путь, как с горы посыпался свинцовый град, сбивший все передние ряды. Сначала индейцы в беспорядке отступили, затем бросились в атаку, но она была отбита. Два часа подряд длилось это побоище, и все безрезультатно. Патагонцы были храбрыми воинами, но плохими стратегами — только потеряв множество людей, они догадались повторить маневр, удавшийся им накануне. Построившись тесными рядами так, что весь отряд слился в единое целое, они бешеным галопом устремились вперед. От дикого конского топота дрожала и гудела земля.

Ружья остельцев яростно поливали неприятеля смертоносным огнем. Но ничто не могло остановить всадников, несшихся с быстротой метеоров. Если один из них падал с коня, задние безжалостно топтали его. Если валилась убитая или раненая лошадь, другие перескакивали через нее и неслись все дальше и дальше. Остельцы понимали, что в этом сражении решается вопрос их жизни или смерти. Они заряжали ружья, целились, стреляли… снова заряжали, целились, стреляли, и так все время. Ружейные стволы раскалились и обжигали руки, но колонисты не прекращали огня. В пылу сражения они безбоязненно покидали укрытия, зная, что на полном скаку патагонцы не могли пустить в ход свое оружие.

Индейцы же, поняв, что силы противника невелики, стремились во что бы то ни стало вырваться из опасного кольца. Им удалось проскочить полосу ружейного огня и, перейдя с галопа на крупную рысь, они двинулись по дороге через перевал. Все стихло. Только изредка, в местах, где скалы нависали над дорогой, раздавались одиночные выстрелы. Патагонцы, не останавливаясь, отвечали на них беспорядочной стрельбой.

Теперь они уже не повторили прежней ошибки и уходили как можно дальше от места последнего сражения. До наступления ночи патагонцы спустились с гор и разбили лагерь. День был утомительным — они проделали шестьдесят пять километров.

Справа от их стоянки набегали на песчаный берег волны Тихого океана. Слева расстилалась равнина. Здесь ночью индейцам не угрожало неожиданное нападение, а поутру они уже достигнут Либерии, находящейся в тридцати километрах к югу.

Теперь отряд Кау-джера уже не мог проскользнуть незамеченным мимо патагонцев, ибо местность была открытая, да и слишком малое расстояние отделяло его от неприятеля. По приказу Кау-джера остельцы тоже устроили привал на несколько часов — люди валились с ног от усталости.

Тактика Кау-джера оправдала себя: за последний день враг лишился не менее пятнадцати человек и пятидесяти лошадей. Можно было надеяться, что, пока индейцы доберутся до Либерии, они потеряют не менее сотни воинов, а главное, понесут большой моральный урон. Вряд ли они ожидали такое сопротивление.

На следующий день остельские стрелки, снова севшие на коней, начали спускаться с гор. Ничто не препятствовало их быстрому продвижению. По сообщениям дозорных, наблюдавших за врагом из засады, опасности пока не предвиделось, так как индейцы ушли далеко вперед.

В три часа дня остельцы достигли места последнего привала индейцев, которые, вероятно, теперь уже находились под Либерией. Еще через два часа, подъехав к усадьбе Ривьера, они заметили на дороге около сотни патагонцев, лишившихся коней во время недавних стычек.

Из усадьбы раздались выстрелы. Несколько патагонцев упало, остальные пытались отстреливаться или спастись бегством, но подошедший отряд Кау-джера отрезал им отступление, открыв по ним огонь. Из ворот фермы выбежали люди с вилами, топорами и косами и преградили захватчикам путь на Либерию. Окруженные со всех сторон, индейцы растерялись, побросали оружие и без боя сдались в плен. Их заперли в сарае. У дверей поставили часовых.

Это была великолепная операция. Колонисты захватили не только сотню пленных, но и сотню ружей, которые — хоть и неважного качества — усиливали боевую мощь отряда Кау-джера. Теперь защитники острова располагали тремястами пятьюдесятью ружьями, тогда как у индейцев их было около шестисот. Силы становились почти равными.

В усадьбе Ривьера Кау-джер узнал, что утром патагонцы пытались перебраться через забор, но после первых же выстрелов с фермы отказались от этого намерения и удалились, не приняв боя.

Воинственные дикари не знали законов тактики. Они шли прямо к цели — в Либерию, не думая о неприятеле, оставшемся у них в тылу.

Кау-джер решил прежде всего допросить пленных. В сарае, куда их заперли, царила глубокая тишина. Связанные индейцы терпеливо ожидали решения своей участи. Сами они превращали пленных в рабов и считали естественным, что с ними поступят точно так же.

Ни один из них даже не взглянул на вошедшего Кау-джера.

— Кто-нибудь говорит по-испански? — громко спросил он.

— Я, — сказал один из пленников, подняв голову.

— Как тебя зовут?

— Атхлината.

— Зачем ты пришел в наши края?

Индеец бесстрастно ответил:

— Сражаться.

— Из-за чего ты хотел сражаться с нами? — спросил Кау-джер. — Мы с тобой не враги.

Патагонец молчал. Кау-джер заговорил снова:

— Никогда твои братья не приходили сюда. Почему же теперь вы ушли так далеко от родных мест?

— Вождь приказал, — спокойно ответил индеец, — воины повиновались.

— Но все-таки, — настаивал Кау-джер, — что вам надо?

— Большой город на юге, — сказал пленник, — там много сокровищ, а индейцы бедны.

— Эти сокровища еще нужно завоевать, — возразил Кау-джер, — горожане будут защищать их.

Патагонец в ответ насмешливо улыбнулся.

— Ведь вот ты и твои братья попали в плен, — продолжал Кау-джер.

— Патагонских воинов много, — заявил индеец с непоколебимой уверенностью, — одни останутся в плену, зато другие вернутся на родину, привязав твоих братьев к хвостам коней!

— Глупости, — возразил Кау-джер, — ни один из вас не войдет в Либерию.

Патагонец опять хитро улыбнулся.

— Ты мне не веришь? — спросил Кау-джер.

— Белый человек обещал, — уверенно ответил индеец, — отдать большой город патагонцам.

— Белый человек? — удивленно повторил Кау-джер. — Разве среди вас есть белые?

Но все дальнейшие вопросы оказались напрасными. Видимо, индеец больше ничего не знал. Кау-джер вышел из сарая очень встревоженный. Кто же этот белый предатель, перешедший на сторону патагонцев?

Следовало как можно скорее вернуться в Либерию, гарнизон которой, возглавляемый Хартлпулом, нуждался в подкреплении. К восьми часам вечера отряд Кау-джера двинулся в путь. Теперь он состоял из ста пятидесяти шести человек, сто два из которых были вооружены ружьями патагонцев.

Полагая, что проникнуть в осажденную Либерию легче пешком, всех лошадей оставили в усадьбе Ривьера. Через три часа Кау-джер со своими людьми приблизился к городу.

Стояла глубокая ночь, и только цепочка огней обнаруживала лагерь патагонцев, расположившихся широким полукругом от болота до реки. Либерия была полностью окружена. Пройти незаметно между постами неприятеля, находившимися на расстоянии ста метров друг от друга, было невозможно. Кау-джер решил сделать привал и обдумать планы на будущее.

Но не все индейцы оставались на правом берегу. Часть из них переправилась через реку выше по течению, и, пока Кау-джер размышлял, на северо-востоке вдруг вспыхнуло яркое пламя.

Это горели дома Нового поселка.

8. Предатель

Пока правитель со своим отрядом боролся с патагонцами, Гарри Родс и Хартлпул, к которым перешла власть, не теряли времени даром. Благодаря мудрой тактике Кау-джера наступление индейцев было приостановлено на четыре дня. Этого времени оказалось достаточно, чтобы организовать оборону города. Либерийцы выкопали два широких и глубоких рва, позади которых вырос земляной бруствер, непроницаемый для пуль. Южный ров, длиной в две тысячи футов, начинался от реки, огибал город полукругом и тянулся до непроходимых болот, в которых кони вязли по самое брюхо. Северный ров, длиной около пятисот футов, шел также от реки к болоту, но уже с другой стороны города, пересекая дорогу из Либерии на Новый поселок. Таким образом город был защищен со всех сторон.

Жители Нового поселка укрылись в Либерии со всем своим имуществом, бросив дома на произвол судьбы.

В первый же вечер после отъезда Кау-джера, еще до окончания работ по укреплению города, вокруг Либерии — на земляных валах и по берегу реки — выставили наблюдательные посты. Правда, пока городу не грозила непосредственная опасность, но все же следовало быть начеку. Поэтому около пятидесяти человек круглые сутки посменно несли караульную службу на постах, размещенных на расстоянии тридцати метров один от другого. Сто семьдесят пять колонистов вооруженные всеми оставшимися ружьями, являлись резервом, находившимся в полной боевой готовности в центре Либерии. Все они назначались поочередно в караул и в резерв, а в случае тревоги население обязано было оказывать посильную вооруженную помощь стрелкам. Хотя у жителей имелись только топоры да ножи, но и это оружие могло пригодиться в рукопашном бою. Благодаря такой организации обороны все население, за исключением караульных, могло спать мирным сном.

Паттерсон, наравне с остальными, подлежал всеобщей мобилизации.

Каковы бы ни были его истинные чувства, он покорился без возражений. Его внутренние переживания были настолько противоречивы, что он и сам не знал, радует ли его или огорчает возникшая опасность. Стоя на посту, он только и думал об этом, стараясь разобраться в хаосе собственных ощущений. В сердце его еще жила злоба на сограждан, на всех колонистов. Поэтому он отнюдь не горел желанием участвовать в каком-либо деле, направленном на благо ненавистных ему люден. С этой точки зрения несение караульной службы представляло для него весьма тягостную обязанность.

Но ненависть не была преобладающим чувством у Паттерсона. Для сильной ненависти, как и для горячей любви, необходимо иметь большое сердце, а мелкая душонка скупца не в состоянии вместить столь сильные страсти. Итак, второй характерной чертой Паттерсона была трусость. Теперь, когда его жизнь оказалась связанной с судьбой всех либерийцев, страх заставил его скрывать свои подлинные мысли. Хотя он с превеликой радостью полюбовался бы со стороны, как пылает ненавистный ему город, тем не менее ирландец понимал, что лишен возможности удрать заблаговременно. К тому же по всему острову рыскали отряды свирепых патагонцев, которые вскоре могли оказаться и под Либерией. В конце концов, защищая город, Паттерсон защищал самого себя, и поэтому он предпочел нести караульную службу наравне с остальными. Правда, приходилось оставаться одному, даже ночью, на передовой линии, под постоянной угрозой быть захваченным патагонцами. Но страх сделал из Паттерсона превосходного часового: он напряженно вглядывался в темноту, непрерывно обходил свой участок, держа палец на курке, готовый выстрелить при малейшем подозрительном шорохе.

Четыре дня прошли спокойно. На пятый день после полудня появились передовые отряды патагонцев, расположившиеся лагерем к югу от города. Теперь находиться в охранении и нести караульную службу было опасно: враг стоял у самых ворот Либерии.

В тот же день, к вечеру, едва Паттерсон заступил на пост на северном валу между рекой и дорогой к Новому поселку, в стороне порта вспыхнул яркий свет — патагонцы начали подготовку к штурму города. По всей вероятности, наступление начнется именно здесь, у дороги к Новому поселку, где, по воле злого рока, поставили на пост Паттерсона!

Ужас охватил ирландца, когда он вдруг услышал, как по дороге приближается большой отряд. Хотя Паттерсон и знал, что путь на Либерию прегражден рвом, наполненным водой, это препятствие, выглядевшее днем непреодолимым, в момент опасности показалось ему ничтожным. Ирландцу уже мерещилось, что свирепые дикари переправились через ров, взобрались на вал и овладели городом...

А тем временем те, кого он принял за индейцев, остановились на краю рва. Паттерсон понял, что там о чем-то совещаются, хотя издали не мог разобрать слов. Потом началась суматоха: подносили бревна, доски и жерди для сооружения переправы. Вскоре ирландец увидел, что по наведенным мосткам цепочкой движутся темные фигуры. Их было много, и при бледном свете ущербной луны лишь поблескивали стволы ружей. Первым шел высокий человек. Паттерсон узнал Кау-джера.

При его появлении сердце ирландца сжалось от радости и гнева. От радости потому, что теперь он поверил в победу, от гнева же потому, что он ненавидел губернатора.

Но почему Кау-джер вошел в город со стороны Нового поселка? А произошло это так.

Заметив в ночи пламя пожара, охватившего пригород, правитель мгновенно составил план действий. Как и патагонцы, он переправился со своим маленьким отрядом через реку, но тремя километрами выше, и пошел через поля прямо на огонь, будто на свет маяка.

Судя по количеству костров, Кау-джер точно определил, что основные силы противника сосредоточены к югу от города.

Следовательно, в районе Нового поселка враг способен оказать лишь слабое сопротивление, преодолев которое остельцы смогут вернуться в Либерию обычным путем.

Последующие события подтвердили правильность расчетов Кау-джера. Его отряд захватил поджигателей порта в то самое время, когда те, не найдя в поселке ничего ценного, в неистовстве разрушали дома. Не встретив ни малейшего отпора и убедившись, что поселок совершенно пуст, захватчики настолько осмелели, что даже не нашли нужным выставить заслоны. Отряд Кау-джера обрушился на них, как гром среди ясного неба. Внезапно раздалась ружейная пальба. Растерявшиеся индейцы обратились в бегство, оставив в руках победителей пятнадцать ружей и пять пленных. Их не стали преследовать — выстрелы могли услышать на том берегу, где находились основные силы индейцев, а Кау-джер опасался привлечь их внимание. Поэтому остельцы поспешно отступили к Либерии. Стычка продолжалась не более десяти минут.

Неожиданное возвращение Кау-джера было не единственным сюрпризом, уготованным судьбой Паттерсону. Через три дня его ожидало еще более сильное потрясение, повлекшее за собою тягостные последствия.

На этот раз он дежурил с шести часов вечера до двух часов ночи на обрывистом берегу реки, около северного вала. Между валом и участком Паттерсона находилось еще трое часовых. Ирландцу повезло — его самого охраняли со всех сторон.

Когда Паттерсон заступил на пост, было еще светло, и обстановка показалась ему вполне благоприятной. Но постепенно опустилась ночь, и им овладели привычные страхи. Снова он напряженно прислушивался к малейшему шороху, снова озирался по сторонам, пытаясь различить в темноте какие-нибудь подозрительные тени.

Но ирландец ожидал опасность издалека, а она была здесь, совсем рядом. Он замер от ужаса, услышав, как в двух шагах от него кто-то тихо окликнул:

— Паттерсон!

Ирландец чуть не закричал, но угрожающий голос шепотом приказал:

— Молчи! — а затем спросил: — Узнаешь меня?

И, так как Паттерсон не мог вымолвить ни слова, невидимый собеседник продолжал:

— Я — Сердей.

Ирландец вздохнул с облегчением. Сердей был своим парнем, хотя его появление здесь было совершенно непонятным.

— Сердей? — переспросил он недоверчиво.

— Да... Тише... Говори шепотом... Ты один?.. Никого нет поблизости?

Паттерсон, всматриваясь в темноту, ответил:

— Никого.

— Не шевелись! — приказал Сердей. — Стой так, чтобы тебя было видно. Я подползу ближе, но ты не поворачивайся в мою сторону.

Зашуршала трава.

— Вот и я, — сказал Сердей, не подымаясь с земли.

Несмотря на запрещение, Паттерсон рискнул повернуть голову в его сторону и увидел, что Сердей промок с головы до ног.

— Откуда ты взялся? — спросил ирландец.

— С реки... Я с патагонцами.

— С патагонцами?! — изумленно воскликнул Паттерсон.

— Да. Полтора года назад, когда я покинул остров Осте, огнеземельцы переправили меня через пролив Бигл. Я хотел пробраться в Пунта-Аренас, а оттуда в Аргентину или еще куда-нибудь дальше. Но патагонцы захватили меня в пути.

— И что же ты у них делаешь?

— Я их раб.

— Раб! — повторил Паттерсон. — Но ты ведь на свободе?

— Посмотри, — коротко ответил Сердей.

Паттерсон внимательно оглядел его и заметил веревку, привязанную к поясу Сердея. Но когда тот пошевелил ею, оказалось, что это не веревка, а тонкая железная цепь.

— Вот моя свобода, — снова заговорил Сердей, — не говоря уже о том, что в десяти шагах отсюда сидят по горло в воде два патагонца, которые стерегут меня. Если я даже и разорву эту цепь, они сразу же бросятся в погоню за мной.

Паттерсона так затрясло от страха, что Сердей заметил это.

— Что с тобой? — спросил он.

— Патагонцы!.. — пролепетал перепуганный насмерть ирландец.

— Не бойся, — сказал Сердей, — они ничего тебе не сделают, ты им нужен. Я сказал, что рассчитываю на тебя, и они послали меня для переговоров.

— Что им надо? — еле слышно спросил Паттерсон.

Сердей помолчал, не решаясь сразу ответить.

— Чтобы ты пропустил их в город.

— Я?! — возмутился Паттерсон.

— Да, ты. Так надо. Послушай, ведь для меня это вопрос жизни или смерти. Когда я попал в плен к индейцам, я стал их рабом, как тебе уже известно. Они всячески мучили меня. Однажды я проговорился, что я из Либерии. Патагонцы решили воспользоваться мною, чтобы овладеть городом, о котором уже много слышали, и обещали освободить, если я помогу им. Ну, ты сам понимаешь, что…

— Тихо! — прервал его Паттерсон.

К ним приближался соседний часовой, решивший поразмяться. Дойдя до границы своего участка, он остановился неподалеку от них и сказал:

— Что-то похолодало к вечеру.

— Д-да… — глухо обронил Паттерсон.

— Доброй ночи, сосед!

— Доброй ночи.

Часовой сделал полный оборот и исчез во мраке. Сердей продолжал:

— ...Ну, ты сам понимаешь, что я, конечно, обещал. Тогда они предприняли этот поход, взяли меня с собой и стерегут днем и ночью. Теперь индейцы требуют, чтобы я выполнил обещанное. Сначала-то они рассчитывали без труда проникнуть в город, а оказалось, что у них погибло много людей и более сотни захвачено в плен. Это их бесит... Сегодня вечером я сказал, что попробую установить связь с товарищем, который не откажется помочь мне. Я узнал тебя издали... Если окажется, что я их обманул — мне крышка...

Пока Сердей посвящал Паттерсона в свои злоключения, тот размышлял. Конечно, приятно было бы видеть Либерию разоренной, а всех жителей, особенно губернатора, убитыми или изгнанными. Но вся эта затея кажется слишком рискованной... Осторожный ирландец предпочитал безопасность.

— Чем же я могу помочь тебе? — холодно спросил он.

— Пропустить нас, — ответил Сердей.

— Для этого я вам не нужен, — возразил Паттерсон, — ведь ты же добрался сюда без моей помощи.

— Один человек может проскользнуть незаметно, — ответил Сердей, — совсем другое дело пятьсот человек.

— Пятьсот!

— Черт возьми! Не думаешь ли ты, что я обращаюсь к тебе за помощью, чтобы совершить приятную прогулку по городу? Для меня Либерия так же ненавистна, как и патагонцы... Кстати...

— Молчи! — вдруг приказал Паттерсон.

Послышались шаги, и вскоре из темноты вынырнули три человека. Один из них подошел к Паттерсону и, приоткрыв фонарь, спрятанный под плащом, осветил на мгновение лицо часового.

— Что нового? — спросил вновь пришедший; это был не кто иной, как Хартлпул.

— Ничего.

— Все спокойно?

— Да.

Проверяющие пошли дальше.

— Так что ты хотел сказать? — спросил Паттерсон после их ухода.

— Я хотел узнать, что сталось с остальными.

— С кем?

— С Дориком?

— Умер.

— А Фред Мур?

— Умер.

— Уильям Мур?

— Умер.

— Черт побери! А Кеннеди?

— Жив и здоров.

— Да не может быть! Значит, ему удалось замести следы?

— По-видимому.

— И он даже вне подозрений?

— Похоже на то. Он все время на свободе.

— А где он теперь?

— Стоит где-нибудь на посту... Точно не знаю где.

— Ты не мог бы узнать?

— Нет. Нельзя уходить с поста. А впрочем, зачем тебе Кеннеди?

— Поговорю с ним, поскольку тебя мое предложение не устраивает.

— А ты полагал, что я пойду на это? — запротестовал Паттерсон. — Думаешь, я буду помогать патагонцам, чтобы всех нас перерезали?

— Не бойся, — возразил Сердей, — они не тронут своих друзей. Наоборот, выделят нам долю после захвата города. Так мне обещали.

— Хм, — недоверчиво произнес Паттерсон.

Тем не менее он заколебался. Отомстить остельцам и вместе с тем поживиться за их счет показалось ему очень заманчивым… Но довериться на слово дикарям!.. И осторожность победила еще раз.

— Все это пустые слова, — решительно сказал ирландец. — Даже при всем желании ни Кеннеди, ни я не сможем пропустить сразу пятьсот человек.

— Это и не нужно, — возразил Сердей, — достаточно пропустить пятьдесят, даже тридцать. Пока первые будут сдерживать натиск либерийцев, остальные успеют пройти.

— Пятьдесят, тридцать, даже десять — слишком много.

— Это твое последнее слово?

— Первое и последнее.

— Значит, нет?

— Нет.

— Что ж, все ясно, — сказал Сердей и начал отползать к реке. Но тотчас же остановился и, взглянув на Паттерсона, добавил: — А знаешь, ведь патагонцы могут заплатить.

— Сколько?

Этот вопрос как будто сам собой сорвался с губ Паттерсона. Сердей снова приблизился.

— Тысячу пиастров, — сказал он.

Тысяча пиастров! В прежние времена эта сумма, хотя и довольно крупная, не потрясла бы воображение ирландца. Но наводнение отняло у него все, что он имел, и за год напряженного труда ему едва удалось скопить какие-то несчастные двадцать пять пиастров, составлявшие теперь все его богатство. Конечно, в дальнейшем оно будет возрастать быстрее, для этого есть немало разных возможностей. Труднее всего (он знал это по опыту) сделать первое накопление. Но тысяча пиастров! Получить сразу сумму, в сорок раз превышающую полуторагодичный заработок! Не говоря о том, что, может, удастся сорвать с индейцев еще больше… Ведь при каждой торговой сделке полагается поторговаться…

— Не так уж много, — бросил он пренебрежительно. — За дело, в котором приходится рисковать своей шкурой, надо взять не менее двух тысяч.

— В таком случае, спокойной ночи! — ответил Сердей, делая вид, что удаляется от часового.

— По крайней мере полторы тысячи, — невозмутимо продолжал Паттерсон.

Теперь он почувствовал себя в своей стихии — стихии торга. В этой сфере он обладал большим опытом. Независимо, от того, что продавалось — товар или совесть, — дело сводилось к купле-продаже, которые подчиняются определенным незыблемым законам, в совершенстве изученным Паттерсоном. Известно, что продавец всегда запрашивает, а покупатель сбивает цену. Они начинают торговаться и договариваются до настоящей стоимости. Человек, который торгуется, всегда что-нибудь выигрывает и никогда ничего не теряет.

Так как нужно было спешить, Паттерсон решился, в виде исключения, ускорить переговоры и сразу спустил с двух тысяч до полутора.

— Нет, — твердо сказал Сердей.

— Хотя бы тысяч четыреста! — вздохнул Паттерсон. — Из-за такой суммы еще стоит, пожалуй, разговаривать. Но из-за тысячи пиастров…

— Тысяча, и ни одной монетой больше, — решительно заявил Сердей и стал медленно отползать к реке.

Но Паттерсон проявил стойкость.

— Тогда ничего не выйдет, — спокойно ответил он.

Теперь заволновался Сердей. Ведь дело, казалось, уже налаживалось. Неужели все сорвется из-за каких-то двухсот пиастров! Он снова подполз ближе.

— Поделим разницу пополам, — предложил он, — получится тысяча двести.

Паттерсон поспешно согласился:

— Только ради тебя уступаю за тысячу двести.

— Заметано? — спросил Сердей.

— Заметано! — подтвердил Паттерсон.

Оставалось договориться о подробностях.

— Кто будет платить? — осведомился ирландец. — Разве патагонцы настолько богаты, чтобы так запросго отвалить тысячу двести пиастров?

— Наоборот, очень бедны, — возразил Сердей, — но их много, и все с радостью вывернутся наизнанку, чтобы собрать эти деньги. Они пойдут на все, ибо хорошо знают, что при грабеже Либерии получат во сто крат больше.

— Что ж, я не против, — согласился Паттерсон, — это меня не касается. Мое дело — получить деньги. Когда они заплатят? До или после прохода?

— Половину — до, половину — после.

— Нет, — заявил Паттерсон, — мое непременное условие: завтра же вечером восемьсот пиастров!

— А где ты будешь? — осведомился Сердей.

— Где-нибудь на посту. Разыщешь меня... А остальные деньги — в тот день, когда я пропущу первый десяток, — пусть передаст мне замыкающий. Если обманут, я подыму тревогу. Если заплатят честно, я — молчок и потихоньку удеру.

— Договорились, — подтвердил Сердей. — Когда можно будет пройти?

— На пятую ночь после этой. Будет новолуние.

— А где?

— На моем участке.

— Кстати, — вдруг вспомнил Сердей, — я что-то не заметил твоего дома.

— Его снесло наводнением в прошлом году, — объяснил Паттерсон, — но чтобы скрыть вас, хватит и забора.

— Да он почти весь разрушен.

— Я починю.

— Отлично, — сказал Сердей. — До завтра!

— До завтра! — ответил Паттерсон.

Он услышал, как зашуршала трава, а потом по слабому всплеску понял, что Сердей осторожно вошел в воду. Больше ничто не нарушало ночной тишины.

На следующий день всех очень удивило, что Паттерсон начал ремонтировать свой полуразрушенный забор. Казалось странным, что при создавшихся обстоятельствах он может заниматься таким делом. Но, в конце концов, это была его усадьба, у него в кармане лежали документы на землю (вернее, копии с них, выданные ему после наводнения). Значит, он имел право делать на своем участке все, что заблагорассудится.

Целый день Паттерсон усердно трудился. С утра до вечера ставил колья, укреплял их перекладинами, заделывал щели между ними, не обращая внимания на пересуды, вызванные его занятием.

Вечером его назначили на пост на южном валу. На этот раз ему пришлось принять вахту ранним вечером. Было еще совсем светло. Но к концу смены уже стемнеет, и Сердей без труда доберется до вала. Если только…

Если только предложение бывшего повара с «Джонатана» было серьезным. Ведь нельзя же исключить возможности, что Паттерсону просто-напросто подстроили ловушку, а он как дурак попался в нее. Но вскоре ирландец успокоился. Сердей был уже здесь, около него. Укрывшись в густой траве, невидимый для всех, повар оказался рядом с тем, кто с нетерпением поджидал его появления.

Ночь вступала в свои права. Когда совсем стемнело, Сердей подполз к своему сообщнику, и все произошло так, как было условлено. Обе стороны расстались довольные друг другом.

— На четвертую ночь после этой, — еле слышно прошептал Паттерсон.

— Договорились.

— Не забудь остальные деньги, иначе ничего не выйдет.

— Будь спокоен.

После этого краткого диалога Сердей уполз, но сначала положил к ногам предателя мешок, который, коснувшись земли, издал легкий звон. Это были обещанные восемьсот пиастров. Плата за предательство.

9. Новая родина

На следующий день Паттерсон продолжал чинить забор, но, понимая, что подобное занятие в такой тревожный момент может показаться по меньшей мере странным, он решил при первом же случае объяснить свои поступки и отвести от себя всякие подозрения. Ирландец смело обратился к Хартлпулу с просьбой назначать его в караул только на принадлежащем ему прибрежном участке. Это желание показалось вполне обоснованным. Действительно, какой смысл посылать Паттерсона на другой пост, в то время как кто-то посторонний будет охранять его усадьбу?

Хартлпул испытывал какую-то необъяснимую антипатию к ирландцу, хотя в некоторых отношениях тот даже заслуживал уважения. Паттерсон был неутомимым работником и покладистым парнем. И в его просьбе, в общем-то, не было ничего предосудительного.

— Странно, что вы начали ремонтировать свою изгородь именно теперь, — все же заметил Хартлпул.

Ирландец невозмутимо возразил, что сейчас для этого дела самое подходящее время. Все общественные работы прекращены, и, чтобы не сидеть сложа руки, он решил привести в порядок свое личное хозяйство.

Объяснение было вполне убедительным и соответствовало трудолюбию Паттерсона. Хартлпула оно удовлетворило.

— Что ж, не возражаю, — сказал он.

Не придав этому эпизоду никакого значения, Хартлпул даже не счел нужным сообщить о нем Кау-джеру.

Но, к счастью для остельской колонии, другому человеку удалось своевременно предостеречь губернатора.

Накануне, приняв смену, Паттерсон полагал, что находится на посту один. Однако он ошибался — в нескольких шагах от него, в высокой траве, лежал Дик. Мальчик ничуть не интересовался часовым. Когда тот стал на пост, Дик только окинул ирландца рассеянным взглядом и продолжал следить за патагонцами. Это занятие, всецело поглощавшее его, было делом совершенно добровольным, ибо по возрасту Дик освобождался от мобилизации. Но близкая опасность возбуждала его воинственный пыл.

Если бы взгляд Паттерсона не был прикован к месту, откуда должен был появиться Сердей, постовой, возможно, и заметил бы мальчика, тем более что тот и не думал прятаться.

А Дик вскоре начисто забыл об ирландце, так как нечто непонятное и странное привлекло все его внимание.

Среди лесных зарослей, у подножия холма, вдруг что-то зашевелилось. Человек или зверь?.. Нет, человек... Дик даже разглядел его лицо, обращенное в сторону Либерии...

Пристально вглядевшись в незнакомца, мальчик вздрогнул. Это же Сердей!

Черт возьми! Он хорошо помнил бывшего повара с «Джонатана» и узнал бы его среди тысячи других людей. Ведь Сердей тоже был в пещере в тот страшный день, когда чуть не погиб бедный Сэнд.

Зачем же явился сюда этот ужасный человек? Инстинктивно Дик прижался к земле. Еще не отдавая себе отчета в своих действиях, он не хотел, чтобы его заметили.

Время шло. В этих широтах сумерки сгущаются медленно, постепенно переходя в темную ночь. Дик сидел в своем тайнике, как мышь в норе, изо всех сил напрягая зрение и слух. Но часы проходили, а он не видел и не слышал ничего подозрительного. Правда, один раз ему показалось, что во мраке какая-то тень ползком приближается к Паттерсону. Ему послышался шелест травы, неясный шепот и тихое позвякивание, как будто встряхнули мешок с золотыми монетами... Затем все стихло.

Ирландца сменил другой часовой, но Дик не покинул своего наблюдательного поста и до самой зари напряженно всматривался в темноту, прислушиваясь к ночным шорохам. Однако ночь прошла спокойно.

Как только взошло солнце, Дик сразу побежал к Кау-джеру. Боясь, что ему попадет за добровольное ночное бдение, он начал речь издалека:

— Губернатор, мне нужно кое-что вам сказать… — Затем, сделав нарочитую паузу, осведомился: — А вы не будете бранить меня?

— Смотря за что, — улыбаясь, ответил Кау-джер. — Зачем же бранить, если ты не сделал ничего дурного?

На вопрос Дик ответил встречным вопросом. О, он был тонким дипломатом, этот господин Дик!

— Провести всю ночь на южном валу — это дурно?

— В зависимости от того, что ты там делал, — сказал Кау-джер.

— Смотрел на патагонцев.

— Всю ночь?

— Да.

— Зачем?

— Я наблюдал за врагом.

— Это занятие не для тебя. Для этого есть часовые.

— Но я увидел среди них одного человека, которого хорошо знаю.

— Как? Среди патагонцев? — воскликнул изумленный Кау-джер.

— Да, губернатор.

— Кого же?

— Сердея.

Сердей!.. Кау-джер сразу вспомнил слова Атхлинаты. Неужели Сердей и есть тот белый человек, обещаниям которого так верил индеец?

— Ты не ошибся? — взволнованно спросил он.

— Нет, губернатор, — твердо ответил Дик, — в этом я не ошибся. Вот насчет остального… не знаю… Не уверен.

— Остального? А что же было еще?

— Когда стемнело, мне показалось, что кто-то подполз к валу…

— Сердей?

— Не знаю… Может, и он… Мне послышалось, что там шептались и чем-то позвякивали… вроде как бы долларами. Но я не уверен в этом.

— Кто охранял тот участок?

— Паттерсон.

Это имя всегда вызывало у Кау-джера подозрения, и он глубоко задумался… Есть ли какая-нибудь связь между починкой забора Паттерсоном и тем, что видел и слышал Дик, пусть даже ему почудилось… Уж не этим ли объяснялось бездействие осаждающих, которое начинало удивлять осажденных? Неужели патагонцы, не надеясь собственными силами взять город штурмом, попытаются осуществить под покровом ночи какой-то тайный план захвата Либерии? Черт возьми, сколько неразрешимых вопросов! Во всяком случае, невозможно принять какое-то решение, основываясь на тех слишком неточных и неопределенных сведениях, которые он получил от Дика. Следовало выжидать и, главное, понаблюдать за Паттерсоном, поскольку его поведение не внушало ни малейшего доверия.

— Я не буду бранить тебя, — сказал Кау-джер мальчику, ожидавшему приговора. — Ты поступил правильно. Но дай слово, что никому не скажешь обо всем, что сейчас сообщил мне.

Дик торжественно поднял руку:

— Клянусь, губернатор!

Кау-джер улыбнулся.

— Хорошо, — сказал он. — Теперь иди ложись спать, чтобы наверстать упущенное. Но помни — никому ни слова. Понял? Ни Хартлпулу, ни Родсу. Повторяю — никому!

— Я ведь поклялся, губернатор! — гордо ответил мальчик.

Желая как-то уточнить полученные сведения, Кау-джер отыскал Хартлпула и спросил его:

— Что нового?

— Ничего, сударь, — ответил Хартлпул.

— Как сторожевая служба? Вы должны лично проверять посты и следить, чтобы каждый часовой точно выполнял свои обязанности.

— Так я и делаю, сударь — ответил Хартлпул, — все в порядке.

— Никто не возражает против утомительных ночных дежурств?

— Нет. Ведь все заинтересованы в безопасности.

— Даже Кеннеди не ропщет?

— Кеннеди? Да это один из лучших дозорных. Прекрасное зрение и наблюдательность. Если в другое время он немногого стоит, то в боевой обстановке матрос остается матросом.

— А Паттерсон?

— И о нем не скажу ничего дурного. Да, кстати, не удивляйтесь, если его не будет видно. Теперь он будет дежурить только в своей усадьбе, поскольку она граничит с рекой.

— А почему?

— Он сам просил меня об этом, и я разрешил.

— И правильно поступили, Хартлпул, — согласился Кау-джер. — Будьте и впредь так же бдительны. Но если индейцы не начнут штурм в ближайшие дни, мы сами через несколько дней атакуем их.

События принимали неожиданный оборот. Несомненно, у Паттерсона была какая-то определенная цель, поскольку он обратился к Хартлпулу с подобной просьбой. И, конечно, Хартлпул, не будучи в курсе дел, не нашел в ней ничего предосудительного. Но после сообщения Дика Кау-джеру все это показалось подозрительным. Возвращение Сердея, его тайные встречи с ирландцем, ремонт изгороди, предпринятый Паттерсоном, и, наконец, желание последнего оставаться на своем участке, удалив оттуда посторонних людей, — все эти факты, сочетаясь, могли превратиться в настоящие улики, хотя сейчас они еще ничего не доказывали и на основании их невозможно было обвинить ирландца в чем-то предосудительном... Оставалось одно: незаметно следить за ним и быть всегда начеку.

Тем временем Паттерсон спокойно продолжал свою работу. Вдоль границ его участка вырос высокий частокол, доходивший до самой воды. Теперь двор усадьбы был совершенно скрыт от постороннего взгляда.

Итак, в назначенный день ограда была восстановлена. Как честный коммерсант, ирландец выполнил обязательство в срок. Покупатель мог получить оплаченный товар.

Солнце село. Наступила ночь. Безлунная, темная ночь. Притаившись за изгородью, Паттерсон поджидал индейцев.

Но всего не предусмотришь. Если из-за высокого забора не было видно, что происходит во дворе у ирландца, то и сам хозяин усадьбы не мог рассмотреть, что делается снаружи. Сосредоточив все внимание на противоположном берегу реки, он даже не заметил, как большой отряд остельцев тихо окружил его участок.

Увидев, что ремонт изгороди закончен, Кау-джер сразу же насторожился. Он понял, что если ирландец задумал какое-то предательство, то оно должно осуществиться незамедлительно.

Около полуночи первые десять патагонцев, переплыв реку, вылезли на берег, принадлежавший Паттерсону. Им казалось, что никто этого не заметил. Вслед за ними, также вплавь, пробрались еще сорок человек, а затем и все остальные. Теперь, если бы их даже и обнаружили, на берегу находилось достаточное количество воинов, чтобы успешно провести наступление. Если первым и суждено погибнуть, все равно добыча не уйдет.

Один из индейцев протянул Паттерсону пригоршню золотых монет, показавшуюся тому слишком легкой.

— Здесь что-то мало, — на всякий случай заявил он.

Патагонец, по-видимому, не понял.

Паттерсон попытался объясниться жестами и для большей убедительности стал пересчитывать деньги, внимательно разглядывая их и перекладывая из одной руки в другую.

Внезапно ирландец упал, оглушенный ударом по темени. Его тотчас же связали, заткнули рот кляпом и отшвырнули в сторону.

Один за другим, держа оружие над водой, патагонцы переплывали реку и ползком, бесшумно, как призраки, взбирались на берег, заполоняя весь двор усадьбы. Их было уже более двухсот.

Вдруг с противоположных концов участка загремели ружейные залпы. Колонисты, войдя по пояс в воду, напали на врага с флангов и с тыла.

Ошеломленные патагонцы сначала замерли на месте, затем, когда пули колонистов уже успели проложить в их рядах кровавые борозды, бросились вперед, к изгороди. Но над нею тоже поднялись ружейные дула, извергавшие смерть. Обезумев от страха, индейцы заметались по двору, как звери, попавшие в ловушку. За несколько минут колонисты перебили половину воинов.

Наконец, опомнившись, патагонцы, несмотря на перекрестный огонь, преграждавший подступы к реке, прорвались к берегу, бросились в воду и поплыли обратно.

Издалека тоже донеслись выстрелы — отзвуки другого сражения, разгоревшегося на дороге.

Предполагая, что индейцы сконцентрируют все свои силы именно там, где рассчитывают проникнуть в город, а в тылу оставят лишь небольшую группу для охраны лагеря, Кау-джер принял новый тактический план. В то время как большая часть колонистов под его непосредственным командованием окружила усадьбу Паттерсона (где и должны были развернуться главные боевые действия), второй отряд остельцев, возглавляемый Хартлпулом, перейдя южный вал, атаковал неприятельский лагерь. Судя по доносившейся пальбе, там тоже произошла схватка с немногочисленным противником. Перестрелка продолжалась всего несколько минут.

Изгнав патагонцев, Кау-джер соединился с возвращавшимся отрядом Хартлпула. Операция прошла блестяще — они не потеряли ни единого человека. Самым же замечательным трофеем оказались триста коней, которых остельцы привели на поводу.

Индейцы понесли такой жестокий урон, что возможность нового нападения совершенно исключалась. Но все же город охранялся, как и в предшествующие дни. Только убедившись в полной безопасности, Кау-джер вернулся в усадьбу Паттерсона.

Тусклый свет звезд озарял землю, усеянную трупами. В темноте раздавались стоны раненых.

Но куда же девался Паттерсон? Его не скоро отыскали под грудой вражеских тел — связанного, с кляпом во рту и без сознания. Может быть, он сам стал жертвой дикарей? Кау-джер даже упрекнул себя в несправедливом отношении к ирландцу.

Но в тот момент, когда Паттерсона подняли с земли, из его кармана посыпались золотые монеты. Все стало ясно…

Но в тот момент, когда Паттерсона подняли с земли, из его кармана посыпались золотые монеты.

Кау-джер с омерзением отвернулся.

Ирландца перенесли в тюрьму и, ко всеобщему удивлению, вызвали врача. Вскоре губернатору доложили, что заключенный вне опасности и поправится в ближайшее время.

Кау-джер отнюдь не обрадовался. Он предпочел бы, чтобы это грязное дело разрешилось само собой — смертью преступника. Но, поскольку Паттерсон будет жить, его злодеяние должно получить достойное возмездие. В данном случае не могло быть и речи о помиловании, как когда-то в отношении Кеннеди. На сей раз преступление касалось всего населения Осте, и ни один человек не одобрил бы снисходительности к предателю, хладнокровно обрекавшего столько людей в жертву своей ненасытной алчности.

Следовательно, придется его судить и покарать, то есть опять прибегнуть к Правосудию и Власти... снова возложить на себя бремя судьи и диктатора.

Несмотря на происшедшие за последнее время изменения во взглядах Кау-джера, эти функции оставались ему по-прежнему ненавистными.

Ночь закончилась спокойно. Но надо ли говорить о том, что в Либерии почти никто не спал? Люди повсюду горячо обсуждали минувшие события и отдавали должное Кау-джеру, разгадавшему коварные замыслы врага.

Приближалось летнее солнцестояние. Ночь длилась не более четырех часов. При первых проблесках зари остельцы поспешили на южный вал, откуда был виден вражеский лагерь, и вскоре с радостью убедились, что индейцы собираются в путь.

Естественно, что захватчики, когда почти треть их погибла, а половина уцелевших лишилась коней, хотели как можно скорее убраться из страны, где им оказали столь неласковый прием!

Около восьми часов среди индейцев началось какое-то непонятное волнение. Ветер донес до остельцев их дикие гортанные крики, сливающиеся в громкий гул. Все воины столпились в одном месте и будто старались рассмотреть что-то любопытное, недоступное взглядам колонистов.

Вся эта сумятица продолжалась не менее часа. Потом патагонцы построились в колонну, состоявшую из трех отрядов: посредине — пешие, впереди и позади — всадники. Один из воинов во главе колонны держал высоко над головой какой-то странный предмет, похожий на шар, надетый на копье...

Патагонцы снялись с места около десяти утра. Применяясь к шагу пеших воинов, они медленно продефилировали мимо стоявших на валу либерийцев.

Когда прошел замыкающий отряд индейцев, Кау-джер распорядился, чтобы все колонисты, умеющие ездить верхом, заявили об этом.

Кто мог бы подумать, что в Либерии столько опытных наездников! Почти все либерийцы жаждали попасть в добровольцы. Пришлось отобрать лучших. Не прошло и часа, как небольшое войско — сто пехотинцев и триста всадников — под командованием Кау-джера отправилось вслед за отступавшим неприятелем. Колонисты несли на носилках нескольких индейцев, раненных в усадьбе Паттерсона.

Первый привал устроили на ферме Ривьера, мимо которой патагонцы прошли часом раньше, даже не попытавшись на этот раз проникнуть в нее. Фермеры смотрели из-за забора на проходившую колонну и, хотя еще не знали о разгроме врага, не стреляли. По усталому и угнетенному виду патагонцев они поняли, что те потерпели поражение и больше уже не страшны.

Один из всадников все еще держал на конце копья странный округлый предмет. Но, так же как и либерийцы, никто из обитателей фермы не успел разглядеть, что это за штука.

По приказу Кау-джера пленных развязали и раскрыли перед ними двери сарая настежь. Индейцы не сдвинулись с места. По-видимому, они не верили в освобождение и, исходя из собственных обычаев, опасались какого-нибудь подвоха.

Кау-джер подошел к Атхлинате, с которым ему уже довелось ранее обменяться несколькими словами, и спросил:

— Чего вы ждете?

— Хотим знать, что с нами сделают.

— Не бойтесь, — сказал Кау-джер, — вы свободны.

— Свободны? — удивленно переспросил индеец.

— Да. Патагонские воины побеждены и возвращаются в свои края. Уходите с ними. Скажи своим братьям, что у белых людей нет рабов и что они умеют прощать. Пусть полученный вами урок научит вас человечности.

Атхлината нерешительно взглянул на Кау-джера, потом поплелся к воротам в сопровождении своих товарищей. Выйдя из усадьбы, пленные, забрав раненых, направились на север. Позади них, на расстоянии ста метров, следовал отряд Кау-джера.

К вечеру остельцы нагнали основное патагонское войско, расположившееся на ночлег. Хотя во время отступления по индейцам не было сделано ни единого выстрела, они все еще, видимо, не верили в милосердие колонистов, и появление большого отряда Кау-джера вызвало среди них сильное волнение. Остельцам пришлось сделать привал в двух километрах от индейского лагеря, тогда как бывшие пленные, неся раненых, продолжали свой путь и вскоре соединились со своими соплеменниками.

Три дня тянулось на север разбитое, угнетенное войско патагонцев. Наконец, к вечеру четвертого дня, они пришли к месту своей высадки, а на следующее утро спустили на воду пироги, спрятанные в прибрежных скалах, и отплыли. Но что-то осталось на берегу: на верхушке длинного шеста, воткнутого в песок, покачивался тот самый круглый предмет, который патагонцы несли от самой Либерии.

Когда скрылась из виду последняя пирога, остельцы, выйдя на берег, увидели, что это была человеческая голова. Приблизившись, они с ужасом узнали Сердея.

Все были потрясены. Как могло случиться, что Сердей, исчезнувший много месяцев назад, оказался у дикарей? Только одному Кау-джеру было известно, что произошло с бывшим поваром с «Джонатана». Он понял, что Сердей и был тем самым белым человеком, которому индейцы так верили и так страшно отомстили за постигшее их поражение.

На следующее утро Кау-джер тронулся в обратный путь и вечером 30 декабря его усталый отряд добрался до Либерии.

Итак, остров Осте познал войну, и остельцы вышли победителями из этого трудного испытания. Но Кау-джеру предстояло выполнить тяжкий долг.

В тюрьме Паттерсон пережил смену различных настроений. Сначала он не мог сообразить, что с ним приключилось. Понемногу ирландец пришел в себя и вспомнил Сердея, индейцев и их ужасное предательство.

Что же случилось потом? Если победили патагонцы, то, без сомнения, они довершили бы начатое и сейчас его уже не было бы в живых. Но, поскольку он находится в тюрьме, можно сделать вывод, что индейцев разбили. А коли так, то, очевидно, раскрыта и его измена. Что же теперь с ним будет? Сначала ирландец задрожал от страха, но, поразмыслив, успокоился. Его могут только подозревать, никаких улик против него нет. Никто не видел его с Сердеем, никто не поймал с поличным на месте преступления. Значит, он еще сможет выйти сухим из воды и даже получить немалую прибыль.

Паттерсон хотел пересчитать золотые монеты, но не нашел их. Куда же они запропастились? Ведь не сон же ему приснился. Патагонцы действительно заплатили деньги! Сколько? Точно неизвестно. Если и не тысячу двести пиастров, как было условлено (ведь эти мерзавцы обманули его!), все же не менее девятисот или даже тысячи. Кто же отобрал у него золото? Может, сами дикари? Нет, скорее всего те, кто арестовали его. Сердце Паттерсона переполнилось гневом и яростью. Индейцы ли, колонисты ли, краснокожие или белые — все они воры и подлецы! Он одинаково ненавидел и тех и других.

С этой минуты ирландец лишился покоя. Сгорая от злобы, он перескакивал от одного предположения к другому, с лихорадочным нетерпением ожидая суда. Но дни шли за днями, и ничего не изменялось. Казалось, о Паттерсоне позабыли.

Наконец, 31 декабря, спустя более недели с момента заключения, ирландец вышел из тюрьмы под конвоем из четырех человек. Теперь-то все выяснится!.. Однако, дойдя до Правительственной площади, он в растерянности остановился.

Зрелище было поистине величественным. Кау-джер хотел устроить торжественный суд над предателем, ибо жизнь наглядно показала губернатору, какую силу придает коллективу общность чувств и стремлений. Разве удалось бы так легко победить индейцев, если бы каждый остелец, не подчиняясь общим законам, поступал бы как ему заблагорассудится, не считаясь с остальными? Поэтому-то Кау-джеру и хотелось укрепить зарождавшееся чувство солидарности, публично заклеймив преступление, направленное против общества.

У здания управления воздвигли высокий помост, на котором сидели Кау-джер, три члена совета и судья — Фердинанд Боваль. Внизу было приготовлено место для обвиняемого. За барьером толпились жители Либерии.

При появлении Паттерсона в толпе раздались громкие негодующие возгласы. Кау-джер властным жестом восстановил тишину. Начался допрос обвиняемого.

Тщетно пытался он все отрицать. Разоблачить его не представляло труда. Кау-джер перечислял одно за другим предъявленные ирландцу обвинения, начиная с присутствия Сердея среди патагонцев, что было уже установленным фактом.

Узнав о гибели сообщника, Паттерсон содрогнулся. Смерть Сердея показалась ему дурной приметой.

Преступный сговор Паттерсона подтверждался тем, что у него обнаружили золото. Может ли он, потерявший, по собственному признанию, в прошлом году все свое состояние, объяснить происхождение этих денег?

Ирландец опустил голову. Он понял, что погиб.

После допроса начались судебные прения. Затем Кау-джер объявил приговор: Паттерсон приговаривался к пожизненному изгнанию, без права возвращения на территорию острова Осте. Все его имущество конфисковывалось. Земля, равно как и деньги, полученные в оплату совершенного преступления, возвращались государству.

Приговор был немедленно приведен в исполнение. Ирландца в кандалах доставили на борт готовившегося к отплытию корабля, где он должен был находиться на положении арестанта до тех пор, пока судно не выйдет за пределы остельских вод.

Толпа медленно рассеивалась. Кау-джер ушел в управление. Ему хотелось побыть одному, восстановить душевное равновесие. Кто мог бы раньше подумать, что он, яростный поборник равенства, станет судьей поступков других людей? Он, страстный приверженец свободы и враг собственности, будет способствовать дроблению земли, принадлежащей всему человечеству, на отдельные участки и, объявив себя властелином какой-то частицы земного шара, присвоит право запретить доступ на нее одному из себе подобных? Однако Кау-джер сделал именно так, и, хотя это нарушило его покой, он ни в чем не раскаивался, будучи убежден, что поступил правильно.

Осуждение предателя явилось как бы завершающим этапом борьбы с патагонцами. Правда, за победу заплатили Новым поселком, превращенным в пепел, но игра стоила свеч: опасность, грозившая всем эмигрантам, и общая борьба связала их такими тесными узами, силу которых они даже сами еще не сознавали. До всех этих событий остров Осте был просто колонией, где жили случайно объединившиеся люди двадцати различных национальностей. Отныне колонисты стали подлинными остельцами, а Остельское государство — их новой родиной.

10. Пять лет спустя

Через пять лет после описанных нами событий навигация у побережья острова Осте уже не представляла никакой опасности. С вершины полуострова Харди сноп ярких лучей озарял ночное море. Он совсем не походил на колеблющееся пламя индейских костров. Это был мощный маяк, освещавший темными зимними ночами фарватер и рифы.

Но к сооружению маяка на мысе Горн еще не приступили. В течение шести лет Кау-джер с неутомимой настойчивостью добивался разрешения этого вопроса, но все его попытки ни к чему не привели. Губернатора остельской колонии очень удивляло, что Чилийская республика придает такое значение голой скале, не имеющей абсолютно никакой ценности. Но он удивился бы еще больше, если бы знал, что причина бесконечно затянувшихся переговоров заключалась не в патриотических или государственных соображениях (которые, в конце концов, можно было бы как-то извинить, даже будь они малообоснованными), а просто в потрясающей волоките, царящей во всех правительственных учреждениях. Дипломатические канцелярии Чили поступали по примеру дипломатических канцелярий всего мира. Испокон века дипломаты затягивают разрешение самых пустяковых вопросов. Это происходит, во-первых, потому, что этих людей обычно мало беспокоят дела, не затрагивающие их личные интересы, а также потому, что каждый чиновник жаждет раздуть, елико возможно, значимость своих полномочий. А чем же определяется важность принимаемого решения, как не продолжительностью предшествовавших ему переговоров, количеством исписанной бумаги и пролитого «чернильного пота»? Кау-джер не имел подобной канцелярии и поэтому даже не мог представить себе, что такая странная причина может послужить помехой в серьезном деле.

Но не только маяк полуострова Харди освещал прибрежные воды. В Новом поселке, отстроенном после пожара, каждый вечер зажигались огни, указывавшие кораблям путь к причалам.

Большой мол превратил бухту в просторный и превосходно укрытый порт, где производилась выгрузка и погрузка различных товаров. Все больше и больше кораблей прибывало в Новый поселок. Постепенно установились торговые связи с Аргентиной, Чили и даже со Старым Светом. Регулярные ежемесячные рейсы связывали остров Осте с Вальпараисо и Буэнос-Айресом.

Сама Либерия сильно разрослась. Каменные или деревянные дома с двориками и палисадниками окаймляли ее ровные улицы, пересекавшиеся на американский манер под прямым углом. На площадях шумели тенистые деревья. В Либерии были почта, школы, церковь, суд и две типографии. Самым красивым зданием было управление. Прежнюю постройку снесли и заменили новым великолепным особняком, предназначенным для административных учреждений и резиденции Кау-джера.

Неподалеку от управления стояла казарма с тремя тысячами ружей и тремя пушками. В установленные сроки там отбывали воинскую повинность все совершеннолетние граждане острова Осте. Урок, полученный от патагонцев, не прошел даром. Армия, в рядах которой состояли все остельцы, была всегда в полной боевой готовности для защиты родины.

В Либерии построили даже театр, правда весьма скромный, но довольно вместительный, а главное, освещаемый электричеством.

Мечта Кау-джера осуществилась. Гидроэлектростанция, расположенная в трех километрах вверх по реке, щедро снабжала город светом и энергией.

В театральном зале устраивали собрания, а иногда Кау-джер или Фердинанд Боваль (теперь вполне остепенившийся и ставший видным лицом в городе) читали лекции. Там же давались концерты под управлением необыкновенного дирижера.

Это был наш старый знакомец — Сэнд. Терпение и настойчивость помогли ему сколотить из остельских любителей музыки симфонический оркестр. Перед концертом дирижера переносили к пульту в кресле, и, когда он чувствовал, что все оркестранты повинуются взмаху дирижерской палочки, лицо его сияло, и священное опьянение искусством превращало Сэнда в самого счастливого из людей.

В программу концертов входили старинные и современные произведения, а иногда и сочинения самого Сэнда, которые публика принимала не менее восторженно.

Прошло немногим более девяти лет с тех пор, как «Джонатан» погиб на рифах полуострова Харди. Велики были успехи, достигнутые остельской колонией за эти годы благодаря уму и практическим знаниям человека, не побоявшегося взять на себя ответственность за ее судьбу в те грозные дни, когда анархия угрожала ей гибелью.

Тяжкие заботы, связанные с правлением, очень угнетали Кау-джера. Если он еще и сохранил геркулесову силу, если бремя годов еще и не согнуло его мощный стан, то все же глубокие морщины избороздили его лицо, а седина посеребрила густые волосы. Несмотря на эти первые признаки старости, он по-прежнему имел величественный вид.

Теперь у правителя были наглядные примеры, помогавшие ему руководить колонией. Неподалеку от острова Осте проводились в жизнь одновременно две совершенно различных системы колонизации. Сравнивая их, Кау-джер мог делать важные выводы.

С тех пор как Чили и Аргентина поделили между собой Магелланову Землю и Патагонию, оба государства начали эксплуатировать свои новые владения различными способами. Аргентина, мало знакомая с местными условиями, стала сдавать в концессию земельные участки в 10–12 квадратных лье. Это было, примерно, то же самое, что оставить земли неиспользованными, так как никто не брал такие большие наделы. Что же касается лесов, в которых и по сию пору насчитывается до четырех тысяч деревьев на гектар, то для их освоения потребовалось бы не менее трех тысяч лет. Так же обстояло дело и с пахотными и с пастбищными землями, сдаваемыми в концессию слишком большими участками, а потому требующими множества рабочих рук, сельскохозяйственного инвентаря и, следовательно, весьма солидных капиталовложений. Но имелась и другая причина. Аргентинские колонисты зависели от Буэнос-Айреса. Связь же между ними и метрополией осуществлялась медленно и стоила крайне дорого. Проходило почти полгода, прежде чем судно, прибывшее с Огненной Земли и пославшее коносаменты[1] в таможню Буэнос-Айреса (то есть на расстояние в 1500 миль), могло возвратиться обратно, выполнив все таможенные требования, за что приходилось платить по курсу дня на столичной бирже. Но разве можно было предугадать этот курс, находясь на Огненной Земле, в стране, где название «Буэнос-Айрес» звучало не менее экзотически, чем «Китай» или «Япония».

Что же сделало чилийское правительство для развития торговли и привлечения эмигрантов в колонию? Оно объявило Пунта-Аренас свободным портом, чтобы корабли завозили туда все — и предметы первой необходимости, и предметы роскоши, чтобы там всегда имелись в изобилии дешевые и высококачественные товары. Поэтому продукция чилийской колонии широко экспортировалась коммерческими английскими или чилийскими фирмами, расположенными в самом Пунта-Аренасе, или через их филиалы, разбросанные на многочисленных проливах архипелага.

Кау-джер давным-давно ознакомился с системой, принятой чилийским правительством, и во время путешествия по Огненной Земле мог убедиться, что вся продукция, полученная на этой территории, направляется в Пунта-Аренас. Тогда по примеру чилийской колонии Новый поселок был также объявлен порто-франко, что положило начало быстрому обогащению острова Осте.

События, произошедшие на острове, независимость, дарованная ему Чилийским государством, непрерывный расцвет колонии под энергичным управлением Кау-джера привлекли внимание промышленных и коммерческих кругов других стран. Появились

---

[1] Документы на принятие к морской перевозке и доставление в назначенное место груза, прошедшего таможенный осмотр.

новые колонисты, которым охотно предоставляли земельные концессии на выгодных условиях. Вскоре выяснилось, что эксплуатация лесов, богатых более ценными породами дерева, чем европейские, может дать от 15 до 20 процентов прибыли. Поэтому возникло несколько деревообделочных заводов. Быстро расхватывались земли и под сельскохозяйственные культуры по цене тысяча пиастров за квадратное лье. Поголовье скота на пастбищах острова достигло десятков тысяч.

Увеличивался прирост населения. К тысяче двумстам потерпевших крушение на «Джонатане» прибавилось втрое, если не вчетверо, больше эмигрантов с запада Соединенных Штатов, из Чили и Аргентины. Через десять лет после провозглашения независимости Осте в Либерии насчитывалось более двух с половиной тысяч жителей, а на всем острове Осте — более пяти.

Само собой разумеется, что на острове было заключено много браков. Из молодоженов следует упомянуть Эдуарда Родса, женившегося на дочери Жермена Ривьера, и Клэри Родс, вышедшую замуж за доктора Сэмюэля Арвидсона. Новые браки укрепляли связи между отдельными семьями.

Теперь между Либерией и различными факториями, основанными в других районах острова — в частности, в окрестностях полуострова Рус и на северном берегу пролива Бигл, — то и дело курсировали каботажные суда, прибывавшие, как правило, с Фолклендских островов.

Помимо кораблей, перевозивших грузы на английские острова Атлантики, в Новом поселке пришвартовывались парусники и пароходы из Вальпараисо, Буэнос-Айреса, Монтевидео и Рио-де-Жанейро. На всех ближайших фарватерах, в заливе Нассау, в проливах Дарвин и Бигл — повсюду виднелись датские, норвежские и американские флаги.

Рыбные промыслы, дававшие большой доход, работали круглый год, и, естественно, именно рыбные продукты были основным предметом экспорта.

На побережье выросли поселения рыбаков — людей самого различного происхождения, без рода и племени, с которыми вначале Хартлпулу было трудно справиться. Но постепенно оседлая жизнь смягчила нравы этих бездомных и безродных бродяг, и они приучились к дисциплине и к жизни в коллективе. Правда, и условия работы стали теперь значительно легче. Прекратились вызванные крайней нуждой рискованные выходы в море, часто приводившие рыбаков к гибели от холода и голода на каком-нибудь необитаемом острове. Кроме того, сбыт их улова теперь обеспечивался, независимо от прибытия корабля, которого раньше приходилось ждать долгие месяцы и который мог вообще не прийти.

Рыбаки занимались не только охотой на тюленей, но и китобойным промыслом. В проливах архипелага ежегодно забивали до тысячи китов. Поэтому в сезоне охоты различные китобойные шхуны, знавшие, что в Либерии им будут предоставлены те же льготы, что и в Пунта-Аренасе, частенько наведывались на остров Осте.

И, наконец, эксплуатация песчаных отмелей, покрытых миллиардами всевозможных ракушек, положила начало новой отрасли торговли. Особое значение имели чрезвычайно вкусные съедобные моллюски. Суда набирали их полные трюмы и продавали в южноамериканских городах по пяти пиастров за килограмм.

Тут водились также омары, лангусты и гигантские крабы. Все эти богатства перерабатывались на консервной фабрике, которой управлял Хальг, и расходились по всему свету.

Хальгу исполнилось двадцать восемь лет. Он обладал всем, что необходимо для счастья. У него была любящая жена, трое прелестных детей, он был здоров, и состояние его быстро увеличивалось. Кауджер мог лишь радоваться, глядя на дело рук своих.

Что же касается Кароли, то он не только не участвовал в управлении фабрикой, а вообще перестал заниматься рыбным промыслом.

Поскольку Новый поселок превратился в важный и удобный порт, то число прибывавших туда кораблей увеличивалось из года в год.

Здесь имелся прекрасный рейд, пожалуй, более надежный, чем в чилийской колонии, и поэтому суда, проходившие Магеллановым проливом, предпочитали не Пунта-Аренас, а остельский порт.

Так что Кароли пришлось вернуться к своей старой профессии лоцмана. Сделавшись начальником порта и старшим лоцманом острова Осте, он стал сопровождать суда, направлявшиеся в Пунта-Аренас или в фактории, разбросанные по архипелагу. Дел у него было по горло. Теперь Кароли мог встречать корабли при любой погоде, подходя к ним на тендере водоизмещением в пятьдесят тонн с командой из пяти человек.

«Уэл-Киедж» все еще существовала, но ею больше не пользовались. Она стояла на приколе в порту, как старая и верная служанка, ушедшая на покой.

Подобно всем настоящим труженикам, которые, едва закончив одно дело, сразу же принимаются за другое, Кау-джер, когда настало время дать возможность Хальгу самостоятельно продолжать свой жизненный путь, тотчас же принял на себя новые обременительные обязанности, связанные со вторым усыновлением. Но Дик не вытеснил Хальга из сердца Кау-джера, а занял место рядом с ним.

Дику шел тогда девятнадцатый год. Более шести лет он воспитывался у Кау-джера. Юноша выполнил обещание, данное им в детстве. Он прилежно работал, легко усваивал знания, преподносимые ему учителями, и постепенно сам превращался в ученого.

Пережив в детстве тяжкие испытания и познав все стороны жизни, Дик, несмотря на свою юность, был скорее последователем и другом, чем учеником Кау-джера. Правитель относился к нему с полным доверием и считал его своим будущим воспреемником. Жермен Ривьер и Хартлпул были, несомненно, тоже надежными людьми, но первый никогда не согласился бы бросить свои прибыльные лесные разработки ради общественных дел. А Хартлпул, великолепный исполнитель, мог действовать только в соответствии с полученными инструкциями. Кроме того, для управления людьми у обоих не хватало широты кругозора и интеллектуальной культуры. Для этого больше подошел бы Гарри Родс, но он уже состарился, да и, вообще не отличаясь особой энергией, наверно, сам отказался бы от такой ответственности.

В противоположность им, Дик обладал всеми качествами, необходимыми для руководителя колонии. Он был незаурядной личностью и по образованности, интеллекту и характеру мог стать настоящим государственным деятелем. Приходилось только сожалеть, что такие блестящие способности ограничатся столь узким полем деятельности, как остров Осте.

Политическое положение колонии было также весьма благополучно. Между островом Осте и Чили завязались дружественные отношения. С каждым годом чилийское правительство все больше убеждалось в правильности принятого им решения.

Присутствие на архипелаге Магеллановой Земли таинственного незнакомца, ставшего во главе остельской колонии, вначале показалось подозрительным правительству Чили. Оно даже не скрывало по этому поводу своего неудовольствия и беспокойства, но в силу сложившихся условий ничего не могло поделать. На этом независимом острове трудно было не только установить происхождение чужеземца или потребовать у него отчета об его прошлом, но и попросту разыскать его. Если бы оказалось, что Кау-джер был в прошлом бунтарем (а его поведение во многом подтверждало эти предположения) и многие страны не пожелали терпеть его присутствия, то на Исла-Нуэва ему, конечно, не удалось бы избежать дознания чилийской полиции. Но он укрылся на острове Осте, и, когда в Чили убедились, что после первоначальных анархических смут там благодаря твердому правлению Кау-джера воцарился порядок, стала развиваться торговля и благосостояние колонии непрерывно повышалось, между губернаторами острова Осте и Пунта-Аренаса установились прекрасные, ничем не омрачаемые отношения.

Так протекло пять лет, за которые остельская колония укрепилась еще больше.

Теперь с Либерией состязались в благородном и плодотворном соревновании три новых поселения. Одно — на полуострове Дюма, другое — на полуострове Пастер, третье — на крайней западной оконечности маленького острова в проливе Дарвин. Они являлись своего рода филиалами столицы, которые Кау-джер часто навещал.

На побережье поселилось несколько семейств огнеземельцев и, по примеру тех туземцев, которые первыми, порвав с вековыми обычаями кочевой жизни, прижились в окрестностях Нового поселка, основали настоящие деревни.

К этому времени, а именно в декабре 1890 года, Либерию впервые посетил губернатор Пунта-Аренаса, господин Агире. Он не мог скрыть своего восхищения при виде процветающей колонии и царившего повсюду порядка. Само собой разумеется, он очень пристально наблюдал за человеком, который осуществил эту прекрасную миссию, и довольствовался простым именем «Кау-джер».

Чилиец не скупился на похвалы.

— Остельская колония — дело ваших рук, господин губернатор, — сказал он. — Чили может только радоваться тому, что вам предоставили возможность реализовать на деле ваши замыслы.

— Этот остров, — сухо ответил Кау-джер, — был отдан Чили, хотя прежде не принадлежал никому. Справедливость требовала, чтобы чилийское правительство вернуло ему независимость.

Господин Агире прекрасно понял, что скрывалось под этими словами: Кау-джер считал, что восстановление независимости вовсе не обязывает Осте к изъявлениям благодарности.

— Во всяком случае, — осторожно продолжал господин Агире, — я думаю, что потерпевшие кораблекрушение на «Джонатане» могут не жалеть об их африканских концессиях в бухте Лагоа…

— Это несомненно, господин губернатор, потому что там они находились бы под властью Португалии, тогда как здесь ни от кого не зависят.

— Так что все к лучшему?

— Конечно, — подтвердил Кау-джер.

— И можно надеяться, что добрососедские отношения между Чили и островом Осте сохранятся и впредь, — любезно добавил господин Агире.

— Мы также надеемся на это, — ответил Кау-джер, — а может быть, Чили, убедившись в успехах системы, примененной на острове Осте, предоставит независимость и другим островам Магелланова архипелага?

Вместо ответа господин Агире только улыбнулся.

Гарри Родс, присутствовавший вместе с двумя другими членами совета на встрече губернаторов, поспешно вмешался, желая перевести разговор на другую, менее щекотливую тему.

— Наша колония, — сказал он, — при сопоставлении ее с аргентинскими владениями на Огненной Земле, дает много интересного материала для наблюдений. Как видите, сударь, с одной стороны — процветание, с другой же — упадок. Аргентинские колонисты не в силах выполнить требований, предъявляемых к ним Буэнос-Айресом, и всех навязанных им формальностей. Не справляются с этим и торговые суда. Несмотря на все заявления губернатора колонии на Огненной Земле, пока никакого сдвига не замечается.

— Согласен с вами, — ответил господин Агире, — поэтому-то правительство Чили поступило совершенно иначе с Пунта-Аренасом. Вполне возможно обеспечить колонию различными льготами, способствующими ее развитию, не предоставляя ей полной независимости.

— Господин губернатор, — прервал его Кау-джер, — в архипелаге есть один маленький островок, просто голая скала, не представляющая никакой ценности. Я прошу Чили уступить его нам.

— Какой островок вы имеете в виду?

— У мыса Горн.

— На кой черт он вам понадобился? — удивился губернатор Пунта-Аренаса.

— Чтобы установить маяк, который совершенно необходим в этом месте. Освещение фарватера в здешних широтах имеет колоссальное значение не только для кораблей, направляющихся к острову Осте, но и для всех судов, огибающих мыс между Атлантическим и Тихим океанами.

Гарри Родс, Хартлпул и Жермен Ривьер, знавшие о планах Кау-джера, поддержали его, заявив, что постройка здесь маяка является жизненно необходимой. Господин Агире не стал спорить.

— Так, значит, — спросил он, — остельская колония намерена выстроить маяк на острове Горн?

— Да, — подтвердил Кау-джер.

— За свой счет?

— Да. Но при обязательном условии, что Чили передаст остров Горн в нашу полную собственность. Вот уже более пяти лет, как я предложил этот проект вашему правительству и до сих пор не могу добиться какого-нибудь результата.

— Что же вам отвечали? — осведомился господин Агире.

— Отделывались пустыми отписками. Ни да, ни нет. Такая, канцелярская канитель может тянуться веками. А тем временем корабли продолжают разбиваться о скалы этого островка, совершенно невидимого в темноте.

Казалось, господин Агире был чрезвычайно удивлен. Впрочем, его удивление вряд ли было искренним, ибо он лучше Кау-джера знал об обычных методах работы подобных учреждений и, по-видимому, в глубине души не одобрял их. Но он обещал Кау-джеру лично доложить своему правительству об этом проекте и всячески поддержать его. Он выполнил свое слово, и поддержка его оказалась настолько эффективной, что уже через месяц переговоры, тянувшиеся долгие годы, закончились. Кау-джер получил официальное извещение о принятии его предложения. 25 декабря между Республикой Чили и колонией Осте был подписан договор о передаче острова Горн в полную собственность остельской колонии при условии, что она выстроит и будет содержать за свой счет маяк на крайней оконечности мыса Горн.

Кау-джер считал, что маяк явится венцом всей его деятельности. Умиротворенная и благоустроенная колония, всеобщее благосостояние, широкое внедрение образования и, наконец, тысячи человеческих жизней, спасенные им на самом стыке двух величайших океанов земного шара, — такой представлялась его деятельность на земле.

Великая задача! Разрешив ее, Кау-джер имел полное право подумать и о себе, отказавшись от обязанностей, к которым чувствовал глубочайшее отвращение.

Повелевая людьми и являясь фактически самым неограниченным из диктаторов, он все же никогда не был счастлив. Длительное пребывание у власти не привило Кау-джеру вкуса к ней. Он всегда применял эту власть наперекор себе самому. Всю жизнь он никому не подчинялся, и ему казалось жестоким навязывать свою волю другим. Правитель оставался все тем же энергичным, хладнокровным и грустным человеком, каким был в те далекие дни, когда спасал погибавших остельцев. Да, тогда он спас их, но погубил самого себя. Вынужденный отречься от своих идеалов и покориться фактам, Кау-джер мужественно нес свой тяжкий крест, но в глубине души все еще лелеял слабую надежду на возможность осуществления своей мечты.

Гарри Родс замечал некоторые изменения в характере Кау-джера, проявившиеся особенно резко тогда, когда началось строительство маяка и Кау-джер счел взятые на себя обязательства почти выполненными. Наконец правитель совершенно открыто высказал свои соображения по этому поводу. Это произошло так.

В случайной беседе Гарри Родс, с благодарностью вспоминая обо всем, что сделал для колонии Кау-джер, услышал совершенно недвусмысленный ответ:

— Я взял на себя организацию колонии и стараюсь по мере сил выполнить свой долг, после чего мои полномочия окончатся. Я надеюсь доказать вам, что на земном шаре существует хотя бы одно такое место, где человек может жить вне подчинения.

— Управлять — не значит подчинять, — взволнованно возразил Гарри Родс, — и вы сами являетесь примером этому. Не может существовать общество без верховной власти, как бы ее ни называли.

— Я держусь иного мнения, — ответил Кау-джер, — и считаю, что как только исчезает настоятельная необходимость во власти, она должна быть устранена.

Гарри Родс с грустью следил за ходом мысли своего друга, предвидя, к каким печальным последствиям могут привести эти рассуждения. Иногда ему даже хотелось, чтобы какая-нибудь катастрофа, временно нарушив благоденствие колонии, вновь доказала бы правителю его заблуждение.

К несчастью, его желание сбылось. И катастрофа произошла еще раньше, чем он мог предположить.

В начале марта 1891 года вдруг пронесся слух, что открыты богатейшие месторождения золота. В самом этом известии пока не было ничего страшного. Наоборот, все радовались, и даже самые рассудительные люди, как например Гарри Родс, разделяли всеобщий восторг. Для жителей Либерии этот день стал праздником.

Один Кау-джер оказался прозорливым. Один он сразу же представил себе пагубные последствия этого открытия и понял, какие разрушительные силы сокрыты в нем. Вот почему, когда все вокруг него ликовали и поздравляли друг друга, он один оставался мрачным и угнетенным, предчувствуя надвигавшиеся трагические события.

11. Золотая лихорадка

Знаменательное событие произошло утром 6 марта.

Несколько человек, среди которых находился и Эдуард Родс, отправились спозаранку на охоту за двадцать километров от Либерии, к подножию гор Сентри Боксис, на юго-западе полуострова Харди. Там, в густых девственных лесах, еще водились хищные звери — пумы и ягуары, причинявшие большие убытки овцеводам.

Убив по дороге двух пум, охотники добрались до быстрого потока на опушке леса, как вдруг из-за деревьев появился громадный ягуар.

Эдуард Родс выстрелил, но пуля только ранила зверя. Зарычав, ягуар перескочил через ручей и исчез в высокой траве.

Не растерявшись, Эдуард Родс послал ему вдогонку вторую пулю, которая, не попав в цель, ударилась о выступ прибрежной скалы. Во все стороны брызнули каменные осколки.

Один осколок упал у самых ног Эдуарда Родса. Камень выглядел так необычно, что юноша поднял его и стал внимательно рассматривать.

Этот небольшой кусок кварца был исчерчен характерными прожилками, в которых ясно обозначались крупинки золота.

Золото! Молодого человека очень взволновала эта находка. Оказывается, на острове Осте есть золото! Он держал в руках неоспоримое доказательство — маленький обломок камня.

Эдуард сразу же понял важность этого открытия. Ему хотелось бы сохранить его в тайне, сообщив только отцу, чтобы тот доложил Кауджеру. Но юноша был здесь не один. Другие охотники тоже подобрали отлетевшие осколки и обнаружили в них золото. Значит, скрыть новость не удастся!

Действительно, в тот же день об этом узнали все либерийцы. Грянул настоящий пороховой взрыв, пламя которого мгновенно перенеслось из Либерии во все поселения.

Тем не менее в текущем сезоне не могло быть и речи об эксплуатации месторождения золота. Приближалось осеннее равноденствие, а на параллели острова Осте открытые разработки в холодное время года невозможны. Так что находка Эдуарда Родса пока еще не вызвала никаких трагических последствий.

Этот год (десятый со дня основания колонии) принес исключительный урожай. В центральных районах острова возникли новые лесопильни. Одни приводились в движение паром, другие — электричеством от гидроэлектростанций. Рыболовные промыслы и консервные фабрики весьма способствовали расцвету торговли. Общий тоннаж груза кораблей, посетивших порт, исчислялся в 32775 тонн.

До наступления холодов строительство маяка и примыкавшего к нему здания машинного отделения на мысе Горн шло полным ходом, несмотря на дальность расстояния (остров Горн находился примерно в семидесяти пяти километрах от полуострова Харди) и необходимость доставки материалов и оборудования морем, усеянным рифами. Но в период зимних бурь навигация здесь прекращалась, так что строительные работы приостановились.

На острове Осте больше не знали нищеты, и никогда общественный порядок не нарушался преступлениями против личности или собственности. Изредка, правда, случались пустячные ссоры между колонистами, но обычно все заканчивались примирением еще до обращения в суд.

Ничто как будто не угрожало безмятежному существованию колонии, если бы не обнаружение золота. А это, принимая во внимание свойственную людям жадность, могло повлечь за собой большие осложнения.

Сообщение о находке вызвало у Кау-джера самые мрачные предчувствия. К сожалению, они оправдались...

На ближнем же заседании совета губернатор высказал свои опасения.

— Итак, — начал он, — как раз в тот момент, когда наше дело близится к завершению и нам остается только пожинать плоды трудов своих, из-за проклятой случайности создается повод для всевозможных смут, неизбежно приводящих к разорению…

— Мне кажется, — прервал его Гарри Родс, оценивавший событие менее пессимистически, — что открытие залежей может вызвать некоторые беспорядки, но не разорение!

— Именно разорение! — настойчиво повторил Кау-джер. — Открытие месторождения золота всегда сопровождалось разорением.

— Однако, — сказал Гарри Родс, — золото — такой же предмет купли-продажи, как и другие товары.

— Самый бесполезный из всех!

— Отнюдь нет. Самый полезный, поскольку его можно обменивать на все остальные.

— Что толку в том, — с жаром возразил Кау-джер, — если для его приобретения приходится жертвовать всем! Ведь подавляющее большинство золотоискателей погибает в нищете. А те, которым повезло, совершенно теряют рассудок от головокружительного успеха и входят во вкус легкой жизни. Роскошь становится для них необходимостью, а материальные излишества так расслабляют, что они уже неспособны к полезной деятельности. С обывательской точки зрения — они стали богачами, но с общечеловеческой, истинной точки зрения — они превращаются в бедняков, перестав быть настоящими людьми.

— Я согласен с Кау-джером, — заявил Жермен Ривьер. — Ведь если колонисты забросят свои поля, потерянный урожай уже не возместить. Что толку в богатстве, если придется подыхать с голоду? Я очень боюсь, что остельцы не смогут противостоять тлетворному влиянию золота. А кто может поручиться, что в погоне за ним земледельцы не оставят свои пашни, а рабочие — машины?

— Золото!.. Жажда богатства! — повторял Кау-джер. — Самое ужасное бедствие, какое только могло постичь нашу колонию!

Гарри Родс заколебался.

— Допустим даже, что вы правы, — сказал он. — Но мы же все равно не в состоянии предотвратить это.

— Дорогой Родс, — ответил Кау-джер, — бороться можно с любой эпидемией и так или иначе пресечь или хотя бы ограничить ее распространение. Но, увы, средства против золотой лихорадки не существует. Ее возбудитель — один из самых вредных микробов, разрушающий всякий сплоченный коллектив. Можно ли сомневаться в его силе, после того что произошло в золотоносных районах Старого и Нового Света, в Австралии, Калифорнии и в Южной Африке? Все производительные работы были заброшены уже на следующий день после нахождения драгоценного металла. Колонисты покинули свои семьи и устремились из городов и деревень к месторождениям золота. А потом они быстро, как всякую легкую добычу, промотали свое богатство и снова стали нищими.

Кау-джер говорил со страстной убежденностью, свидетельствовавшей о глубокой тревоге.

— Опасность надвигается не только изнутри, — продолжал он, — но и извне. В районы месторождений золота устремляются со всех концов света полчища бродяг и авантюристов, вносящие повсюду смуты и дезорганизацию. Они как саранча уничтожают все на своем пути. Вот почему и нашему острову угрожает подобное несчастье!

— Но неужели ничего нельзя сделать? — взволновался Гарри Родс.

— Нет, — ответил Кау-джер, — слишком поздно. Трудно даже представить себе, с какой быстротой разносится известие об открытии золотых россыпей. Можно подумать, что новость передается по воздуху, что эта зараза, поражающая даже самых разумных людей, переносится ветром...

Совещание закончилось, но члены совета не приняли никакого решения. Да и что они могли поделать? Как правильно сказал Кау-джер, борьба против золотой горячки невозможна.

При первых же признаках весны опасения Кау-джера подтвердились. С самого начала оттепели наиболее предприимчивые и отважные либерийцы отправились на поиски драгоценного металла к «Золотому Ручью», как теперь окрестили маленькую речушку, на берегу которой злополучная пуля Эдуарда Родса отбила кусок скалы. За ними, несмотря на все уговоры Кау-джера и его друзей, последовало множество других колонистов. Начиная с 5 ноября сотни остельцев как одержимые бросились в горы на поиски золота.

Разработка золотоносных участков, в общем-то, не представляет особых трудностей. Если обнаружена золотая жила, надо просто следовать за ее ходом, отбивая куски скалы киркой, а потом измельчить их, отделяя содержащиеся в камне крупинки золота. Так делают в копях Трансвааля. Но легко сказать «проследить золотую жилу»! Иногда направление ее так запутано и она так внезапно исчезает, что даже самые опытные геологи становятся в тупик. В тех случаях, когда жила уходит глубоко в землю, приходится устраивать рудники, что связано со многими неприятными неожиданностями и опасностями. Кварц, в котором находится золото, — чрезвычайно твердый минерал, для измельчения которого невозможно обойтись без дорогостоящих машин. Так что добыча драгоценного металла не всегда под силу отдельным золотоискателям и выгодна только мощным компаниям, располагающим большими капиталами и рабочей силой.

Поэтому-то одни золотоискатели — «добытчики», как их часто называют, — которым посчастливится найти залежи золота, довольствуются тем, что делают заявку на этот участок, а затем спешат переуступить его банкирам и разным дельцам.

Другие же, предпочитая вести добычу золота своими личными средствами, даже и не помышляют об организации рудников. Они отыскивают поблизости от золотоносных скальных пород участки наносных земель, размытых водой. Расслаивая породу, вода (в виде льда, дождя или потока) непременно уносит с собою частички золота, которые легко обнаружить в почве. Для этого достаточно иметь под рукой простой лоток для промывки песка и воду.

Ясно, что остельцы могли работать только самыми примитивными инструментами. Первые результаты оказались довольно обнадеживающими. Берега Золотого Ручья на участке длиной в несколько километров и шириной двести — триста метров были покрыты слоем ила глубиной до восьми футов. Из расчета, что на один кубический фут приходилось девять-десять лотков, можно было заключить, что запасы золота весьма обильны, потому что при промывке почти в каждом лотке оказывалось по крайней мере несколько зерен.

Правда, вместо самородков находили только песок, и здесь не приходилось рассчитывать на миллионные богатства, как в золотоносных районах других стран. Однако золота хватало для того, чтобы вскружить голову беднякам, которые до того времени зарабатывали на жизнь своим горбом.

Было бы большой административной ошибкой не регламентировать так или иначе эксплуатацию залежей. В конце концов, месторождение золота являлось общественной собственностью. Что бы ни думал по этому поводу сам Кау-джер, он больше никогда не высказывал собственного мнения и, рассматривая этот вопрос с точки зрения большинства колонистов, старался отыскать решение, наиболее приемлемое для всего коллектива. В течение зимы он часто совещался с Диком, которого сознательно привлекал к обсуждению всех важнейших дел и вопросов. Обменявшись мнениями, оба пришли к заключению, что необходимо: во-первых, всемерно препятствовать уходу остельцев на золотые прииски; во-вторых, добытые богатства использовать на благо всей колонии, и, наконец, по возможности ограничивать прибытие на остров Осте чужеземцев, которые обязательно ринутся со всех концов земли на поиски золота.

Закон, принятый в конце зимы, отвечал этим требованиям. Прежде всего добыча золота разрешалась только после надлежащего оформления прав на владение участком. Затем устанавливался максимальный масштаб участков. И, наконец, закон обязывал предпринимателей не только платить колонии за полученный участок, но и отчислять в ее пользу четвертую часть дохода. Права на золотоносные земли предоставлялись исключительно остельским гражданам, а впредь остельское подданство приобреталось только после года фактического проживания на острове и с личного разрешения губернатора.

Закон был обнародован, оставалось провести его в жизнь.

С самого начала возникли неизбежные при этом трудности. Колонисты, отнесшиеся спокойно к тем пунктам закона, которые давали преимущество, возмутились теми пунктами, которые накладывали на них определенные обязательства. Зачем оформлять и платить за право приобретения земли, когда можно сразу же разрабатывать приглянувшийся участок? Разве не все имеют право копаться в земле и промывать речной песок? Почему же их вынуждают отдавать часть заработанного продукта тем, кто не принимал никакого участия в их труде?

В глубине души Кау-джер разделял эти соображения. Но, взяв на себя опасную ответственность за управление колонией, он должен был жертвовать своими принципами, даже если находил их как нельзя более применимыми в данной ситуации.

Стало совершенно очевидно, что необходимо поощрить наиболее благоразумных колонистов, сумевших противостоять общему безумию и не бросивших работу. Наилучшей формой такого поощрения явилось обеспечение их хоть и небольшой, но постоянной долей из общей добычи золота.

В случаях же неповиновения закону приходилось применять силу.

Кау-джер располагал в Либерии только небольшим милицейским отрядом из пятидесяти человек, но, кроме того, девятьсот пятьдесят остельцев значились в призывном списке, откуда, по мере прибытия нового пополнения, отчислялись старшие возрасты. Таким образом, всегда имели под рукой тысячу вооруженных человек.

Была объявлена всеобщая мобилизация.

На призывной пункт явилось всего семьсот пятьдесят остельцев. Двести уклонившихся от воинской повинности занимались промывкой золота в районе Золотого Ручья.

Кау-джер разделил свои вооруженные силы на две группы. Пятьсот человек получили задание следить за побережьем, дабы воспрепятствовать тайной переправке драгоценного металла. Сам же губернатор, во главе трехсот человек (составлявших три отряда под командованием наиболее надежных людей), направился в районы месторождений золота.

Они вышли через полуостров к подножию гор Сентри Боксис, а оттуда двинулись на север, тщательно прочесывая местность. Всех встречных на пути золотоискателей, не оформивших права на участок и не подчинявшихся закону, безжалостно прогоняли.

Вначале удалось добиться некоторого успеха. Одним колонистам пришлось заплатить наличными за право эксплуатации участков, границы которых устанавливались тут же. Другие (и таких оказалось большинство), не имевшие нужной суммы, вынуждены были отказаться от добычи золота. По этой причине число золотоискателей резко сократилось.

Но вскоре выяснилось, что незаплатившие ночью обходили отряды Кау-джера и возвращались на то же самое место, на берегу Золотого Ручья, откуда их прогнали накануне...

В общем, золотая зараза, распространяясь, поражала весь остров, как чума. Безумие охватывало все новые и новые группы остельцев, воодушевленных успехами первых «добытчиков». Теперь берега Золотого Ручья и горы центральной и северной части острова кишели золотоискателями.

Однако колонисты вскоре сообразили, что золотоносные месторождения могут залегать и не только на болотистой равнине, у подножия Сентри Боксис. Поскольку наличие золота на острове Осте было доказано, имелись все основания полагать, что драгоценный металл можно найти и по берегам других речушек и ручьев, принадлежавших к орографической сети острова. И вот повсюду начались поиски — от мыса полуострова Харди до оконечности полуострова Пастер, у пролива Дарвин.

На нескольких участках действительно нашли немного металла, что еще больше усилило общее возбуждение. Золотой психоз нарастал и за несколько недель почти начисто опустошил Либерию, поселения и отдельные фермы: мужчины, женщины, дети — все кинулись искать золото. Кое-кому посчастливилось наткнуться на горную складку, где под действием проливных дождей образовались скопления самородков, и они сразу разбогатели. Но и тех, кто в течение многих дней, умирая от усталости, проработали впустую, все еще не покидала надежда. Из столицы, сельских местностей, рыбных промыслов, с заводов и прибрежных факторий все бросились к месторождениям золота. По-видимому, оно обладало такой притягательной и непреодолимой силой, которой разум человеческий не мог противостоять. Вскоре в Либерии осталось не более сотни жителей, не изменивших своим семьям и занятиям, хотя их предприятия сильно пострадали от создавшегося положения...

Одни только индейцы, недавно поселившиеся на острове Осте, не поддались губительному азарту. К чести этих скромных тружеников следует сказать, что их рыболовецкие артели не распались и плантации не заросли сорняками, ибо никто из них не ушел на поиски золота. Все это объяснялось только природной честностью огнеземельцев. Эти бедняки еще издавна привыкли повиноваться своему покровителю, так что им даже и в голову не приходило отплатить Кау-джеру черной неблагодарностью за его бесчисленные благодеяния.

События продолжали стремительно разворачиваться. Настал момент, когда экипажи кораблей, стоявших на рейде, последовали примеру остельцев. С каждым днем увеличивалось число дезертиров. Без всякого предупреждения матросы, одурманенные волнующим золотым миражем, покидали свои суда и уходили в глубь острова. Капитаны, напуганные резким уменьшением состава корабельных команд, спешили покинуть Новый поселок, даже не завершив операций по погрузке или разгрузке судов. Можно было не сомневаться в том, что они оповестят весь мир о грозившей им опасности и что отныне флот всех стран будет избегать остров Осте.

Эпидемия не пощадила даже тех, кто во имя долга должен был бороться с нею. Отряд Кау-джера, созданный для охраны побережья, вскоре распался. Из пятисот человек не набралось бы теперь и двадцати. Другой отряд, которым он командовал сам, тоже таял, как лед на солнце. Не проходило ночи, чтобы несколько беглецов не воспользовалось бы темнотой. За две недели от трехсот человек осталось не более пятидесяти.

Все это чрезвычайно огорчало Кау-джера. Человечество еще раз цинично продемонстрировало перед ним свои постыдные пороки — перед ним, кто так страстно жаждал творить добро и после долгого уединения вновь полюбил людей! Все созданное таким тяжким трудом рушилось в один миг... И подумать только! Из-за какого-то ничтожного осколка камня, расцвеченного несколькими крупинками золота, тысячи несчастий надвигались на злополучную колонию...

Бороться? Нет, теперь уже невозможно. Даже самые рассудительные люди покинули губернатора. Теперь уже невозможно обуздать обезумевшее население при помощи жалкой горстки людей. Правда, пока еще они подчинялись Кау-джеру, но в любую минуту тоже могли ему изменить.

Правитель возвратился в Либерию. Да, ничего уже нельзя было сделать. Как смерч, опустошающий все на своем пути, золотая лихорадка охватила и поразила весь остров. Приходилось только ждать, когда она сама утихнет.

В какой-то момент показалось, что эпидемия пошла на убыль. В середине декабря некоторые горожане начали возвращаться в Либерию, а в последующие дни приток их еще усилился. На каждого колониста, уходившего на золотые прииски, приходилось по два вернувшихся, которые с унылым видом принимались за обычные дела.

Возвращались главным образом по двум причинам. Во-первых, ремесло золотоискателя оказалось не таким легким, как предполагали вначале. Дробить киркой скалу или с утра до вечера промывать песок — тяжелый труд, это может выдержать лишь тот, кто надеется на быстрое обогащение. А кой-кого из колонистов, воображавших, что можно просто подбирать самородки, постигло жестокое разочарование. На одного счастливца, наткнувшегося на золотую жилу, приходилось сотни золотоискателей-неудачников, кому это занятие — куда тяжелее, чем их обычная работа, — приносило гораздо меньший доход. Несомненно, на острове Осте водилось золото, но не в таком количестве, чтобы его можно было загребать лопатой, как наивно думали вначале. Отсюда и горькое разочарование, постигшее особенно тех, кто слишком рьяно предавался несбыточным иллюзиям.

Замедление торговых операций и почти полное прекращение сельскохозяйственных работ отражалось на стоимости предметов первой необходимости. Правда, пока еще всего было вдоволь, но цены на все невероятно возросли. Радоваться могли только те, кому была выгодна погоня за золотом. И наоборот, вздувание цен порождало нищету среди тех остельцев, кто, найдя несколько небольших самородков, не возместили потерю обычных заработков.

Никаких заблуждений по этому поводу у Кау-джера не было. Он не только не ожидал благоприятного перелома события, но с обычной своей прозорливостью угадывал во мраке будущего новые опасности. Нет, кризис еще не наступил. Наоборот, болезнь только начиналась. До сих пор приходилось иметь дело лишь с остельцами, но так будет не всегда. Как только станет известно о новом месторождении золота, на несчастный остров неизбежно обрушатся со всего света страшные орды золотоискателей, горящих ненасытной алчностью.

И вот, 17 января, в Новый поселок прибыл первый транспорт. На берег сошло около двухсот крепких мужчин, решительных, суровых и грубых. У некоторых за поясом поблескивали большие ножи, и у всех на брюках (иногда весьма потрепанных) пришит был специальный карман, оттопыренный револьвером. На плече они несли кирку и мешок со своими жалкими пожитками. На левом бедре при каждом шаге позвякивали прикрепленные к поясу металлическая фляга, миска и лоток для промывки песка.

Кау-джер с грустью наблюдал за их высадкой. Эти двести бродяг являлись первым звеном цепи, которая в будущем опояшет зловещим кольцом весь остров Осте…

Начиная с этого дня партии золотоискателей прибывали с небольшими промежутками одна за другой. Едва ступив на землю, пришельцы, как люди, привычные к выполнению всяческих формальностей, направлялись прямо в управление, где, знакомясь с действующими постановлениями, единодушно находили их непомерно строгими. Потом, оставив мысль об узаконении своего положения, чужеземцы расходились по городу. Малочисленность жителей и умело добытая информация о положении дел в колонии быстро убеждали их в слабости остельской администрации. Поэтому они решались обойти законы, безнаказанно нарушаемые даже самими колонистами, и, проблуждав несколько дней по пустынным улицам Либерии, покидали город, направляясь прямо на поиски золотоносных участков.

Но настала зима, и вместе с прекращением разработок приостановился и поток приезжих. Последний корабль, доставивший в Новый поселок партию золотоискателей, прибыл 24 марта. К этому времени на остельской земле находилось уже более двух тысяч авантюристов.

Этот же корабль увез ноту правительства острова Осте ко всем государствам земного шара. Кау-джер, с болью в сердце наблюдавший за вторжением чужеземцев, доводил до сведения всех и вся, что, ввиду перенаселения остельской колонии, въезд на территорию острова Осте воспрещен и в случае самовольной высадки иностранцев против них будет применена сила.

Окажется ли эта мера эффективной или нет, могло показать только будущее, но в глубине души Кау-джер сомневался в ее действенности. Слишком сильна притягательная власть золота для некоторых людей, чтобы их можно было чем-нибудь остановить…

Впрочем, зло уже совершилось. Бунт остельцев… неизбежное, уже начавшееся обнищание… вторжение разного сброда, привносящего с собой все существующие на земле пороки — все это само по себе являлось катастрофой.

Что же делать? Ничего, только ждать лучших времен… если таковые вообще еще наступят. Хальг, Кароли, Хартлпул, Гарри и Эдуард Родсы, Дик, Жермен Ривьер и еще десятка два надежных людей противостояли всем остальным.

Это был священный оплот, последние преданные бойцы, объединившиеся вокруг Кау-джера, который мог только наблюдать за разрушением величайшего дела его жизни.

12. Разграбленный остров

Так закончился первый акт «золотой трагедии», которая, как настоящая театральная пьеса, состояла из нескольких действий, разделенных антрактами.

Драматические события, легшие в основу первого акта, сразу же нарушили безмятежную жизнь колонии. Несколько остельцев исчезло навсегда.

Никто не знал, что с ними сталось, но все обстоятельства наводили на мысль, что они оказались жертвами несчастного случая или драки; поэтому родные носили по ним траур.

Общее благосостояние острова Осте резко упало. Правда, нехватки предметов первой необходимости пока еще не ощущалось, но цены на все повысились еще в три-четыре раза.

При этом пострадали наименее обеспеченные колонисты. Тщетно Кау-джер пытался подыскать им работу. Почти полное прекращение частной торговли настораживало остельцев. Никто не решался создавать новые предприятия. Государственная казна опустела. Общественные работы также приостановились. Какая злая ирония судьбы! Государству не хватало золота именно тогда, когда его в изобилии обнаружили в земле!

Откуда же правительство могло взять средства? Только отдельные остельцы заплатили за право приобретения золотоносных участков, но никто не сделал ни единого взноса по отчислениям с добычи, как предписывал закон. Обнищание населения привело к резкому сокращению общей суммы налогов. Денежные поступления в казну почти прекратились.

Личные фонды Кау-джера были исчерпаны. Он широко пользовался ими в течение всего лета, чтобы из-за возникших финансовых затруднений не прерывать работ по сооружению маяка на мысе Горн. Но золотая лихорадка не пощадила и строительных рабочих. Поэтому окончание стройки значительно задерживалось.

Среди счастливчиков, которых фортуна озарила золотой улыбкой, оказался и Кеннеди, бывший матрос с «Джонатана». Превратившись в богача, он вел себя так вызывающе, что о его необыкновенном везении узнали все колонисты.

Сколько золота нашел он? Никто да, наверно, и сам он, не знал этого. Возможно, матрос даже не умел считать. Однако, судя по его тратам, — немало. Он полными пригоршнями разбрасывал свое богатство. Конечно, не в виде монет, имеющих официальный курс во всех цивилизованных странах, а в виде самородков и золотого песка.

Кеннеди приобрел барские замашки: уверенно разглагольствовал обо всем, корчил из себя миллиардера и каждому встречному и поперечному объявлял о своем намерении в ближайшее время уехать из города, где не может обеспечить себе соответствующую жизнь.

Никто не знал и о том, откуда взялось его богатство, и вообще где находится участок бывшего матроса. Когда его об этом спрашивали, он напускал на себя таинственный вид и, не отвечая на вопрос, переводил разговор на другую тему. Если либерийцам и доводилось летом видеть Кеннеди, то отнюдь не за работой — сунув руки в карманы, он гордо разгуливал по улицам города. Колонисты не забыли об этих встречах, потому что в некоторых случаях они предшествовали постигшему их несчастью. Через несколько часов или дней после того, как им повстречался Кеннеди, у них исчезало все добытое ими золото. К сожалению, вора так и не смогли найти. Когда же все пострадавшие собрались вместе и установили, что кражи всегда совпадали с присутствием Кеннеди поблизости от места преступления, на него пали тяжкие подозрения, хотя прямых улик не было.

Выведенный из терпения Кау-джер решил применить силу. Слишком уж открыто издевались над законами Кеннеди и ему подобные. Правда, пока еще ничего нельзя было предпринять, и приходилось терпеть эти бунтарские выходки, но при первой же возможности следовало их пресечь. А тем временем наступившие холода прогнали колонистов с золотых промыслов. Все вернулись домой, причем большинство не могло похвастать особыми успехами. Снова восстановилась служба милиции, и люди, входившие в ее состав, казались (во всяком случае, в данный момент) преисполненными благих намерений.

И вот однажды утром, без всякого предупреждения, милиция во главе с Хартлпулом явилась к либерийцам, особенно кичившимся своим богатством, и произвела у них тщательный обыск. От обнаруженного золота отделили четвертую часть, а из оставшегося конфисковали еще двести аргентинских пиастров в счет оплаты права на приобретение золотоносного участка.

Кеннеди хвастал не зря. У него действительно нашли золота по крайней мере на семьдесят пять тысяч франков, считая во французской валюте. И именно Кеннеди оказал самое упорное сопротивление милиции во время обыска. Приходилось все время пререкаться с бывшим матросом, изрыгавшим яростные проклятия.

— Бандиты! — вопил он, грозя кулаком Хартлпулу.

— Ну, уж будто! — невозмутимо отвечал тот, продолжая обшаривать помещение.

— Вы мне за это заплатите! — угрожал Кеннеди, выведенный из себя хладнокровием своего бывшего начальника.

— Вот как? А мне кажется, что сейчас платить придется тебе! — смеялся Хартлпул.

— Мы еще с тобой увидимся!

— Когда тебе будет угодно. По мне, чем позднее, тем лучше!

— Вор! — заорал Кеннеди в совершенном бешенстве.

— Ошибаешься! — добродушно возразил Хартлпул. — И я докажу тебе это тем, что из твоих пятидесяти трех килограммов золота возьму только тринадцать кило двести пятьдесят граммов — точно одну четвертую часть плюс стоимость двухсот пиастров — ты знаешь, за что. Само собой разумеется, что за свои деньги ты...

— Мерзавец!

— ...получаешь право на золотоносный участок...

— Разбойник!

— ...при условии, что укажешь, где он находится.

— Грабитель!

— Не хочешь?

— Каналья!

— Ну, воля твоя, мой милый, — сказал Хартлпул, положив конец этой сцене.

В итоге обыски дали казне около тридцати семи килограммов золота, что составило во французской валюте около ста двадцати двух тысяч франков. В обмен на конфискованный драгоценный металл колонистам выдали документы на право разработки золотоносных участков. Только один Кеннеди не воспользовался им, так как упорно скрывал, где добыл такое богатство.

Собранное золото передали в государственную казну. Весной, когда возобновятся связи с остальным миром, его можно будет обменять на валюту по курсу дня. А пока что Кау-джер, широко обнародовав результаты обысков, выпустил на соответствующую сумму бумажные деньги, принятые населением с полным доверием. Этот шаг позволил несколько облегчить положение колонии.

Кое-как пережили зиму и дотянули до весны. И опять прежние причины привели к прежним последствиям. Как и в прошлом году, Либерия опустела. Полученный урок не пошел впрок. Все колонисты как исступленные устремились на поиски золота, словно игроки, которые, проигравшись в пух и прах, бросают на стол свои последние гроши в нелепой надежде отыграться.

Кеннеди ушел одним из первых. Однажды утром он исчез, отправившись, вероятно, на свой таинственный участок. Колонисты, собиравшиеся проследить за ним, остались ни с чем.

Даже милиция, такая надежная и преданная губернатору зимой, снова растаяла словно снег от солнечных лучей. Кау-джеру, который опять мог рассчитывать на помощь лишь самых близких друзей, не оставалось ничего иного, как безучастно, словно зритель, наблюдать за вторым актом трагедии, развернувшейся на острове Осте.

Но теперь сцены сменялись гораздо быстрее, чем в первом акте. Уже через несколько дней начали возвращаться домой кое-кто из либерийцев. Затем их приток постепенно усилился. Милицейская служба была восстановлена вторично. Люди молча принимались за оставленную работу. Кау-джер не делал никаких замечаний, полагая, что сейчас не время для строгостей.

Все получаемые сведения говорили, что то же самое происходило и в центральных районах острова: все спешили вернуться на свои фермы, заводы, фактории. Это движение было таким же массовым, как и причины, его обусловившие.

Оказалось, что в этом году золотоискатели попали в совершенно иные условия, чем в прошлом. Тогда они находились среди своих колонистов, а сейчас в игру вступили чужеземцы, с которыми нельзя было не считаться. И какие чужеземцы! Отбросы общества, привыкшие к лишениям, не боявшиеся ни страданий, ни смерти, озверевшие, безжалостные к себе и к другим. Остельцам пришлось отвоевывать участки у этих стяжателей, захвативших еще в начале сезона самые лучшие земли. После непродолжительной борьбы большинство колонистов отступило.

Настало время дать решительный отпор нашествию, возникшему в конце прошлого года и повторившемуся снова, но в еще больших масштабах. Еженедельно два-три парохода доставляли новые партии золотоискателей. Напрасно Кау-джер пытался воспрепятствовать их высадке. Пришельцы, не считаясь с формальными запретами, сходили на берег и, прежде чем отправиться в золотоносные районы, наводняли Либерию буйными ватагами.

Отныне в Новый поселок прибывали почти исключительно суда с золотоискателями. Другим кораблям здесь уже нечем было заполнить свои трюмы. Все торговые и промышленные операции прекратились. Запасы строевого леса и пушнины истощились в первую же неделю навигации. А что касалось скота и зерна, то Кау-джер решительно воспротивился их вывозу, опасаясь голода.

Но как только губернатор смог располагать двумя сотнями человек, положение захватчиков острова стало куда менее выигрышным. Когда все приказы правителя начали подкрепляться оружием, золотоискателям пришлось соблюдать их. После тщетных попыток обойти строгие постановления остельского правительства пароходы вынуждены были отплывать в открытое море, увозя с собой живой груз.

Вскоре выяснилось, что их уход являлся лишь хитрой уловкой. Отступив перед силой, корабли огибали восточный или западный берег острова и, укрывшись в какой-нибудь безлюдной бухте, высаживали пассажиров на шлюпках. Летучие отряды, созданные для наблюдения за побережьем, были не в силах противодействовать им. Кто хотел сойти на берег, всегда достигал своей цели. Приток иностранцев все увеличивался.

Беспорядки в центральных районах острова достигли апогея. Там происходили сплошные пьянки и оргии, прерываемые ссорами, точнее — кровавыми стычками, в которых пускались в ход ножи и пистолеты. И, подобно тому как трупы привлекают гиен и стервятников, так и за полчищами бродяг шли самые разложившиеся элементы. Последующие партии проходимцев даже и не помышляли о том, чтобы корпеть над добычей золота. Стоило ли этим заниматься! Для них золотоносными участками и золотыми жилами являлись сами золотоискатели, гораздо легче поддающиеся эксплуатации, нежели трудная почва. По всему острову (за исключением Либерии, где приходилось считаться с властью Кау-джера) открылось множество кабаков и баров. Появились даже притоны самого низкого пошиба, выстроенные из досок прямо в открытом поле. Там опустившиеся женщины пленяли пьяных золотоискателей своими прелестями, распевая хриплыми голосами непристойные песенки. Во всех этих злачных заведениях потоками лился спирт — источник многих бед.

Но Кау-джер все еще не терял мужества. Оставаясь на своем посту, он являлся той точкой опоры, вокруг которой в недалеком будущем объединятся остельцы, когда утихнет буря и когда придется заново реорганизовать колонию. Правитель прилагал все усилия, чтобы — еще раз! — завоевать доверие остельцев, к которым медленно, но верно возвращался разум. Казалось, ничто не могло сокрушить Кау-джера. Сознательно закрывая глаза на измену своих колонистов, он терпеливо и неуклонно продолжал выполнять обязанности губернатора. Кау-джер не забывал даже о строительстве маяка, куда вкладывал всю свою душу. По его распоряжению Дик совершил летом поездку на мыс Горн. Несмотря на события, работы не прекращались ни на один день, хотя темп их значительно замедлился. К концу лета маяк будет закончен и машины установлены. Монтаж займет не более одного месяца.

К 15 декабря половина остельцев вернулась к своим обычным занятиям, хотя в центральной части острова еще царил хаос.

Как раз в это время к Кау-джеру явились неожиданные гости — англичанин и француз, только что прибывшие на пароходе. Они сразу прошли в управление, где были немедленно приняты губернатором, и, представившись как Морис Рейно (француз) и Александр Смит (англичанин), без лишних слов заявили, что хотели бы получить концессию.

Кау-джер горько усмехнулся:

— Позвольте спросить, господа, известно ли вам, что происходит на острове Осте?

— Известно, — ответил француз.

— Но все же нам бы хотелось действовать по закону, — добавил англичанин.

Кау-джер посмотрел на собеседников более внимательно. Хотя они принадлежали к разным нациям, в них было нечто общее, свойственное всем предприимчивым людям. Оба молодые — не старше тридцати — широкоплечие, румяные. Коротко подстриженные волосы открывали высокий умный лоб. Энергичный подбородок мог бы придать их физиономиям некоторую жестокость, если бы общее выражение лица не смягчалось ясным взглядом голубых глаз.

Впервые Кау-джер увидел располагающих к себе золотоискателей.

— Ах, так вы уже знаете об этом законе, — сказал он, — хотя, кажется, только что прибыли?

— Вернее, только что возвратились, — поправил его Морис Рейно. — В прошлом году мы пробыли здесь несколько дней, произвели разведку и наметили участок для приобретения.

— Общий? — спросил Кау-джер.

— Общий, — ответил Александр Смит.

Кау-джер возразил с искренним сожалением:

— Раз уж вы так хорошо осведомлены обо всем, вам должно быть известно, что я не могу удовлетворить вашу просьбу, поскольку закон, которому вы хотите подчиниться, предоставляет права на золотоносные участки только остельским гражданам.

— Это касается лишь участков для поверхностной разработки, — возразил Морис Рейно.

— А что же хотите вы? — удивился Кау-джер.

— Мы говорим о рудниках, — пояснил Александр Смит, — а по этому поводу в законе ничего не сказано.

— Да, это так, — согласился Кау-джер, — но разработка рудников — предприятие сложное, требующее больших капиталов...

— Деньги есть, — прервал его Александр Смит, — за ними мы и ездили в Англию.

— С финансовой стороны все улажено, — добавил Морис Рейно, — мы представляем здесь «Франко-английскую золотопромышленную компанию». Мой друг Смит — главный инженер, а я — директор. Общество, основанное в Лондоне 10 сентября прошлого года, располагает капиталом в сорок тысяч фунтов стерлингов. Половина этой суммы внесена нами, другая же половина является оборотным капиталом. Если договоримся (в чем я не сомневаюсь), мы отправим с пароходом, которым приехали, наши распоряжения. Не пройдет и недели, как начнутся работы. Через месяц пришлют первые машины, а к будущему году предприятие будет полностью оснащено всем необходимым оборудованием.

Кау-джер, весьма заинтересованный этим предложением, соображал, как лучше поступить, поскольку имелись доводы «за» и «против». Решительный характер и искренность молодых людей понравились губернатору. Но разрешить франко-английской компании основать на острове Осте крупное предприятие?.. Не создаст ли это в будущем почвы для международных осложнений? Не попытаются ли когда-нибудь Франция и Англия, под предлогом защиты своих государственных интересов, вмешаться во внутренние дела колонии?

В конце концов Кау-джер решил дать положительный ответ. Не стоило отказываться от такого выгодного предложения. Поскольку золотая лихорадка отныне превратилась в роковую неизбежность, целесообразно не допускать ее распространения по всей территории острова и, ограничив эпидемию несколькими очагами, разбить все районы месторождений золота между отдельными крупными акционерными обществами.

— Согласен, — сказал Кау-джер. — Однако, раз дело касается подземных работ, я считаю, что условия, предусмотренные для передачи участков в индивидуальное пользование, должны быть изменены.

— Как вам будет угодно, — ответил Морис Рейно.

— Следует установить плату за гектар.

— Идет.

— Скажем, сто аргентинских пиастров?

— Договорились.

— Какова площадь вашей концессии?

— Сто гектаров.

— Значит, десять тысяч пиастров.

— Вот они, — сказал Морис Рейно, вынимая чековую книжку и выписывая чек.

— Но, с другой стороны, — продолжал Кау-джер, — учитывая, что ваши издержки производства будут значительно выше, чем при разработке на поверхности, можно уменьшить отчисления с добычи золота до двадцати процентов.

— Отлично, — заявил Александр Смит.

— Итак, мы пришли к полному соглашению?

— По всем пунктам.

— Мой долг предупредить вас, — добавил Кау-джер, — что в течение некоторого времени остельское правительство не сможет гарантировать вам свободный доступ на предоставляемую в концессию территорию, а также неприкосновенность вашей личности.

Молодые люди только улыбнулись.

— Мы сумеем постоять за себя, — уверенно сказал Морис Рейно.

Подписав концессионное соглашение и получив документы, оба друга сразу же ушли. Через три часа они уже находились на пути к своей концессии, расположенной у западных отрогов центрального горного хребта.

Анархия, царившая в глубине острова, с наступлением лета еще усилилась. Воображение жителей Старого и Нового Света, разгоряченное раздутыми слухами, наделило остров Осте сказочными богатствами. Сонмы золотоискателей устремились на «Золотой остров». Хотя порт их и не принимал, они все равно высаживались во всех ближайших бухтах. В последних числах января, судя по полученным сведениям, Кау-джер установил, что в некоторых районах острова скопилось не менее двадцати тысяч иностранцев. Несомненно, в случае наступления голода эти одержимые, уже теперь ведущие кровавые битвы за обладание участками, бросятся друг на друга и в конце концов перегрызутся насмерть.

К этому времени беспорядки на острове достигли предела. Среди оголтелого сброда разыгрывались невероятные, дикие сцены, в которых пострадало и несколько остельцев. Узнав об этом, Кау-джер сам отправился на участок, где происходило побоище, и смело бросился разнимать дерущихся. Но все его действия оказались безуспешными и чуть было не обернулись против него. Его оттолкнули с бранью и угрозами, и он просто чудом остался невредим.

Однако вмешательство правителя дало совершенно неожиданный результат. Разношерстное скопище пришельцев состояло из бродяг не только различных наций, но и самых различных социальных слоев. Будучи объединены глубочайшим моральным падением, они тем не менее сильно рознились по происхождению. Большинство из них вышло из грязных притонов, где укрываются в промежутках между преступлениями бандиты больших городов. Несколько же человек принадлежали к известным аристократическим семьям и, прежде чем впасть в бесчестье, пьянство и разврат, обладали значительным состоянием.

Кто-то из этих последних (кто именно, так и осталось неизвестным) опознал Кау-джера, как некогда командир «Рибарто». Но тогда чилийский капитан мог сослаться только на давнюю фотографию, золотоискатели же были уверены в своей памяти. Эти бродяги, скитаясь по белому свету, лично видели Кау-джера и, хотя с тех пор прошло немало времени, не могли ошибиться, потому что губернатор острова Осте занимал тогда слишком видное положение в обществе и его черты не изгладились из их памяти. Тотчас же его настоящее имя начало передаваться из уст в уста. Это было известное имя, и оно действительно принадлежало Кау-джеру.

Отпрыск правящей династии могущественной северной державы, предназначенный с самого рождения повелевать людьми, Кау-джер вырос у подножия трона. Но судьба, любящая иногда такие шутки, наделила сына цезарей мятежной душой анархиста.

Едва он достиг зрелого возраста, как привилегированное положение в свете стало для него источником не радостей, а страданий. Видя окружавшую нищету, он сначала пытался хоть как-нибудь смягчить ее, но вскоре должен был признаться, что затея эта превышала его возможности. Ни его колоссального состояния, ни всей его жизни не хватило бы для облегчения даже одной десятимиллионной частицы людского горя. Чтобы забыться и умалить скорбь, вызванную сознанием собственного бессилия, Кау-джер ушел в науку, как другие — в наслаждение. Но, овладев специальностями врача, инженера, социолога, он все равно не сумел найти средства обеспечить человечеству равные права на счастье. Испытав множество разочарований, он утратил ясность суждений. Принимая следствие за причину и рассматривая людей как жертвы, многие века борющиеся вслепую с безжалостной природой и пытающиеся любыми средствами добиться победы, Кау-джер пришел к выводу, что причиной всех их несчастий являются различные формы общественного строя, принятые человечеством лишь потому, что оно не знает лучших форм коллективного существования. Отсюда и глубокая ненависть Кау-джера ко всем общественным строям и организациям, в которых он видел источник вечного зла.

Не в силах смириться с возмущавшими его законами, Кау-джер не нашел иного выхода, как добровольно исключить себя из общества. Поэтому в один прекрасный день, никого не предупредив, он отказался от своего сана и богатства и пустился в поиски страны (вероятно, единственной!), которая была бы абсолютно независима. Так он обосновался на архипелаге Магеллановой Земли, где в течение десяти лет беззаветно служил самым обездоленным из людей. Но чилийско-аргентинское соглашение, а затем кораблекрушение «Джонатана» нарушили его безмятежную жизнь.

Только однажды, взяв в свои руки управление колонией, он позволил себе вспомнить о своем былом величии. Хорошо зная суть общественных законов, Кау-джер понимал, какие последствия могло иметь его бегство из цивилизованного мира. Эти законы мало интересуются людьми, но зато зорко следят за сохранением их имущества. Поэтому не было никаких сомнений, что, если даже все и позабыли о Кау-джере, состояние его тщательно оберегается. В периоде организации колонии оно могло весьма пригодиться, и правитель открыл эту тайну Гарри Родсу. Снабдив своего друга необходимыми полномочиями, Кау-джер послал его за золотом, тем самым золотом, которое теперь остров Осте возвращал ему с такой роковой щедростью!

Разглашение подлинного имени Кау-джера оказало совершенно противоположное воздействие на иноземных золотоискателей и на остельцев, хотя ни те, ни другие не оценили по достоинству высокие душевные качества этого человека.

Иностранцы, старые бродяги, исколесившие землю вдоль и поперек, слишком много познавшие на своем веку, чтобы преклоняться перед социальными рангами, люто возненавидели того, кого они считали своим врагом. Неудивительно, что он ввел законы, столь жестокие по отношению к беднякам! Он был аристократ — этим все объяснялось.

Остельцы же, наоборот, обрадовались тому, что ими правил человек такого высокого положения. Это льстило их тщеславию и еще более повысило авторитет Кау-джера.

Губернатор, увидя собственными глазами столько мерзости, возвратился в Либерию в таком отчаянии, в таком подавленном настроении, что его ближайшие друзья стали поговаривать об отъезде с острова Осте. Однако, прежде чем прибегнуть к этой крайней мере, Гарри Родс поставил вопрос об обращении за помощью к Чили. Может быть, следовало испытать еще один, последний шанс на спасение?

— Чилийское правительство не оставит нас, — сказал он, — ведь в его же интересах восстановить порядок в колонии.

— Просить иностранной помощи? — возмутился Кау-джер.

— Если хотя бы один корабль из Пунта-Аренаса начнет крейсировать в виду острова, — возразил Гарри Родс, — этого окажется достаточным, чтобы утихомирить всех негодяев.

— Отправим Кароли в Пунта-Аренас, — предложил Хартлпул, — и не пройдет двух недель, как…

— Нет, — прервал его Кау-джер тоном, не допускавшим возражений, — я никогда не соглашусь на это. Ведь еще не все потеряно. Попробуем спасти колонию своими силами.

Пришлось покориться его стальной воле.

Спустя несколько дней, как бы для того чтобы подтвердить правоту губернатора, среди остельцев возникли волнения куда более сильные, чем прежде. В самом деле, положение на участках становилось невыносимым. Колонисты не могли тягаться с бессовестными захватчиками, считавшими удар ножом самым естественным доводом при споре. Силы были слишком неравны. Поэтому остельцы, отказавшись от борьбы, возвращались под защиту правителя, которому — с тех пор как узнали настоящее имя Кау-джера — приписывали чуть ли не безграничную власть. В течение короткого срока вернулись все колонисты не только в Либерию, но и во все селения.

Но напрасно стали бы искать среди них Кеннеди, оставшегося на участке вместе с подобными ему проходимцами. О нем все еще ходили скверные слухи. Как и в прошлом году, никто не видел, чтобы он работал киркой или промывал песок. Кстати, его присутствие в городе снова совпало с несколькими кражами, а два раза даже с убийствами. От подобных подозрений до открытого обвинения был только один шаг.

Однако в данное время не приходилось и думать о том, чтобы сделать этот шаг. В стране, где царила страшная смута, произвести какое-нибудь расследование — даже если все слухи и были обоснованными — не представлялось возможным.

К концу лета остров оказался фактически разделенным на две совершенно различные зоны. В одной, большей, — пять тысяч колонистов, вернувшихся к нормальной жизни и обычным занятиям. В другой, на нескольких небольших участках, окружавших золотоносные земли, — двадцать тысяч пришельцев, способных на любое преступление, наглость которых усиливалась от сознания полной безнаказанности. Теперь они даже осмеливались появляться в Либерии, где вели себя как в побежденном городе: дерзко разгуливая по улицам с высоко поднятой головой, не задумываясь присваивали все, что им приглянулось, Если пострадавший протестовал, его избивали.

Но наконец настал день, когда Кау-джер, почувствовав себя достаточно сильным, чтобы вступить в открытую борьбу, решился произвести опыт. В этот день золотоискатели, отважившиеся показаться в Либерии, были схвачены и без дальнейших околичностей посажены на единственный, специально зафрахтованный для этой цели пароход, стоявший в Новом поселке. Такая операция повторилась и в последующие дни, так что к 15 марта, к моменту снятия парохода с якоря, в трюме его находилось более пятисот крепко связанных пассажиров.

Быстрая расправа вызвала бурный взрыв негодования среди пришлого сброда в центральных частях острова. По дошедшим до Либерии слухам, волнение охватило все районы золотых приисков, и следовало ожидать общего мятежа. Не было ни одного места, где можно было бы считать себя в безопасности. Росло число преступлений. Грабили фермы, угоняли скот. В двадцати километрах от столицы было совершено три убийства. Потом стало известно, что чужеземцы-золотоискатели встречаются, устраивают собрания, держат перед тысячными толпами речи, подстрекающие к бунту. Ораторы призывали не более и не менее, как к походу на Либерию, чтобы разрушить ее дотла.

Но проницательные люди самое страшное видели не в этом. Запасы продуктов на острове подходили к концу. Когда голод подведет животы обезумевших подонков и ярость их еще удесятерится, вот тогда следовало ожидать самого худшего...

И вдруг все успокоилось. Снова наступила зима, охладившая разгоревшиеся страсти. С неба, затянутого сероватой дымкой, на остров Осте низверглась неумолимая лавина снежных хлопьев, словно задергивая занавес после второго акта развернувшейся трагедии.

13. Роковой день

Золотая лихорадка, поразившая остров Осте, почти полностью приостановила все производство. Положение колонии осложнялось еще и тем, что продовольствие, подходившее к концу, должно было распределяться среди населения, увеличившегося в несколько раз. Поэтому зимой 1893 года остельцам опять пришлось испытать жестокие лишения. В течение пяти зимних месяцев Кау-джер не знал ни минуты покоя. Каждый день приносил с собою какие-нибудь новые трудности. Губернатор буквально разрывался на части, спасая погибающих от голода, оказывая помощь бесчисленным больным.

Несмотря на все его усилия, едва-едва удалось обеспечить Либерию только самым необходимым. Что же происходило в сельских местностях, особенно на золотоносных участках, где скопились тысячи людей, не имевших ни малейшего понятия о суровости климата и не принявших заранее никаких необходимых мер?

Теперь уже ничем нельзя было помочь этим непредусмотрительным пришельцам, очутившимся в снежной блокаде. Они могли рассчитывать только на те ресурсы, которые имелись в ближайших селениях. Но такое огромное количество голодных ртов наверняка мгновенно уничтожило бы все накопленные запасы.

Как выяснилось впоследствии, некоторым золотоискателям все же удалось проникнуть довольно далеко в глубь острова. Между ними и местными фермерами произошли кровавые стычки. Жестокость человека превзошла жестокость природы: погода заметно потеплела, но не иссякли потоки крови, обагрявшие землю.

Однако лишь немногие смельчаки решились на дерзкие вылазки в центральные районы острова. Как же прожили эту зиму все остальные? Удалось узнать только то, что многие из них погибли от холода и голода. Ну, а каким образом обеспечили свое существование их более удачливые товарищи, навсегда осталось тайной.

Кау-джер прекрасно понимал, что подлинная опасность возникнет с первым же дыханием весны. Как только стает снег и просохнут дороги, голодные орды растекутся во все стороны, грабя и разоряя остельские поселения...

Так оно и случилось. Через два дня после начала оттепели пришло известие о том, что на концессию Франко-английской золотопромышленной компании, управляемую французом Морисом Рейно и англичанином Александром Смитом, напала банда одичавших золотоискателей. Но молодые концессионеры сумели защитить себя. Собрав своих рабочих, которых теперь уже насчитывалось несколько сот, они не только отбили нападение, но и нанесли бандитам значительный урон.

Спустя несколько дней узнали о новых преступлениях, совершенных в северной части острова. Чужеземцы грабили фермы, изгоняли или просто-напросто убивали их владельцев. Настало время действовать.

По сравнению с прошлым годом положение в колонии значительно улучшилось. Весна, хотя и вызвала бурные волнения среди разношерстной массы пришельцев, но никак не повлияла на существование остельцев. На сей раз они хорошо усвоили полученный урок: за исключением какой-нибудь сотни одержимых, продолжавших упорно искать золото, все население Либерии оставалось на месте. Многие из либерийцев, вернувшихся с золотоносных участков, превратились в бедняков, потеряв при этом не только надежду на обеспеченное будущее, но и здоровье. И даже те, кто сколотили на приисках небольшое богатство, частично растратили его в кабаках и притонах. Теперь все колонисты осознали свое безрассудство и никому не хотелось повторять прошлые ошибки.

Итак, Кау-джер снова располагал милицейским отрядом в полном составе. Тысяча обученных, дисциплинированных людей, повинующихся опытным начальникам, представляла немалую силу. Несмотря на то что противник превосходил остельцев численностью раз в двадцать, губернатор не сомневался в победе колонистов. Еще несколько дней выжидания — пока подсохнут дороги, — и отряды Кау-джера смогут очистить весь остров от вторгшихся авантюристов.

Но те, предупредив планы губернатора, сами пришли к молниеносной и кровавой развязке, решившей судьбу острова Осте.

3 ноября, когда дороги еще напоминали собой настоящие болота, несколько фермеров примчалось на взмыленных конях к Кау-джеру с известием, что тысячный отряд золотоискателей движется на город. Никто не знал, каковы намерения этих людей, но, судя по их поведению и угрожающим выкрикам, вряд ли они были мирными. Кау-джер быстро принял все необходимые меры. По его приказу милиция оцепила улицы, выходившие на площадь у управления, и стала ожидать дальнейших событий.

К концу дня эхо донесло до горожан пение и крики орды пришельцев, а вскоре они и сами добрались до Либерии. Надеясь захватить город врасплох, золотоискатели были чрезвычайно удивлены, натолкнувшись на остельскую милицию, построенную в боевом порядке. Внезапный штурм города сорвался. Озадаченные бандиты остановились. Вместо неожиданного нападения приходилось начинать переговоры.

Они стали совещаться между собой. Затем главари банды заявили Хартлпулу, что хотели бы поговорить с губернатором. Их просьба, переданная по цепи, была удовлетворена. Кау-джер согласился принять десять человек.

Пришлось выбрать этих десятерых, что вызвало новые шумные распри. Наконец делегаты предстали перед строем милиции, которая разомкнула ряды, освобождая им проход. Маневр был выполнен по краткой команде Хартлпула с поразительной точностью, не хуже, чем сделали бы старые солдаты. Это произвело большое впечатление на делегатов, особенно когда после их прохода милиция, по новой команде начальника, также четко сомкнула свои ряды.

Кау-джер стоял в центре площади, позади войск. Он успел хорошо разглядеть посланцев, пока те подходили к нему. Их вид не внушал никакого доверия. Высокие, широкоплечие, они, несмотря на зимнюю голодовку, казались людьми, преисполненными сил. Большинство было одето в кожаные костюмы, потерявшие первоначальный цвет из-за покрывавшего их густого слоя грязи. Всклокоченные волосы и косматые бороды придавали их физиономиям сходство со звериными мордами. Они по-волчьи сверкали глубоко посаженными глазами и на ходу угрожающе размахивали кулаками.

Кау-джер, не сделав ни одного шага навстречу им, стоял неподвижно, ожидая, что они скажут.

Но те не спешили начать переговоры. Они выстроились перед Кау-джером полукругом, в замешательстве переминаясь с ноги на ногу. Их свирепая внешность оказалась обманчивой. Теперь они походили скорее на напроказивших мальчишек, смущенных тем, что вдруг очутились вдали от товарищей, на этой большой площади, перед человеком, который возвышался над ними на целую голову и чья спокойная величавая осанка совершенно подавляла их.

Наконец, когда бродяги немного освоились, к ним вернулся дар речи, один делегат, выступив вперед, заявил:

— Губернатор, мы обращаемся от имени всех наших товарищей…

Оратор, заробев, умолк. Кау-джер не помог ему найти нужные слова. Собравшись с духом, тот начал снова:

— Наши товарищи послали нас…

Он опять остановился. Кау-джер молчал.

— Ну, в общем, мы от них посланы, вот! — вмешался другой делегат, потеряв терпение.

— Знаю, — спокойно ответил Кау-джер. — Что же дальше?

Новое замешательство. А они-то еще собирались нагнать страху! Значит, их никто не боится?.. Вновь наступило молчание. Затем третий посланец, с невероятно взлохмаченной бородой, собрав все свое мужество, приступил прямо к делу:

— Дальше?.. Мы пришли с жалобой, вот что дальше!

— На что вы жалуетесь?

— На все. У нас ничего не ладится, потому что все здесь настроены против нас.

Несмотря на чрезвычайную остроту положения, Кау-джер не мог внутренне не улыбнуться, настолько забавным, даже ироническим показалось ему такое заявление в устах одного из захватчиков острова.

— Это все? — спросил он.

— Нет, — ответил третий делегат, видимо более разговорчивый, — нам хотелось бы, чтобы золотоносные участки доставались не всякому, кто пожелает. За право владения нужно драться. Джентльмены (проходимец из Северной Америки употребил это слово совершенно серьезно) предпочли бы такой же закон, который существует повсюду... Он был бы более... официальным, — добавил он после минутного раздумья с комической убежденностью.

— Это все? — повторил Кау-джер.

— Как сказать... — ответил бородач. — Но, прежде чем перейти к другому вопросу, джентльмены хотели бы получить ответ по поводу права на приобретение участков.

— Нет, — сказал Кау-джер.

— Что означает «нет»?

— Это ответ на ваше предложение, — уточнил Кау-джер.

Все делегаты разом подняли голову. В их глазах засветились злые огоньки.

— А почему? — спросил один из тех, кто до сих пор молчал. — Джентльменам нужно знать, какие у вас для этого основания.

Кау-джер не ответил. Как! Они еще осмеливаются спрашивать, какие у него основания? Разве это не было известно всем? Разве закон (которому, правда, никто не подчинялся) не устанавливал определенную плату за право владения участками? Более того, разве этот всем известный закон не предоставлял права на золотоносные участки исключительно остельцам, отказывая в них чужеземцам, нагло вторгшимся на остельскую территорию?

— Так почему же? — повторил золотоискатель, не получая ответа на свой вопрос.

Убедившись, что и второй вопрос не возымел действия, он ответил на него сам:

— Закон, может быть?.. Знаем мы этот закон!.. Что ж, при надобности можно ведь приобрести и права гражданства... Земля-то принадлежит всем.

Когда-то и сам Кау-джер мыслил точно так же. Но теперь его взгляды изменились, и он перестал понимать подобные речи. Нет, земля принадлежит не всем, а только тому, кто ценою упорного и тяжкого труда покрывает ее золототканым ковром нив, превращая возделанную почву в кормилицу человечества.

— И, кроме того, — продолжал бородатый золотоискатель, — если уж кто говорит о законе, тот и должен прежде всего соблюдать его. А коли его нарушают даже те, кто его создали, так чего ожидать от остальных? Вот, сегодня третье ноября. Почему не было выборов первого, раз срок полномочий правительства истек к этому времени?

Это неожиданное заявление поразило Кау-джера. Кто мог дать чужеземцу такие точные сведения? Несомненно — Кеннеди, который больше не показывался в Либерии. Но, как ни говори, замечание было справедливо. Срок действия полномочий, определенный самим же губернатором, добровольно учредившим выборную систему в колонии, в самом деле истек, и по закону следовало провести новые выборы еще два дня назад. Он не сделал этого потому, что не хотел обострять и без того тревожную обстановку для выполнения простой формальности — ведь все равно его полномочия будут возобновлены. Но разве это касалось людей, не имевших никакого права участвовать в выборах?

Тем временем делегат, ободренный спокойствием Кау-джера, продолжал более уверенно:

— Джентльмены требуют проведения выборов и права участия в них. Они имеют такое же право голоса, как и все другие, не так ли? Почему это пять тысяч человек будут навязывать свои законы двадцати тысячам? Это несправедливо...

Он сделал паузу, тщетно ожидая ответа Кау-джера. Затем, обескураженный его упорным молчанием и желая показать, что высказал все, закончил:

— Вот так.

— Это все? — спросил в третий раз Кау-джер.

— Да… — ответил тот. — Все, хотя и не совсем… Ну, в общем, можно считать, что пока все.

Кау-джер пристально посмотрел в настороженные глаза делегатов и спокойно заявил:

— Вот мой ответ. Вы явились на остров Осте против нашей воли. Даю вам двадцать четыре часа для безоговорочной капитуляции. После указанного срока я приму соответствующие меры.

По его знаку к нему подошел Хартлпул в сопровождении десяти стражников.

— Хартлпул, — приказал Кау-джер, — выведите этих людей за строй!

Делегаты были озадачены и ошеломлены ледяным спокойствием губернатора. Окруженные колонистами, они покорно удалились.

Но по возвращении к тем, кого они обозначали словом «джентльмены», тон их резко изменился. Отчитываясь в выполненном поручении, они, дав волю накопившемуся и подавляемому до тех пор гневу, разразились шквалом бранных слов и страшных проклятий.

Это невообразимое красноречие возымело свое действие на толпу. Вскоре по донесшемуся дикому реву Кау-джер понял, что его ультиматум обнародован. К ночи волнение несколько улеглось, и все-таки до самого утра раздавались отдельные злобные выкрики невидимых в темноте пришельцев. Вероятно, они решили добиться своего и заночевали под открытым небом.

Остельская милиция дежурила всю ночь с оружием в руках.

Чужеземцы действительно не ушли из Либерии. Многие из них, утомленные ожиданием предстоящего сражения, улеглись прямо на земле, и утром улицы города, казалось, почернели от массы людей, лежавших вповалку на мостовой. Но при первых же солнечных лучах вся эта орава вскочила на ноги, неистово шумя и чертыхаясь.

Дома на улицах, занятых бандитами, казались необитаемыми. Если какой-нибудь любопытный остелец, приоткрыв ставни, выглядывал наружу, дикое улюлюкание сразу же вынуждало его захлопнуть окно.

Не договорившись о дальнейших действиях, мятежники продолжали бурно обсуждать создавшееся положение. Число пришельцев все увеличивалось и теперь доходило примерно до четырех-пяти тысяч. Разосланные ими ночью во все стороны гонцы привели подкрепление. Золотоискатели из района Золотого Ручья уже прибыли в Либерию, но тем, кто находился в центральной части острова или на северо-восточной его оконечности — если предположить, что они придут, — потребовалось бы от одного до нескольких дней пути.

Их единомышленники, уже вторгшиеся в город, поступили бы умнее, дождавшись остальных. Тогда число осаждающих достигло бы десяти — пятнадцати тысяч, и положение Либерии, и так достаточно тяжелое, стало бы почти безнадежным.

Но эти буйные головы не смогли терпеливо выждать нужного момента.

Чем ближе был полдень, тем больше разгорались страсти. Возбуждение усталой толпы, подстегиваемое речами ораторов, все усиливалось.

К одиннадцати часам волнение накалилось до предела, и внезапно, в едином порыве, захватчики бросились на остельскую милицию, тотчас же направившую на них штыки. Нападавшие поспешно отступили, потеснив последние ряды. Во избежание случайного кровопролития, Кау-джер отвел свои отряды, которые, точно выполнив отступательный маневр, заняли позицию перед управлением. Таким образом, улицы, выходившие на площадь, опустели. Золотоискатели, ошибочно истолковав истинный смысл этого отхода, разразились оглушительными победными кликами.

Пространство, освободившееся после отхода остельской милиции, моментально заполнилось бесновавшейся толпой. Однако торжествовать было еще рано. Милиция все так же преграждала ей путь. Тысяча человек, подражавших невозмутимости и выдержке Кау-джера, неподвижно стояли на месте с ружьем к ноге. Золотоискатели хорошо знали, что у колонистов были усовершенствованные американские карабины, обойма которых вмещала семь патронов. Итого — не менее семи тысяч выстрелов в минуту, при этом — в упор. Тут было над чем призадуматься даже самым отчаянным смельчакам!

Сцена была поистине трагическая. По краям площади — разнузданная, ревущая, тысячеустая толпа, размахивающая кулаками, издающая нечленораздельные вопли. А на расстоянии тридцати метров, как раз напротив нее, — застывшие ряды остельской милиции, выстроенные в строгом боевом порядке вдоль фасада управления. Позади милиции — Кау-джер, в полном одиночестве стоявший на последней ступеньке лестницы. С тревогой наблюдая за непрерывным движением толпы, он пытался найти какой-то мирный выход из создавшейся острой ситуации.

Вдруг колонисты заметили среди золотоискателей знакомое лицо. Нападавшие вытолкнули вперед Кеннеди, по наущению которого они пустились на эту опасную авантюру. Не кто иной, как он сообщил им об истечении срока полномочий Кау-джера, подговорил их требовать прав гражданства и участия в выборах, уверяя, что покинутый всеми Кау-джер не сможет им противиться. А в действительности все обернулось иначе, и, натолкнувшись на вооруженное сопротивление, авантюристы справедливо рассудили, что тот, кто привел их под выстрелы, должен получить пулю первым.

Бывший матрос, жаждавший мщения, оказался в невыгодном положении. Куда делась вся его былая прыть! Бледный, дрожащий от страха, он имел теперь жалкий вид.

Бывший матрос, жаждавший мщения, оказался в невыгодном положении. Бледный, дрожащий от страха, он имел теперь жалкий вид.

Бандиты бесновались еще пуще. Нарастающий гнев заставил их перейти от угроз к действиям. На неподвижные отряды милиции обрушился град камней. События явно принимали скверный оборот. Несколько колонистов было ранено, двоим пришлось выйти из рядов. Кау-джеру камень попал в голову. Он покачнулся, но спокойно вытер кровь, струившуюся по лицу, и опять замер на своем посту, наблюдая за действиями разъяренного сброда.

Целый час бушевал смертоносный каменный град. Затем нападавшие, убедившись, что так они ничего не добьются, как будто утихомирились. Камни летели реже, и казалось, что скоро все стихнет, как вдруг в толпе раздался дикий вопль. Что случилось? Кау-джер, поднявшись на носки, тщетно пытался разглядеть, что делается на соседних улицах. Там, вдали, происходило что-то необычное. Только через несколько минут стала понятна причина этого волнения.

Три золотоискателя огромного роста, прокладывая себе дорогу локтями, вышли вперед, словно показывая, что им наплевать на выстрелы. В самом деле, они могли не бояться пуль, ибо несли перед собою заложников, закрываясь ими, как щитами.

Бандитам пришла в голову дьявольская мысль: взломав двери какого-то дома, где жила молодая женщина с ребенком и сестрой, они схватили обеих женщин и малыша. Теперь, прикрываясь своей живой ношей, они смело шли на остельцев. Кто посмеет спустить курок, если первые же пули поразят невинные существа?

Женщины, полумертвые от страха, даже не пытались сопротивляться, а ребенок, которого великан зверской наружности держал на вытянутых руках, как бы предлагая в жертву некоему жестокому божеству, заливался радостным смехом.

Потрясающее зрелище превзошло все, что только мог себе представить Кау-джер. Даже этот закаленный человек содрогнулся и побледнел от ужаса. Дольше медлить было нельзя.

Золотоискатели с неистовыми криками ринулись вперед. Они настолько обезумели, что даже не пожелали вступить в рукопашный бой, хотя при этом их численное превосходство обеспечило бы им победу, и за двадцать метров начали стрелять из пистолетов в застывших, как каменные глыбы, колонистов. Один остелец упал.

Настал момент действовать. Иначе не пройдет и минуты, как бандиты сомнут ряды милиции, и тогда все население Либерии — мужчины, женщины и дети — будет безжалостно истреблено.

— Целься! — скомандовал бледный как смерть Кау-джер.

Милиция выполнила приказ с четкостью бывалых солдат. Одновременно все приклады поднялись до уровня плеч, и грозные дула направились на толпу мятежников.

Но те уже совершенно не владели собой, и никакая сила не могла остановить их. Снова загремели револьверные выстрелы. Упало еще три остельца.

— Огонь! — приказал Кау-джер охрипшим голосом.

На этот раз своей героической выдержкой в водовороте страшных событий колонисты отблагодарили его за все, что он когда-то сделал для них. Отныне они были в расчете. Но если благодарность и любовь к Кау-джеру придала остельцам стойкость бойцов, они все-таки не были настоящими солдатами. Едва нажав на курок, они тоже потеряли власть над собой и дали не один-единственный залп по команде, а сразу же расстреляли все патроны. Раздался громовой раскат... За три секунды карабины изрыгнули семь тысяч пуль... Потом воцарилась гробовая тишина.

Защитники города стояли в оцепенении. Вдали виднелось несколько удиравших бандитов. Перед остельцами больше никого не было. Площадь опустела.

Опустела?.. Да, если не считать целой горы трупов, залитых потоками крови. Сколько человек здесь погибло?.. Тысяча?.. Полторы?.. Или еще больше?.. Как знать!

Перед неподвижной грудой мертвых тел, рядом с убитым Кеннеди, лежали обе женщины. Одна, раненная в плечо, была мертва или в обмороке. Другая, оставшаяся невредимой, вскочила и, обезумев от пережитого страха, куда-то умчалась. Ребенок лежал тут же, среди убитых, в луже крови. Но — о чудо! — пули даже не задели его, и, забавляясь новой игрой, он продолжал заливаться смехом.

Кау-джер, весь во власти жесточайших душевных мук, закрыл лицо руками, чтобы не видеть этого ужаса. На мгновение он словно лишился сознания. Затем медленно поднял голову.

Остельцы молча смотрели на правителя.

Но тот даже не взглянул на них. Застыв на месте, Кау-джер, казалось, не в силах был оторвать глаз от мертвецов, и по его измученному, сразу постаревшему на десять лет лицу катились крупные слезы.

14. Отречение

Кау-джер плакал.

Какой острой болью отозвались в сердцах колонистов слезы такого человека! О каком невыносимом страдании говорили они!

Да, он скомандовал «огонь!». Да, по его приказу пули проложили кровавые следы в человеческой толпе. Но ведь сами же люди вынудили его к этому... Из-за них он уподобился тем гнусным тиранам, которых так люто ненавидел. А теперь и он запятнал себя кровопролитием и смертоубийством!

Больше того, еще не раз придется проливать кровь. Долг обязывал Кау-джера довершить начатое... И он мужественно приступил к его выполнению. Губернатор недолго оставался в угнетенном состоянии. Вскоре к нему вернулась его обычная энергия.

Поручив женщинам и старикам оказать помощь раненым и похоронить мертвых, он бросился в погоню за беглецами. Те, в панике, уже не помышляли ни о каком сопротивлении. Колонисты преследовали их днем и ночью, как затравленных зверей.

Несколько раз остельские отряды сталкивались с бандами, направлявшимися на выручку соумышленников. Их быстро разгромили и отбросили на север.

За три недели войска Кау-джера оттеснили восемнадцать тысяч захватчиков на полуостров Дюма, перекрыв его перешеек.

Колонисты обшарили весь остров. Повсюду находили тела золотоискателей, погибших от голода и холода еще в прошлом году.

К остельской милиции присоединились триста человек, присланных Франко-английской золотопромышленной компанией. Но, несмотря на подкрепление, обстановка оставалась тревожной. Если вначале золотоискателей ошеломило известие о расправе с участниками похода на Либерию и если затем остельцы без труда разбили их разрозненные отряды, то теперь, когда все эти отребья человечества здраво оценили случившееся и почувствовали свою сплоченность, положение дел резко изменилось. Численность их настолько превосходила остельскую армию, что вполне можно было ожидать нового нападения.

Вмешательство Франко-английской компании предотвратило возможность новой катастрофы. Морис Рейно и Александр Смит, нуждавшиеся в рабочей силе, предложили Кау-джеру произвести строгий отбор среди пришельцев с тем, чтобы разрешить тысяче человек остаться на острове Осте в качестве рабочих компании, бравшей на себя всю ответственность за их поведение. При первом же нарушении порядка провинившиеся будут немедленно высланы с острова.

Кау-джер отнесся положительно к этому предложению, позволявшему рассеять силы противника. Тотчас же Морис Рейно и Александр Смит отправились на полуостров Дюма, где скопились бунтовщики, и через неделю вернулись с завербованными людьми.

Этот ловкий ход значительно изменил соотношение сил. Мятежники потеряли тысячу человек — столько же приобрели остельцы, обладавшие, помимо прочего, усовершенствованным оружием и привыкшие к строгой дисциплине. Кау-джер, поручив охрану перешейка Хартлпулу, двинулся в глубь полуострова. Он встретил там меньшее сопротивление, чем ожидал. Золотоискателей удалось разбить на небольшие группы и насильно погрузить на суда, специально прибывшие для этой цели из Нового поселка и крейсировавшие невдалеке от побережья. Операция продолжалась всего несколько дней. За исключением взятых на поруки Франко-английской компанией (а их было слишком мало, чтобы представлять серьезную опасность), на территории острова не осталось ни одного захватчика.

Но в какое плачевное состояние привели они весь остров! Земля осталась необработанной. Урожай этого, как и прошлого, года потерян. Множество скота, бродившего без присмотра на пастбищах, погибло. В общем, разоренная колония была отброшена на несколько лет назад, и, так же как и в начале их независимого существования, остельцам угрожал голод.

Кау-джер ясно видел надвигавшуюся опасность, но не терял мужества. Понимая, что время дорого, он стал действовать как диктатор, хотя роль эта и была мучительна для него.

Он начал опять с того, что собрал в одно место все запасы продовольствия, чтобы в дальнейшем распределять его в виде пайков. Понятное дело, некоторые колонисты были недовольны подобным нововведением.

Впрочем, такая мера носила чисто временный характер. Пока на острове собирали все наличные запасы, в Южной Америке производились закупки продуктов как за счет государства, так и в порядке частных заказов. Через месяц в Новый поселок прибыли первые грузы. Продовольственное положение стало быстро налаживаться.

Благодаря мудрому правлению Кау-джера жизнь в Либерии и ее пригородах снова забила ключом. Никогда еще в порт не прибывало столько кораблей, как этим летом. Случайно год оказался крайне благоприятным для лова китов. В гавани Нового поселка скопилось множество американских и норвежских судов. На переработке китового жира были заняты сотни остельцев, получавших за это большие деньги. Снова полным ходом заработали лесопильни и консервные фабрики. Вдвое увеличилось число охотников за тюленями. Несколько сот туземцев с Огненной Земли, не сумевших приспособиться к строгостям аргентинской администрации, переправились через пролив Бигл и основали поселение на побережье острова Осте.

К 15 декабря раны, полученные колонией, если и не зажили совершенно, то все же затянулись. Конечно, нанесенный ей громадный ущерб мог быть возмещен только через несколько лет, но внешне все выглядело благополучно. Люди вернулись к своим прерванным делам, и жизнь вошла в свою обычную колею.

К этому времени Остельское государство приобрело пароход водоизмещением в шестьсот тонн, названный «Яган». Налаживалось регулярное сообщение с прибрежными поселениями, с различными учреждениями и факториями, расположенными на архипелаге, а также с мысом Горн, где наконец-то завершалось строительство маяка.

В последних числах 1893 года Кау-джеру сообщили, что все готово: помещение для обслуживающего персонала, башня высотой в двадцать метров, машинное отделение и монтаж двигателей. Благодаря остроумному изобретению Дика динамо-машины приводились в движение энергией волн и морского прилива без всякого горючего. Для непрерывного их действия требовалось лишь одно: своевременный текущий ремонт и наличие запасных частей.

Кау-джер назначил торжественное открытие маяка на 15 января 1894 года. В этот день «Яган» должен был доставить на мыс Горн двести-триста остельцев, заслуживших честь увидеть первый луч маяка. После всех тяжелых переживаний Кау-джер всем сердцем радовался осуществлению своей давней мечты.

Уже была тщательно подготовлена программа празднества, как вдруг неожиданное событие резко изменило все планы.

10 января, за пять дней до намеченной знаменательной даты, в порт Нового поселка вошел военный корабль под чилийским флагом. Кау-джер, заметивший его еще из окна управления, стал наблюдать в подзорную трубу за его маневрами и различил какое-то движение на палубе, смысл которого не удалось выяснить за дальностью расстояния.

Почти целый час Кау-джер следил за кораблем и оторвался от этого занятия только тогда, когда ему доложили, что из Нового поселка прибыл человек со срочным поручением от Кароли.

— Что случилось? — с тревогой спросил Кау-джер.

— В Новый поселок только что прибыло чилийское судно, — ответил тот, еле переводя дыхание после быстрой ходьбы.

— Я видел. Что еще?

— Это военный корабль.

— Знаю.

— Он стал на два якоря посреди порта и высаживает на шлюпках солдат.

— Солдат! — воскликнул Кау-джер.

— Да, чилийских солдат... вооруженных... Их сотня или несколько сот... Кароли не успел подсчитать... Он решил скорее предупредить вас...

Событие стоило того. У Кароли были все основания для беспокойства. Разве когда-нибудь в мирное время войска появляются на чужой территории без всякой причины? Кау-джера несколько успокаивало сознание того, что прибывшие отряды принадлежали чилийской армии. Нужно ли бояться государства, которому остров Осте обязан независимостью?.. Тем не менее высадка солдат представляла настолько необычное явление, что благоразумнее было принять все меры предосторожности.

— Идут сюда! — вдруг закричал посланец, указывая в окно на дорогу из Нового поселка.

Действительно, большой отряд солдат приближался к Либерии. Кау-джер на глаз прикинул его численность. Колонист несколько преувеличил — солдат оказалось не более полутора сотен. Их ружья блестели на солнце.

Кау-джер, не растерявшись, отдал целый ряд ясных и точных приказов. Разослав по всему острову нарочных с особыми поручениями, он стал спокойно выжидать дальнейших событий.

Через четверть часа отряд чилийцев, сопровождаемый удивленными взглядами колонистов, прибыл на площадь и выстроился перед управлением. Офицер (судя по золотым нашивкам, высшего звания) в парадной форме вышел вперед и попросил провести его к губернатору.

Его ввели в комнату, где находился Кау-джер. Дверь тотчас же бесшумно закрылась за ним, а через минуту раздался легкий скрип: заперли и наружные двери. Ничего не подозревавший чилийский офицер фактически очутился в плену.

Но он как будто ничуть не беспокоился о своей участи. Сделав несколько шагов, он остановился и приложил руку к треуголке с плюмажем. Кау-джер, стоявший неподвижно у простенка между окнами, заговорил первым.

— Объясните мне, сударь, — сказал он сухо, — что означает высадка войск на острове Осте? Насколько мне известно, мы не находимся в состоянии войны с Чили?

— Господин губернатор, — ответил чилиец, протянув Кау-джеру большой пакет, — разрешите мне прежде всего вручить вам послание, которым мое государство аккредитует меня при вашей особе.

Кау-джер взломал печати и внимательно прочел письмо. По выражению лица нельзя было догадаться о его истинных чувствах. Затем он спокойно сказал:

— Этим документом, как вам, наверно, известно, сударь, чилийское правительство предоставляет вас в мое распоряжение для восстановления порядка на острове Осте.

Офицер молча поклонился в знак подтверждения.

— Чилийское правительство, — продолжал Кау-джер, — плохо осведомлено. Как и во всех странах, на острове Осте бывали периоды смуты. Но остельцы сумели сами справиться с ними, и в настоящее время у нас царит полнейший порядок.

Чилиец, казалось, растерялся и не отвечал.

— Поэтому, — снова заговорил Кау-джер, — будучи весьма благодарным Чилийской республике за ее благожелательные намерения, я вынужден отклонить предлагаемую помощь. Прошу вас считать вашу миссию выполненной.

Замешательство чилийского офицера все усиливалось.

— Ваши слова, господин губернатор, — сказал он, — будут в точности переданы моему правительству. Но вы понимаете, что, до тех пор пока я не получу от него новых распоряжений, я должен выполнить полученные мною инструкции.

— В чем заключаются эти инструкции?

— В размещении на острове Осте гарнизона, который, подчиняясь вашей верховной власти и моему командованию, будет способствовать восстановлению и поддержанию порядка.

— Прекрасно! — промолвил Кау-джер. — Но если допустить, что я вдруг воспротивлюсь размещению здесь гарнизона? Такой случай предусмотрен в вашей инструкции?

— Да, господин губернатор.

— Как же вы поступите в таком случае?

— Придется пренебречь вашим согласием.

— Применив силу?

— При необходимости — да. Но я хочу надеяться, что мне не нужно будет прибегать к этой крайности.

— Все ясно, — невозмутимо произнес Кау-джер, — по правде говоря, я ожидал чего-нибудь в этом роде… Но это неважно! Вопрос поставлен ребром, и, поскольку в таком серьезном деле нельзя действовать необдуманно, вы, полагаю, дадите мне время на размышление?

— Буду ждать вашего решения, господин губернатор, — ответил офицер.

Снова отдав честь, он четко повернулся налево кругом и направился к двери. Но она оказалась запертой снаружи. Чилиец опять обратился к Кау-джеру и нервно спросил:

— Это западня?

— Разрешите считать ваш вопрос шуткой, — иронически ответил Кау-джер. — Кто устроил западню? Разве не тот, кто в мирное время вторгся в дружественную страну с оружием в руках?

Чилиец слегка покраснел.

— Вам ведь известны, господин губернатор, — сказал он с явным смущением, — причины, вызвавшие то, что вам угодно назвать вторжением. Ни мое правительство, ни я сам не можем согласиться с подобным истолкованием самых простых событий.

— Вы в этом уверены? — осведомился Кау-джер совершенно спокойным тоном. — Хватит ли у вас совести поручиться честным словом, что Чилийская республика не преследует никакой другой цели, кроме указанной в официальном послании? Военный гарнизон может с одинаковым успехом и защищать и угнетать страну. А разве войска, которые вы намерены разместить на острове Осте, не окажут поддержку правительству Чили, если оно когда-нибудь вздумает нарушить договор от 26 октября 1881 года, давший нам независимость?

Офицер покраснел еще сильнее.

— Мне не подобает, — возразил он, — обсуждать приказы начальства. Мой долг только слепо выполнять их.

— Разумеется, — подтвердил Кау-джер, — но мне также надлежит выполнить свой долг, заключающийся в охране интересов остельской колонии. Поэтому я должен хорошо обдумать, как поступить, чтобы не нарушить эти интересы.

— Разве я возражаю против этого? — воскликнул чилийский офицер. — Будьте уверены, господин губернатор, я буду ожидать вашего решения столько времени, сколько вам потребуется.

— Дело не в этом, — ответил Кау-джер, — а в том, что вам придется ожидать здесь.

— Здесь? Значит, вы считаете меня пленником?

— Именно так, — подтвердил Кау-джер.

Офицер пожал плечами.

— Вы забываете, — заявил он, сделав шаг к окну, — что стоит мне отдать приказ…

— Попробуйте! — прервал его Кау-джер, преграждая ему путь.

— Кто же мне помешает?

— Я.

Они пристально посмотрели друг другу в глаза, как бойцы, готовые вступить в рукопашную схватку. Прошло немало времени, прежде чем чилиец отступил. Он понял, что, несмотря на свою относительную молодость, ему не одолеть этого высокого, атлетически сложенного старика, невольно подавляющего своей величественной осанкой.

— Вот так, — закончил разговор Кау-джер. — Лучше вернитесь-ка на место и подождите моего ответа.

Оба они продолжали стоять. Неподалеку от двери — офицер, старавшийся, несмотря на беспокойство, держаться непринужденно. Прямо против него, в простенке между двумя окнами, — Кау-джер, погрузившийся в такое глубокое раздумье, что, казалось, совершенно забыл о присутствии офицера. Хладнокровно и методично анализировал он неожиданно возникшую перед ним проблему.

Прежде всего, какую цель преследует Чили? Она слишком очевидна. Напрасно чилийское правительство ссылалось на необходимость прекращения беспорядков на острове. Это был лишь повод. Протекторат, навязываемый насильно, слишком похож на аннексию — тут трудно ошибиться. Но почему Чили вдруг понадобилось нарушить свои обязательства? Очевидно, из-за каких-то корыстных побуждений. Чем же прельстил его остров Осте? Само по себе процветание колонии не могло вызвать такой резкий поворот политики чилийского правительства. Несмотря на все успехи, достигнутые колонистами, Чилийская республика никогда не выражала сожалений, отказавшись от своих прав на этот прежде совершенно дикий край. Впрочем, ей не приходилось раскаиваться в великодушном поступке. В силу сложившихся условий развивавшаяся колония превратилась в главный рынок сбыта Чили.

Но с открытием месторождения золота обстоятельства изменились. Когда стало известно, что в недрах острова Осте таятся сокровища, Чили захотелось получить свою долю. Все было ясно.

Впрочем, сейчас не время устанавливать причины, изменившие политику Чили. Колонии предъявили четкий ультиматум, и следовало дать на него надлежащий ответ.

Сопротивляться?.. А почему бы нет? Кау-джера не пугали ни солдаты, выстроившиеся на площади, ни военный корабль, красовавшийся перед Новым поселком. Даже если на судне находились еще войска, они — сколько бы их ни было! — в конечном счете никак не могли рассчитывать на победу. Конечно, корабль может дать по Либерии несколько залпов. А дальше? Боеприпасы кончатся, и ему придется сняться с якоря... если допустить, что все три остельские пушки не причинят кораблю никаких серьезных повреждений.

Нет, в самом деле, сопротивление можно было бы оправдать. Но оно означало бы опять сражение... кровопролитие... Неужели Кау-джеру предстоит вновь оросить кровью эту землю, которая — увы! — уже напиталась ею? И во имя чего? Для защиты независимости остельцев? Да разве они могут быть независимы, эти люди, так покорно отдавшие себя во власть правителя?.. Для какой же цели?.. Стоят ли его личные заслуги того, чтобы ради них погубить столько человеческих жизней? С тех пор как к нему перешло управление колонией, чем он отличался от прочих тиранов, взявших на откуп всю вселенную?

Так размышлял Кау-джер, когда чилиец, устав от ожидания, тихонько кашлянул. Губернатор жестом успокоил его и вернулся к своим мыслям.

Нет, он оказался не лучше и не хуже тиранов, существовавших во все времена, потому что власть над людьми накладывает такие обязательства, которых никто не может избежать. И хотя намерения его были всегда самыми гуманными, а поступки — совершенно бескорыстными, это ничуть не помешало ему совершить те же преступления, в которых он обвинял всех прочих властителей земли. Будучи приверженцем свободы — он повелевал другими; сторонник равенства — он судил себе подобных; миролюбец — он воевал; философ-альтруист — он истреблял людей; а его отвращение к кровопролитию привело лишь к тому, что он залил кровью весь остров.

Кау-джер не совершил ни единого поступка, который бы не противоречил его принципам и не доказал бы по всем пунктам несостоятельность его теорий.

Первым доказательством этого послужило нашествие патагонцев. Кау-джеру пришлось сражаться и убивать. Когда же Паттерсон продемонстрировал всю низость, всю подлость человеческой натуры, губернатор был вынужден взять себе право распорядиться частью земли, как своей личной собственностью. И, подобно тем, кого он называл тиранами, он судил, выносил приговор, высылал!..

Второе доказательство — открытие месторождений золота. Тысячи проходимцев, вторгшихся на остров, лишний раз подтвердили схожесть характеров различных наций в погоне за обогащением. Против них Кау-джер мог применить только давно испытанные средства: власть, насилие, убийство. По его приказу пролились потоки человеческой крови.

И, наконец, третьим доказательством явился категорический ультиматум Чилийского государства.

Неужели Кау-джеру вновь придется призвать колонистов к войне, может быть еще более кровавой, чем прежние битвы? И ради чего? Чтобы сохранить остельцам правителя, в общем ничем не отличающегося от властителей всех времен и народов? Любой другой на месте Кау-джера поступал бы точно так же, и кто бы ни оказался его восприемником, он применит теперь те же самые способы, которые пришлось бы использовать самому Кау-джеру.

А если так, стоит ли сопротивляться?

И, кроме всего, он чувствовал смертельную усталость. Кау-джер не мог забыть массового убийства, совершенного по его приказу. Перед его глазами все время, как наваждение, высились горы трупов. С каждым днем, словно под грузом мучительных воспоминаний, сгибался его высокий стан, тускнел взгляд, притуплялась мысль. Силы покидали тело атлета и сердце героя. Кау-джер больше не мог выдержать. С него довольно!

Вот в какой тупик он зашел!

В смятении проследил он свой долгий жизненный путь, усеянный обломками теорий, составлявших его моральные устои. Ради них он пожертвовал всей своей жизнью... И все это превратилось в ничто. Душа его была опустошена.

Что же делать? Умереть? Да, это было бы самым последовательным, и все же он не мог решиться на такой шаг. Не потому, что боялся смерти — его ясному и твердому уму смерть представлялась вполне естественным явлением, — но все его существо протестовало против поступка, произвольно сокращающего человеческую жизнь. Подобно добросовестному работнику, который не бросает работу незавершенной, этот необыкновенный человек ощущал жгучую потребность прожить жизнь до конца.

Но разве нельзя было примирить эти противоречия?

Вдруг Кау-джер как будто вспомнил о присутствии чилийского офицера, который едва сдерживал нетерпение.

— Сударь, — сказал он, — вы только что грозили мне применением силы. Имеете ли вы представление об остельской армии?

— Вашей армии? — удивленно повторил офицер.

— Судите сами, — ответил Кау-джер, показав своему собеседнику на окно.

Перед ними расстилалась площадь. Против управления стояли строем сто пятьдесят чилийских солдат вместе со своими командирами. Они находились в весьма критическом положении, так как их окружало более пятисот остельцев с заряженными ружьями.

— Сегодня в нашей армии насчитывается пятьсот ружей, — спокойно пояснил Кау-джер. — Завтра их будет тысяча. Послезавтра — полторы тысячи.

Чилиец побледнел. Видимо, его миссия провалилась!.. Он попал в настоящее осиное гнездо! Однако он сделал попытку как-нибудь выйти из неприятного положения.

— Наш крейсер... — начал он неуверенным тоном.

— Крейсер нам не страшен, — прервал его Кау-джер, — мы не боимся ваших пушек — у нас они тоже имеются.

— Чили… — пытался продолжать офицер, не желая признать свое поражение.

— Да, — снова прервал его Кау-джер. — У Чили есть еще и корабли и солдаты. Это понятно. Но есть ли смысл использовать их против нас? Не так-то просто овладеть островом, где в настоящее время живет более шести тысяч человек. Не говоря уже о том, что высаженные вами на берег солдаты вполне могут стать заложниками.

Офицер молчал. Кау-джер добавил значительным тоном:

— И, наконец, известно ли вам, кто я?

Чилиец вопросительно взглянул на своего противника, оказавшегося таким опасным. Видимо, во взоре Кау-джера он прочел красноречивый ответ на свой немой вопрос, и растерянность его еще усилилась.

— Что вы хотите сказать? — смущенно произнес он. — Лет двенадцать-тринадцать назад, после возвращения «Рибарто», капитан которого узнал вас, пошли разные слухи… Но они как будто оказались ложными, поскольку вы сами сразу же опровергли их…

— Они были обоснованны, — сказал Кау-джер. — Но если я тогда, да и теперь, все еще считаю удобным для себя забыть свое настоящее имя, то вы поступите разумно, вспомнив его. Это позволит вам сделать вывод, что я в состоянии обеспечить Остельскому государству поддержку, достаточно могущественную, дабы заставить призадуматься ваше правительство.

Офицер ничего не ответил. Вид у него был совершенно подавленный.

— Теперь вы понимаете, — продолжал Кау-джер, — что я в состоянии не просто уступить силе, но договориться с вами на равных началах?

Чилиец встрепенулся. «Договориться»? Не ослышался ли он?.. Неужели злополучная авантюра может завершиться благополучно?

— Остается только выяснить, — снова заговорил Кау-джер, — насколько это осуществимо и какими полномочиями вы располагаете?

— Самыми широкими, — поспешно ответил чилийский офицер.

— В письменном виде?

— Разумеется.

— В таком случае соблаговолите предъявить их мне, — спокойно произнес Кау-джер.

Офицер, вынув из внутреннего кармана второй конверт, протянул его Кау-джеру.

— Вот они, — сказал он.

Если бы Кау-джер беспрекословно уступил по первому же требованию, он никогда бы не узнал об этом документе, который сейчас так внимательно изучал.

— Все в полном порядке, — заявил он, — следовательно, ваша подпись может гарантировать все принимаемые Чилийским государством на себя обязательства... Хотя ваше присутствие на острове Осте убедительно доказывает их непрочность.

Чилиец закусил губы. Наступило молчание. Кау-джер усмехнулся:

— Поговорим начистоту. Чилийская республика желает восстановить свои суверенные права на остров Осте. Я мог бы воспрепятствовать этому. Но я соглашаюсь и только ставлю свои условия.

— Слушаю вас, — ответил офицер.

— Во-первых, правительство Чили обязуется не вводить никаких налогов на острове Осте, за исключением тех, что связаны с добычей золота. В данном вопросе Чили может поступать так, как ему заблагорассудится, и установить любые отчисления в свою пользу.

Чилиец не верил своим ушам. Оказывается, вот так, совершенно просто и безоговорочно, Кау-джер соглашается на самое трудное в полученном им задании! Остальное-то образуется само собой...

Кау-джер продолжал:

— Суверенные права Чили должны ограничиваться взиманием налогов на добытое золото. Во всем остальном остров Осте сохраняет полную автономию, а также свой флаг. Чили может прислать сюда резидента только при условии, что тот получит лишь право совещательного голоса, а фактическое управление островом будет осуществляться выборным комитетом и губернатором, назначенным мною.

— Губернатором, несомненно, будете вы? — осведомился офицер.

— Нет, — ответил Кау-джер, — мне нужна свобода — полная, неограниченная, абсолютная. Кроме того, я настолько же устал повелевать, насколько неспособен подчиняться. Поэтому я удалюсь, оставив право избрать себе воспреемника.

Чилийский офицер внимательно слушал эти неожиданные для него заявления. Неужели горькое разочарование, звучавшее в словах Кау-джера, было искренним? Неужели губернатор ничего не потребует лично для себя?

— Моего воспреемника зовут Дик, — продолжал тот печально, после краткого молчания, — фамилии у него нет. Он молод, ему едва исполнилось двадцать два года. Но я воспитал его сам и полностью полагаюсь на него. Только ему одному доверяю я управление остельской колонией. Таковы мои условия.

— Принимаю их, — заявил чилиец, радуясь победе, одержанной по главному пункту.

— Что ж, прекрасно, — закончил Кау-джер, — я изложу наш договор в письменном виде.

И он принялся за работу. Потом оба подписали договор в трех экземплярах.

— Один экземпляр — вашему правительству, — объяснил Кау-джер. — Второй — моему воспреемнику. Третий же я оставляю себе. Если содержащиеся в договоре обязательства будут нарушены, я сумею — можете в этом не сомневаться! — обеспечить их выполнение… Но это еще не все, — добавил он, представив собеседнику еще один документ. — Осталось еще оформить мое личное положение. Будьте любезны взглянуть на этот второй договор, определяющий мое будущее в соответствии с моими желаниями.

Чилийский офицер повиновался. По мере того как он читал, на его лице отражалось все большее удивление.

— Как! — воскликнул он, закончив чтение. — Вы всерьез предлагаете это?

— Настолько всерьез, — ответил Кау-джер, — что даже ставлю это как conditio sine qua non[1] для согласия по всем остальным пунктам нашего договора. Принимаете ли вы это условие?

— Принимаю, — подтвердил чилиец.

Оба скрепили подписями второй договор.

— Переговоры закончены, — сказал Кау-джер. — Отправьте ваших солдат обратно на корабль. Ни под каким предлогом чилийские вооруженные силы не должны появляться на острове Осте. Завтра же можно будет ввести новый порядок. Я сделаю все, чтобы не возникло никаких осложнений. А до тех пор требую сохранения абсолютной тайны.

Оставшись один, Кау-джер тотчас же вызвал Кароли. Пока его искали, губернатор написал короткую записку и вложил ее в конверт вместе с одним экземпляром только что подписанного договора. Потом составил небольшой список самых различных предметов. Все это заняло лишь несколько минут и было закончено задолго до прихода Кароли.

— Погрузи на «Уэл-Киедж» все, что здесь перечислено, — приказал Кау-джер, протянув Кароли список, в котором, помимо продуктов и одежды, значились порох, пули и всевозможные семена.

Несмотря на привычку к слепому повиновению, индеец не мог удержаться от вопросов. Значит, Кау-джер собирается путешествовать? Почему же тогда не воспользоваться вместо старой шлюпки портовым катером? Но на его вопросы Кау-джер ответил только одним словом:

— Повинуйся!

Когда Кароли ушел, Кау-джер приказал позвать Дика.

— Сын мой, — сказал он, отдавая ему только что запечатанный конверт, — вот документ, который предназначается тебе. Завтра на заре ты вскроешь конверт.

---

[1] Непременное условие (лат.).

— Будет исполнено, — коротко ответил Дик.

Он ничем не выдал своего удивления. Теперь Дик умел владеть собою. Он получил приказ. Приказы выполняют не рассуждая.

— Хорошо, — сказал Кау-джер, — а теперь иди, мальчик, и точно следуй всем моим указаниям.

После ухода Дика Кау-джер подошел к окну и поднял штору. Долго смотрел он вдаль, как бы желая навсегда запечатлеть в памяти все, что уже не суждено ему было более увидеть. Перед ним расстилалась Либерия, за нею — Новый поселок, а еще дальше — высились мачты кораблей, стоявших в порту. Вечерело. Рабочий день заканчивался. Оживилось движение на дороге, ведущей из Нового поселка. Затем в сгущавшихся сумерках загорелись огни в окнах домов. Этот город, эта кипучая трудовая жизнь, благополучие — все было создано им. Перед мысленным взором Кау-джера предстало все, что он здесь пережил, и его усталое сердце преисполнилось гордостью.

Наконец настало время подумать и о себе. Не колеблясь он покинет этих людей, превращенных им в богатый, счастливый и сильный народ. Вместо одного правителя у них будет другой — остельцы могут даже не заметить этого события. Но сам Кау-джер умрет так же, как и жил, — свободным!

Он не станет омрачать прощанием свой отъезд, приносящий ему освобождение. К чему? Уже второй раз он уходит от человечества... И снова Кау-джер почувствовал, как его сердце переполняется любовью, необъятной как мир, той неискоренимой любовью, которая не нуждается в таких ребяческих поступках, как прощание.

Близилась ночь. Подобно отяжелевшим векам, смыкаемым сном, закрывались ставни в окнах, медленно гасли огни. Наконец стало совсем темно.

Кау-джер вышел из управления и направился к Новому поселку. Дорога была пустынна. Он не встретил ни единой души.

«Уэл-Киедж» покачивалась на волнах у набережной. Кау-джер вскочил в нее и оттолкнулся от берега. Посреди бухты чернел силуэт чилийского корабля. Как раз в этот момент там отбивали склянки. Кау-джер вывел шлюпку на чистую воду и поднял парус.

«Уэл-Киедж» встрепенулась, сделала разворот и вырвалась за пределы порта. Там ее подхватил свежий северо-западный бриз. Кау-джер задумчиво сидел у руля, прислушиваясь к мелодичному плеску волн о борта шлюпки.

Когда он обернулся, было уже поздно. Спектакль окончился, занавес опустился. Новый поселок, Либерия, остров Осте исчезли в ночи. Все это ушло в прошлое...

15. Снова одинок!

Дик, точно следуя указаниям Кау-джера, при первых же проблесках зари вскрыл полученный конверт. В нем находилось письмо:

«Сын мой!

Я устал от жизни и хочу покоя. Когда ты прочтешь эти строки, я уже навсегда покину колонию. Вручаю тебе ее судьбу. Хотя ты молод для этой задачи, но я знаю, что ты справишься с нею.

Строго выполняй договор, заключенный мною с Чили, но требуй неукоснительного выполнения его и другой стороной. Нет никаких сомнений в том, что, когда запасы золота иссякнут, чилийское правительство само откажется от чисто формальных суверенных прав.

По этому договору остельская колония временно лишается мыса Горн, переходящего в мою личную собственность. Там я намереваюсь жить и умереть. Остров будет возвращен колонии после моей смерти. Если Чили нарушит свои обязательства, ты вспомнишь о моем местопребывании. Но, за исключением этого случая, ты должен вычеркнуть меня из памяти. Это не просьба, а приказ. Последний!

Прощай! Пусть в твоей жизни будет только одна цель — Справедливость. Одна ненависть — Рабство. Одна любовь — Свобода».

В ту минуту, когда потрясенный Дик читал завещание человека, которому был стольким обязан, тот, отягощенный мучительным раздумьем, все плыл и плыл, удаляясь от острова Осте, и вскоре затерялся на бескрайних морских просторах.

Но вот заря обагрила небосвод. Первые золотые лучи пробежали по трепещущей глади океана. Кау-джер поднял голову и окинул взглядом горизонт. Вдали, на юге, в свете расцветающего утра показался остров Горн. Кау-джер жадно вглядывался в вившийся над ним легкий дымок. Это было его последнее путешествие, эпилог его жизненного пути.

К десяти часам утра он пристал к берегу в глубине маленькой бухты, куда не достигал прибой. Сойдя на землю, он сразу же выгрузил все свое имущество. На это ушло лишь полчаса.

Тогда, стремясь поскорее избавиться от тяжкой и мучительной обязанности, Кау-джер сильным ударом топора пробил дно шлюпки. В пробоину хлынула вода. «Уэл-Киедж» покачнулась, будто раненое насмерть живое существо… накренилась на левый борт… и медленно погрузилась в морскую пучину. Кау-джер с болью в сердце смотрел, как она тонет. При виде искалеченной шлюпки, сослужившей ему добрую и долгую службу, он ощущал такой стыд, такое раскаяние, точно погубил что-то живое. Уничтожив лодку, он словно уничтожил все свое прошлое. Порвалась последняя нить, связывавшая его с остальным миром.

День ушел на переноску привезенных вещей и на осмотр новых владений. На маяке все было закончено: фонарь и машины готовы к действию, помещение обставлено мебелью. Благодаря большим запасам продовольствия, множеству морских птиц и привезенным семенам, которые Кау-джер собирался посеять в расщелинах скалы, не могло быть и речи о голоде.

Под вечер, закончив все дела, он вышел из дому. Неподалеку от порога лежала груда камней, оставшихся после кладки фундамента. Один камень, валявшийся на самом краю площадки, привлек внимание Кау-джера. Если подтолкнуть его ногой, он скатился бы в море.

Кау-джер подошел ближе. И вдруг его взгляд загорелся ненавистью и презрением... Действительно, этот камень, исчерченный блестящими прожилками, был золотоносным кварцем. Возможно, в нем заключалось целое состояние, которое в свое время рабочие не сумели распознать. И вот он валялся тут как простой булыжник...

Итак, даже здесь проклятый металл преследовал Кау-джера!.. Ему снова припомнились все несчастья, обрушившиеся на остров Осте: безумие колонистов, нашествие бродяг со всех концов света... Голод... нищета... разорение...

Покачав головой, Кау-джер столкнул огромный самородок в морскую бездну и направился к крайней оконечности мыса Горн.

Невдалеке высилась стройная башня с фонарем на вершине, откуда сейчас впервые засияет мощный луч света, указывающий кораблям верный путь.

Кау-джер повернулся к морю и обвел глазами горизонт.

Однажды вечером он уже побывал здесь, на границе обитаемой земли. В тот вечер среди бури раздавался зловещий грохот пушки «Джонатана», терпевшего бедствие и безнадежно взывавшего о помощи... Какое тяжкое воспоминание!.. С тех пор прошло уже тринадцать лет...

Но сегодня горизонт был пустынным. Повсюду, насколько хватал взгляд, простирался величавый океан. И если бы даже Кау-джер смог пронизать взором недоступное ему пространство, он все равно не увидел бы ни единого живого существа. Там где-то, далеко-далеко отсюда, лежала таинственная Антарктика, мертвый мир, край сплошных льдов.

Что ж, он достиг своей цели и нашел пристанище. Но каким роковым путем пришел он к нему!.. Однако Кау-джер не испытывал страданий, свойственных людям. В своих переживаниях он сам оказался и мучителем и жертвой. Вместо того чтобы кончать жизнь на этой скале, затерянной в водяной пустыне, он мог бы в любой момент стать одним из тех счастливцев, которым завидуют все, — одним из сильных мира сего, перед которыми склоняются головы… И все же он здесь.

Правда, нигде в другом месте, кроме этой голой скалы, у него не хватило бы сил нести дальше жизненное бремя. Ведь самые тяжкие драмы разыгрываются в сознании людей; и для тех, кто их пережил и вышел из них опустошенным, разбитым, лишенным тех устоев, на которых зиждилась вся прежняя жизнь, нет иного исхода, как смерть или одиночество. Кау-джер избрал одиночество. Эта скала стала для него настоящей кельей со стенами из воздуха и воды…

В конце концов, его участь стоила любой другой. Мы умираем, но дела наши продолжают жить, увековеченные теми силами, которые мы вызвали в себе. Мы оставляем на жизненном пути неизгладимые следы. Все, что происходит, предопределено предшествующими событиями, и будущее — не что иное, как неведомое для нас продолжение прошлого.

Каково бы ни было будущее, все равно творение Кау-джера никогда не погибнет.

Так размышлял Кау-джер, застыв на вершине скалы, неподвижный и величественный, словно статуя. Освещенный лучами заходящего солнца, он созерцал беспредельное пространство, где, вдали от всех и нужный всем, будет отныне жить — навеки свободный и одинокий.

ОГЛАВЛЕНИЕ